BASTEI
LÜBBE

Von Judy Astley erschien bei Bastei Lübbe

12674 Ausgeflippt in Cornwall
12959 Wolken über dem Paradies

Judy Astley

Späte Entscheidung

Roman

Aus dem Englischen
von Ursula Walther

BASTEI
LÜBBE

BASTEI-LÜBBE-TASCHENBUCH
Band 14285

Titel der englischen Originalausgabe:
EVERY GOOD GIRL

Erste Auflage: Januar 2000
Umschlaggestaltung: Quadro Grafik, Bensberg
Titelillustration: The Bridgeman Art Library,
Charles Oppenheimer, »The Artist's Garden«,
Oldham Art Gallery, Lancashire
Satz: Druck & Grafik Siebel, Lindlar
Druck und Verarbeitung: AIT Trondheim AS
Printed in Norway
ISBN 3-404-14285-3

Kapitel eins

Wurmtablette. Vergiß die Wurmtablette nicht.«

Monica Dyson stand aufdringlich, wie es ihre Gewohnheit war, in der Küchentür, paßte auf, wie ihr Sohn Katzenfutter von der Dose in den Napf beförderte, und war bereit, mit Ratschlägen und Kritik einzuspringen. Mit einer Hand stützte sie sich auf die Türklinke, die andere – die mit den vielen silbernen Armreifen – zuckte hin und her und fuchtelte durch die Luft, als würde sie vormachen, was ihr Sohn eigentlich tun müßte. Sie schnalzte leise und ungehalten mit der Zunge und klammerte sich an der Türklinke fest, um nicht vorzustürmen, ihrem Sohn die Gabel aus den ungeschickten, zu kräftigen Fingern zu reißen und die Katzenmahlzeit selbst zuzubereiten. Er matschte unnötig damit herum, wie es so die Art von Jungs war, und machte einen unappetitlichen Brei daraus, statt es ordentlich waagerecht und senkrecht in mundgerechte Bissen zu schneiden, wie sie selbst es gemacht hätte. Man mußte Jungs Aufgaben im Haus übertragen, das gab ihnen das Gefühl, wichtig zu sein. Monica glaubte, daß Männer, denen man versagte, sich wichtig vorzukommen, ihren Mitmenschen Ärger machten, nur damit man Notiz von ihnen nahm. Ihr Schwiegersohn zum Beispiel. Das lag irgendwie an den männlichen Hormonen – noch von grauer Vorzeit her, seit der man Männer in dem

Glauben gelassen hatte, daß sie für alle Dinge verantwortlich seien. Eine Kleinigkeit genügte, das hatte sie im Laufe der Jahre begriffen, man brauchte sie nur eine mäßig schwere Tasche tragen zu lassen oder sich zu bedanken, wenn sie ein paar Blätter vom Weg geharkt hatten. Es gab keine einzige Frau, die einen Dichtungsring nicht selbst auswechseln konnte.

»Und schneide es klein, sonst läßt sie wieder die Hälfte übrig. Ihre Zähne sind auch nicht mehr das, was sie mal waren.« Wessen Zähne sind das schon, fragte sie sich im stillen.

Monicas Sohn Graham sah die grau gestreifte Katze, die ihn schnurrend aus leicht zusammengekniffenen, orangefarbenen Augen beobachtete, lächelnd an. Er ignorierte seine Mutter und konzentrierte sich auf das, was er tat. Wenn er die Katze nur einen Augenblick aus den Augen ließ, würde sie einen Satz machen und ihm den Napf aus der Hand auf den schwarzweiß gefliesten Boden schlagen, und das bedeutete eine Riesenschweinerei und Ärger. Er hatte an die Wurmtablette gedacht (zerdrückt und untergemischt), er hatte das Futter zu einem geschmeidigen Brei vermengt, und er wußte, daß in zehn Minuten nichts mehr davon übrig sein würde. Es war das Lieblingsfutter der Katze – ein übelriechendes Fischmischmasch.

»Alles erledigt, Mutter, ich hab' nichts vergessen«, erklärte er seiner Mutter geduldig. Er stellte den Napf auf den Küchenboden, und die Katze machte sich, noch immer schnurrend, über das Futter her. Es war ihr egal, ob es ihr ordentlich geschnitten serviert wurde oder nicht – sie hätte es auch aus der Dose hinuntergeschlungen wie ein hungriger Teenager, der spätnachts heimkommt und den Kühlschrank nach Spaghettiresten durchforstet.

»Du verschluckst dich«, warnte er und kraulte die Katze hinter den Ohren.

»Lenk sie nicht ab, wenn sie frißt!« schimpfte Monica, streckte den Arm aus und schlug seine Finger weg. »Sie wird dir nachlaufen, damit du sie noch mehr streichelst, und das Fressen stehen lassen. Sie muß die ganze Tablette erwischen. Du wüßtest, warum, wenn du gesehen hättest, was heute morgen im Katzenklo war.«

Graham bedachte seine Mutter mit einem finsteren Blick, aber er gehorchte und ließ die Katze in Ruhe fressen, warf statt dessen die leere Dose in Richtung Abfalleimer und verfehlte ihn. Fischbreiklümpchen spritzten auf den Boden, und Monica schnappte übertrieben nach Luft. »Oh, was bist du für ein ungeschickter Junge! Sieh dir nur an, was du angerichtet hast. Hol einen Lappen und wisch das auf.«

Graham kauerte sich vor den Schrank unter der Spüle und kramte einen Lappen und das Putzmittel hervor. Er hörte, daß seine Mutter wütend Selbstgespräche führte, während sie zum Fernseher ins Wohnzimmer zurückging. Das Sofa quietschte, als sie sich schwer darauf fallen ließ. »Ein hoffnungsloser Junge«, hörte er sie sagen. Er lächelte traurig, als er sorgfältig den Boden wischte. Der »Junge« war neununddreißig.

Das Model zeigte ein Komm-und-hol's-dir-Lächeln, das unter den jungfräulich weißen Falten des Brautschleiers ausgesprochen fehl am Platze wirkte. Sie ließ sich kaum dazu herab, den Arm ihres »Bräutigams« zu berühren, als wollte sie dadurch seinen niedrigen Status als Statist in dieser Szene deutlich machen, während sie lässig über den Laufsteg im Einkaufszentrum schlenderte und den Blicken auswich, um so der unprofessionellen Versuchung zu entgehen, sich ablenken zu lassen. Das schlichte Kleid schmiegte sich von oben bis unten eng an ihren Körper und hatte einen unten abgerundeten Schlitz vom Knöchel bis zur Hüfte, der bei jedem Schritt ein dünnes, blasses Bein sehen ließ. Es war eines der Kleider, die klarmachten, wozu eine Hochzeit wirklich nütze war.

Hinter ihr starrten winzige, hochkonzentrierte »Brautjungfern« auf den Boden, um zu sehen, wo sie ihre in Satinschuhen steckenden Füßchen setzen sollten. Sie trugen verschiedene Schattierungen von Pink und Lila, mit viel Tüll und Seidenröschen, und schwangen vorsichtig Körbe mit Gänseblümchen in ihren plumpen Händen. Die Zuschauer waren beladen mit Einkaufstüten und erschöpft, aber sie waren stehengeblieben, um das Ende der Modenschau mitzubekommen, ohne daran zu denken, daß die Rushhour nahte und die Gebühr für den Parkplatz mit jeder Minute stieg. Sie seufzten wie aus einem Munde beim Anblick dieser reinen Schönheit, und als das elegante Paar das Ende des Laufstegs erreichte, ertönte spontan Applaus. Aber als das Model stehenblieb, sich drehte, posierte und lächelte, ging der Troß von Kindern hinter ihr einfach weiter, genau wie man es ihnen eingeschärft hatte. Kein Mensch in dem hektischen, chaotischen Umkleideraum hatte etwas von haltmachen gesagt. Das Model spürte, wie alle hinter ihr kollidierten, und ihr bezahltes strahlendes Lächeln verblaßte, als die Kinder auf sie prallten und sie von dem einen Meter hohen Podium schubsten. Man hörte das unwürdige Rascheln von Stoff, das Reißen von Spitze und die polternden Schritte des flüchtenden »Bräutigams«.

»Mum-my!« heulte das Model, als es mit einer Hand nach dem Brautschleier grabschte und mit der anderen das Kleid hinunterzerrte, um die peinlich entblößte Unterwäsche rasch wieder zu verdecken. »Mum-my!« brüllte das Mädchen mit hochrotem Gesicht und brach in Tränen aus. Lucys Mutter Nina faltete seelenruhig weiter Kleider und Stoffe im Umkleideraum. Sie nahm an, man würde sie schon holen, wenn ihre Tochter ernsthaft verletzt war. Wenn ihr nichts fehlte, hätte es gar keinen Sinn, ein großes Spektakel um sie zu veranstalten. Kleine Mißgeschicke wie dieses konnten Lucy auf dem steinigen Weg zur Selbständigkeit nur weiterhelfen. Später würden sie darüber lachen.

»Armes kleines Ding. Wo ist deine Mum?« bemitleidete sie eine der Zuschauerinnen und half ihr wieder aufs Podium. »Mach dir nichts draus, Kleines, es war nur ein kleiner Unfall.« Die Beschwichtigung verfehlte ihren Zweck. Das Model raffte den zerknitterten Rock hoch, drängte sich wütend durch die schluchzenden kleinen Brautjungfern und ergriff die Flucht. Sie war schließlich auch erst zehn Jahre alt.

Kapitel zwei

Nina Malone stand vor dem Spiegel und wünschte, die Lampen im Badezimmer wären nicht ganz so schonungslos. Sie war überzeugt, daß ihr Gesicht bei einer etwas weniger grellen Beleuchtung nicht wie etwas aussehen würde, in dem jemand wohnte. Sie war eine Fünfunddreißigjährige gewesen, die ihren Optimismus noch nicht verloren hatte, als Joe und sie sich für die stromsparende High-Tech-Lichtanlage entschieden hatten. »Wenn du alt bist und nicht mehr ganz so gut siehst, schmierst du dir bei dieser Beleuchtung bestimmt nicht den Lippenstift aufs Kinn«, hatte Joe damals gescherzt. Mit fünfunddreißig war man noch ein oder zwei Jahre davon entfernt, so etwas nicht mehr witzig zu finden. Heute, sechs Jahre später, war der verdammte Joe nicht mehr da, um zu sehen (oder um sich darum zu scheren), wohin sie ihr Make-up schmierte. Sie könnte sich genausogut in dem puderfleckigen Handspiegel oder im Bildschirm des ausgeschalteten Fernsehers betrachten.

»Was soll's?« seufzte sie und pinselte achtlos Rouge auf ihre Wangenknochen. Dann legte sie die Finger rechts und links auf ihre Wangen und zog die leicht schlaffe Haut nach oben. Die Jahre, die seit der Installation des brutalen Lichts vergangen waren, verschwanden – zumindest bildete sie sich das ein, weil das alle behaupteten, die heimlich die möglichen Resultate einer kosmetischen Operation ausloteten. »Du hast nach wie vor gute Knochen, das muß man dir lassen«, hatte ihre Mutter Monica vor ein, zwei Jahren in einem Ton zu ihr gesagt, als wäre dies die einzige positive Bemerkung, zu der sie, wenn auch widerstrebend, bereit war. Nina lächelte sich zu und vergab dem indiskreten Licht, denn jetzt fiel es auf perfekt schimmernde Zähne, die ihr vor vielen Jahren den Pearl-Girl-Zahnpasta-Job eingebracht hatten. Damals war ihr grinsender Mund auf den Tuben in den Supermarktregalen und in den Zeitschriften im ganzen Land zu sehen gewesen. »Du bist also ein Maul-Model«, hatte Joes erster bizarrer Kommentar gelautet.

»Okay, welche Ohrringe?« Nina drehte sich zu dem Mann um, der auf dem Badewannenrand hockte und ihr zusah.

»Es ist nur ein Mittagessen«, rief Henry ihr ins Gedächtnis.

»Ich weiß. Und es ist nur Joe«, pflichtete sie ihm bei. »Die Perlenstecker oder die goldenen Notenschlüssel? Was meinst du?«

Henry inspizierte Ninas Spiegelbild. Er grinste, und sein wettergegerbtes Gesicht legte sich in tiefe Falten. Das Alter behandelte die Geschlechter ungerecht – während das grelle Licht gnadenlos mit Frauen umsprang, wirkte Henry abenteuerlustig und interessant. Er sah aus wie ein Naturforscher, der gerade von einer Expedition am anderen Ende der Welt zurückkam und eine bisher unbekannte Echsenart entdeckt hatte. »Riesige baumelnde Diamantgehänge wären meine Wahl. Zeig dem Mistkerl, daß du auch ohne ihn – nein, daß du gerade ohne ihn – ein gutes Leben führst.«

Nina kicherte. »O Henry. Du bist ganz und gar unbrauchbar. Joe weiß sehr gut, daß ich ganz glücklich bin. Ich muß ihm nichts beweisen. Ich denke, ich nehme die Notenschlüssel.«

Sie steckte sie in ihre Ohrläppchen und kramte in ihrer Kosmetiktasche nach dem richtigen Lippenstift. Ist das blaue Seidenkostüm nicht doch ein bißchen übertrieben, fragte sie sich. Es war neu. Joe würde sich eine Bemerkung darüber nicht verkneifen können, und wenn er auch nur herausfinden wollte, wieviel es gekostet hatte. Das gehörte, wie er meinte, zu den Dingen, die er wissen sollte, seit er ihr Unterhalt bezahlte. Wahrscheinlich erzählte ihm eine Horde von Freunden, worauf er achten mußte, um eine Ex-Frau als verschwenderisch zu entlarven, und warnten ihn davor, daß sie das Geld für das Schulmittagessen der Kinder bei Harvey Nichols verpulvern und die Ärmsten dazu zwingen könnte, im Brotkasten nach trockenen Rinden zu wühlen und mit verschrumpelten Äpfeln vorliebzunehmen. Außerdem wollte sie nicht, daß er auf die Idee kam, sie hätte sich für ihn besonders herausgeputzt. Seine Eitelkeit trieb – besonders seit die entzückende (und so junge) Catherine bei ihm eingezogen war –, auch ohne daß sie sie noch schürte, wilde Blüten. Es hatte keinen Zweck, Henry nach seiner Meinung zu fragen. So lieb und wohlmeinend wie er war, würde er wahrscheinlich ein schulterfreies Ballkleid vorschlagen.

Als sie Lippenstift auftrug, warf sie ihm einen kurzen Blick zu. Er beobachtete sie beim Schminken genau wie die beste Freundin, die darauf wartete, ausgiebig zu klatschen, nahm Parfumfläschchen in die Hand, schnupperte daran und zog Grimassen. Er ist ein richtig gemütlicher Freund, dachte sie, so bequem wie ein oft getragenes, übergroßes Hemd aus weichem, behaglichem Stoff, wie die Flanellnachthemden, die sie als Kind immer angehabt hatte. Er roch nach handgerollten Zigarren und Ölfarbe, und sein frisch angegrautes Haar sah aus, als hätte er es längst aufgegeben, einen Kamm zu benützen, so daß die einzelnen Strähnen nicht mehr wußten, in welche Richtung sie sich legen sollten. Es gab nicht viele Menschen, in deren Nähe sie sich so wohl fühlte und die sich auf den Badewannenrand setzen durften, während sie ihre sehr persönlichen Vorbereitungen fürs Ausgehen traf.

Unter den Bewohnern der Crescent galt eine Konversation, die über ein »Guten Morgen« und die üblichen Klagen über das, was die Hunde auf dem Bürgersteig hinterlassen hatten, hinausging, als Angriff auf die Privatsphäre. Deshalb schätzte sie Henrys Geselligkeit sehr. Er war ungebunden, frei und immer verfügbar, wenn sie etwas trinken, ihr Herz ausschütten, ins Kino oder essen gehen wollte, und er verlangte weder Gegenleistungen, noch versuchte er, sie am Gängelband zu führen. Ninas Freundin Sally nannte ihn den perfekten Mann. Und Nina pflegte darauf zu erwidern: »Schon zu lange im Hausgebrauch«, und außerdem war sie gar nicht auf der Suche.

Nina steckte den Lippenstift in ihre Handtasche und beugte sich zu Henry, um ihm einen Kuß auf die Stirn zu geben. Henry zuckte zurück und wehrte sie lachend ab. »Du machst mir einen großen roten Abdruck!« beschwerte er sich. »Ich marschiere ahnungslos zu Mr. Patel, und die ganze Nachbarschaft erfährt, daß ich zu den bedauernswerten alten Trotteln gehöre, die von Frauen nur auf die Stirn geküßt werden!«

»Also gut, kein Kuß – versprochen«, gab Nina zurück, schnappte sich ihre Handtasche und begutachtete flüchtig ihre Kehrseite im Spiegel. »Du bist gekommen, um dir was auszuborgen – was war das noch mal?« fragte sie, als sie die Treppe hinuntergingen. »Doch nicht die Trittleiter – die hast du nämlich schon.«

»Ich weiß es nicht mehr.«

Henry zuckte mit den Schultern und fügte hinzu, als sie im Flur standen: »Nein, ich glaube nicht, daß es die Trittleiter war ... ja, klar, es war dieses Ding, mit dem man die Hecke stutzt. Ich habe einen Brief von der Stadtverwaltung bekommen – sie drohen mir, die Sträucher auszureißen und mir mein Privatgärtchen zu nehmen, wenn ich die Äste weiterhin über den Bürgersteig wachsen lasse. Irgendein kleinkarierter Idiot aus dieser elenden Straße muß mich angezeigt haben. Wahrscheinlich denken sie, die Zweige könnten einem Passanten die Augen ausstechen. Meine alte Mutter hat das immer gesagt. Deine auch?«

»Klar. So was sagen sie alle. Das und: ›Wenn du noch einmal ein solches Gesicht machst, bleibt es so stehen.‹ Vielleicht bringt meine immer noch diese Sprüche, wenn sie einen guten Tag hat. Ich muß Graham fragen.« Nina öffnete die Tür. »Die Heckenschere ist im Gartenhaus, bedien dich. Der Schlüssel steckt im Vorhängeschloß.«

»Danke. Viel Spaß beim Mittagessen.« Henry schlenderte zum Tor neben dem Haus und drehte sich noch einmal zu ihr um. »Du kannst Joe ausrichten, daß ich ihn nach wie vor für verrückt halte. Ach, und lauf noch mal rauf und steck dir die anderen Ohrringe an. Joe mit seinem übergroßen Ego könnte bei diesen kleinen goldenen Notenschlüsseln auf den Gedanken kommen, daß du den Tagen nachtrauerst, in denen er das Haus mit seiner sogenannten Musik erfüllt hat. Oder vielmehr die ganze Straße«, fügte er hinzu.

Nina blieb unschlüssig auf der Außentreppe stehen, während Henry um die Ecke verschwand und auf das Gartenhaus zusteuerte. Es sind nur Ohrringe, um Himmels willen (nur ein Mittagessen, nur Joe), dachte sie und blieb mit den Schlüsseln in der Hand stehen, um zu warten, bis sie bereit war zu gehen. Joe würde wohl kaum über seiner *galette de tomates* oder was auch immer sitzen und sich den Kopf über die geheimnisvolle Psychologie ihres Schmucks zerbrechen. So etwas machte man am Anfang einer Beziehung, nicht am Ende. Sie schlug die Tür zu und marschierte den Pfad entlang. Blätter und Äste von der wuchernden Glyzinie hingen von dem Torbogen und strichen ihr ins Gesicht. Vielleicht sieht Henry das, überlegte sie, und er schneidet als nachbarschaftliche Gegenleistung für die Heckenschere auch hier ein bißchen.

Auf der anderen Straßenseite in Nummer 26 (vier Schlafzimmer, späte viktorianische Epoche) nagelte ein Mann ein VERKAUFT-Schild über das ZU VERKAUFEN-Schild, das nur zwei Wochen am Gartenpfosten gehangen hatte. Er sah auf, als Nina die Wagentür aufschloß, und pfiff durch die Zähne. Sie belohnte ihn mit einem Pearl-Girl-Lächeln, aber er beschäftigte sich bereits wieder mit seinem Hammer und den Nägeln. Auch gut, dachte sie.

Auf der Fahrt zum Restaurant spürte Nina, wie die vertraute Nervosität in ihr aufstieg, die sie immer vor ihrer ach so zivilisierten monatlichen Mittagsverabredung mit Joe befiel. Es war ein Auf-dem-Weg-zum-Zahnarzt-Gefühl und bestand aus Furcht, Aufregung und der Gewißheit, daß einen das wirkliche Leben erst wieder hatte, wenn alles vorbei war. Es war nicht dieselbe Erregung wie vor einem Rendezvous – so etwas hatte man auch nicht mit einem Ex-Ehemann –, aber es kam dem erschreckend nahe. Dieses war das zehnte Mittagessen, alle in verschiedenen Restaurants, ganz wie Joe es bestimmte. Mittlerweile hatten sie alle Jahreszeiten durch und waren wieder im Frühling angelangt, und sie fragte sich, ob sie das Gefühl eines Neuanfangs, einer Häutung wie bei einer schillernden Schlange haben würde. »Der erste Donnerstag in jedem Monat«, hatte Joe vorgeschlagen, als ihre so freundschaftliche Trennung beschlossene Sache gewesen war. »Nur du und ich, dann können wir über die Mädchen sprechen und all die familiären Entscheidungen treffen, ohne uns irgendwann mühsam Zeit abknapsen zu müssen, und es kommt nicht zu den üblichen Mißverständnissen am Telefon.« Das hatte nach Geschäftsessen geklungen, und Nina hatte sich schon in einem strengen Nadelstreifenkostüm und mit einem Terminplaner gesehen, in dem Termine der Kinder bei Zahnärzten und Optikern sowie Emilys Zeugnisnoten und Lucys derzeitige Schuhgröße notiert waren.

»Und wir können uns streiten, ohne ein schlechtes Gewissen haben zu müssen, weil uns die beiden Mädchen hören«, setzte sie dem entgegen.

»Wir brauchen uns nicht mehr zu streiten, oder? Jetzt, da wir beschlossen haben, nicht mehr zusammenzuleben, gibt es keinen Grund mehr für Auseinandersetzungen«, sagte Joe jovial. »All das ist Vergangenheit. Vermutlich kommen wir ab jetzt ganz prima miteinander aus.« Wie fröhlich er in diesem Stadium ihrer einvernehmlichen Trennung gewesen war, als hätte er in ihren gemeinsamen zwanzig Jahren nur auf diesen Augenblick gewartet.

Aber obwohl sie und Joe Vergangenheit waren, die beiden Mädchen waren es nicht. So einfach geht das nicht, dachte Nina, als der Verkehr über die Putney Bridge kroch, man kann keinen »glatten Bruch«, wie Joe es ausgedrückt hatte, machen, solange Menschen involviert waren, die diesen Schnitt einfach nicht nachvollziehen konnten. Sie hatte das ohnehin immer für eine seltsame Phrase gehalten. Selbst bei Knochen bedeutete ein glatter Bruch ebenso viele Schmerzen und Schwierigkeiten wie ein gesplitterter.

Nina sah Joe auf der Straße, während sie darauf wartete, daß eine gehetzte Frau mit Kleinkind einen Parkplatz freimachte. Joes Schritte waren federnd, als würde er tief in Gedanken versunken einfach zum Vergnügen ziellos durch die Gegend laufen. Sie hatte seinen Gang immer für besonders lässig gehalten – er sah aus wie ein träge umherwandernder Löwe. Seine Beine waren schlichtweg zu lang für entschlossene, schnelle Schritte, deshalb wirkte er auch aufreizend träge, wenn er es wirklich eilig hatte. Er trug die smartere Version von Henrys gemütlichem, legerem Schick – weißes T-Shirt (wahrscheinlich neu, er kaufte mindestens vier im Monat, weil er nicht an dem GAP-Laden vorbeigehen konnte, ohne einen Blick hineinzuwerfen), lässig verknittertes schwarzes Jackett. Sein rötlich braunes Haar hatte, anders als Henrys, einen so teuren Schnitt, daß es nicht im Traum daran denken würde, nicht am richtigen Platz zu liegen. Einmal hatte Joe gesagt, daß das Geheimnis der ewigen Jugend in einem guten Haarschnitt läge. Und natürlich hatte er damit Catherine dazu gebracht, ihm ihre knappen neunundzwanzig Jahre zur Verfügung zu stellen. Nina sah, daß er vor dem Restaurant abrupt stehen blieb, als hätte ihn die blauweiße Markise plötzlich daran erinnert, warum er hier war, in dieser Straße, um diese Zeit. Worüber dachte er so intensiv nach? überlegte sie, als sie den Polo endlich in die freigewordene Parklücke zurücksetzen konnte.

Graham saß im schwachen Sonnenschein auf den Stufen zur Notaufnahme, pulte sorgfältig einen Kaugummistreifen aus der Silberfolie und faltete ihn ordentlich in seinen Mund hinein. Drei Knicke. Dann faltete er die Silberfolie (vier Knicke) und steckte sie in seine Brusttasche. Er schaute an sich hinunter und sah, daß sich das kleine schmutzig-gräuliche Quadrat durch den weißen Poly-Cotton-Stoff der Hemdtasche abzeichnete. Er runzelte die Stirn. Dieser Anblick gefiel ihm ganz und gar nicht, aber er wußte nicht, wohin sonst mit der Folie. In die Hosentasche konnte er sie nicht stecken, weil dort ein Fussel sein könnte. Obwohl das, wie er sehr wohl wußte, eher unwahrscheinlich war. Seine Mutter drehte immer alle Taschen um, ehe etwas in die Reinigung wanderte. Auch in die Waschmaschine wurden nur Kleider mit nach außen gestülpten Taschen gestopft, damit wirklich aller Dreck beseitigt wurde, daher blieb seiner Mutter auch nie etwas verborgen. Ihre Taschentücher und Strümpfe wurden in einem Kopfkissenbezug gewaschen und seine Unterwäsche und Socken in einem anderen. Sie verlor nie eine Socke wie andere Leute. Nina hatte ihr bei dem letzten Besuch zugesehen, wie sie die Socken zusammenlegte, um sie später in die Kommode zu räumen, und scherzhaft erzählt, daß ihr Trockner die Socken zu fressen schien. Sie meinte, in jedem Haus müsse es einen geheimen Ort geben, an dem sich Kugelschreiber und einzelne Socken versteckten. »Nicht in meinem Haus – hier nicht«, behauptete Mutter mit einem Lächeln, und Graham wußte, daß sie sich diebisch über Ninas Geständnis freute, daß es Dinge gab, die sie nicht so gut konnte wie ihre Mutter. Die Schwingtür hinter Graham ging auf. »Rollstuhl, Kabine drei, direkt zum Röntgen«, befahl eine forsche Stimme. Eine weiße Haube und ein dunkelbrauner Rock blitzten kurz auf, ehe die Tür wieder ins Schloß fiel. »Kein Bitte, kein Dankeschön, keine Manieren«, brummte Graham vor sich hin. So etwas sollte er sich einmal zu Hause erlauben – nicht auszudenken! Aber hier hieß es sofort springen, sobald einer mit den Fingern schnippte, als wäre er jemand, der keine Höflichkeit verdiente.

Er erhob sich bedächtig, nahm das Kaugummi aus dem Mund, rollte es zwischen seinen plumpen Fingern zu einer Kugel zusammen und wickelte es in die Silberfolie. Diesmal konnte er es in die Hosentasche stecken, weil es danach gleich in den Abfalleimer wandern würde. Allerdings durfte er es nicht vergessen, sonst würde Mutter es finden. Kaugummi kauen, sagte sie immer, sei eine widerwärtige Angewohnheit und klebe die Eingeweide zusammen. Wenn das stimmt, dachte Graham, als er in die hektische Betriebsamkeit der Notaufnahme mit ihrem Geruch nach Angst, Blut und Desinfektionsmitteln zurückging, warum kommen dann nicht mehr Patienten mit diesem Übel hierher? Die Notaufnahmen müßten überfüllt sein mit Kindern, die die Hände auf den Bauch preßten, graue schmerzverzerrte Gesichter hatten und in den Augen die nackte Angst. Sie müßten sich auf den schäbigen, saubergeschrubbten Bänken krümmen, ächzen und flehen, daß man ihre Gedärme entwirrte, und sich fühlen, als ob sie Strickzeug mitsamt den Nadeln verschluckt hätten. Graham schüttelte langsam den Kopf, als müßte er seinen Gedanken Gelegenheit geben, sich zu setzen, und machte sich auf den Weg zu Kabine drei. Dort saß eine behäbige alte Frau mit schlimmen Fleischwunden und Schwellungen am Bein und schütterem, aschgrauem Lockenhaar, das aussah wie das seiner Mutter. Sie trug eine große pinkfarbene Strickjacke mit Lochmuster und Bändchen, wie man sie sonst nur an Babyjäckchen sah, und drückte eine altmodische Einkaufstasche aus Bast an sich. Die Tasche war voll mit

Zwiebeln. Graham lächelte die Frau an. Er mochte alte Menschen, die hatten wenigstens Manieren, zumindest die meisten. »Hallo, Werteste, waren Sie im Krieg?« erkundigte er sich, als er die Bremsen des Rollstuhls vorsichtig löste und ihr im Geiste eine sanfte Fahrt zur Röntgenabteilung versprach.

»Ich mag dein Outfit – die Farbe paßt genau zu deiner Augen«, bemerkte Joe bewundernd, als er und Nina an dem Tisch Platz nahmen.

»Danke«, erwiderte Nina schlicht und bedachte ihn mit einem Lächeln. Sie nahm die Speisekarte entgegen, die ihr der Kellner hinhielt, und sah sich um. Sie fühlte sich seltsam – so, als würde ihr wahres Selbst am Fenster stehen und die Szene beobachten. Sie sah sich selbst zu, wie sie sehr selbstbeherrscht das Kompliment nicht unbeholfen mit einer »Immer noch die alte Masche«-Bemerkung abtat oder in die Defensive ging und eine Lüge erfand, daß sie das Kostüm im Ausverkauf gefunden und nicht einmal den halben Preis dafür bezahlt hatte. Solche Ausflüchte hätte sie während ihrer Ehe benutzt. Heute wußte sie es besser. Und selbstverständlich gingen ihn diese Dinge heute nicht mehr das geringste an. Genausowenig wie anderes, zum Beispiel die Antwort auf die Frage: »Hast du jemand anderen kennengelernt?«, die in ihrer Vorstellung immer zwischen ihnen schwebte. Wenn er diese Frage tatsächlich stellen würde, würde sie ihm den stillen Triumph gönnen, sie »nein« sagen zu hören. Sie würde ihm klarmachen, daß sie nicht auf der Suche war, und er würde ihr nicht glauben. Er würde niemandem glauben, der behauptete, daß er nicht auf Sex aus sei. Er jedenfalls war auch während ihrer Ehe darauf aus gewesen, und das war nicht das geringste ihrer Probleme gewesen.

»Was trinkst du? Eine Schorle wie üblich?« fragte Joe.

»Ja, danke, aber nur eine. Ich bin mit dem Wagen da.«

»Das bist du immer. Ich weiß wirklich nicht warum. Du hast immer noch ein Konto bei Minicar, das du nach Belieben belasten kannst. Manchmal frage ich mich, ob du nur mit dem Auto kommst, um ganz sicherzugehen, daß du nüchtern bleibst«, neckte er sie. »Der Polo ist dein Anstandswauwau.«

»Du weißt, daß ich zu Mittag nicht gern etwas trinke. Wenn ich es doch tue, ist der Tag für mich gelaufen. Dann kann ich mich genausogut gleich ins Bett legen.«

Er grinste lüstern. »Hmm, daran kann ich mich gut erinnern.« Dann ordnete er rasch seine Gesichtszüge, stellte eine ernste Miene zur Schau, die besser zu ihrem Status als Getrenntlebende paßte, und orderte die Getränke. Nina war verlegen und wurde dann böse. Was bildete sich ihr Ex-Mann eigentlich ein? Glaubte er, sie fände derart laszive Bemerkungen amüsant? Vielleicht spukten ihm irgendwelche verschrobenen Ideen im Kopf herum, daß sie ihm dankbar dafür war; daß sich eine sitzengelassene Frau mit beiläufigen Anzüglichkeiten zufriedengeben und froh über solche »Almosen« sein müßte. Vielleicht hat er sich dabei auch gar nichts gedacht, ermahnte sie sich. Joe war noch nie einer von denen gewesen, die groß gründlich nachdachten, bevor sie den Mund aufmachten – das gehörte zu der Schnoddrigkeit, die in der Werbebranche üblich war. Und von ihm, einem Komponisten für Jingles, die zu nervigen Ohrwürmern wurden, wurden Worte nicht einmal verlangt. Er war immer der erste gewesen, wenn es darum ging zugegeben, daß es vollkommen egal war, welchen Unsinn er daherredete, solange nur der Ton stimmte.

»Dies ist ein hübsches Lokal«, stellte Nina fest und

nahm damit zu nichtssagender Konversation Zuflucht, während sie sich umschaute und die kräftigen mediterranen Farben – die intensiven Blautöne und das warme Gelb – bewunderte. »Es hat so eine Frische, die einem das Gefühl gibt, daß man den Sommer kaum erwarten kann.«

»Das war immer deine liebste Jahreszeit, stimmt's?« sagte Joe. Er lehnte sich zurück und grinste sie über die Speisekarte hinweg an.

»Sie ist es noch«, erwiderte sie ziemlich schroff. »Ich schwelge nicht plötzlich im Trübsinn düsterer Wintertage, nur weil du nicht mehr da bist, weißt du.«

Joe hielt die Hände in gespielter Ergebung hoch. »Okay, okay. Tut mir leid, ich wollte keine finsteren Anspielungen machen. Ich bin jedenfalls froh, daß es dir hier gefällt. Das habe ich mir gedacht. Was willst du essen – worauf hast du Lust?«

Nina studierte die Speisekarte und entschied sich schnell. Dann nahm sie sich die Zeit zu überlegen, wann und mit wem Joe dieses Restaurant schon einmal besucht hatte. Erschreckenderweise konnte der Teil von ihr, der immer noch die losgelöste Beobachterin war, sie nicht davon abhalten zu sagen: »Warst du schon einmal mit Catherine hier?«

Joe konzentrierte sich auf die Speisekarte. »Wie? O ja. Und mit ein paar Leuten vom Channel 4. Genaugenommen war es Catherines Idee, dich hierher einzuladen. Auf dem Heimweg meinte sie, das Restaurant könnte dir gefallen«, erklärte er leichthin, aber Nina fiel auf, daß er es nicht wagte, aufzuschauen und ihrem Blick zu begegnen.

Nina bekam eine Gänsehaut. Wie wunderbar und clever von Catherine, die sie nur flüchtig kannte und trotzdem so genau wußte, was ihr, Nina, gefiel und was nicht. Die Eifersucht meldete sich, und kleine Kobolde inszenierten in Ninas Geist eine Szene, die sie am liebsten verdrängt hätte: Joe hatte den Arm um die zaundürre Catherine gelegt (Fohlenbeine, schlicht-elegante Kleidung, aber auffallender Schmuck) und bugsierte sie nach einem feuchtfröhlichen Abend und einer lautstarken Verabschiedung von den Freunden unter der blauweißen Markise in ein Taxi, weil er es gar nicht abwarten konnte, nach Hause zu kommen und ... und ... sie zu vögeln.

»Ich denke, ich fange mit einem Lachs-Crêpe an«, sagte sie strahlend. »Was ist mit dir?« Auf der Karte stand unter anderem Tomatentorte; Nina kreuzte unter dem Tisch die Finger und wettete im stillen, daß er sich die bestellen würde. Er suchte sich immer etwas mit Tomaten aus, wenn auch nur, um sich hinterher zu beklagen, daß die Haut so schwer verdaulich war. An dem Tag, an dem er zitternd in seinem Schianorak neben dem Heizkörper kauerte, unter dem fünften Gripperückfall in diesem Winter zu leiden behauptete und sich über ihr mangelndes Mitgefühl beschwerte, hatte sie ihn beschuldigt, die schwächliche Gesundheit einer zu Ohnmachtsanfällen neigenden viktorianischen Dame zu »genießen«.

»Na ja, wenn sie sie vorher geschält haben ...« murmelte er und tätschelte seinen Magen. Nina kicherte belustigt, und er sah auf. »Oh, ich weiß, ich bin ein offenes Buch«, gestand er ein. »Die Tomaten-und-Oliven-Torte. Danach das Lamm. Jetzt erzähl mir von den Mädchen. Wie geht es ihnen, was treiben sie?«

»Da du sie erst letztes Wochenende gesehen hast, kannst du mir wahrscheinlich mehr über sie erzählen als ich dir«, entgegnete Nina. »Es ist nicht viel los bei uns, ehrlich. Lucy hat am Montagnachmittag bei einer Modenschau im Morley-Zentrum grauenvolle Polyesterkleider vorgeführt. Abgesehen davon ist nicht viel passiert. Emily ist ziemlich fleißig. Zumindest sitzt sie viel in ihrem Zimmer, und ich nehme an, sie lernt.«

Joe runzelte die Stirn. »Hat Lucy in der Schule gefehlt? Du weißt, ich bin dagegen, daß sie sich wegen so was beurlauben läßt. Ihr stehen die Aufnahmeprüfungen zum Schulwechsel bevor – das ist keine leichte Zeit für sie.«

Nina seufzte. Dieses Thema war seit zwei Jahren akut. Ihre unterschiedlichen Ansichten über Lucys aussichtsreiche Karriere als Kindermodel hatten in ihrer Ehe den ersten Riß verursacht. Er meinte, Nina wäre wie eine dieser ehrgeizigen »Eisprinzessinnen-Mütter«, die ihre Töchter dazu zwangen, ihre eigenen unerfüllten Ambitionen auszuleben, während sie behauptete, diese Auftritte würden Lucy Selbstvertrauen geben und sie mit einem nützlichen Startkapital für später ausstatten. »Sie hat nur die letzte Stunde oder so versäumt, und es war nur Sport.« Nina biß sich auf die Unterlippe. Joe grinste wissend – er sah, daß sie ein schlechtes Gewissen hatte. »Ich habe den Lehrern gesagt, Lucy hätte eine Steptanzprüfung«, gestand sie.

»Guter Gott, und das haben sie akzeptiert, aber das Stolzieren über einen Laufsteg mit einem Haufen minderjähriger Püppchen wäre nicht in Ordnung gewesen?« Er schüttelte den Kopf.

»Na ja, sie fanden es okay«, gab Nina zu. »Es ist das Schlüsselwort ›Prüfung‹. Sogar wenn's ums Tanzen geht, ist es der Schule recht, wenn die Kinder Punkte für ihren Lebenslauf sammeln. Wahrscheinlich würden sie ihr einen ganzen Nachmittag freigeben, wenn sie eine Prüfung im Schuhezubinden ablegen würde, solange sie hinterher nur ein Zeugnis vorweisen kann.« Sie hätte ihm gern erzählt, daß der Nachmittag ein Desaster gewesen, daß Lucy vom Laufsteg gefallen war und sich ihr Fuß in einem Brautschleier aus

Seidenspitze verheddert hatte. Sie hätte die Geschichte so zum besten geben können, daß er sich ausschüttete vor Lachen – aber nur, wenn das alles der Tochter eines anderen passiert und diese Tochter im legalen heiratsfähigen Alter wäre. Sie wußte jedoch, daß er fuchsteufelswild werden würde, weil seine Tochter in der Öffentlichkeit als Kinderbraut verkleidet auf- und abmarschiert war. Sie selbst hatte sich deswegen schrecklich unwohl gefühlt; es war irgendwie weitaus schäbiger als Badeanzüge und Unterwäsche vorzuführen, und das, darüber war sie sich mit Joe einig, kam für Lucy nicht in Frage. »Nur ein niedliches ungewöhnliches Finale der kleinen Kindermodenschau«, hatte der Organisator geschwärmt. Beim nächsten Mal würde sie die Programmplanung genauer überprüfen, falls es eine gab – Kindermodelling war ein heikles Geschäft. So schön und selbstbewußt Lucy auch war, es gab immer eine andere, die bestimmt nicht vom Laufsteg fiel.

Joe lachte. »Schade, daß es keine Abschlußprüfung im Flugzeug-Sichten gibt. Dein Bruder würde sich für Cambridge qualifizieren. Wie geht es ihm übrigens? Wohnt er noch immer bei deiner Mum?«

Nina zuckte mit den Schultern und lächelte. »Wieso fragst du das überhaupt? Er wird bis in alle Ewigkeiten dort bleiben, das weißt du so gut wie ich. Solange sie bereit ist, für ihn zu kochen, zu putzen, zu waschen und zu bügeln, gibt es für beide keinen Grund, etwas zu ändern.«

»Aber angenommen, er lernt jemanden kennen …«

»Das wird er nicht«, fiel ihm Nina lachend ins Wort. »Dazu ist er zu bequem. Er und Mutter sind aus demselben Holz geschnitzt. Wie kleine Kinder haben sie es am liebsten, wenn jeder Tag so ist wie der gestrige und alle anderen zuvor – keine Überraschungen, keine Herausforderungen. Sie haben es bis jetzt noch nicht einmal über sich gebracht, sich an halbfette Milch zu gewöhnen. Und sie haben noch ein Telefon mit Wählscheibe.«

»Du bist da ganz anders«, stellte Joe fest.

»Oh, ich weiß nicht«, erwiderte sie. »Jetzt, wo ich auf mich allein gestellt bin, finde ich es sehr beruhigend zu wissen, was als nächstes auf mich zukommt. Und was nicht.« Sie warf ihm einen Blick zu und hoffte, sich die Bemerkung »Fürs erste bin ich mit Überraschungen vollauf bedient« verkneifen zu können.

»Was macht der alte Henry? Nassauert er noch immer und leiht sich dauernd unseren Rasenmäher?« fragte Joe. »Er hat immer für dich geschwärmt. Ich nehme an, deshalb konnte er mich nicht leiden.«

»Unseren Rasenmäher?«

»Okay, deinen.«

»Joe, Henry konnte dich nicht leiden, weil du ein lausiger, untreuer Weiberheld warst und mich zum Weinen gebracht hast. Er kann es nicht ertragen, wenn seine Nachbarinnen beim Unkrautjäten Tränen in die Beete vergießen.«

»Das hab' ich doch gesagt – er hat für dich geschwärmt.« Er grinste gutgelaunt.

»Du brauchst nicht in der Vergangenheitsform zu sprechen.« Nina funkelte ihn böse an.

Joe wurde zum Glück vom Kellner abgelenkt, der das Essen servierte. »Wahrscheinlich darf man nicht hoffen, daß der Blätterteig mit Butter gemacht ist«, brummte er, während er die Tomaten inspizierte und nach Haut suchte.

»Also, meins sieht köstlich aus. Mir ist es egal, welche Zutaten drin sind, ich bin nur froh, daß ich es nicht selbst zubereiten mußte«, sagte Nina, die plötzlich einen Bärenhunger hatte. »Wie ist es dir eigentlich seit unserem letzten Treffen ergangen? Immer noch im siebten Himmel mit Catherine?«

Joe zog die Augenbrauen zusammen und legte die Gabel weg.

»Tomatenhaut?« erkundigte sie sich.

»Babys«, erwiderte er nachdenklich. »Ich hatte mir fest vorgenommen, das nicht zu erwähnen. Ich hab's Catherine versprochen. Sie will, daß das eine Sache zwischen uns bleibt.«

Nina Muskeln spannten sich an. »Dann erwähne es besser auch nicht«, empfahl sie; der Hunger schwand und machte einer widerstrebenden, ängstlichen Neugier Platz. Ihnen stand noch der Hauptgang bevor, also war es besser, weiterhin über ihre eigenen Kinder zu reden, wenn sie dem guten Essen Gerechtigkeit widerfahren lassen wollte. Aber sie war auch nur ein Mensch: wenn er jetzt nicht näher darauf einging und lieber das Gespräch auf Ferienpläne lenkte, würde sie ihm das nie verzeihen.

»Tut mir leid«, sagte er und nahm seine Gabel wieder zur Hand. »Es ist nichts – ehrlich nicht. Nur Catherine ...«

»Hör mal, Joe, entschuldige bitte, aber du kannst wirklich nicht von mir erwarten, daß ich mich mit dir treffe, um über dein neues Familienleben zu diskutieren. Es gibt Menschen, die du dafür bezahlen kannst, daß sie sich das anhören. Oder erzähl's deinen Kumpels im Pub.« So, jetzt würde er ihr alles haarklein berichten.

»Nein. Nein, du hast recht.« Er nippte erst an seinem Wein, dann leerte er das Glas in einem Zug und gab dem Kellner ein Zeichen. »Sie macht mich nervös, das ist alles. Sie spricht manchmal von Babys. Genaugenommen ziemlich oft. Ich meine ... lieber Gott, wir sind doch erst ein paar Monate zusammen.«

Das war immerhin was, räumte Nina im stillen ein;

wenigstens war Catherine nicht die Ursache ihrer Trennung. Wenn auch andere Frauen zum Teil der Grund dafür waren, so doch nicht eine spezielle andere Frau. Die heilige Catherine, die Super-Buchhalterin mit der Super-Figur und Super-Allem, fiel nicht von dem Podest der Perfektion – sie war keine ordinäre, gemeine Ehebrecherin. Nach allem, was Nina in Erfahrung gebracht hatte, war Catherine nicht der Typ der klassischen Geliebten, sondern bestimmte selber über ihr Leben. Und wahrscheinlich jetzt auch über Joes.

»Was hat sie gemacht? Hat sie dich in einen Säuglingspflegekurs geschleppt, als du lieber zu Conran wolltest?« ging Nina nun doch auf ihn ein. Es war nicht zu übersehen, daß er ihr erzählen wollte, was los war, sie wünschte nur, er würde sich ein bißchen beeilen.

Er zuckte mit den Achseln, als wäre es ausreichend, ein paar Andeutungen zu machen und den Rest ihrer Phantasie zu überlassen. Aufreizend langsam aß er seine Tomatentorte auf.

»Das dürfte eigentlich keine große Überraschung für dich sein; vielleicht denkt sie, es ist an der Zeit – die biologische Uhr, du weißt schon. Obwohl sie weiß Gott noch lange keine Torschlußpanik zu haben bräuchte. Sie hört die Uhr wahrscheinlich nur ein bißchen lauter ticken als früher.« Nina lächelte und setzte mit erfrischender Gefühllosigkeit hinzu: »Kauf ihr ein Kätzchen.«

Joe fingerte an der Tischdecke herum. »Ich hatte Babys.« Er beugte sich vor, sah ihr intensiv in die Augen und fuhr im Flüsterton fort: »Ich hatte Babys – das war etwas, was ich mit dir hatte. Babys waren unser Ding.«

Kapitel drei

Es klang, als rede er von einem Laden«, berichtete Nina ihrer Freundin Sally. »›Kinder waren unser Ding.‹ Ich habe mir sofort einen Reklameschriftzug mit lustig bunten Buchstaben vorgestellt.«

Sally kicherte, ihre üppigen Hüften wabbelten gefährlich auf dem zierlichen gold angemalten Stuhl. Sie konnte unmöglich bequem sitzen, wenn ein guter Teil von ihr über den Rand der Sitzfläche quoll. Ihre Füße steckten in eleganten Wildlederpumps, die mindestens ebenso zierlich waren wie der Stuhl, und standen wegen der besseren Balance flach und in einigem Abstand voneinander auf dem Boden. Nina überlegte, ob sie taktvoll vorschlagen sollte, sich woanders hinzusetzen. Die weinrote Samtchaiselongue, die zum Verkauf stand oder nach acht Monaten an den Besitzer zurückging, wäre ideal. Die beiden hübschen Stühle gehörten zum Inventar der Galerie, und wie vieles hier dienten sie mehr zur Zierde als der Funktionalität.

Sally bemerkte: »Mich macht das *›waren‹* stutzig. Klingt, als wäre der Laden inzwischen geschlossen worden. Man sieht richtig alte, angegraute Strampelanzüge, verknitterte Lätzchen, häßliche Töpfchen und Hochstühle aus dritter Hand vor sich.«

»Alles mit Flecken von Essensresten und schlimmerem.« Nina lachte, aber plötzlich kam ihr ein ernüchternder Gedanke. »Vielleicht sieht mich Joe tatsächlich so, seit ihm Catherine über den Weg gelaufen ist – als jemanden mit dem endgültigen Ausverkaufsschild um den Hals: ›Nur noch wenige Tage, das Lager muß geräumt werden – alle mottenzerfressenen Teppiche und schmuddeligen Patchworkarbeiten müssen weg.‹ Alles an Catherine ist so glatt, straff und strahlend. Mein Anblick erinnert ihn bestimmt an ein ungemachtes Bett.«

Sally schnaubte. »Wenn, dann siehst du seit seinem Auszug gründlich aufpoliert und renoviert aus. Denk nur an dein Haar – dieser lockere Kurzhaarschnitt macht dich mindestens um fünf Jahre jünger, und außerdem hast du ein paar Pfund abgenommen.«

»Ich könnte behaupten, das war der Kummer«, meinte Nina. »Aber es liegt nur daran, daß ich jetzt allein im Haus herumrenne, die Wäsche mache, den Abfall hinausbringe und mit dem Hund in die Grünanlage gehe. Wahrscheinlich sollte ich die Mädchen mehr einspannen, aber es gefällt mir, daß ich wieder in meine engste Jeans passe.«

In Sallys und Ninas Galerie ›Art and Soul‹ (Joes Idee) war nichts los, wie immer am Freitagvormittag. Es war keine gute Zeit, um träge herumzustöbern und sich etwas aus den Gemälden, deren Rahmen größer waren als die Kunst, und dem Silberschmuck, der an verdrehte Büroklammern und verbeultes Besteck mit handgeschnitzten Teakholzgriffen erinnerte, herauszusuchen. Die Leute, die jetzt in dieser Gegend unterwegs waren, standen auf der anderen Straßenseite im Delikatessenladen oder beim Metzger, oder sie saßen nebenan beim Friseur und ließen sich fürs Wochenende die Frisur aufmöbeln. Ein paar junge, gelangweilte Kindermädchen und Aupairs saßen auf den Bänken in der Grünanlage neben dem Teich und beklagten sich im Kollektiv, daß der Südwesten von London viel zu weit weg vom vibrierenden Stadtzentrum war. Sie rauchten mißgelaunt und beobachteten, wie ihre Schützlinge die Enten fütterten, die von dem vielen Brot und der *Ciabatta* mit sonnengetrockneten Tomaten fett und schwerfällig wurden.

Vom Galeriefenster aus, das sich zwischen zwei postmodernen Zementmosaiken befand, sah Nina, daß die Leute im Blumengeschäft gegenüber Schlange standen und daß sich der Weinladen schon früh mit Angestellten füllte, die nach der Mittagszeit so tun mußten, als würden sie nicht an ihren Schreibtischen dösen. Bis zum Nachmittag, wenn der übliche Ansturm von Menschen auf sie zukam, die auf der Suche nach dem passenden, originellen Mitbringsel für die Wochenend- oder Dinnerparty-Gastgeber waren, war es eigentlich unnötig, daß sie beide hier herumsaßen, auf Kunden warteten und eine Tasse Kaffee nach der anderen tranken.

Am Freitagvormittag hatte Sally »Dienst«, aber Nina wäre zu Hause beinahe erstickt – sie mußte einfach mit jemandem über das Mittagessen mit Joe reden.

»Warum wollte er ausgerechnet mir davon erzählen? Wie kommt er auf die Idee, daß es mich interessieren könnte, ob sich Catherine ein Kind wünscht?« wollte sie wissen.

»Das hast du mich schon zweimal gefragt«, machte Sally ihr klar. Sie stand auf und ordnete die achteckigen, silbern bemalten Tassen in der Auslage neu. »Ich bin nicht sicher, ob du von mir verschiedene Erklärungen dafür hören willst, oder ob das eine rein rhetorische Frage sein soll, über die du dir lieber deine eigenen Gedanken machen willst.«

Nina sah sie zweifelnd an. »Ich will mir überhaupt keine Gedanken darüber machen. Das war Sinn und Zweck der Trennung. Als wir noch zusammenlebten, hat Joe mich dazu gezwungen, mir Tag und Nacht den Kopf über ihn zu zerbrechen und mich zu fragen, was er gerade tut, wo er in Wirklichkeit steckt, mit wem er zusammen ist und so weiter. Er war schlimmer als ein unartiges Kleinkind, das dauernd die Aufmerksamkeit auf sich ziehen will. Ich sage mir immer wieder, daß ich jetzt ein eigenes Leben habe. Und ich bin bestens damit zurande gekommen bis gestern. Joe ist Vergangenheit.«

»Dafür ist es noch zu früh«, erklärte Sally, die zwei Scheidungen hinter sich hatte. »Bis du so weit bist, brauchst du mindestens ein Jahr. Oder einen anderen Mann, obwohl ich jede Wette eingehe, daß du zu der Sorte gehörst, die glaubt, sie brauchen keinen. Frauen wie ich rennen sofort los und holen sich einen neuen Welpen, wenn der alte Hund gestorben ist. Wahrscheinlich lande ich deswegen, bildlich gesprochen, immer bei einem Streuner, der so niedlich ist, daß ich erst zu spät merke, daß es unmöglich ist, ihn stubenrein zu erziehen und ans Haus zu gewöhnen.«

»Selbst wenn ich auf der Suche wäre, die Auswahl an verfügbaren Männern ist nicht gerade groß. Alles, was frei herumläuft, schnappen sich die anderen schneller als eine auf den halben Preis reduzierte Armani-Kreation bei Harvey Nichols«, sagte Nina und spähte wieder aus dem Fenster. »Sieh mal, da ist einer. Er kommt gerade aus dem Feinkostladen – eigentlich ist er nicht schlecht, aber er hat diesen ›Ich laufe nur schnell nach Hause und mariniere das biogefütterte Hühnchen, ehe ich die Kinder von der Montessori-Schule abhole‹-Look. Auf jeden Mr. Nicht Schlecht da draußen kommt eine umwerfende, intelligente, kreative, junge Mrs. Nicht Schlecht, darauf kannst du ein dickes Geldbündel verwetten.«

»Weißt du, was ich denke? Du solltest es machen wie ich und dir deine Männer über die Kontaktanzeigen der Sunday Times suchen. Du gehst nur mit ihnen aus, wenn du das Bedürfnis nach Selbstbestätigung und einem Date hast. Keine Kräche, keine Versprechungen, kein gemeinsames Frühstück, keine Vorwürfe.«

Nina lachte. »Ja, aber meistens kommst du nach Hause und beschwerst dich, daß du deine Zeit und dein Make-up an diese Kerle verschwendet hast.«

Sally drohte ihr mit dem Finger. »Lern aus meinen Fehlern. Fall nie auf jemanden herein, der sich selbst als ›gelangweilt‹ beschreibt – das heißt im Klartext, er ist verheiratet. Oder auf einen, der sich Sinn für Humor attestiert – das sollte man als selbstverständlich voraussetzen. Er könnte den Anzeigenplatz nutzen, um wichtigere Dinge zu erwähnen, wie zum Beispiel den Ferrari oder den VIP.«

»Äh ... VIP ...« Nina ahnte, daß es eine rüdere Deutung als die übliche gab.

»Very Impressive Penis natürlich«, führte Sally aus. »Wie wär's übrigens mit deinem zuverlässigen Henry von nebenan?« schlug sie vor. »Du könntest ihn hin und wieder zum Essen ausführen, er ist doch gut vorzeigbar. Hast du nie ...«

»Nein. Absolut nie. Henry ist ein großartiger Nachbar und Freund, und das seit Jahren – das ist alles. Wir sind nicht anderweitig aneinander interessiert«, behauptete Nina und fügte hinzu, damit Sally es auch wirklich kapierte: »Nicht im allermindesten.«

»Okay, okay, obwohl einige weniger ehrenwerte Leute als ich dich darauf hinweisen würden, daß du ein bißchen zu heftig protestierst.« Sally grinste verschlagen.

»Nein, ehrlich. Henry übt keinerlei Anziehungskraft

auf mich aus. Gib's auf, einen Ersatzmann für mich zu suchen«, beharrte Nina, »ich würde eher mit Steptanz oder Bogenschießen anfangen.«

»Tu das«, ermutigte Sally sie, während sie sie von der Seite musterte. »Du hast im Grunde nicht viel gemacht seit eurer Trennung, stimmt's? Ich meine, du hast einfach im alten Trott weitergemacht. Na ja, aber das tun wir ja alle«, räumte sie ein, um nicht verletzend zu klingen.

Nina schwieg eine Weile und schaute aus dem Fenster. »Sieh dir all diese Kindermädchen da draußen an. Die haben alle Chancen der Welt, etwas anderes zu machen als das, was sie im Augenblick tun. Sie haben eine Ausbildung, Jugend, Energie, und trotzdem hocken sie rauchend und mißgelaunt am Teich und sehen zu, wie die Kinder anderer Leute schmutzig werden. Sie müßten nicht in der feuchten Luft sitzen und sich nach Knightsbridge oder Beverly Hills sehnen. Sie könnten dort sein. Ich habe Lucy, Emily und das Haus, einen Hamster, eine Katze und einen Hund, eine alternde Mutter, die unheimlich wuchernde Glyzinie und diese Galerie. Man kann immer nur Kleinigkeiten verändern.«

»Emily Malone!« Der Schrei übertönte den Radau der fünfzig Schüler der Abschlußklasse, die plaudernd die Treppe zur Schulkantine hinunterschlenderten. Emily sah sich hastig um – nicht nach der Stimme, sondern nach einem Fluchtweg. Sie hatte ihren Französischaufsatz nicht geschrieben und *La Peste* noch nicht mal zu Ende gelesen; die Ratten, die Seuche, Allegorien oder Algerien interessierten sie nicht die Bohne. Wenn man sie zu einer Aussage zwingen würde, würde sie zugeben, daß die einzigen französischen Worte von Bedeutung für sie *Marie Claire, pain au chocolat* und *Renault* waren.

»Verdammte Scheiße«, zischte sie Chloe zu.

»Emily!« brüllte die Stimme wieder. »Spätestens morgen!«

»Glückspilz, sie hat nachgegeben. Bei mir würde sie das nicht tun«, sagte Chloe und drehte sich um, um zu sehen, wohin die Lehrerin ging.

Emily kümmerte sich nicht darum, sie wollte Mrs. Hutchins und ihren ach so mitfühlenden Spanielblick gar nicht sehen. Man hatte Emily angeboten, zum Schulpsychologen zu gehen, als bekannt wurde, daß sich ihre Eltern getrennt hatten. Den peinlichen Tag, an dem ihre Eltern beide im Sonntagsstaat angetanzt waren und das taten, was sie für das Richtige hielten, würde Emily niemals vergessen. »Wenn du im Streß bist oder was auch immer, müssen sie wissen, unter welchem Druck du außerhalb der Schule stehst«, hatte ihr Dad erklärt, als sie, sich vor Verlegenheit windend, ihm Vorwürfe wegen seines Auftritts vor den Lehrern machte. Sie waren so verdammte Ratgeber-Leser-Eltern – all dieses Anteil-Nehmen an Emotionen und die inbrünstige Versicherung, daß alles in Ordnung käme. Konnten sie nicht einfach das andere Richtige tun und einfach zusammenbleiben? Nein, keine Chance. Wie oft sie auch beteuerten, daß Lucy und sie, Emily, an erster Stelle stünden, nichts hatte Dad davon abhalten können, seiner Wege zu gehen, und nichts hatte Mum davon abgehalten, ihm beim Packen zu helfen.

Emily war nicht zur psychologischen Beratung gegangen – es gab nichts, worüber sie hätte reden wollen. Zumindest nichts, was sie in der Schule bekannt machen wollte. Was hätte sie ihnen erzählen sollen? Die schreckliche Wahrheit? Zwei von Dads Werbe-Jingles (für eine Eiscreme und ein billiges Auto) waren zu Mega-Hits geworden, und seither hielt er sich für einen verdammten

Andrew Lloyd Webber und wurde unzuverlässig und großspurig, und Mum war eine so muffige Feministin, daß sie die Wäsche von allen wusch, nur nicht seine, und ihm immer wieder klarmachte, daß sein Erfolg reiner Zufall wie ein Sechser im Lotto war. Das alles hätte sich in Windeseile im Lehrerzimmer herumgesprochen. Emily hüllte sich lieber in geheimnisvolles Schweigen, heimste ein großes Ausmaß an Mitleid und Verständnis ein, wenn es um die nicht gemachten Hausaufgaben ging, und schürte die bequeme Vermutung, daß ihr Leistungsabfall und die Konzentrationsschwäche auf eine auf ungesunde Weise unterdrückte emotionale Angst zurückzuführen war. Emily hatte nichts dagegen, Vorteile aus der familiären Situation zu ziehen.

»Okay, sie ist weg. Ich dachte schon, wir müßten uns eine ›Ich habe Verständnis, ich war auch mal jung‹-Arie anhören«, spottete Chloe.

Emily lachte. »Glaubst du, sie war es? Wirklich? Wenn ich sie fragen würde, ob sie mal auf 'nem Trip war oder Speed genommen hat oder eine Nummer mit einem Kerl geschoben hat, dessen Namen sie nicht kannte, meinst du, sie würde sagen: ›O ja, ja – was für glückliche Zeiten‹?«

Chloe überlegte einen Moment und blieb vor der Kantine stehen, um auf den Speiseplan zu sehen. Das wäre eigentlich gar nicht nötig gewesen – es war Freitag, also gab es etwas Fischiges mit Chips. »Möglich. Sie könnte darauf abfahren, sich mit uns ›gemein‹ zu machen. Vielleicht war sie '68 bei den Studentenunruhen in Paris dabei und hat's mit einem *Gauloise* rauchenden französischen Rohling zu tun gehabt.«

Emily zuckte mit den Achseln. »Ich hab's auch noch nie mit jemandem getrieben, dessen Namen ich nicht kenne. Also wäre das ohnehin nur eine Frage, mit der ich sie durcheinanderbringen will.« Sie lachte. »Wie widerwärtig von mir – typisch Teenager.«

»Na ja, du kommst aus einer zerrütteten Familie, deshalb schlägst du natürlich ein bißchen über die Stränge. Findet dich deine arme, verzweifelte Mutter nicht launenhaft und unbeherrscht? Und dein Vater weiß doch bestimmt nicht mehr, wie er dich zur Vernunft bringen soll? Sicher setzt du deine kleine Schwester heimlich psychischen Qualen aus.«

Emily stellte sich ans Ende der Schlange an der Theke und schielte an ein paar sich balgenden Jungs vorbei auf das Essen. Alles sah orange aus. Panierter Fisch, fahle Chips, schillernde Bohnen. Am Wochenende, als ihr Vater sie gebeten hatte, die Farbe für ihr und Lucys Zimmer in seinem Loft auszusuchen, hatte er ihr erzählt, daß er seine Zimmerdecke orange gestrichen hatte, als er fünfzehn Jahre alt gewesen war. Die Farbe war auf den Teppich, sein Bett und seinen Kopf getropft, und seine Mutter hatte gesagt: »O Liebling, das ist aber hübsch«, weil sie alles, was er tat, göttlich und vollkommen fand. Kein Wunder, daß er durchgedreht war und und sein Ego bei jeder Schlampe aufpoliert hatte, die über seine Witze lachte. Mum hätte wissen müssen, daß er so was machen würde, Großmutter hatte ihr oft genug eingeschärft, daß Männer umhegt und gehätschelt werden wollten wie empfindliche Pflänzchen. Das alles stand auch in *Man-Date,* Emilys neuem Ratgeber, wie man sich den Mann, von dem alle Frauen träumten, angelte und ihn behielt.

»Nein«, sagte sie zu Chloe, die mittlerweile das Interesse verloren hatte und mit beiden tintenfleckigen Händen auf der Warmhalteplatte nach einem ordentlichen Stück Fisch langte. »Nein. Ich bin ein perfektes Kind.

Ich würde fast sagen ein Modell-Kind, aber das ist die Rolle meiner schönen kleinen Schwester.« Emily nahm das Tablett und lachte. »Lucy würde man morgens nicht aus dem Bett kriegen, ohne ihr nicht mindestens zwei Snickers-Riegel dafür zu bieten.«

»Es gibt Mädchen in unserem Alter«, murmelte Chloe und sah sich dabei argwöhnisch um, »die man für weniger ins Bett kriegen würde.«

»Mich zum Beispiel«, sagte Emily, während sie geistesabwesend Chips auf ihren Teller häufte. »Ich habe einen Mann kennengelernt.«

»Einen Mann? Keinen Jungen? Und was ist mit dem treu ergebenen Nick? Du brichst ihm sein gemeines Herz. Wenn er überhaupt eins hat«, sagte Chloe, als sie zu einem Tisch gingen, auf dem Tüten von Erdnüssen, Joghurtreste und kalte, schlaffe Chips herumlagen. Auf der anderen Seite des Speisesaals lümmelte Nick, der begehrteste Junge der Schule, mit Freunden an einem Tisch, unterhielt sich über Fußball und tat so, als würde es ihm nicht das geringste ausmachen, daß Emily nicht zu ihm kam und sich neben ihn setzte. Die Mädchen im Saal spähten zu ihm, schleuderten verführerisch ihr langes Haar und hofften, daß er Notiz von ihnen nehmen würde.

»Nick ist unwichtig, also erwähne ihn erst gar nicht. Er ist nur ein Junge, nur jemand, von dem ich gelernt habe, wie man Sex macht. Aber letztes Wochenende«, vertraute Emily der Freundin an, »als Luce und ich bei Dad waren ...«

Sie zögerte – einerseits fürchtete sie sich davor, Bericht zu erstatten, andererseits wollte sie Chloe beeindrucken. »Und?« drängte Chloe und rüttelte an Emilys Teller, um sie aus ihren Gedanken zu reißen.

»Tut mir leid. Es ist nur ... hier drin mit all diesen Kindern und dem schrillen Schulkinderlärm.« Emily seufzte und kaute auf einem Chip, ehe sie fortfuhr: »Also, diese Catherine, mit der Dad jetzt zusammenlebt, hat einen Bruder, und der hat sie an diesem Wochenende besucht. Und er ist jünger als sie. Erst dreiundzwanzig oder so.«

»Aber du bist siebzehn«, stellte Chloe enttäuscht fest. »Das ist kein besonders großer Altersunterschied, oder? Was ist schon groß dabei? Komm wieder und erzähl mir alles, wenn du einen glatzköpfigen Sechzigjährigen mit Enkeln, einer ansehnlichen Rente und Prostatabeschwerden an Land gezogen hast.«

Emily zuckte mit den Schultern und warf ihr Haar zurück. Es war lang, dicht und rotblond. Er hatte gesagt, es hätte die Farbe eines Sonnenuntergangs, aber das hatte geklungen, als würde er über sie lachen, wie ein Witz, damit sie ihn nicht für jämmerlich kitschig hielt. Außerdem waren ihr Vater und Catherine dabeigewesen, als er eine ihrer Strähnen in die Hand nahm, als wäre es der Ärmel eines Kleidungsstücks in einem Laden, das erst befühlt werden mußte, ehe man es anprobierte. Sein Fingernagel strich dabei ganz langsam über ihren Nacken. Das hatten die anderen nicht bemerkt.

Nicks Finger strichen nie über irgendeinen ihrer Körperteile. Seine Hände faßten immer mit nüchterner Zielstrebigkeit unter ihren Rock – keine sinnlichen Verlockungen, kein erotisches Vorspiel. Damals, als sie es ebenso eilig hatte wie er und nichts besseres kannte, war ihr das richtig und aufregend genug erschienen. Sie sah die Mädchen an, die ihm schmachtende Blicke zuwarfen. Angenommen, sie würde zu einem dieser romantischen, naiven Undschuldslämmchen gehen und erzählen, daß sein bestes Stück nach alten Socken schmeckte?

»Siebzehn, aber ein erbärmliches Schulmädchen«,

sagte sie und betrachtete angewidert ihren grünen Faltenrock. »Und das hier ist wohl die einzige Schule auf der ganzen Welt, in der selbst die Abschlußklasse noch Uniform tragen muß. Es ist, als würde man in einem Roman aus Großmutters Zeiten leben. Sogar die Jungs sind jämmerliche, bedauernswerte Gestalten.«

Chloe nickte mitfühlend und mampfte eine Handvoll Chips. Sie wartete darauf, daß Emily weitererzählte: Nachdem sie die Geschichte die ganze Woche über für sich behalten hatte, dürfte sie jetzt nicht mehr zu bremsen sein. Emily zog eine Gräte aus ihrem Fisch und fuchtelte damit vor Chloes Gesicht herum. »Sieh dir das an – es muß ein echter Fisch sein, oder sie haben Gräten in das Zeug gesteckt, um uns glauben zu machen, daß es Fisch sei. Was Simon betrifft … ich meine, ich denke über das freie Jahr nach der Schule nach, falls ich die Abschlußprüfungen bestehe. Er hat die Uni bereits hinter sich. Sechs Jahre Unterschied sind nichts, wenn beide arbeiten, aber diese speziellen Jahre … da kann eine Menge schiefgehen. Und – das ist das Ärgste – er ist der Bruder von der Freundin meines Vaters. Ich habe den Verdacht, daß es mit Mum entsetzlichen Ärger geben wird, wenn sie davon erfährt.«

Chloe kicherte. »Wenn ihr alle heiratet, wirst du die Schwägerin deiner Stiefmutter. Und wenn ihr Kinder bekommt, ist dein Dad der Onkel von seinem Enkel, oder so.«

»Ich kann mit Mum unmöglich darüber sprechen … nicht, daß es überhaupt etwas gäbe, worüber ich mit ihr reden könnte.«

»Nein, das kannst du nicht«, stimmte Chloe ihr zu. »Aber hauptsächlich, weil Geheimnisse sexy sind. Ist er auch sexy?«

Emily legte die Gräte weg und schob den Teller von

sich, ihr war der Hunger vergangen – zumindest der Hunger auf Essen. »Ja. O Gott, Chloe, ja.«

Nina saß im Polo vor Lucys Schule und beobachtete den Strom von Kindern, die aus dem Gebäude dem freien Wochenende entgegenstürmten. Die meisten gebärdeten sich wild wie kleine Hunde, die man im Park von der Leine ließ. Ihre Mütter waren beladen mit den Taschen, Ranzen und Mänteln der Kinder und folgten ihnen gemächlich. Manche schoben Kinderwagen vor sich her und schrien den außer Rand und Band geratenen Schulkindern Ermahnungen zu, daß sie auf den Straßenverkehr achten sollten. Sie schien eine wahre Bürde zu sein, diese Phase, in der die Kinder noch so klein waren, ständig mit irgendwelchen Ausrüstungen hierhin und dorthin geschafft werden mußten und dauernd Anlaß zur Sorge gaben. Sogar im Park liefen sie Gefahr, sich auf den Schaukeln zu verletzen, von aggressiven Hunden angefallen oder von bösartigen Männern weggelockt zu werden, die nur darauf warteten, daß die Mütter ihren Sprößlingen für eine Sekunde den Rücken kehrten. Sallys Jungs waren mittlerweile erwachsen, und sie machte sich immer noch Sorgen, daß sie von einem Bus überfahren werden oder im Waschsalon einen Stromschlag bekommen könnten – offensichtlich hörte das nie auf.

»Komm nicht zu spät raus, bitte, komm nicht zu spät«, murmelte Nina unruhig vor sich hin. Sie mußten nach Kensington fahren, und das war kein Spaß im Freitagnachmittagsverkehr. Angela, Lucys Agentin von Little Cherubs, hatte gesagt, es handele sich um ein »kleines Casting außer der Reihe«. Erst als sie Angela mit einem geschickten Manöver genauere Informationen entlocken konnte, hatte sie erfahren, daß eine Kaufhauskette

Mädchen für den neuen Modekatalog suchte. »Sie reden von einem Fotoshooting in der Karibik, meine Liebe«, hatte Angela ihr atemlos anvertraut. »Und es wird großartig bezahlt. Vergessen Sie nicht Lucys Mappe.«

Nina blätterte die »Mappe« durch, in der die besten Fotos von Lucys Modenschauen steckten. Einige der frühen Aufnahmen konnten eigentlich entfernt werden – sie waren mindestens zwei Jahre alt, und Lucy veränderte sich schnell. Sie verlor ihren Babyspeck, bekam kräftigere Wangenknochen und präpubertäre Rundungen, die später zu ausgeprägten Kurven werden würden. Sie war ein großes Mädchen und hatte vielleicht von ihrer Mutter die Neigung zur Frühreife geerbt. Nina erinnerte sich noch gut daran, wie furchtbar sie sich gefühlt hatte, als sie als erste in der Klasse (mit elf Jahren) ihre Periode bekommen hatte. Ihre Mutter hatte ihr erklärt, das sei ganz normal, daß sie stolz darauf sein sollte, eine Frau zu werden, und daß sie sich deswegen keineswegs schämen mußte. »Es ist kein Fluch, ihr ignoranten Gören, sondern ein Segen, das solltet ihr nie vergessen«, war Monica aufgebraust, als Nina und ihre Freundin Paula Ninas Entschuldigung für den Schwimmunterricht verfaßt und dabei unaufhörlich gekichert hatten.

»Darf ich mit zu Sasha?« Lucy riß die Wagentür auf und warf ihre Tasche auf den Boden, stieg aber nicht ein. Sie sah ihre Mutter erwartungsvoll aus ihren großen, katzenhaften blauen Augen an. Die pummelige, kleine Sasha hielt sich im Hintergrund und kickte Steine über den Bürgersteig.

»Tut mir leid, Lucy, heute geht's nicht. Du weißt, daß wir um halb fünf bei dem Casting sein müssen.« Sie bedachte die kleine Steinetreterin hinter Lucy mit einem Lächeln. »Schade, Sasha, ein anderes Mal, ja?«

Lucy ließ sich auf den Beifahrersitz fallen. Ihre schrägen Augen waren leicht zusammengekniffen und die Lippen zu einem Schmollmund verzogen. »Das hab' ich vergessen. Sonst vergesse ich so was nie. Warum habe ich heute nicht daran gedacht? Hast du mein Zeug dabei?«

Als Nina losfuhr, sah sie, wie Sasha winkte, aber Lucy ignorierte die Freundin, sie war in Gedanken nahtlos von der Schule zur Arbeit übergewechselt. Sie drehte sich um und wühlte in der Tasche auf dem Rücksitz nach den Kleidern, die sie gegen die Schuluniform austauschen sollte, und der Schachtel mit dem Proviant. Nina fädelte sich in den zähen Verkehr zur Putney Bridge ein.

»Was möchtest du an diesem Wochenende unternehmen? Vielleicht kann Sasha morgen zu uns kommen, und ich lade euch zu irgend etwas ein«, bot Nina an.

Lucy hatte den Mund voll mit ihrem Lieblings-Käse-und-Salami-Sandwich und kaute weiter, wedelte aber mit der Hand, um anzukündigen, daß sie dazu etwas zu sagen hatte. Schließlich schluckte sie, legte das angebissene Sandwich auf ihren Schoß und wandte sich ihrer Mutter zu. »Mum, ich möchte dir etwas sagen, aber du darfst nicht böse sein, versprochen?«

»Das kommt darauf an. Haben sie in deiner Schule das Samstagvormittagnachsitzen eingeführt und dich als erste Kandidatin für diese neue Einrichtung auserkoren?«

Lucy lachte. »Dafür bin ich doch viel zu brav. Nein, es geht um die Wochenenden, seit Dad weggegangen ist.«

Nina blieb hinter einem Lastwagen an der Ampel stehen. Hoffentlich fährt der mit bleifreiem Benzin, schoß es ihr durch den Kopf.

»Was ist mit den Wochenenden? Bist du nicht gern bei deinem Dad?« fragte sie ängstlich. Vielleicht konnte

Lucy Catherine nicht leiden. Die schändliche Wahrheit war, daß Nina sogar darauf hoffte.

»Diese Wochenenden, sie sind wie …« Lucy seufzte tief, weil sie nicht die richtigen Worte fand »… wie Wochenenden. Irgend etwas anderes, etwas, was ganz besonders sein soll, und das jedesmal.«

Nina überlegte gründlich, was sie darauf erwidern sollte. Sie hörte, wie Lucy in einen Apfel biß. »Das kommt daher, weil wir euch an diesen Tagen abwechselnd haben. Ich denke, Daddy möchte euch eine wirklich schöne Zeit machen, damit ihr auch weiterhin gern zu ihm kommt. Er läßt sich von mir scheiden, nicht von euch, verstehst du?«

»Mum, es ist nicht nur Dad. Bei dir ist es genau dasselbe. Du willst die Wochenenden auch immer zu etwas ganz Besonderem machen. Ich meine, als Dad noch da war, hat uns niemals jemand in den Zoo gezerrt oder in den Kingfisher Pool oder ins Theater. Na ja, wir haben schon mal etwas unternommen, aber bestimmt nicht immerzu. Jetzt strengt ihr euch beide wie verrückt an. Ich möchte, daß alles ganz normal ist.«

Die Autoschlange setzte sich wieder in Bewegung, und Nina konzentrierte sich auf die Straße. Obwohl Freitagnachmittag war, schienen genauso viele Leute in die Stadt hinein zu wollen wie hinaus.

»Gut, dann verrat mir doch mal, was du am liebsten machen würdest. Was wäre für dich ein perfektes Wochenende?«

Lucy zögerte keinen Augenblick: »Um halb elf aufstehen und im Bademantel auf dem Sofa liegen, Schoko-Pops essen – auf dem Sofa, nicht am Tisch – und Zeichentrickfilme im Fernsehen anschauen, so lange ich will.«

»Das ist es also?« Nina lachte, aber so schlecht klang das gar nicht. Es war die kindliche Version eines faulen

Sonntagvormittags im Bett mit seriösen und weniger seriösen Zeitungen und Kaffee und Croissants. Sie erinnerte sich, solche Wochenenden mit Joe erlebt zu haben. Bevor die Kinder auf der Welt waren, hatten sie sich auf den spitzen Brötchenkrümeln geliebt, waren gemeinsam unter die Dusche und anschließend in den Pub gegangen. Jetzt machte er das alles wahrscheinlich mit Catherine, die, wie Nina früher, vermutlich dachte, daß sie so viel wie möglich aus dem kinderlosen Stadium machen sollte.

»Ja.« Lucy sah sie besorgt an. »Und kannst du auch mit Dad darüber sprechen? Catherine hält Fernsehen für Schwachsinn, es sei denn, sie bringen Dokumentarfilme über irgendwelche toten historischen Menschen, und sie findet, wir sollten Müsli ohne Zucker essen, aber ganz bestimmt niemals auf dem Sofa.«

Nina lächelte. »Ich glaube kaum, daß sie ihre Ansichten ändert, bis sie selbst Kinder hat.«

»Sie braucht gar keine eigenen Kinder«, erklärte Lucy bestimmt. »Sie hat ja Daddy, um den sie sich kümmern kann.«

Nina seufzte abgrundtief. »O Lucy, wie kommst ausgerechnet du auf die Idee, daß sich Frauen um Männer kümmern müssen? Er ist ein erwachsener Mensch, kein Baby oder Haustier.«

Lucy brach in schallendes Gelächter aus. »Ich wußte, daß du das sagen würdest!« kreischte sie. »Es ist so leicht, dich reinzulegen.«

Nina lauschte Lucys Lachen. Selbst mit der Nachsicht einer Mutter mußte sie eingestehen, daß ihre Tochter keine angenehmen Laute von sich gab. Irgendeiner von ihren oder Joes Vorfahren mußte ihrem Kind dieses schrille Schmettern, das in einem disharmonischen Keckern endete, vererbt haben. Früher einmal waren sie eine Art

Party-Gag gewesen, diese Eselsschreie, und Freunde und Bekannte stachelten Lucy bewundernd zu einem beinahe unkontrollierbaren, hysterisch kreischenden Gelächter an, bis die Kleine mit Tränen in den Augen würgte und sich fast übergab. Nina hatte gehofft, das würde sich auswachsen, und noch war es nicht zu spät dazu, aber es war schwer, gegen alte Gewohnheiten anzukämpfen.

Das Casting fand in einem schmuddeligen Studio in der Nähe der Albert Hall statt. Nina dankte dem Schutzheiligen der Autoverkäufer dafür, daß er ihnen erlaubt hatte, ihr einen Polo aufzuschwatzen und sie davon zu überzeugen, für ihn den Passat, den sie mit Joe geteilt hatte, aufzugeben. In zwei Jahren, wenn Emily auf der Uni war, würde sie sich möglicherweise zu einem Motorrad überreden lassen. Die Vorstellung von Geschwindigkeit und Kraft, Leder und Freiheit war aufregend. Sie, eine Frau mitten in den Wechseljahren, würde auf ihrer Harley Davidson durch die Gegend rasen, während Joe seinem kleinen Sohn (Sohn?) die Windeln wechselte und einen Kinderwagen durch den Park schob, sich über gefährliche Schaukeln, aggressive Hunde und bösartige Männer Gedanken machte …

»Fertig?« fragte sie Lucy. Lucys Schuluniform lag in einem unordentlichen Haufen auf dem Rücksitz. Sie hatte mit geübtem Geschick und ohne ihren jungen Körper den Blicken von Busreisenden und Lastwagenfahrern preiszugeben ihre Jeans und ein Sweatshirt angezogen.

»Ich muß nur noch meine Haare bürsten«, sagte Lucy und tauchte in die riesige Leinentasche, die sie immer bei derartigen Unternehmen bei sich hatten. »Sehe ich einigermaßen okay aus? Bist du wirklich sicher, daß Angela gesagt hat, ich soll solche Klamotten anziehen?« Ihr dreieckiges kleines Gesicht spähte ängstlich durch die langen, hellen Haarsträhnen, die sie mit heftigen Strichen bürstete.

Mit einemmal empfand Nina Mitleid mit ihr. Vielleicht hatte Joe doch recht, und es gab einen Aspekt bei ihren Bestrebungen, Lucy in dieses Geschäft zu puschen, den sie sich selbst und anderen nicht eingestehen wollte.

»Sauber und leger«, versicherte Nina. »So hat sich Angela genau ausgedrückt. Aber – du mußt das Ganze nicht mitmachen, weißt du. Wir können auch sofort nach Hause fahren. Wir könnten uns eine Pizza holen und einen Film anschauen, wenn du willst.«

Lucy sprang aus dem Wagen, warf die Haarbürste auf den Sitz und schlug die Tür zu. »Nein! Nein, ich will das machen«, schrie sie durch Ninas Fenster. »Es gefällt mir. Ich mag es, wenn alle mich anschauen und umwerfend hübsch finden!« Nina stieg aus und fütterte die Parkuhr, während Lucy unruhig herumzappelte und von einem Bein aufs andere trat. »Wir können ja später eine Pizza essen, wenn du willst«, sagte Lucy so beschwichtigend wie eine Erwachsene, die ein aufsässiges Kind beruhigen mußte. Die Welt stand auf dem Kopf.

Monica Dysons Terminkalender hing an einem schäbigen orangefarbenen Seidenband neben dem Telefon. Sie nahm ihn in die Hand und blätterte die Seiten durch, blinzelte und hielt ihn auf Armlänge von sich weg. Wie jedesmal seufzte sie niedergeschlagen und setzte die Lesebrille auf, die um ihren Hals hing. Dabei fühlte sie sich immer, als würde sie einer verabscheuungswürdigen Schwäche nachgeben. Sie spähte über den Rand hinweg in den Kalender, dann drehte sie sich zu Graham um, der gerade die Treppe herunterkam. Er hatte sich für den Nachtdienst hergerichtet, roch nach Rasierschaum und billigem Deodorant.

Monica schnüffelte und rümpfte die Nase. »Deinen

Patienten wird schlecht werden«, klagte sie. »Die Armen – der Gestank in den Kliniken ist schon schlimm genug, auch ohne daß du deinen Beitrag dazu leistest und die Leiden der Kranken vergrößerst.«

Graham setzte sich auf die oberste Stufe, um seine Schuhe anzuziehen; er lächelte freundlich und ignorierte die Vorwürfe seiner Mutter. Er hörte das jeden Tag – das und die Klagen über die Farbe seiner Socken (»Dunkelrot? Zu braunen Schuhen?«) oder über die Art, wie er sein Haar gescheitelt hatte (»Bist du sicher, daß du den Scheitel links haben willst? Ich dachte immer, nur Männer vom anderen Ufer tragen ihren Scheitel links.«).

»Es ist ihnen egal, wonach ich rieche, solange ich sauber rieche«, machte Graham ihr geduldig klar. »Und außerdem tue ich das für mich. Das überdeckt den Gestank nach Desinfektionsmitteln und Urin.«

»Igitt! Verschon mich damit!« Monica durchfuhr ein Schauder, der bei den zusammengebissenen Zähnen anfing und durch die Schultern und den ganzen Körper bis in die ziemlich schwachen Knie zuckte. Sie setzte sich auf den mit Blümchen bestickten Stuhl an den kleinen Walnußholz-Sekretär, an dem sie all ihre Telefonate und Korrespondenzen erledigte.

»Ich habe gerade in meinem Terminkalender nachgesehen«, berichtete sie Graham. »An diesem Sonntag sind wir zum Mittagessen bei Nina. Vergiß das nicht.«

Graham stand auf und ging zum Garderobenspiegel, um seine Krawatte zu richten. Er bewegte sich bedächtig wie meistens, seine Finger arbeiteten schwerfällig, als müßte er jedem einzelnen Instruktionen geben, was er zu tun habe. Sein Gesicht war rot angelaufen, das konnte Monica im Spiegel sehen, und sie genoß ihren stillen Triumph, während er um die richtigen Worte rang.

»Ich kann nicht mit, nicht an diesem Sonntag. Ein paar F-117 fliegen Waddington an. Wir gehen alle hin.«

Sie wußten beide durch jahrelange Erfahrung, daß Monica auf eine solche Eröffnung verschiedene Reaktionen parat hatte. Diesmal entschied sie sich dafür, gekränkt zu sein und ihre Enttäuschung deutlich zu machen. Sie hätte auch wütend werden oder tapfere Resignation zeigen können. Grahams Ankündigung war ein Ärgernis, aber kein ernsthaftes Schmollen wert.

»Aber, Liebling, du hast es versprochen!« jammerte sie und fuchtelte mit den Armen durch die Luft, ehe sie ihm flehend die Hände entgegenstreckte. »Nina wird sehr enttäuscht sein, und du hast die Mädchen seit Ewigkeiten nicht mehr gesehen.«

Graham drehte sich zu ihr um – seine Krawatte saß kein bißchen besser als zuvor. »Ist schon gut, ich habe bereits mit Nina darüber gesprochen. Es macht ihr überhaupt nichts aus. Sie sagt, sie schickt ein Taxi her, das dich abholt, also ist das Problem, wie du zu ihr kommst, gelöst.« Er öffnete die Haustür. »Ich muß los, sonst komme ich zu spät. Kommst du zurecht?«

Monica saß in sich zusammengesunken an ihrem kleinen Schreibtisch und sah ihn verdrossen an. »Warum kann sie nicht selbst herkommen und mich abholen? Das macht zuviel Umstände, nehme ich an.«

»Weil sie kochen muß, deshalb«, erklärte Graham. Sein leises, aber liebevolles »Auf Wiedersehen« wurde vom Zuschlagen der Tür übertönt, und Monica blieb in dem Glauben zurück, daß er sie ohne ein Wort hatte sitzenlassen. Sie war zu Tode betrübt und fest entschlossen, das zu genießen.

Kapitel vier

Emily! In einer halben Stunde gibt's Mittagessen! Grandma kommt gerade durchs Gartentor!«

Ninas Stimme war so laut, daß sie durch Alisha's Attic im Kopfhörer drang, und Emily wußte, daß sie jetzt – nach der vierten Aufforderung – wirklich aufstehen mußte. Sie öffnete die Augen und blinzelte ins Halbdunkel ihres Zimmers. Überall lagen Kleider verstreut: auf dem Bett, unter dem Bett, auf dem Schreibtisch, auf dem pinkfarbenen Klappstuhl, und eine riesige Kollektion – alles Blazer und Jacken, die sie sich in den letzten fünf Jahren gekauft oder geborgt hatte – hing an den Haken an der Tür. In der stockfinsteren Nacht, kurz bevor sie einschlief, bildete sie sich manchmal ein, die Klamotten an der Tür wären ein Mensch, ein massiger, gebeugter Sandmann, der Böses im Schilde führte und ihr Alptraumstaub in die Augen streuen wollte. Als sie jetzt die Kopfhörer abnahm und darüber nachdachte, kam ihr der Gedanke, daß jeder Staub, der einem in die Augen gestreut wurde, ziemlich scheußlich war, ob er nun schöne oder schlechte Träume brachte. Ich habe überhaupt nichts geträumt, dachte sie und streckte sich gähnend.

Lucy öffnete Emilys Tür, kam aber vorsichtshalber, weil sie vergessen hatte anzuklopfen, nicht herein.

»Hier drin stinkt es entsetzlich«, beschwerte sich Lucy und hielt sich die Nase zu. »Noch schlimmer als in Humphreys Käfig. Ich wollte dich nur daran erinnern, daß du dran bist, den Käfig sauberzumachen. Und ich finde seinen Übungsball nicht.«

Emily schlüpfte aus dem Bett, hob einen verknitterten schwarzen Pullover auf, schnupperte daran und warf ihn auf den überquellenden Wäschekorb. »Chloe und ich konnten keinen Aschenbecher finden, deshalb haben wir Humphreys Ball benutzt – die eine Hälfte zumindest. Wahrscheinlich ist er noch im Garten. Sieh mal, die andere Hälfte ist hier.«

Emily tastete das Durcheinander von verstaubten Schulheften, Kerzenwachs, alten Papiertüchern und Schminkutensilien auf ihrem Schreibtisch unter dem Fenster ab und beförderte die eine durchsichtige Hälfte des Balls zutage, in dem ihr Hamster so gern saß und durchs Wohnzimmer rollte. Dad hatte gesagt, Humphrey würde aussehen wie ein totaler Versager von den Gladiators, wenn er das machte. Und – sie spürte den Stich ihres schlechten Gewissens – er hatte außerdem noch, kurz bevor er ausgezogen war, etwas ziemlich Naheliegendes gesagt – nämlich, daß sie die Katze nicht hereinlassen sollten, wenn der Hamster frei herumlief. Es war, als hätte er sich Dinge ausgedacht, die sie später zwingen würden, sich an ihn zu erinnern und durchs Haus zu laufen und zu denken: »Dad hat gesagt ...« Das hatte sie richtig wütend gemacht, weil er auf diese Weise ging und zugleich blieb. Das nächste Mal, als sie allein im Haus gewesen war, hatte sie die Katze aus dem Schlaf gerissen und ihr den herumrollenden Hamster gezeigt. Während sie beobachtet hatte, wie die Katze mit der Pfote nach dem Ball und dem hilflosen kleinen Nagetier schlug, hatte sie sich gefragt, ob sie wirklich kaltblütig wie ein Folterknecht war.

»Es war Dads Schuld«, murmelte sie jetzt vor sich hin, als wäre es ein lebensrettendes Mantra. Sie kramte in der Schublade mit der Unterwäsche und suchte nach einer unspektakulären Unterhose – schließlich stand ihr nur ein langweiliger Sonntag und ein Mittagessen mit Gran (oder Grandmama, wie sie genannt werden wollte) bevor.

»Was war Dads Schuld?« Lucy lungerte noch immer auf der Türschwelle herum. Zur Zeit war sie sehr an Brüsten interessiert und hoffte, Emilys zu Gesicht zu bekommen, damit sie wußte, wie sich die Mädchen in der Familie entwickelten und wie ihr eigener sich ankündigender Busen einmal aussehen würde.

»Oh, gar nichts. Verschwinde«, zischte Emily und warf mit dem Exemplar von Man-Date nach ihr.

»Paß auf mein Gesicht auf!« kreischte Lucy und schleuderte einen Schuh zurück. »Nächste Woche habe ich ein zweites Casting für einen Job auf Barbados!«

Emily stakste durchs Zimmer und schlug die Tür zu, obwohl Lucy, die noch mehr Gewalttaten fürchtete, schon die Flucht ergriffen hatte. »Du und deine verdammte Eitelkeit!« schrie Emily ihr nach.

»Guter Gott, das Kind hat dein Temperament geerbt«, sagte Monica in der Küche zu Nina. Sie steckte den Finger in die Minzsauce, suchte in der falschen Schublade nach den Servietten und trank ihren Sherry mit drei schnellen Schlucken aus. Nina rührte konzentriert die Bratensauce und suchte nach einer möglichst wenig gereizten oder kindischen Erwiderung auf Monicas Bemerkung. Sie hatte als Kind oft die Wutausbrüche ihrer Mutter über sich ergehen lassen müssen. Jede noch so kleine Gedankenlosigkeit hatte Monica auf die Palme gebracht, und auch die Nachbarn, deren Bäume über den Zaun wuchsen, oder ihr Mann, der schließlich mit einem Barmädchen nach Bognor durchgebrannt war, hatten ihren Zorn zu spüren bekommen. Jeden Anflug von Rebellion bei Nina oder Graham hatte sie mit der Androhung, gleich einen Migräneanfall zu erleiden, im Keim erstickt. »Du machst mich krank«, hatte Monica gejammert, als die halbwüchsige Nina sich aufregte: »Das ist nicht fair!« Sie war wütend, weil Graham, der immerhin zwei Jahre jünger war, bei Freunden übernachten durfte, während Nina spätestens um zehn Uhr zu Hause sein mußte. Monica drapierte eine weinrote Häkelstola um ihre breiten Schultern und legte geziert einen Finger mit rosa lackiertem Nagel an ihre Schläfe. »Es pocht, mein Schädel pocht!« wimmerte sie, warf sich auf das lavendelfarbene Sofa und flehte ihre Tochter an, die Vorhänge zuzuziehen und ihr einen Kamillentee zu bringen. Graham hatte schon früh gelernt, daß es ihm nichts einbrachte, wenn er Wut zeigte, und wurde vollkommen passiv. Er war sich im klaren, daß er seinen Willen am ehesten bekam, wenn er an den Respekt appellierte, den seine Mutter seiner Überlegenheit als Mann zollte, und beobachtete gelassen und zufrieden, wie sich Nina durch ihre Pubertät kämpfte.

»Hi, Grandmama.« Emily roch nach einer optimistischen Überdosis Deodorant, als sie mit ihrer Haarbürste in der Hand in die Küche stürmte.

»Nicht hier drin, Em, geh und frisier dich oben in der Garderobe«, wies Nina sie zurecht.

»Hallo, Liebling.« Monica küßte die Luft neben Emilys Wange und schnupperte. »Interessantes Parfum«, sagte sie. »Pfirsichblüte und *L'Air du Silk Cut,* wenn ich mich nicht irre. Gift, Liebling, absolutes Gift.«

Emily grinste frech. »Was, die Pfirsichblüten? Du hast recht – es ist ekelhaft. Ich hatte keine Zeit zum Duschen. Bin gleich wieder da, ich bürste nur schnell meine Haare.« Und schon war sie wieder weg.

»Sie ist genau wie du früher«, sagte Monica bewundernd. »Läßt sich die Butter nicht vom Brot nehmen.«

Nina lachte. »Das klingt, als wäre ich die perfekte Tochter gewesen. Ich muß schon sagen, es hätte mir sehr geholfen, wenn du mir damals diesen Eindruck vermittelt hättest.«

»Oh, aber ich war deine Mutter. Mütter sind dazu da, die Fährten zu legen und darauf zu achten, daß ihre Kinder ihnen auch folgen. Großmütter dürfen Nachsicht üben und die Enkel aus sicherer Entfernung bewundern. Emily wird eines Tages eine wunderbare Frau sein, du wirst schon sehen.«

Nina schüttete den Bratensaft in einen Krug. »Daran habe ich nie auch nur einen Augenblick gezweifelt. Sie ist nicht schwierig, weißt du.«

Monica lachte herzlich und hätte sich beinahe am letzten Rest ihres Sherrys verschluckt. »O Liebling, selbstverständlich ist sie schwierig. Sie ist ein Mädchen – und Mädchen liegen sich immer mit jemandem in den Haaren, besonders mit ihren Müttern. Jungs hingegen werden geboren, um ihren Müttern Freude zu machen. Das tun sie ihr ganzes Leben lang. Zwischen Müttern und Söhnen besteht ein ganz besonderes Band. Du kannst das natürlich nicht wissen – du hast ja nur Mädchen.«

Nina zählte langsam bis zehn. »Wollen wir essen?« fragte sie mit einem Seufzer. »Alles ist fertig. Kannst du Lucy rufen, während ich das Gemüse auf den Tisch stelle? Sie ist draußen im Baumhaus und spielt mit dem Hamster.«

Monica ging zur Küchentür und drehte sich noch einmal zu Nina um. »Du mußt den Braten tranchieren, nicht?« Sie beäugte zweifelnd die dampfende, mit Rosmarin gespickte Lammkeule. »Ein Jammer, daß Graham nicht kommen konnte. Tranchieren ist Männersache.« Sie war im Garten, bevor Nina eine passende Antwort darauf einfiel.

Nina seufzte und nahm das Fleischmesser in die Hand. »Jeder Idiot kann einen Braten aufschneiden«, brummte sie und stach vehement mit der Gabel in das Fleisch. Heißer Bratensaft spritzte auf. Ein Tropfen landete auf ihrem Kinn, und plötzlich war ihr zum Heulen zumute. »Jeder Idiot mit genügend Übung.«

»Käse-und-Schinken-Croissant oder ein Bagel mit Räucherlachs?«

Joe hatte den riesigen rostfreien Stahlkühlschrank und den grünen Plastikbrotkasten geöffnet und sah abwechselnd in den einen und den anderen. Die Sonne strömte durch das Fenster und ließ die hellen Holzmöbel aussehen wie ausgewaschenes Treibholz. Catherine lag gemütlich inmitten von Zeitungen auf dem cremeweißen Sofa. Joe drehte sich zu ihr um und beobachtete, wie sich ihr gepflegter blonder Kopf anmutig zur Seite neigte, als müßte sie überlegen. Wenn sie jetzt den Zeigefinger an ihr Kinn legt wie die Mannequins aus den fünfziger Jahren, dann weiß ich, daß sie posiert, dachte er. Es kam ihm in den Sinn, daß dieser Gedanke fast eine Kritik an ihr gewesen war, die erste in den drei Monaten, die sie zusammenwohnten. Möglicherweise stand das im Zusammenhang mit ihren Anspielungen auf Babys: Er wartete regelrecht darauf, daß sie eine Bemerkung in der Art, daß sie Hunger für zwei hatte, fallenließ oder daß sie eins der Kissen unter ihr Kleid schob, um im Garderobenspiegel zu betrachten, wie sie als Schwangere aussehen würde. Ihm fiel ein Stein vom Herzen, als sie sich ihm ohne jedes Getue zuwandte und sagte: »Beides, wenn genug da ist. Ich habe einen richtigen Heißhunger.« Sie grinste und biß sich auf die Lippe, dann legte sie das Kinn auf die Sofalehne und schaute ihm zu. Das ist jetzt eine Pose, entschied Joe, als er den Käse aus dem Kühlschrank holte. »Das liegt an der vielen Bewegung«, sagte Catherine und kniff vielsagend die Augen zusammen.

Sie hat einen kleineren, hübscheren Mund als Nina, ging es Joe durch den Kopf, als er ihr Croissant in die Mikrowelle schob. Von Nina oral befriedigt zu werden war ein köstliches, angstvolles Erlebnis gewesen. Ihre vollen Lippen hatten ihn an eine übergroße exotische Seeanemone erinnert, die drohte, ihn, seinen Penis, seine Hoden, seinen Körper, sein Gehirn – alles – zu verschlingen. Catherine knabberte eher, und er mußte auch in den unpassendsten Momenten an Lucys Hamster denken. Was sie wohl jetzt alle machen? fragte er sich, während er über den hellen Eschenholzboden ging, um seiner Geliebten die Delikatessen zu servieren. Mit einem Anflug von kleinen masochistischer Wehmut dachte er an den Duft von bratendem Fleisch und knusprigen Kartoffeln. Der Räucherlachs kam ihm, als er hineinbiß, weich, kalt und feindselig vor. Sein Magen rumorte und gab Geräusche von sich, die zu einem alten Mann paßten – er hoffte nur, daß Catherine es nicht gehört hatte.

»Am nächsten Sonntag, wenn die Mädchen kommen, koche ich uns ein ordentliches Essen mit einem Braten«, versprach er.

Sie sah ihn mit weit aufgerissenen Augen an. »Himmel, wozu? Dann stehst du den halben Tag in der Küche.« Und gerade die sinnliche Hälfte des Tages, bevor die Mädchen hier sind, drückte ihr Stirnrunzeln aus. Joe nahm keine Notiz davon – er plante bereits die Gemüsebeilage. »Hmm«, machte er. »Mit in Butter und Estragon gedünsteten Karotten …«

»Ihr Mädchen macht heute den Abwasch für eure Mutter, nicht?« Monica lächelte erst Lucy, dann Emily an.

»Mum und Dad sagen immer, wir tun solche Sachen nicht ›für sie‹, als wenn wir ihr helfen würden, weil das bedeuten würde, daß die Arbeit im Haus eigentlich ganz allein ihr Job ist, und das ist falsch«, belehrte Lucy ihre Großmutter und klang dabei, als würde sie aus der Heiligen Schrift zitieren, ohne die Bedeutung der Worte richtig zu verstehen.

»Ganz recht«, stimmte ihr Monica bereitwillig zu. »Jetzt leben drei erwachsene Frauen in diesem Haus, und die Aufgaben können gleichmäßig auf alle verteilt werden. Das heißt also, daß ihr definitiv den Abwasch übernehmt, oder?« Sie stapelte die Teller aufeinander und schob sie Emily zu, die ihre Großmutter böse anfunkelte, das Geschirr aber zur Spüle brachte.

»Gönn uns eine kleine Pause, wir haben gerade erst zu Ende gegessen. Warum trinkt ihr beide nicht erst euren Wein aus? Danach räumen Luce und ich den Tisch ab.«

»Okay, aber nimm die Schüsseln erst noch vom Tisch, Em, dann könnt ihr für eine Weile verschwinden, wenn ihr wollt«, sagte Nina. Sie war niedergeschlagen. Das Essen war ihr ungebührlich kurz erschienen, als hätte niemand sich die Mühe gemacht, ein Gespräch in Gang zu bringen und als diente diese Zusammenkunft allein und ausschließlich der Nahrungsaufnahme. Auch wenn sie das nur ungern zugab, war sie ziemlich sicher, daß es etwas damit zu tun hatte, daß kein Mann anwesend war. Ihre Famile, die nur noch aus Frauen bestand, erschien ihr plötzlich als armseliges, trauriges Häufchen. Sie und ihre Mutter waren Überbleibsel und wahrscheinlich so reizlos, wie es das übriggebliebene Lammfleisch morgen sein würde. Vielleicht hätte sie Henry einladen sollen, nur um die Dinge ein wenig ins Gleichgewicht zu bringen; er freute sich immer, wenn man ihm eine kostenlose Mahlzeit anbot. Aber er hätte Monica mit seinem Charme so eingewickelt, daß sie bis in alle Ewigkeiten vielsagende Bemerkungen gemacht hätte über diesen netten Mann aus der Nachbarschaft und darüber, wie dumm es sei, daß er und Nina allein lebten … Sie goß noch etwas Rotwein in ihr Glas und trank einen großen Schluck.

»Château La Lagune«, las Monica von dem Etikett ab und wedelte vage das Glas zwischen ihrer Nase und der Flasche hin und her. »Ganz ordentlich. Ich glaube aber nicht, daß Graham ihn gemocht hätte. Hat Joe ihn gekauft?«

»Nein, ich«, versetzte Nina. »Ich weiß selbst, was mir schmeckt.«

»Schon gut, es ist wirklich nicht notwendig, so empfindlich zu reagieren, Liebling. Ich habe mich nur gefragt, ob er im Keller geblieben ist, nachdem … na, du weißt schon.«

»Nachdem Joe ausgezogen ist. Ja, ich weiß.« Nina spürte, daß sie von Minute zu Minute reizbarer wurde, und suchte nach einem plausiblen Grund dafür. »Tut mir leid. Es ist nur dieses Sonntagsgefühl«, sagte sie und, als müßte sie Mücken abwehren, schüttelte sie den Kopf und hoffte, in ihrem Kopf ein bißchen Platz für Heiterkeit schaffen zu können. »Möchtest du Käse? Ich habe Brie, Yarg und irgend etwas Italienisches, glaube ich.« Sie ging zum Kühlschrank und nahm einen Käse nach dem andern aus dem obersten Fach. Joe hätte daran gedacht, ihn einige Zeit vor dem Essen ins Warme zu stellen. Er hätte ihn zusammen mit eisgekühlten Trauben und einem Bund rotem Salbei aus dem Garten auf einer laubgrünen Platte arrangiert. Sie schüttelte wieder den Kopf – so etwas sollte ihr gar nicht im Kopf herumspuken. Joe und die Erinnerungen an ihn hatte sie schon längst aus ihren Gedanken verbannt.

Als sie zum Tisch zurückging, sah sie sich um. Die Küche, die Immobilienmakler als »großen Familienaufenthaltsraum« bezeichnen würden, erschien ihr plötzlich vollgestopft. Gerade weil sich hier hauptsächlich das Familienleben abspielte, hatten sich im Laufe der Jahre Bücher und Schulhefte angesammelt, der Fernseher und etliche Körbe der Haustiere standen herum, hier wurde geplaudert, gekocht und gegessen. Die Häuser auf dieser Seite der Straße waren an einem Hang gelegen, und die Küche nahm das gesamte untere Stockwerk ein. Durch einen kleinen Wintergarten hatte man direkten Zugang zum Garten, in dem sich die Sträucher, die Joe und sie vor zehn Jahren so sorgfältig ausgesucht hatten, jetzt gegenseitig zu ersticken drohten und die meiste Zeit die Sonne abschirmten.

Das alles müßte ausgemistet und aufgeräumt werden, dachte Nina und inspizierte die blauen Küchenwände. Sie waren an den Stellen verschmiert und bröckelig, an denen Lucys Zeichnungen und Gemälde gehangen hatten und irgendwann achtlos wieder abgerissen worden waren, und überall waren mysteriöse Flecken – wahrscheinlich waren dort Wespen erschlagen worden. Sie sah die traurigen hellen Vierecke, die die gerahmten Fotos der Kinder hinterlassen hatten; Joe hatte die Aufnahmen in seine neue Wohnung mitgenommen. Die hohen Bücherregale waren voll mit Taschenbüchern, die Nina vor langer Zeit gelesen hatte, einige noch in ihrer Schulzeit, und die ohne weiteres auf einem Flohmarkt verscherbelt werden konnten. An den Fensterläden waren graue Fingerabdrücke zu sehen, weil sich niemand die Mühe machte, beim Zuziehen die widerspenstigen Messingringe zu benutzen. Selbst die auf dem Sofa verstreuten Rüschen- und Chintzkissen aus den achtziger Jahren ärgerten Nina. Mit einemmal sehnte sie sich nach schlichtem, cremefarbenem Leinen und dem Geruch von frischer Farbe. Und nach den klaren mediterranen Farbtönen des Restaurants, in dem sie dieses eigenartig beunruhigende Mittagessen mit Joe gehabt hatte.

»Ja, ein bißchen frische Farbe könnte nicht schaden«, sagte Monica. Nina war überrascht, daß ihre Mutter so perfekt Gedanken lesen konnte. »Du wirst dir Handwerker ins Haus holen müssen.«

»Ich mache es wahrscheinlich selbst«, entschied Nina, doch schon als sie es aussprach, spürte sie ein Reißen in der rechten Schulter. Allein der Gedanke an die riesigen Flächen und die Decke, die gestrichen werden mußten, verursachte ihr Schmerzen. Vielleicht konnte Henry …

Nina ging zu dem Fenster, von dem aus man auf die Straße sah, und inspizierte die Vorhänge. Sie mußten gründlich gewaschen oder, besser noch, weggeworfen werden. Im Haus Nummer 26 auf der anderen Straßenseite stand jemand an einem der Fenster und schien es auszumessen. »Wir bekommen gegenüber neue Nachbarn«, sagtc sie. »Sie sind gerade im Haus und messen aus.«

»Wirklich? Das ist schön für dich.« Monica stellte sich neben Nina und schaute hinüber. »Jetzt sieh dir das an, wir beide sind entsetzlich neugierig. Warum läufst du nicht hinüber und lädst sie zum Kaffee ein?«

»Das mache ich irgendwann, aber nicht heute. Wir sollten sie erst mal in Ruhe lassen, sie haben bestimmt eine Menge zu tun.« Sie ließ den Vorhang los und drehte sich um. Sie stellte sich ein junges, optimistisches Pärchen vor, das im neuen Heim umherschlenderte, lachte, weil es sich über die Farben nicht einig war, im Geiste die vorhandenen Möbel auf die Räume verteilte und Listen erstellte von all den Dingen, die noch fehlten. Das Gefühl der Leere, das sie schon den ganzen Tag gespürt hatte, nagte noch stärker an ihr.

»Mum, hast du was dagegen, wenn ich mal kurz weggehe? Nachdem wir die Küche aufgeräumt haben?«

Nina musterte Emily argwöhnisch. Sie hatte ihre Haare ordentlich zu einem Pferdeschwanz zusammengebunden, um einer abschlägigen Antwort vorzubeugen. »Nein, ich habe nichts dagegen, wenn du deine Hausaufgaben alle gemacht hast. Wohin willst du? Zu Chloe? Zu Nick?«

Emily ging zur Spüle und ließ Wasser über das Besteck laufen. »Nein ... ich dachte nur, ich könnte bei Dad vorbeischauen und sehen, was er treibt. Er sagte, wir dürften jederzeit zu ihm kommen, wenn uns danach ist.« Ihr Gesicht war abgewandt, als sie sich vorbeugte, um Messer in die Spülmaschine zu räumen.

Nina war drauf und dran zu sagen: Aber heute ist nicht sein Wochenende. Sie hielt sich jedoch zurück. Sie und Joe waren übereingekommen, daß sie sich nicht auf komplizierte Besuchsregelungen einlassen und strikte Zeiten einhalten wollten. Emily war fast achtzehn und durchaus in der Lage, allein in einen Bus zu steigen, nach Chelsea zu fahren und ihren Vater zu besuchen.

»Gute Idee. Du könntest mit ihm besprechen, was du in dem Jahr nach dem Schulabschluß machen sollst«, sagte Nina. »Hast du ihn angerufen?«

»Nein. Ich wollte ihn überraschen. Vielleicht ist er gar nicht daheim – ich lasse es einfach darauf ankommen.«

Nina lächelte. »Catherine wird auch überrascht sein.« Dieser Gedanke heiterte sie auf.

Emily ging in ihr Zimmer, zog sich ganz aus und tapste über den Flur ins Badezimmer, das sie sich mit Lucy teilte. Unter der Dusche seifte sie sich den schalen Geruch der Zigaretten vom letzten Abend und des schmuddeligen Pubs weg, den sie, Chloe, Nick und einige andere Freunde aus verschiedenen Schulen und Colleges an den Wochenenden besuchten. In der Nacht hatte sie eine seltsame Freude empfunden, als sie nicht mit Nick mitgegangen war und keinen Sex mit ihm gehabt hatte – es war gar nichts gewesen, nicht einmal ein Kuß. Zwar war es schön, mit ihm zu knutschen, aber sobald man ihn küßte, war es, als hätte man auf all die richtigen Knöpfe gedrückt und seinen Autopiloten bis zur Zigarette danach in Gang gesetzt. Wenn man ihn auf halber Strecke aufhielt, richtete man Schaden an – seine Mutter hatte ihm erklärt, daß es nicht gesund wäre, mittendrin aufzuhören; er könnte Prostatakrebs oder so was ähnliches davon bekommen. Und Nick meinte, daß Emily, falls sie sich weigerte, das zu beenden, was sie angefangen hatte, schuld wäre, wenn ihn ein solches Schicksal ereilen sollte. Also, folgerte Emily messerscharf, war wiederum seine Mutter schuld daran, daß sie selbst um Nicks Gesundheit willen erst gar nichts angefangen hatte. Sein Pech.

Als sie wieder in ihr Zimmer kam, wählte sie ihre Unterwäsche weitaus sorgfältiger aus als vor dem Mittagessen. »Man weiß ja nie – Simon könnte da sein, und vieleicht will er ja…« murmelte sie der Katze zu, die schlafend auf dem ungemachten Bett lag, als sie sich für den scharlachroten Seiden-BH und das passende Höschen entschied, die sie sich mit einem Geschenkgutschein zu Weihnachten gekauft hatte. Der BH war mittlerweile ziemlich eng geworden, was bedeutete, daß sie in den letzten drei Monaten gewachsen war. Der Spiegel zeigte ihr, daß sie ein ansehnliches Dekolleté hatte – der Anblick beunruhigte sie ein wenig, da sie an eine flache Teenagerfigur gewöhnt war. »Gott, ich sehe aus wie eine Frau«, sagte sie zu der Katze. »Echte Titten.« Sie war schockiert, als würde sie jemand anderen betrachten, jemanden, den sie nicht sehr gut kannte.

»Kann ich mitkommen?« Lucy klopfte und stürmte auch schon herein. »Das ist hübsch. Wie ein Bikini«, bewunderte sie Emilys Dessous. »Ist es ein Bikini? Gehst du ins Hallenbad?«

»Nein, ich gehe auf Männerfang«, erwiderte Emily, ging zum Schrank und schob einen Kleiderbügel nach dem anderen beiseite, auf der Suche nach etwas Tragbarem, was die Schätze darunter andeutete, aber nicht zu freizügig war.

»Wie machst du das genau?« erkundigte sich Lucy ernst.

»Das kann ich dir wirklich nicht sagen.« Emily hielt ein kurzes schwarzes Samtkleid in die Höhe und suchte es nach etwaigen alten Flecken ab. »Das kommt ganz von allein, wenn du im richtigen Alter dafür bist.«

»Ich dachte, du gehst zu Dad. Wenigstens hast du das Mum weisgemacht«, fuhr Lucy fort. »Sie hat uns eingeschärft, immer jemandem die Wahrheit darüber zu sagen, wohin wir gehen, für den Fall, daß etwas passiert. Also verrate mir lieber, was du vorhast.« Sie lächelte einschmeichelnd, und Emily grinste. Kein Wunder, daß sie all die Jobs als Model bekommt, dachte Emily, sie hat tatsächlich ein ganz besonderes kleines Katzengesicht. Sie war nicht so sehr niedlich oder hübsch, sondern eher ungewöhnlich. Und ihr Mund war in jeder Hinsicht zu groß. Auf keinen Fall würde Emily die kleine Schwester in ein Geheimnis einweihen.

»Ich gehe wirklich zu Dad. Und diesmal kannst du nicht mitkommen, weil ich mich nachher wahrscheinlich mit Nick treffe. Tut mir leid – vielleicht nächstes Mal«, sagte sie und tätschelte Lucy den Kopf, was die Kleine, wie sie hoffte, als Geste der Zuneigung deuten und das Gefühl, eine Abfuhr bekommen zu haben, dämpfen würde.

»Dann muß ich mit Gran im Park spazierengehen«, jammerte Lucy. »Sie will immer in den Park. Sie sagt, das ist gut für die Verdauung. Und sie rennt immer so schnell, damit sie rechtzeitig nach Hause kommt, um für Onkel Graham zu kochen.«

»Der Hund wird sich freuen. Genghis liebt Spaziergänge im Park ganz besonders, und außerdem bist du dann morgen nicht dran, ihn auszuführen.« Emily grinste, öffnete die Tür und schob Lucy hinaus. Dann zog sie die Tür fest hinter sich zu, damit Lucy begriff, daß sie während Emilys Abwesenheit nichts in ihrem Zimmer zu suchen hatte. Sie gingen gemeinsam die Treppe hinunter in die Küche.

»Joe hätte dir nicht auch noch den Hund aufhalsen dürfen. Er hätte ihn mitnehmen sollen«, sagte Monica, als sie zusah, wie Nina die kräftige Leine an dem Halsband des alten und meist trägen Afghanen befestigte.

Emily lachte. »Unmöglich. Diese Hunde sind heutzutage so uncool, daß Dad weder tot noch lebendig mit Genghis gesehen werden will.«

»Ach komm, Emily, das ist nicht wahr. Genghis kann wohl kaum bei Joe in der Wohnung bleiben. Das wäre nicht fair.« Nina tätschelte Genghis' weichen, zotteligen Kopf.

»Nicht fair für wen?« wollte Emily wissen, als sie Monica zum Abschied umarmte.

Graham saß in seinem Fiesta in der Waddington Flugfeld-Beobachter-Zone und hatte ein Notizbuch sowie das Buch *USA Military Aircraft Serials* in den Händen. Ein zufriedenstellender Tag. Einer der seltenen Tage, an denen er sowohl den Anforderungen der Klinik als auch denen seiner Mutter entfliehen konnte, und zudem hatte er nicht weniger als drei F-117 Nighthawks bei der Landung gesehen und beobachtet, wie sie am Horizont in den Sinkflug geglitten waren und auf der Landebahn direkt vor ihm aufgesetzt hatten. Ihre sonderbaren schwarzen Gestalten erinnerten ihn an eine unheilvolle Origami-Form. Kein Wunder, daß sie in den Medien *Die Verstohlenen* genannt wurden. Sie machten einen zerbrechlichen, aber trügerischen Eindruck wie kleine Spinnen, die ein tödliches Gift verspritzen. Die Briten hatten nichts, was der F-117 das Wasser reichen konnte – nicht im militärischen Bereich –, aber Graham war stolz auf die Concorde, sie gefiel ihm sehr. Und wenn sie etwas derart Besonderes wie die F-117 hätten, würden sie nicht an einem Sonntag damit fliegen. Die Wochenenden und drei Wochen im August: Jeder Amateur und Flugzeugenthusiast hätte der Luftwaffe einer feindlichen Nation verraten können, daß das die beste Zeit für einen Angriff war.

Sein Magen verriet ihm, daß es schon weit über die Mittagessenszeit war. Er winkte kurz der kleinen Gruppe ähnlich begeisterter Hobbyisten zu, die mit ihren elektronischen Meßgeräten am Zaun des Flugfelds standen, und fuhr in Richtung Dorf. Graham fühlte sich alt. Die meisten anderen, die mit ihm Flugzeuge beobachteten, waren noch Teenager oder nur wenig älter. Einerseits war es ermutigend, daß noch nicht alle Jugendlichen zu bewaffneten Raubüberfällen und Computerspielen übergegangen waren, sondern sich noch viel mit Flugzeug- und Vogelbeobachtung beschäftigten. Andererseits rief es ihm ins Gedächtnis, daß die Menschen generell – die meisten Menschen – von einem erwarteten, daß man über so etwas mit der Zeit hinauswuchs. Er war nicht darüber hinausgewachsen. Er wollte es auch gar nicht. Seine Aufzeichnungen über militärische Flugzeuge waren wohl die umfangreichsten im ganzen Land und reichten bis in das Jahr 1971 zurück. Sobald ein Militärflugzeug, egal aus welchem Land, einflog, war er zur Stelle gewesen, um es sich anzusehen, es zu fotografieren und alle Daten zu notieren.

Er schaute auf die Uhr am Armaturenbrett. Erst Viertel nach zwei. Nach dem Hamburger (von dem seine Mutter nichts erfahren durfte – wegen BSE) konnte er, wenn er schnell nach Hause fuhr, noch etwa zwei Stunden Daten in den Computer eingeben, ehe seine Mutter heimkam und jammerte: »Oh, du wirst dich doch nicht schon wieder mit diesem Zeug in dein Zimmer einschließen?« Wenn er ausging, beschwerte sie sich, daß er sie vernachlässigte. Er konnte einfach nicht gewinnen.

»Erzähl mir von Barbados. Wann fliegst du?«

Monica marschierte neben Lucy, die sich anstrengte, ohne zu keuchen mit der Großmutter Schritt zu halten, durch den windigen Park. Der Hund, der zu unzuverlässig war, um auf offenem Gelände von der Leine gelassen zu werden, zerrte an Lucy, weil er sie zum Rennen animieren wollte.

»Vielleicht fliege ich gar nicht. Ich habe ihnen gefallen, aber sie fanden auch zehn andere gut, und wir alle müssen am Donnerstag noch mal zu einem Casting. Ich glaube, wir müssen ein paar von den Klamotten anprobieren. Normalerweise ist das so. Und wenn die Kleider nicht gut an uns aussehen, bekommen wir den Job nicht.«

»Barbados – das wird schön, oder, Liebling? Ich bin überzeugt, du bist die allerhübscheste. Selbstverständlich bekommst du den Job.«

»Mach ihr nicht solche Hoffnungen, es ist durchaus möglich, daß sie sie nicht nehmen, weißt du«, raunte Nina ihrer Mutter zu.

Monica bedachte sie mit einem düsteren Blick. »Ach, du bist eine echte Schwarzseherin. Laß die Kleine fliegen, solange sich die Gelegenheit dazu bietet. Du hast früher auch alles mitgemacht. Natürlich nehmen sie sie. Sie kriegt jeden Job, oder nicht? Und selbstverständlich wirst du mitfliegen, als Begleitperson – wenn du nicht willst, tu ich's.«

»Das letzte Mal, als wir Fotos gemacht haben, die aussahen, als wären wir in einem heißen Land, sind wir nur nach Ealing gefahren. Sie haben in einer großen Scheune Kulissen aufgestellt und einen Haufen Palmen angekarrt.« Lucy lachte. »Es war eiskalt, und wir mußten herumtanzen und so tun, als wären wir auf einer Strandparty. Das war für die Werbung von Tropi-Schoko-Bonbons. Sie haben scheußlich geschmeckt.«

»Joe ist nicht gerade begeistert. Er sagt, es lenkt sie zu sehr von der Schule ab«, gestand Nina.

»Aber er hat doch damit angefangen, als er sie zu dem Casting für diese grauenvolle Werbung gebracht hat – was war das noch mal, Joghurt, oder?«

»Ja, aber nur zum Spaß, und er dachte, es würde bei diesem einen Mal bleiben. Wir hatten viel Streit deswegen.«

Monica schnaubte. »Na ja, du weißt ja, wie ich darüber denke. Du hättest eine Möglichkeit finden können, das zu regeln, ohne auf Worte zurückzugreifen. Du hast dir diesen Mann durch die Finger schlüpfen lassen, nur weil du es nie geschafft hast, still und subtil vorzugehen. Es gibt viele Methoden, eine Katze zu häuten, verstehst du? Vielleicht, wenn du ihm einen Sohn geboren hättest …« Bei ihr klingt das, als wäre es ein Geschenk oder eine Bestechung, dachte Nina, als wenn Joe einem Sohn zuliebe aufgehört hätte, einer endlosen Reihe dümmlicher junger Mädchen seine Männlichkeit zu beweisen, und pflichtbewußt zu Hause geblieben wäre. Sally hatte jedem ihrer beiden Ehemänner einen Sohn »geschenkt«, und sie waren trotzdem auf und davon, aber Sally war auch der Ansicht, daß kleine Söhne so von ihren ergebenen Müttern vergöttert wurden, daß die Männer vor Eifersucht ausrasten … Wie auch immer – die weiblichen Exemplare der Spezies, ob Töchter, Ehefrauen oder Mütter, konnten eindeutig nicht gewinnen.

»Komm, Genghis, wir laufen ein bißchen, ja?« Nina nahm Lucy die Leine ab und rannte los. Im Park herrschte der übliche Sonntagnachmittagsbetrieb. Mittagessen wurden von den Hüften gewandert, geschiedene Väter verwöhnten ihre Kinder mit Süßigkeiten und Versprechungen. Kinder tobten herum, balgten sich oder spielten Fußball. Männer und Frauen schlenderten, freundschaftlich untergehakt, über die Wege und schlichteten ihre Wochenendauseinandersetzungen. Hunde, die gehorsamer waren als Genghis, liefen herum, schnüffelten nach Kaninchenspuren und beschnupperten sich gegenseitig.

»›Durch die Finger schlüpfen lassen‹. Ich würde eher sagen, er hat meine Finger gewaltsam auseinandergebogen und sich hindurchgezwängt«, brummte Nina während des Laufens vor sich hin. Der Hund sprang ein paar Schritte vor ihr her, seine großen, goldfarbenen Ohren flatterten.

Hätte Nina ihn von der Leine gelassen, er wäre ziellos meilenweit gerannt, bis er zusammengebrochen wäre.

»Die Türglocke schellt«, murmelte Catherine in das Kissen. Joe rührte sich nicht. Er lag erschöpft unter der Bettdecke und kämpfte gegen den Schlaf an. Als kluger Erwachsener, wußte er, daß er, wenn er seinem Bedürfnis jetzt am späten Nachmittag nachgeben würde, eine schlaflose Nacht vor sich hätte.

»Joe, es läutet.«

»Achte einfach nicht drauf«, sagte er und starrte an die Decke. Er hatte kaum noch genügend Energie zu blinzeln.

»Das kann ich nicht. Vielleicht ist es Simon. Ich sehe schnell mal nach.« Catherine seufzte und hievte ihren nackten Körper aus dem Bett, streifte einen pinkfarbenen Seidenmorgenrock über und band den Gürtel zu. Joe bemerkte einen kleinen Hauch von Unmut in dieser Geste – wie sie an dem Stoffgürtel zerrte und ihn energisch zu einem Knoten schlang. Die laszive Zärtlichkeit der letzten halben Stunde war verflogen. Catherine postierte sich vorsichtig am Rand des Fensters, wo sie, wie sie hoffte, von der Straße aus nicht gesehen werden, aber selbst alles überblicken konnte.

Ein Mädchen stand unten, ein Mädchen mit langen, rötlichbraunen Haaren, blies in ihre kalten Hände und hielt nach Anzeichen von Leben im Gebäude Ausschau. Catherine trat hastig vom Fenster zurück und redete sich ein, daß sie nicht gesehen worden war, nicht aus diesem Winkel. Dies war ihr Wochenende mit Joe, nicht das seiner Kinder.

»Niemand mehr da – sie sind gegangen«, berichtete sie, als sie aus dem Mogenrock schlüpfte und lächelnd ins Bett kroch.

Kapitel fünf

Jesses, Mum, was machst du hier? Du hast mich erschreckt! Es ist noch nicht einmal sieben Uhr.«

Emily stand mit vom Schlaf zerzausten Haaren und barfuß in der Küchentür. Sie hatte ein altes Metropolis-Studio-T-Shirt an, das sie Joe bei ihrem letzten Besuch stibitzt hatte, wie Nina vermutete. Es bedeckte die Hälfte ihrer Schenkel; ihre langen, blassen Beine sahen kalt und verletzlich aus.

Nina hockte in ihrem alten blauen Bademantel vor dem Bücherregal auf dem Boden und sortierte Taschenbücher, in verschiedene Kisten vom Supermarkt ein.

»Ich miste aus, damit wir die Wände streichen können. Ich bin früh aufgewacht und konnte nicht mehr einschlafen. Als ich mich hin- und herwälzte, kam die Katze, weil sie dachte, es wäre schon Morgen. Da dachte ich, ich könnte genausogut gleich aufstehen und einen Anfang machen. Später habe ich keine Zeit mehr dafür. Aber«, sagte sie und sah Emily argwöhnisch an, »ich könnte dir dieselbe Frage stellen. Ich wette, du kannst dich nicht erinnern, wann du jemals so früh auf warst. Normalerweise quälst du dich erst eine halbe Minute, bevor du zur Schule gehen mußt, aus dem Bett.«

Emily rieb sich mit dem rechten Fuß die linke Wade.

»Die Vögel haben mich geweckt«, sagte sie. »Soll ich uns einen Tee aufbrühen?«

Sie tapste zur Spüle und füllte den Wasserkessel. Sie wirkt so unstet und heimlichtuerisch, dachte Nina. Wenn sie nicht so verschlafen aussehen würde, könnte man meinen, sie sei gerade erst nach Hause gekommen. Sie beobachtete, wie Emily zwei Tassen aus dem Schrank nahm, und fragte sich, was genau ihre Tochter mit diesem Nick zu schaffen hatte. Sie nahm an, daß da etwas war. Dieser Junge, der so selbstbewußt herumstolzierte und sich absolut unwiderstehlich fand, könnte die Mädchen der gesamten Abschlußklasse und wahrscheinlich noch die aus den beiden Klassen darunter in sein Bett bekommen. Mit seiner schlanken, hochgewachsenen Figur und seinem von der Sonne gebleichten Haar erinnerte er Nina an eine Werbemodel für Surfklamotten. Es wäre naiv sich einzubilden, daß er Zeit mit einem Mädchen verschwendete, das nicht mehr zuließ als einen flüchtigen Gutenachtkuß – egal welche Persönlichkeit es hatte.

»Siehst du Nick noch oft?« erkundigte sie sich und verfluchte sich selbst für diese allzu mütterliche Frage.

Emily drehte sich zu ihr um und grinste mitleidig. Mit Recht, dachte Nina. »Sehen? Was ist das für eine Frage?« spottete Emily. »Willst du wissen, ob ich Sex mit ihm habe? Die Antwort lautet: Nicht im Moment, weil ich gerade damit beschäftigt bin, meiner Mummy einen Tee zu kochen, okay?« Sie schleuderte ihr Haar zurück und wandte sich nach einem frechen Blick wieder dem Teekessel zu, um das Wasser in die Tassen zu gießen.

»Geschieht mir recht, nehme ich an«, sagte Nina lachend. Sie war kein bißchen klüger als vorher, und so sollte es auch sein. Wahrscheinlich war es besser so – für sie beide.

Genghis rekelte sich auf dem Sofa, machte einmal leise »Wuff« im Schlaf und hob den Kopf ein paar Zentimeter. »Die Zeitung ist da«, sagte Nina und sah im Fenster zur Straßenseite die in Nike-Turnschuhen steckenden Füße des Mädchens, das mit der Zeitungstasche auf die Haustür zutrottete. »Er ist ziemlich gut, unser alter Genghis«, sagte sie und kraulte ihn hinter dem Ohr. »Er hat gemerkt, daß sie kommt, noch bevor sie das Tor aufgemacht hat.«

»Er hat sich nicht gerade verausgabt, um den Eindringling abzuschrecken«, stellte Emily fest, als sie Nina ihre Tasse reichte. »Selbst wenn der wahnsinnige Hackebeilmörder zum Haus schleichen würde, würde Genghis nur ein schwaches Begrüßungsbellen von sich geben und wieder ins Land der Träume versinken. Er ist ungefähr so wachsam wie Lucys Hamster. Wir sollten uns einen großen, bösartigen Rottweiler zulegen, dann könnten wir drei Mädels uns sicher in unseren Betten fühlen.«

»Fühlst du dich denn weniger sicher ohne Mann im Haus?« fragte Nina. Ihr war bis jetzt noch nie in den Sinn gekommen, daß in dieser Hinsicht etwas anders sein könnte, seit Joe weg war. Ein Mann als Wachhund war nie wirklich ein Thema gewesen – sie hatte viel mehr damit zu tun gehabt, Joe im Haus als Eindringlinge draußen zu halten. »Wir könnten einen Untermieter aufnehmen und im alten Musikzimmer unterbringen.«

»Nein, keine Untermieter, bitte. Es ist alles bestens, ehrlich. Ich fühle mich im Haus genauso wie immer. Außerdem war Dad ja sowieso nicht immer hier, oder er ist sehr spät heimgekommen oder was auch immer.« Emily nahm ihre Teetasse und ging auf die Tür zu. »Ich muß schnell jemanden anrufen, also überlasse ich dich deinen Büchern, okay?«

»Gütiger Himmel! Wen, um alles in der Welt, mußt du

zu dieser Tageszeit anrufen? Wer immer es ist, er wird nicht gerade erfreut sein.«

Emily war schon auf der Treppe, und ihre Stimme wurde immer schwächer, bis sie kaum noch zu hören war. »...is' okay, muß nur was wegen dem Wordsworth-Aufsatz wissen. Sie machen sich bestimmt gerade für die Arbeit fertig ...« Falls sie noch mehr Informationen preisgab, konnte Nina sie nicht mehr verstehen. Sie verschwendete auch keine Zeit mehr damit, sich den Kopf darüber zu zerbrechen, warum Emily nicht blieb und das Telefon in der Küche benutzte. Sie war daran gewöhnt, daß Teenager gerne ungestört telefonierten, selbst wenn sie nur die Zeitansage anriefen.

Nina widmete sich wieder ihrer Aufgabe und sah sich im Raum um – sie wehrte sich gegen das Gefühl, dem allen nicht gewachsen zu sein. Sobald sie die Bücher aussortiert hatte, mußte sie die Bilder abnehmen, dann mußten all die Teller, Schüsseln und Vasen, die sich angesammelt hatten, Rechnungen, Kataloge und Papiere ausgemistet und weggeworfen werden, außerdem mußte sie woanders Platz für alle die Küchensachen schaffen und die Vorhänge und die Vorhangstangen abnehmen. Und danach erst kam das Wändeanstreichen. Mit einemmal kam es ihr so vor, als hätte jede Wand eine Fläche von mindestens einem Hektar. Sie bedauerte, daß ihr Bruder nie ein Do-it-yourself-Typ gewesen war, andererseits wäre es erbärmlich sexistisch, das vorauszusetzen. Dafür hatte Graham ein Adreßbuch, in dem beneidenswert viele Telefonnummern von Handwerkern standen, mit denen er sich jedesmal in Verbindung setzte, wenn Monica den Abfluß oder den Gartentorpfosten nur mit einem skeptischen Blick bedachte und erklärte, sie würden nicht mehr ihrem Standard entsprechen.

»Nein, ich kann das allein«, versicherte Nina sich selbst, wandte sich wieder den Büchern zu und vermied es tunlichst, an das, was da noch auf sie zukam, zu denken, ehe sie diese erste Aufgabe bewältigt, und zwar zufriedenstellend bewältigt hatte. Am Abend würde sie den örtlichen Pfadfinderverband anrufen – sicherlich machten die bald einen Flohmarkt – und ihnen die aussortierten Sachen anbieten. Sie kam sich vor, als ob sie in der Nestbauphase wäre, aber diesmal sorgte sie sich um ihre eigene Behaglichkeit und nicht darum, daß ein neues Baby es schön hatte. Vermutlich mußte Joe bald an den Nestbau für ein Kind denken, wenn Catherine ihren Willen durchsetzte. Lucy und Emily hätten dann einen Halbbruder oder eine Halbschwester. Die beiden Mädchen hätten Verbindung zu dem Kleinen und würden an Joes Zukunft teihaben – sie, Nina, hingegen nicht. Diese Überlegung bedrückte sie schrecklich, sie fühlte sich ausgeschlossen, als wäre sie das einzige Kind in einer Grundschulklasse, das nicht zu einer Geburtstagsparty eingeladen worden war. Sie warf ein Exemplar von Brave New World in die Kiste, nahm es aber rasch wieder heraus. Vielleicht wollte Lucy es eines Tages lesen – oder gar ihr kleiner Bruder oder ihre kleine Schwester.

Vor dem Haus schlug eine Autotür zu; Nina spähte aus dem Fenster. Der Tag schien in der ganzen Siedlung früh zu beginnen. Auf der anderen Straßenseite sah sie die Beine von zwei Männern, die aus einem Audi stiegen und den Weg zur leeren Nummer 26 entlanggingen. Aha, die Neuankömmlinge, dachte sie und ging zum Fenster, um ihre Neugier zu befriedigen. Sie sah die Männer vor der Haustür stehen, der größere, blondere suchte nach dem richtigen Schlüssel. Beide trugen Jeans, der eine eine lange Leinenjacke, der andere eine weiche, butterfarbene

Lederjacke. Es dauerte nur Sekunden, bis Nina die Männer als schwules Paar einstufte, das dabei war, das neue Heim mit interessanten Schätzen zu füllen, mit erlesenen Souvenirs von Fernreisen, und weiche Seidenkelims an die Wände zu hängen. Sie züchteten bestimmt ihre eigenen Kräuter. In ihrer Phantasie gab sie ihnen noch einen kleinen, häßlichen Hund, den sie ständig mit Smarties fütterten, bis er dick und fett war. Als sie sich wieder ihrer Arbeit zuwandte, lächelte sie über ihre absurden Vorstellungen und beschloß, den neuen Nachbarn eine Schachtel mit Maison Blancs köstlichstem Kuchen als Einzugsgeschenk zu bringen und schrecklich enttäuscht zu sein, wenn sie ihn nicht mit kunstvollen Art-Nouveau-Kuchengabeln aßen.

»Hallo, Catherine? Hier ist Emily. Emily Malone.«

Emily hatte sogar auf dem Teppich im Wohnzimmer kalte Füße. Sie setzte sich mit angewinkelten Beinen aufs Sofa und zog das große T-Shirt über die Knie, besann sich jedoch schnell eines anderen und streckte die Beine aus, strich den Stoff glatt und nahm eine sittsame Pose ein, die ihr passender für ein Gespräch mit der makellosen Catherine erschien. Sie sah sie im Geiste vor sich: Selbst um sieben Uhr morgens war sie bestimmt schon perfekt zurechtgemacht für die Arbeit und trug ein glänzendes Joseph-Kostüm und eine dieser schrecklich verspielten kleinen Goldkettchen, die sie offenbar sehr liebte. Wenn ich solche Klamotten hätte, dachte Emily wie schon so oft, würde ich klotzige Klunker dazu tragen oder dicke silberne Reifen.

»Es ist noch furchtbar früh.« Catherines Stimme klang jammernd wie die von Mrs. Hutchins, wenn einer ihrer Schüler seinen Aufsatz nicht rechtzeitig fertig gebracht hatte. Sie verkniff sich die unhöfliche Frage: »Was willst du?«, aber Emily spürte, daß sie ihr auf der Zunge lag. Vielleicht war Joe im Zimmer, überlegte Emily und bemühte sich, an dem Bild einer vollkommen angezogenen Catherine festzuhalten und sie sich nicht in einem winzigen Spitzenhemdchen im Bett vorzustellen.

»Tut mir echt leid«, entschuldigte sich Emily hastig. »Aber ich erreiche dich nur um diese Tageszeit ganz sicher zu Hause, und es ist wirklich dringend. Du kennst doch deinen Bruder Simon?«

»Natürlich kenne ich ihn«, schnappte Catherine. »Was ist mit ihm?«

Zornestränen brannten in Emilys Augen nach dieser ungehaltenen Zurechtweisung. Ich hasse diese Person, dachte sie, fuhr aber lächelnd, um ihre Stimme wie die eines süßen, netten Mädchens klingen zu lassen, fort: »Na ja – als ich ihn traf, haben wir über die Abschlußprüfungen gesprochen, und er erwähnte, daß er für seine Prüfungen viel über Wordsworth gearbeitet und seine Notizen und verschiedene Aufsätze aufgehoben hat...« Emily machte eine Pause, um Luft zu holen. Sie war überzeugt, daß sie schnatterte wie eine dumme, aufgeregte Gans. Catherine schwieg. Emily sah sie vor sich, wie sie ihre Finger inspizierte und einen winzigen Krümel Vollkorntoast hervorkratzte, der es gewagt hatte, sich unter einen ihrer perfekt lackierten Nägel zu schieben. Eine große Träne rollte über Emilys Wange. Was fiel ihrem Dad ein, mit einer Frau zusammenzuwohnen, die eine geschlagene Stunde brauchte, bis sie ihre Fingernägel mit Grundlack gepflegt, poliert und schließlich mit farbigem Lack verschönert hatte? Was ging in ihrem Kopf vor, wenn sie so etwas machte? Wieso freut sie sich nicht, daß ich mich bei ihr melde – warum fragt sie nicht mal, wie es mir geht?

»Es ist nur … er hat gesagt, daß ich ihn anrufen könnte, wenn ich Probleme mit dieser Wordsworth-Sache habe, aber ich hab' seine Nummer nicht. Könntest du sie mir bitte geben?«

Sie kam sich vor, als würde sie um etwas betteln, besonders weil sich Catherine immer noch in affektiertes Schweigen hüllte. Wenn Emily ihrer Mutter davon erzählen würde, würde Nina wahrscheinlich etwas Nettes sagen wie: »Oh, vielleicht ist sie nur schüchtern und weiß nicht so recht, wie man mit Teenagern umgeht.« Nina war viel zu nachsichtig, das war das Problem. Was würde es ihr schon schaden zu wissen, einfach nur zu wissen, daß Catherine eine blöde Kuh war?

»Dein Vater hätte dir die Nummer zu einer vernünftigeren Tageszeit geben können. Außerdem steht sie im Telefonbuch, weißt du. Warte einen Moment.« Catherine legte den Hörer weg, und Emily hörte ihre Schritte auf der großen Holzbodenfläche in der Wohnung. Also war sie schon auf und angezogen – sie war nicht im Schlafzimmer und trug richtige Schuhe. Emily spürte eine gewisse Zufriedenheit, die sie innerlich erwärmte.

»Ich habe hier seine Privat- und seine Geschäftsnummer. Welche willst du haben?« erkundigte sich Catherine.

»Beide, bitte, wenn es dir nichts ausmacht. Es ist wirklich ein Notfall.« Emily verabscheute sich selbst, weil sie so duckmäuserisch zu Kreuze kroch. Erkläre nichts, entschuldige dich nie – lautete so nicht ein weiser Spruch? Aber wer konnte schon immer danach leben? Wahrscheinlich nur Catherine. Emily kritzelte die Telefonnummern auf ihren Handrücken und malte ein Herz um Simons Namen. »Vielen, vielen Dank«, flötete sie. »Das war wirklich sehr nett von dir, und es tut mir schrecklich leid, daß ich dich so früh am Morgen gestört habe. Liebe Grüße an Dad.«

Sie legte behutsam auf und wischte sich die Hand am T-Shirt ab. »Blöde Kuh, elendes Biest«, schimpfte sie, stürmte die Treppe hinauf in ihr Zimmer und rannte an Lucy vorbei, die auf dem Weg zum Frühstück war.

Emily schaute auf ihre Uhr und grinste. Irgendwie hatte sie es geschafft, die Zeit gewinnbringend zu nutzen; jetzt hatte sie, wie ihre Mutter es ausgedrückt hatte, tatsächlich nur noch eine halbe Minute, bis sie zur Schule aufbrechen mußte.

Henry rekelte sich auf dem Sofa und balancierte einen Becher mit Kaffee auf seiner Brust. Nina verspürte einen schmerzhaften Stich im Herzen. Sie vermißte schlicht und einfach die lässige, raumgreifende Anwesenheit eines Mannes in diesem Haus. Männer brauchten so viel Platz wie ein Irischer Wolfshund – es gelang einem nicht, sie nicht zur Kenntnis zu nehmen. Wenn sie still waren – wie unartige Kinder, die verdächtig ruhig waren –, zogen sie meistens die Blicke auf sich. Joe war ein großartiger Herumlümmler gewesen. Oft hatte er mit geschlossenen Augen auf dem Sofa im Musikzimmer gelegen und sich geärgert, wenn irgend jemand auf den Gedanken kam, daß er nicht arbeitete. Sogar heute noch erwartete sie, wenn sie die Treppe hinaufging, einen nackten Fuß über die Sofalehne baumeln zu sehen. Und wenn sie dann zur Tür kam und den leeren Raum sah – das Sofa war mit Joe und seinem Equipment in die neue Wohnung umgezogen –, verspürte sie so etwas wie einen Schock, als würde sie gerade gewahr werden, daß sie beraubt worden war.

»Was meinst du? Cremeweiß? Gelb? Wie wär's mit Blau? Oder ist Blau zu kalt?« fragte Nina die schlaffe

Masse, die Henry war. Sie durchmaß den Raum, stapelte hier Zeitschriften, sammelte dort Rechnungen und Schulbenachrichtigungen ein und versuchte, sich eine erfrischend leere Küche ohne jeden Plunder und mit fleckenlosen, ordentlich gestrichenen Wänden vorzustellen. Sie wollte keinen verspielten, »zeitgemäßen« Anstrich, keine Tupfen oder Wellenlinien, nicht einmal zarte Schattierungen, soviel wußte sie, aber das Problem war, für welche Farbe sie sich entscheiden sollte. Joe war in diesen Dingen sehr gut. Selbst damals, als sie sich beim Hauskauf auf ein schlichtes Weiß für ihr Schlafzimmer geeinigt hatten, hatte er eine Auswahl von mindestens zwanzig verschiedenen Weißtönen im Zimmer aufgehängt und darauf gewartet, daß das richtige Licht auf das richtige Weiß fiel. Dies war die erste größere Veränderung, die sie nach seinem Auszug im Haus plante.

Es war ihr wichtig, es richtig zu machen und zu beweisen, daß ihr Geschmack zielsicher und verläßlich war. Jetzt traf sie alle Entscheidungen, und sie würde mit den Resultaten leben müssen.

»Du könntest einfach Weiß nehmen«, schlug Henry vor und schloß behaglich seufzend die Augen. »Hast du vielleicht ein süßes Brötchen zu diesem Kaffee, Nina, mein Schatz? Das Frühstück erscheint mir wie eine verblaßte Erinnerung.«

»Mir scheint, Schlaf ist auch eine weit verblaßte Erinnerung für dich«, sagte sie lachend. »Was hast du heute nacht getrieben? Du siehst schrecklich aus.«

»Ich habe für Britannien getrunken: Ich glaube, ich hab' Gold gewonnen.« Er ächzte und legte einen Hand an seinen Kopf. »Im Fox war Dart-Abend. Sie haben nach Joe gefragt, sie haben ihn seit Monaten nicht mehr gesehen. Ich hab' behauptet, daß er auswärts arbeitet.«

»Du hättest ihnen ruhig die Wahrheit sagen können«, gab Nina stirnrunzelnd zurück, während sie ihm ein Paket Kekse reichte. »Ich meine, er kommt nicht mehr zurück. Ich glaube nicht, daß er noch oft in einen Pub geht. Viel eher habe ich den Eindruck, daß Catherine nette Dinners im trauten Heim veranstaltet, weil ihre Mum ihr eingeschärft hat, daß so was der direkte Weg zu einem Männerherzen ist.«

»Oho, höre ich da eine kleine Spitze?« fragte Henry und richtete sich gespannt auf. »Nur zu, was gibt es sonst noch?«

»Nur, wenn du mir versprichst, die Decke zu streichen«, neckte Nina. »Den Rest kann ich selber.«

Als sie am Sofa vorbeiging, schnellte Henrys Hand vor und packte sie am Handgelenk. »Du hast gesagt, du bist über ihn hinweg«, beschuldigte er sie.

Sie entriß ihm ihre Hand. »Hey, das tut weh«, beschwerte sie sich und rieb sich die gequetschte Haut. Diese unvermittelte, ziemlich rüde Geste erschreckte sie. Sie zeigte eine tief verwurzelte, schlummernde Kraft, die verletzen konnte wie die Krallen einer normalerweise sanftmütigen Katze, die man im Schlaf störte.

»Das tut mir ehrlich leid«, erwiderte er ohne jede Reue und schlug sich mit der linken Hand auf die Finger der rechten. »Ich weiß selbst nicht, wie stark ich eigentlich bin. Und selbstverständlich streiche ich deine Decke an – in jeder Farbe, die dir gefällt. Sind wir wieder Freunde?« Er sah in gespielter Zerknirschung und in der Gewißheit, daß ihm vergeben werden würde, zu ihr auf.

»Okay. Und wir nehmen Weiß. Sauberes, jungfräuliches Weiß«, sagte sie.

Henry kicherte. »Weiß. Prima. Aber nur einiges sollte weiß werden. Die Decke und eine Wand. Ich sehe dir an, daß du Farben willst. Du sehnst dich nach Farbe. Du unterdrückst es nur.«

Nina setzte sich auf die Sofalehne und zupfte an einem losen Faden, den die Katze aus dem Bezug gezogen hatte. Nach seiner plötzlichen Attacke fragte sie sich, ob sie tatsächlich über Wandfarben sprachen oder ob er subtile Anspielungen auf ihr Sexleben machte. Bestimmt bildete sie sich das nur ein – sie unterhielt sich schließlich mit Henry! Falls sie seine Worte so deuten würde, würde er einen Schrecken bekommen, und sie würde sich an einen der professionellen Maler wenden müssen, die in den Gelben Seiten standen.

»Du hast recht«, gab sie zu. »Für jemanden, der seine Arbeitszeit damit verbringt, Kunstgegenstände und kunstgewerbliche Objekte auszuwählen oder zurückzuweisen, und der seinem Geschmack vertraut, bin ich erbärmlich unentschlossen, wenn es um mein eigenes Heim geht.«

»Hmm. Das liegt nur an der mangelnden Übung«, meinte Henry. »Wir fangen mit Weiß an, und dann kannst du andere Farben dazunehmen. Mach einen Schritt nach dem anderen, wie die Alkoholiker.«

»Und die Babys«, setzte Nina hinzu und fragte sich, wo dieser Gedanke herkam.

Emily stellte sich so nah wie möglich hinter das Mädchen, das das Münztelefon mit Beschlag belegte, in der Hoffnung, sie so einzuschüchtern, daß sie sich kurz faßte. Sie atmete ihr praktisch ins Ohr. Klar, für die Liebe muß man Leid in Kauf nehmen, dachte sie und versuchte, den strengen Geruch nach Hockey-Training-Körperausdünstungen nicht zu tief einzuatmen. »Mach schnell«, zischte sie dem Mädchen ins Ohr und stieß unsanft in die muskulöse Hüfte. »Einige von uns haben noch was vor und können nicht ewig herumstehen, weißt du.«

»Du bist verdammt unverschämt«, machte ihr die andere klar, nachdem sie den Hörer eingehängt hatte – ihr Gesicht hatte rote Flecken vor Ärger. »Das war ein Notfall, meine Mum bekommt ein Baby.«

»Du machst Witze«, sagte Emily. »Wer würde schon noch so ein Kind wie dich haben wollen?« Die Schulglocke verkündete das Ende der Pause, und Emily fluchte leise, während sie Simons Nummer von ihrem Handrücken ablas und eintippte. »O Scheiße«, schimpfte sie, als sie der Anrufbeantworter aufforderte, einen Nachricht nach dem Piepston zu hinterlassen, und ihr einen baldmöglichen Rückruf versprach. Simons Stimme klang eigenartig erwachsen, fast wie die ihres Vaters. Das war vermutlich ein ernster Fehler. Von Nicks Anrufbeantworter hörte man eine alberne Ansage wie »Hinterlaßt eure Namen, meine Damen« – so was in der Art. Jeder unternahm blödsinnige Versuche, möglichst witzig oder cool zu sein, und den meisten glückte keines von beidem.

Simons Piepston ertönte, ehe sich Emily im klaren war, was sie sagen sollte. Sie hatte keine Zeit gehabt, sich etwas Eindrucksvolles auszudenken und zu üben. Sie hätte gleich auflegen und noch einmal anrufen sollen, aber dazu fehlte ihr das Geld. »Äh, hier ist ... O Scheiße«, stotterte sie und knallte den Hörer auf die Gabel. »Lieber Gott, er muß mich für die dümmste Gans auf Erden halten, für eine dämliche, liebestolle Göre«, murmelte sie. Sie würde es später noch mal versuchen müssen und so tun, als hätte diese kindische Stammelei nicht das geringste mit ihr zu tun. Sie hob ihre Schultasche auf und schwang sie sich unbedacht über die Schulter, dabei prallte sie mit der Hand hart gegen die Wand. »Au!« kreischte sie, leckte sich die angeschlagene Stelle und rieb sie. Zu spät bemerkte sie, was sie getan hatte: Die Telefonnummern waren nur noch blaue Schmierer auf ihrem Handrücken. Na toll, dachte sie verzweifelt, das muß Schicksal sein.

»Emilys freies Jahr nach der Schule. Meinst du nicht, es wäre eine gute Idee, uns mal zu treffen und darüber zu reden?«

Joe klang sehr geschäftsmäßig, als wäre Emilys Zukunft nur der nächste Punkt auf der Tagesordnung seines Lebens. Wahrscheinlich hatte er diese Sache schon bei ihrem Eintritt in die Highschool auf Termin in sein elektronisches Notizbuch eingegeben, und jetzt erinnerte ihn ein stetiges Piepsen an das Problem. Nina fühlte sich in die Ecke gedrängt – sie konnte es nicht leiden, wenn Joe sie in der Galerie anrief, weil Kunden zuhören konnten und sie dann gezwungen war, auf alles, was er sagte, höflich und devot zu reagieren. Heute war in der Galerie ungewöhnlich viel los. Nina wünschte, sie hätte Musik aufgelegt. Mindestens sieben Leute, die sich zwanglos umschauten, schlenderten an der Ladentheke vorbei und bekamen jedes ihrer Worte mit, während sie sich in ihrer Phantasie ausmalen konnten, was am anderen Ende der Leitung gesprochen wurde.

»Du meinst, du, ich und Emily?« fragte sie. »Immerhin geht es um ihre Zeit, nicht? Ganz sicher hat sie sich schon selbst Gedanken darüber gemacht, was sie in diesem Jahr anfangen will.«

»Na ja, ich dachte eigentlich eher, daß wir es unter uns besprechen und uns erst dann ihre Vorschläge anhören sollten.«

»Ich finde zwar, es müßte genau andersherum ablaufen, aber wenn du meinst... Komisch, daß du ausgerechnet jetzt deswegen anrufst«, fuhr sie fort. »Ich habe Emily geraten, mit dir darüber zu sprechen, als sie am letzten Sonntag zu dir gefahren ist. Wenn du daheim gewesen wärst, hättest du mit ihr selbst reden und herausfinden können, was für Ideen sie hat – falls sie überhaupt welche hat.«

»Am Sonntag?« hakte Joe in einem derart verwunderten Ton nach, als hätte er niemals von einem solchen Wochentag gehört. So etwas machte er oft, erinnerte sich Nina verärgert – wenn sie etwas sagte, worauf er keine aufrichtige Antwort geben wollte, pickte er sich ein Wort heraus und fragte mit zur Seite geneigtem Kopf noch einmal nach. »Urlaub?« hatte er beispielsweise wiederholt, wenn sie versuchte, ihn darauf festzulegen, wann und wohin sie in den Ferien fahren würden, und dabei so geklungen, als müßte sie diesen Begriff erst einmal definieren. Später, kurz nach der ersten seiner zahlreichen außerehelichen Romanzen, wurde ihr klar, daß er diese Technik nur anwandte, um Zeit zu gewinnen und sich Ausflüchte auszudenken.

»Ja, *Sonntag*«, fauchte sie in den Hörer. »An Gottes Ruhetag, an dem Tag, an dem es den berühmten Sonntagsbraten gibt – weißt du, was ich meine? Emily ist nach dem Mittagessen losgefahren, um dich zu besuchen, aber du warst nicht daheim.«

»Nein. Richtig«, erwiderte Joe ausdruckslos.

Nina gab auf. Wieso sollte er ihr erzählen, wo er gewesen war? Wollte sie wirklich wissen, ob er einen anregenden Tag mit großartigen, amüsanten Bekannten verbracht hatte, nur um sich dann auf masochistische Weise klarzumachen, daß sie währenddessen ihren Hund und ihre Mutter im windgepeitschten Park ausgeführt hatte?

»Okay, vielleicht sollten wir uns wirklich treffen. Warum kommst du nicht zu uns ins Haus?« schlug sie vor. Bitte, betete sie, sag jetzt nicht: ›Ins Haus?‹

»Ich hab' einen besseren Vorschag – wie wär's mit einem kleinen gemeinsamen Mittagessen außer der Reihe?« Sie hörte an seinen lauten Atemzügen, daß er die Sprechmuschel ganz nah an den Mund hielt, damit niemand, der versucht sein könnte mitzuhören, etwas von dieser geheimen Verabredung erfuhr. Sie hatte beobachtet, wie er genau dasselbe zu Hause gemacht hatte, wenn eines seiner verknallten albernen Mädchen verzweifelt (zu Recht verzweifelt) all ihren Mut zusammengenommen und ihn angerufen hatte, weil sie befürchtete, nie wieder etwas von ihm zu hören. Er hatte dann irgendwelche Lügen ins Telefon geflüstert, um sie sich vom Leibe zu halten. Sie sah ihn noch vor sich, wie schwungvoll und energiegeladen er nach solchen Gesprächen aufgetreten war. Die Heimlichkeiten und die Gefahr, wie ein unartiger Junge bei einer Missetat ertappt zu werden, brachten seine Augen zum Glänzen, und er schlich grinsend um Nina herum, während er wie ein junger Hund darauf wartete, daß sie etwas bemerkte. Diesmal schien er vor Aufregung zu bersten, weil er Catherine etwas verheimlichte. Die kampferprobte Sally würde sagen, daß dies das typische Verhalten eines Mannes war, der den Gedanken an einen Seitensprung weit mehr schätzte als die Tat an sich. Nina, vor der jetzt zwei Kunden standen, die unruhig von einem Fuß auf den anderen traten, weil sie bezahlen wollten, erklärte sich hastig mit seinem Vorschlag einverstanden und legte auf. Sie strahlte die Kunden an. »Tut mir leid. Ich hasse es selbst, wenn Verkäufer während der Ladenöffnungszeiten so etwas machen«, entschuldigte sie sich bei einer Frau in steifem Marineblau mit gestärktem weißen Kragen. »Wenn sie ihr Privatleben über das Geschäftstelefon regeln und man als Kunde das Gefühl hat zu stören.«

»Ausgesprochen unangenehm ist das, da haben Sie ganz recht«, erwiderte die Frau ohne den Anflug eines Lächelns und reichte ihr ein mit Perlen besticktes Samttäschchen zum Einpacken. Der große, jüngere Mann streckte frech die Zunge hinter dem Rücken der Frau raus und zwinkerte Nina zu, die sich ein kindisches Kichern nur mit Mühe verkneifen konnte.

»Fünfundvierzig Pfund fünfzig, bitte«, sagte sie so geschäftsmäßig wie möglich, während sie sich tief über die Kasse beugte, um ihr Gesicht zu verbergen.

»Na, die war nicht gerade von der toleranten Sorte, oder?« sagte der Mann, als die Marineblaue die Galerie verließ und die Tür mit einem kräftigen Ruck hinter sich schloß. Er kam Nina bekannt vor, aber in der Gegend wohnten viele Schauspieler, deshalb nahm sie vorsichtshalber an, diesem Menschen noch nie vorher leibhaftig begegnet zu sein.

»Nein, bestimmt nicht. Aber ich nehme an, sie gehört zu den glücklichen Menschen, deren Leben in geordneten Bahnen und ohne jedes Schlingern verläuft.« Der Mann kaufte eine pinkfarbene, weißgetupfte Teekanne mit Deckel mit Silberrand. Nina fragte sich, ob er die Kanne für sich selbst, seine Frau, Mutter, Freundin oder vielleicht für seinen Freund kaufte. Wahrscheinlich für sich selbst, dachte sie, während sie das gute Stück sorgfältig in durchsichtige Polsterfolie verpackte. Er hatte eine selbstbewußte Art und wirkte wie ein Künstler (schwarze Jeans und ein blaues Hemd ohne Kragen, das vage an einen Mao-Tse-tung-Kittel erinnerte), der seinen Gästen ohne Bedenken Tee aus einer schrillen pinkfarbenen Kanne anbieten würde. Selbstverständlich würde er keine Teebeutel verwenden, sondern nur teure, erlesene Blätter, und mit Schoko-Brandy-Creme gefüllte Plätzchen dazu reichen …

»Ich habe Sie in der Crescent gesehen. Wir sind gerade in Nummer 26 eingezogen. Gehe ich recht in der Annahme, daß Sie auch dort wohnen?« sagte er, streckte ihr die Hand entgegen und fuhr, ohne auf eine Antwort zu warten, fort: »Ich bin Paul Brocklehurst.«

»Oh, natürlich! Daher kenne ich Sie. Ich habe Sie vor ein paar Tagen frühmorgens ins Haus gehen sehen«, sagte Nina und schüttelte ihm die Hand. Sie kam sich idiotisch vor, weil er jetzt annehmen mußte, daß sie jeden wachen Moment damit zubrachte, aus dem Fenster zu spähen. Wenn er heute abend nach Hause kam, würde er wahrscheinlich als erstes nachsehen, ob sich in ihrem Haus die Vorhänge verdächtig bewegten. Sie fragte sich im stillen, wen dieses »Wir« miteinschließen mochte, ob er eine Frau hatte oder mit dem Mann zusammenwohnte, mit dem sie ihn gesehen hatte.

»Ich bin Nina Malone«, sagte sie. »Nummer 23. Willkommen in der Crescent. Tut mir leid, ich bin eine sehr nachlässige Nachbarin. Ich hätte mich längst mit einem Kuchen oder einem Fläschchen Brandy bei Ihnen sehen lassen sollen.« Kaum waren die Worte ausgesprochen, spürte Nina Übelkeit in ihrem Inneren aufsteigen. Er mußte denken, daß sie auf eine zweite Begegnung mit ihm aus war. Auch das war ärgerlicherweise seit Joes Auszug anders geworden: Die harmlosesten Sätze konnten plötzlich eine ganz neue Bedeutung annehmen, aber nur für sie. Er konnte nicht wissen, daß sie alleinstehend war, es sei denn, ihr haftete ein verräterischer, zu ihrem Status passender Geruch an – Eau de Solitude oder Abandonnée –, den nur Männer als Warnsignal wahrnehmen konnten, wie Hunde diese speziellen, für Menschenohren nicht wahrnehmbaren Pfeifen.

»Das können Sie bald wiedergutmachen. Kommen Sie morgen abend auf einen Drink zu uns – mit... Ihrem Mann? Ich wollte Ihnen schon eine kleine Einladung in den Briefkasten stecken.«

Nun, wenn sie die Angel ausgeworfen hatte, hatte er den Köder geschluckt, dachte sie mit einem kleinen Triumphgefühl. Sie war (glaubte sie) zu alt für ihn (und hatte möglicherweise das falsche Geschlecht), aber dies war eine ganz gute Flirtübung.

Die Türglocke schlug an, und Nina sah Sally hereinkommen. Sally begegnete ihrem Blick, zwinkerte und machte ein Geste, die signalisieren sollte, daß sie gleich wieder verschwinden würde, bevor sie sich übertrieben taktvoll wieder verdrückte.

»Ich habe keinen Mann«, bekannte Nina. »Nicht mehr. Es gibt jetzt nur noch mich und meine Töchter.« Und ein schauerliches Höllenhaus voll umherirrender Hormone, die sich ihr Ziel suchen, dachte sie.

»Oh, das tut mir leid. Ich dachte ... na ja, ich habe Sie neulich mit diesem grauhaarigen Burschen aus dem Haus kommen sehen, und ich nahm einfach an ...«

Nina überlegte einen Moment, dann brach sie in schallendes Gelächter aus. »O nein, das war nur Henry. Er wohnt in Nummer 7 und ist sehr gut im Dinge ausleihen, aber auch im Reparieren von tropfenden Wasserhähnen und Videorekordern.«

»Auch im Babysitten?«

Also ist er wohl tatsächlich verheiratet, ging es Nina durch den Kopf.

»Ihre Babys?« Er hätte ja auch *ihre* meinen können.

Ein anderer Kunde kam auf sie zu und hielt eine erfreulich teure Vase in den Händen. Nina bückte sich, um noch mehr Polsterfolie unter der Ladentheke hervorzuholen. Als sie aufschaute, war Paul, ohne ihre Frage zu beantworten, zurückgetreten, um dem Vasenkäufer Platz zu machen.

»Also, morgen abend? So um halb sieben auf einen Drink«, sagte er und steuerte die Tür an.

»Okay, danke. Bis dann.«

An der Tür lief er Sally in die Arme, die gerade zurückkam. Nina verpackte die Vase, legte das Geld in die Kasse und wandte sich ihr zu. »Kaffee?« fragte sie.

»Hmm, bitte. Gott, dieser Verkehr! Und was war das denn eben? Sogar von der Straße aus konnte ich sehen, daß du hin und weg von dem Typen warst.«

»Quatsch, Sal, er ist erst so um die Dreißig.«

»Dreißig plus ein paar Jahre. Er hat einige Falten.«

»Wahrscheinlich vom Sonnenbaden.«

»Krähenfüße. Die Wangen ein klein bißchen schlaff. Er könnte schon an die Vierzig sein.«

»Hey, was soll das?«

»Ich versuche nur, einen neuen Spielkameraden für dich zu finden. Ich sehe doch, daß du einen brauchst.«

Nina seufzte. »Weißt du, allmählich glaube ich, du hast recht. Es ist wirklich ärgerlich. Als Joe und ich schließlich auseinandergingen, fühlte ich nichts als Erleichterung. Es war so wunderbar, nicht mehr darüber nachdenken zu müssen, wie man einen Mann hält. Ich war beruhigt und zufrieden, weil ich merkte, daß ich großartig ohne Mann zurechtkomme. Jetzt kommen mir so meine Zweifel. Will ich wirklich noch länger allein bleiben? Wiegt dieses Gefühl des Friedens tatsächlich ein zölibatäres Leben bis in alle Ewigkeit auf?«

»Mann, ich hoffe nicht«, entgegnete Sally ziemlich

vehement. »Ich habe nicht viel für den Zölibat übrig, ich bin überzeugt, daß er zu gesundheitlichen und anderen Problemen in den unteren Regionen führt. Ich weiß … ich nehme dich mit zu einem meiner Dinner-Dates. Das ist ein Riesenspaß und für den Anfang viel besser als ein Rendezvous zu zweit am Waterloo-Bahnhof, Nelke im Knopfloch und so weiter. Vertrau mir, das wird dir gefallen.« Sally grinste zufrieden, als hätte sie gerade Ninas komplettes Leben geregelt, und kramte in ihrer Tasche nach einer Zigarette.

Nina stapfte in die kleine Teeküche und schaltete die Kaffeemaschine ein. »Gut, vielleicht lasse ich es auf einen Versuch ankommen. Was habe ich schon zu verlieren, besonders jetzt, da Joe wieder ins Baby-und-Familie-Stadium zurückkehrt? Ich will nicht für immer die verlassene Ehefrau sein, so als hätte ich mich in einen Stein verwandelt. Für Männer ist das ganz okay. Die Frauen schnappen wie Piranhas nach ihnen, sobald sie in den Teich zurückgeworfen werden. Joe war – wie lange – auf dem freien Markt? Einen Monat höchstens, dann ist Catherine mit Handschellen aufgetaucht.«

»Ich dachte, du hättest gesagt, daß sich Joe immer aufgeführt hat, als wäre er noch zu haben«, fiel ihr Sally ins Wort.

»Eigentlich hat er das nicht getan – jetzt im Rückblick wird mir das klar. Er hat immer nur damit gespielt. Er ist jedesmal wieder nach Hause gekommen.«

»Ganz genau – wie ein kleiner Junge, der sein Fußballdreß nach Hause bringt, damit Mummy es wäscht.«

»Ja, wahrscheinlich. Ich nehme an, zum guten Schluß habe ich beschlossen, daß die Waschmaschine endgültig kaputt ist, und er hat sich eine andere Mummy gesucht.«

Kapitel sechs

Es war die Lady mit dem pinkfarbenen Babyjäckchen und dem verletzten Bein. Jetzt sah sie friedlich aus, wie sie so dalag und darauf wartete, abtransportiert zu werden; man hatte ihr weißes Haar ordentlich gebürstet, um sie den Angehörigen von ihrer würdevollsten Seite zu präsentieren. Graham fragte sich, ob sie überhaupt Verwandte hatte und ob schon jemand hier gewesen war, um sie ein letztes Mal zu sehen. Wenn ja, dann hatte man sie bestimmt benachrichtigt und ihnen angeboten, herzukommen, solange sie noch im Krankenbett lag. Oft wollten sich Angehörige das ersparen und warteten, bis der Bestattungsunternehmer sein Werk getan und die Leiche in der kleinen Kapelle aufgebahrt hatte, dann konnten sie sagen, wie schön die Tote aussah – als würde sie nur schlafen, nicht wahr? Manche Leute, die sich eine Leiche im Krankenhaus kurz nach Eintritt des Todes ansahen, fanden, es sei alles noch zu frisch, und Graham hatte selbst gehört, daß manche es nicht fassen konnten und darauf hofften, daß alles nur ein unsinniger Irrtum sei. Sie hatten Angst und fürchteten, der Tote könnte noch einen schweren Atemzug tun, oder ein Muskelreflex könnte ihn aufrichten. Sie hatten alle solche und ähnliche Geschichten gehört, die sie im Grunde nie für bare Münze genommen hatten, aber in einer solchen Situation waren sie sich nicht mehr sicher, das sah man ihren Gesichtern an.

Graham schob den großen Metallwagen weiter ins Zimmer und fragte sich, was aus der Tasche mit den Zwiebeln geworden war, die sie in der Notaufnahme bei sich gehabt hatte. Er roch nichts, aber wenn er es mit Toten zu tun hatte, achtete er peinlich darauf, nicht zuviel und tief zu atmen. Einige Krankheiten verursachten mehr Gerüche als andere. Und manche Todesursachen bereiteten ihm Übelkeit.

»Es war wahrscheinlich der Schock.« Die Krankenschwester, die neben Graham stand, hielt die schwarze Mülltüte mit den Habseligkeiten der Toten in der Hand. »Wahrscheinlich ist sie bis zu dem Sturz bestens zurechtgekommen. Einige von ihnen geben nach einem solchen Ereignis einfach auf.« Das klang freundlich und so, als hätte sie Erbarmen mit der alten Frau – wahrscheinlich weil sie selbst nicht mehr ganz jung, wenigstens ein paar Jahre älter als Graham war. Das Licht, das auf ihr hellbraunes Haar fiel, brachte einen silbernen Schimmer zum Vorschein, als wären darunter graue Strähnen, die sich so gut wie möglich verbargen. Einige der jüngeren Krankenschwestern waren wirklich gefühllos. Graham hatte schon mitbekommen, daß sie die alten Leute beschuldigten, einfach ›aufgegeben zu haben‹, und es so hinstellten, als wären sie absichtlich gestorben, nur um sie zu ärgern. Dann schikanierten und drängelten sie ihn, die Leiche schnell fortzuschaffen, weil sie das Bett für einen anderen Patienten brauchten.

Graham warf einen scheelen Blick auf die Plastiktüte. Er verabscheute es, daß die Sachen der Toten in Tüten gestopft wurden, die eigentlich für Abfall gedacht waren. Es setzte die Besitzer der Dinge herab, als wären sie und ihr

Besitz keine hochwertigeren Behälter mehr wert. Gleichgültig, wie wohlhabend sie gewesen waren oder für wie großartig sie sich selbst zu Lebzeiten gehalten hatten – wenn sie auch noch so vornehmes Gepäck ins Krankenhaus gebracht hatten, am Ende wanderte alles in eine ganz normale Mülltüte. Vielleicht waren die Zwiebeln in der Tüte und gaben ihren Geruch an das pinkfarbene Jäckchen ab. Vielleicht wollte eine Verwandte, eine Schwester oder Cousine, die Jacke haben. Immerhin war sie handgestrickt.

»Ich helfe Ihnen, sie rüberzulegen«, sagte die Krankenschwester. Auf ihrem Namensschildchen stand »Jennifer«. Als sie sich über die alte Frau beugte, sah Graham, daß sich der Kittel um ihre großen Brüste spannte. Die Knöpfe drohten aufzuspringen. Graham schob den Wagen näher zum Bett und zu Jennifer. »Ich nehme ihre Beine, okay?« fragte sie.

»Okay«, brummte Graham. Vor seinem geistigen Auge tauchten Bilder auf, die ihm fremd waren. Bilder von Jennifer in einem weit geöffneten Kittel mit weit vorgeschobenen Hüften. Er wandte sich ab und bemühte sich, mehr Ehrfurcht vor dem Tod aufzubringen. Die Seele der Verstorbenen verweilte vielleicht noch im Zimmer und mißbilligte seine Phantasien.

»Fertig? Eins, zwei, drei ...« Sie hoben gemeinsam die Tote in den Wagen. Graham bedeckte ihr Gesicht mit dem Laken und schloß den Deckel.

»Als ich klein war«, erzählte Jennifer, »ging ich einmal in ein Krankenhaus, um meinen Großvater dort zu besuchen, und ich habe gesehen, wie ein solcher Wagen ins Zimmer geschoben wurde. Ich weiß noch, daß ich in der ganzen Station herumgelaufen bin, um den Patienten zu sagen, daß ihnen gleich ihr Essen gebracht würde, und dabei auf den Wagen gedeutet habe. Ich dachte, das wäre der Behälter, in dem die Mahlzeiten transportiert werden. In der Schule hatten wir ganz ähnliche.« Sie klopfte leicht auf den Deckel. »Tschüs, Mrs. Cox. Ich hoffe, sie bereiten Ihnen einen würdigen Abschied.«

»Wir könnten etwas zusammen trinken – nach der Schicht«, hörte sich Graham sagen. Er spürte, wie ihm heiße Röte ins Gesicht stieg und Schweiß über seinen Rücken lief. Er sah Jennifer über den abgedeckten Leichnam von Mrs. Cox hinweg fragend an. Im Augenblick wünschte er sich nichts sehnlicher, als weit weg von ihr zu sein und mit seiner Begleiterin, die keine heikle Konversation mehr erwartete, im Transportlift zur Leichenhalle zu stehen.

»Gern«, sagte Jennifer schlicht. »Dachten Sie an heute abend?«

»Äh … ja.« Wahrscheinlich hatte er das im Sinn gehabt. Morgen wäre zwar besser, dann hätte er Zeit, sich geistig auf ein solches Unterfangen einzustellen, aber wenn er das vorschlagen würde, könnte sie beleidigt sein und denken, daß er einen Rückzieher machen wollte. »Acht Uhr? Im Green Dragon in der Church Street?« schlug er vor und setzte, weil er das Gefühl hatte, daß sich das so gehörte, hinzu: »Oder wäre es Ihnen lieber, wenn ich Sie zu Hause abholen würde?«

Sie lachte. Graham senkte betreten den Blick auf Mrs. Cox' Metallwagen. Sie unterhielten sich über eine Tote hinweg, wie ihm schien auf eine etwas pietätlose Art, über banale Dinge des Lebens. Aber das konnte nicht wirklich etwas Schlechtes sein, oder?

»Ich könnte Sie von zu Hause abholen, wenn Sie mögen«, zog Jennifer ihn auf. Graham fuhr im ersten Moment der Schreck in die Glieder. Seine Mutter durfte auf keinen Fall etwas von dieser Verabredung erfahren. Sie duldete solche Dinge nicht und würde sofort auf eine Möglichkeit sinnen, Jennifer loszuwerden, genau wie sie es bei all den anderen getan hatte, um ihn ganz für sich allein zu haben. Sie würde sagen, daß sie nur sein Bestes wollte, und ihn davon überzeugen, wie recht sie hatte, aber genau das wollte er im Moment nicht riskieren.

Es war wirklich erschreckend, wie wenig Nina über ihre Nachbarn wußte. Die Crescent war eine der von Sträuchern und Büschen abgeschirmten Siedlungen, aus der alle ständig ausbrachen. Es gab kein Theaterstück, keine Ausstellung und keinen Kunstfilm in London, über die nicht in jedem Haushalt diskutiert und gestritten wurde. Aber wenn gleich nebenan ein schauerlicher Mord passieren würde, würde kein Mensch etwas hören und das Opfer kaum kennen – jedenfalls bat hier niemand seinen Nachbarn, in den Ferien die Katze zu füttern oder die Blumen zu gießen. Journalisten und Fernsehcrews würden nur bestürzte Leute interviewen, die zugeben müßten, daß hier jede Familie für sich blieb und nichts mit den anderen zu tun hatte.

»Wir leben jetzt seit über zehn Jahren hier, und ich könnte dir nicht einmal die Namen der Hälfte der Bewohner nennen. Ich kenne eigentlich nur Chrissie und Jack am Ende der Straße und die vornehme Penelope mit dem Weimaraner. Und das auch nur, weil wir uns ein paarmal begegnet sind und einige Worte gewechselt haben, als wir unsere Hunde im Park ausführten. Ist das nicht furchtbar und unsozial?« fragte sie Emily, als sie vor dem schlecht beleuchteten Spiegel in der Küche stand und sich die Wimpern tuschte.

»Hmmm«, machte Emily, ohne von der *Marie Claire* aufzusehen, die sie über ihren Schulheften auf dem Tisch aufgeschlagen hatte.

»Ich habe die Leute von Nummer 26 einmal frühmorgens gesehen, aber ich habe nicht bemerkt, daß sie mittlerweile eingezogen sind. Und ich glaube nicht mal, daß sie damals alle da waren – ich glaube, es gibt auch eine Frau. Wahrscheinlich war ich in der Galerie, als der Möbelwagen hier war, es sei denn, sie haben ihr Zeug heimlich bei Nacht und Nebel ins Haus geschafft. Vielleicht haben sie nicht so viel Gerümpel wie wir anderen«, sagte sie und sah sich in der Küche um, die trotz ihrer, wie sie meinte, radikalen Aufräum- und Wegwerfaktion wieder vollgestopft mit Schuhen, Büchern, Heften, Taschen und Tüten zu sein schien. Auch dieses Durcheinander hatte sich offenbar bei Nacht und Nebel wieder eingeschlichen. »Stell dir vor, wir wären echte Minimalisten wie diese Architekten aus den Zeitschriften, die augenscheinlich nur einen perfekten Stuhl und eine Glasschale mit hundert weißen Tulpen besitzen«, schwärmte sie wehmütig. Emily, der viel von all dem Zeug in der Küche gehörte, enthielt sich jeden Kommentars.

»Ich nehme an, für euch ist es anders«, fuhr Nina fort und wühlte auf der Suche nach dem Lippenstift in ihrer Tasche. »Kinder wachsen in einem Ort auf und wissen, daß sie irgendwann wegziehen. Es ist sozusagen eure Pflicht, euch nicht zu sehr mit den anderen Bewohnern einzulassen, sonst würde euch der Abschied schwerfallen. Und natürlich ist heute alles ganz anders als in meiner Kindheit, als alle Kinder immer zum Spielen hinausgeschickt wurden. Ich glaube nicht, daß hier auch nur ein Kind ohne ein Elternteil in den Park darf. Man weiß einfach, daß hinter jedem Baum ein irrer Vergewaltiger lauert.«

»Hmm«, brummte Emily wieder.

Nina legte Rouge auf und dachte an ihre Kindheit, als sie mit Freunden Lager im Wald aufgeschlagen und Stichlinge aus dem Fluß gefischt hatte, und kein Mensch hatte sich die Mühe gemacht zu prüfen, wie tief der Fluß an der Stelle, an der sie angelten, war. Einmal, sie war in Lucys Alter gewesen, hatte sie mit einer Freundin nach wertvollen alten Tonscherben gegraben, und ein Mann kauerte sich neben sie, fragte, ob er ihnen seinen »Schatz« zeigen sollte, und machte den Reißverschluß seiner Hose auf – es war eine flaschengrüne Cordhose gewesen. Sie sah noch heute den Stoff vor sich und hatte den Geruch der trockenen Erde, in der sie und ihre Freundin so verbissen mit ihren Strandspaten gebuddelt hatten, in der Nase. Sie erinnerte sich, daß sie höflich und mit beinahe komischem Anstand erwidert hatten: »Nein, danke, wir sind im Moment sehr beschäftigt.« Stillschweigend und in weiser Voraussicht waren sie und ihre Freundin übereingekommen, nie wieder über diesen Mann zu sprechen – weder miteinander noch mit anderen. Auch nur ein Wort darüber zu verlieren hätte dem Vorfall eine große, düstere Bedeutung verliehen, und sie hätten nie mehr unbeschwert im Wald spielen können. Mädchen, die ihren Eltern so etwas erzählten, durften nicht mehr aus dem Haus und waren fortan auf den eigenen, langweiligen Garten beschränkt. Das wäre einer Bestrafung gleichgekommen, und nur noch die Jungs hätten durch die Gegend streifen und sich ungezwungen im Freien austoben können. Damals glaubten die Eltern, daß den Jungs so etwas nicht passierte. Lucy hatte diese Freiheit nicht – sie wurde zur Schule gefahren und wieder abgeholt, auf die lauernden Gefahren aufmerksam gemacht und möglichst immer beaufsichtigt, damit ihr kein Leid geschah. Im Park behielt

Nina sie ständig im Auge, und es war ihr – falls sie ausnahmsweise einmal zu Fuß zur Schule gehen mußte – strengstens verboten, die Abkürzung durch die Grünanlage zu nehmen, wenn nicht ihre Mutter oder Emily dabei waren.

»Er hat etwas von Babysitten gesagt, dieser Paul. Vieleicht kannst du dir ein bißchen Geld verdienen, wenn du auf seine Kinder aufpaßt«, stellte Nina in Aussicht.

»Wieviel?« Emilys Interesse war erwacht. Joe bezahlte ihr Fahrstunden, aber sie brauchte Geld, um ein Auto zu kaufen und es zu unterhalten, und außerdem mußte sie ihr soziales Leben irgendwie finanzieren.

»Keine Ahnung, du wirst einen vernünftigen Stundenlohn aushandeln müssen. Frag deine Freundinnen – irgend jemand in eurer Schule hat bestimmt einen Job als Babysitter und weiß, wieviel man verlangen kann.«

Emily blätterte eine Seite in der Zeitschrift um, aber Nina sah ihr an, daß sie im Geist Berechnungen anstellte. »Möglicherweise haben sie echte Blagen«, sagte sie. »Ich finde, sie sollten pro Kind und pro Stunde zahlen. Angenommen, sie haben ein kleines Baby, das die ganze Zeit schreit, alle paar Stunden sein Fläschchen braucht und gewickelt werden muß.«

»Mit solchen Überlegungen verbaust du dir alles, das kann ich dir sagen«, machte Nina ihr klar. »Ich hatte es eher als eine Chance betrachtet – du könntest, während die Kinder schlafen, in Ruhe lernen und würdest sogar Geld dafür bekommen. Wie sehe ich aus?«

Nina drehte sich einmal um die eigene Achse, und Emily musterte sie kritisch von oben bis unten. »Prima. Deine Frisur ist echt toll, und mir gefällt dieses Wildlederhemd.«

»Leider hinterläßt es braune Flecken auf der schwarzen Hose.« Nina fummelte am Saum des Hemdes herum.

»Dann gib's mir«, empfahl Emily prompt. »Teenager stören sich nicht an irgendwelchen Flecken.«

»Wie wahr.« Nina bückte sich und drückte einen Kuß auf Emilys Haar – es roch wunderbar nach Erdbeeren. Plötzlich erinnerte sie sich daran, wie der Kopf eines Neugeborenen roch, und daran, wie ein primitiver Instinkt sie beinahe dazu verleitet hätte, wie eine Katze den Kopf ihrer Kinder abzuschlecken.

Lucy ist vor zehn Jahren geboren, dachte sie, und das nächste Baby, dem ich so nahe komme, wird wohl Emilys erstes Kind sein. Es sei denn, Joe bringt sein neues Baby zu den monatlichen gemeinsamen Mittagessen mit. Nina stellte sich vor, daß das Kleine wie ein Äffchen in einem Leinentuch an Joes Seite hing. Sie würden in italienische Restaurants gehen müssen, in denen Babys gern gesehen waren und wo sie eine Brotrinde bekamen, auf der sie kauen konnten. Oder es gab diese Zusammenkünfte vielleicht bald gar nicht mehr.

»Emily, Liebes, achte darauf, daß Lucy nicht zuviel fernsieht. Ich gehe nur auf einen schnellen Drink hinüber und bin zu einem späten Abendessen zurück. Du kannst für dich und Lucy früher etwas zurechtmachen, wenn ihr wollt. Im Kühlschrank steht Pasta.«

»Gut, vielleicht mach' ich sie warm«, meinte Emily und widmete sich wieder ihrer Zeitschrift. »Viel Spaß.«

Nina hörte schon den Partylärm, als sie die Straße überquerte. Pauls Haus war näher am Park, und ein kleiner Pfad führte daran vorbei, den die Siedlungsbewohner, solange das Haus leer gestanden hatte, als Abkürzung bei ihren Spaziergängen mit den Hunden benutzt hatten. Sie alle würden sich wieder daran gewöhnen müssen, den großen Bogen über die Hauptstraße und vorbei an der Reitschule zu machen. Zu Ninas Überraschung schlenderte Henry, wie immer die Hände in den Taschen seiner alten Jeans, von seinem Haus auf sie zu. Mit seinem verfilzten blauen Pullover demonstrierte er, daß er keine Konzessionen an alberne gesellschaftliche Gepflogenheiten machte.

»Macht es dir was aus, mit mir hinzugehen, oder ziehst du es vor, allein in Erscheinung zu treten? Dann verstecke ich mich zehn Minuten hinter der Hecke, damit uns niemand für ein Pärchen hält«, erkundigte sich Henry zuvorkommend.

»Ich denke, ich kann es gerade noch ertragen, mit dir gesehen zu werden, aber nur dieses eine Mal.« Nina lachte, als sie das Gartentor von Nummer 26 aufstieß. »Solange es nicht zur Gewohnheit wird.«

»Das ist verdammt unwahrscheinlich«, konterte Henry und drückte auf den Klingelknopf.

Ein Kind öffnete ihnen die Tür, ein Mädchen von ungefähr neun Jahren mit Armeetarnhose, einer roten Feldmütze der Fallschirmjäger und schlammfarbenen Schminkestreifen im Gesicht. Also gibt es eine Frau, dachte Nina, oder zumindest eine Lebensgefährtin.

Henry salutierte. »Die Nachbarn treten zum Dienst an der Flasche an«, sagte er. »Corporal Henry Perry und Feldmarschall Nina Malonc. Oder heißt du jetzt wieder Dyson?« setzte er hinzu.

Nina schüttelte den Kopf. »Noch nicht.«

Das Kind sah Nina an und tippte sich mit einem bedeutsamen Seitenblick auf Henry an die Stirn. »Kommen Sie herein. Ich bin Megan. Wie ich sehe, haben Sie Sophie schon kennengelernt.« Nina hörte, wie Henry nach Luft schnappte, und nahm ihre neue Nachbarin, die hinter dem Kind aufgetaucht war, in Augenschein. Megan Brocklehurst sah aus wie eine wandelnde Blume; eine helle Hibiskusblüte kam Nina in den Sinn. Megan trug mehrere Lagen fließenden weißen Stoffs (Anfang April), und jede Schicht hatte einen asymmetrischen Saum und vermittelte tatsächlich den Eindruck, als würden einzelne Blütenblätter übereinanderliegen. Es war sehr eigentümlich, eine Hand, die ein Glas hielt, aus diesem zarten Kunstgebilde ragen zu sehen. Megans Bauch wölbte sich leicht nach vorn – sie war schwanger und entsprach der Definition des »blühenden Lebens«. Ihr Gesicht, klein unter den üppigen Wellen blonden Haars, hatte die vollkommene Herzform, die man sonst nur in Darstellungen von Schneewittchen sah.

»Ich nehme an, Sie kennen hier alle besser als Paul und ich«, sagte Megan, als sie Nina und Henry ins Wohnzimmer und zu den Drinks führte.

Nina sah sich verstohlen um. Wie in den meisten viktorianischen Häusern in der Crescent hatte man eine Wand durchbrochen, um aus zwei kleineren Zimmern ein großes zu machen. Große Verandatüren führten zum Garten, und in der hohen Ziegelmauer, die diesen Garten begrenzte, entdeckte Nina ein kleines Tor, durch das man vermutlich früher – bevor die Stadtverwaltung derartige Zugänge mit Vorhängeschlössern versehen hatte, ohne den Gartenbesitzern einen Schlüssel dafür zu geben – in den Park hatte gelangen können. Sie hatten noch keine Vorhänge aufgehängt, und an den gebrochen weißen Wänden sah man noch die Ränder, wo einmal Bilder gehangen hatten. Der prächtige, karamellfarbene Parkettboden war bei den letzten Hausbewohnern vermutlich Jahre unter einem gemusterten grünen Teppich versteckt gewesen. Es waren ziemlich viele Leute da, also war dies entweder eine weit weniger spontane Zusammenkunft, als Nina gedacht hatte, oder die anderen waren genauso neugierig wie sie selbst. Sie kannte die meisten Leute vom Sehen. Eine oder zwei Personen führten morgens zur selben Zeit wie sie ihre Hunde aus; Nina entdeckte die vornehme Penelope in ihrem kamelhaarfarbenen Kaschmirkostüm und schloß aus der leblosen Miene des Mannes, mit dem sie redete, daß sie sich wie immer über ihre ziemlich radikale Ansicht über die Kastration von Mischlingshunden ausließ.

Megan reichte Nina ein Glas Weißwein und entschuldigte sich mit einer Grimasse für den Zustand des Zimmers: »Entsetzlich, Gäste einzuladen, solange das Haus noch so schäbig aussieht, aber ich hielt das für eine gute Gelegenheit herauszufinden, welches die besten Maler und Innenarchitekten hier in der Gegend sind. Ich dachte, die Bewohner der Siedlung könnten mir nützliche Adressen und Telefonnummern geben. Vergeben Sie Ihre Aufträge alle an dieselben Handwerker?«

»Ehrlich gesagt, habe ich keine Ahnung. Joe und ich haben die Wände immer selbst gestrichen, und jetzt hilft mir Henry. Mein Bruder hat eine Menge nützlicher Adressen von Klempnern und Elektrikern gesammelt. Ich weiß nicht, an wen sich die anderen hier wenden«, sagte Nina lachend. »Ich muß gestehen, daß ich nicht gerade der Typ bin, der viel Kontakt mit seinen Nachbarn hat. Nur das übliche Hallo und Auf Wiedersehen und Fröhliche Weihnachten.«

»Oh, ich hoffe, das wird sich ändern«, erwiderte Megan lächelnd. »Haben Sie nicht eine Tochter, die ungefähr in Sophies Alter ist?«

»Lucy ist zehn.«

Megan grinste erfreut und zeigte zwei Reihen regelmäßiger Zähne, die so weiß waren wie ihr Kleid. »Das ist ja wunderbar. Sophie ist neun. Es wäre schön, wenn die

Mädchen Freundschaft schließen würden. Wir haben noch Sam, aber er ist erst fünf, und Jungs wollen ja eigentlich auch nur mit dem Fußball herumkicken – es ist ihnen eher egal, mit wem sie spielen. Sophie kennt hier noch niemanden, aber ich bin sicher, sie findet schnell Anschluß, wenn sie am Monatag mit der Schule anfängt.«

»In welche Schule geht sie? Lucy ist in der St. Clement.«

»Oh, gut. Dorthin werden Sam und Sophie auch gehen. Sophie hat bereits entschieden, daß es ihr dort gefallen wird, weil sie die Mädchen Hosen tragen lassen. Wie Sie sehen, ist sie nicht gerade der Typ, der Rüschenkleider bevorzugt.«

Im Gegensatz zu ihrer Mutter, war Nina versucht zu entgegnen. Megan hatte dünne, zarte Handgelenke und schimmerndes, lockeres, goldenes Haar wie eine brandneue Barbiepuppe. Wenn Joe noch hier wäre, würde er ihr anbieten, das Haus komplett für sie zu renovieren. Er würde den alten Brauch, sich bei der Nachbarin eine Tasse Zucker auszuleihen, wiederaufleben lassen und alles tun, nur um sich auf Megans Sofa rekeln, ihre zarten Gesichtszüge bewundern zu können und sich wie ein verknallter Idiot aufzuführen. Henry lungerte in der Nähe herum und starrte diese Vision des ultrafemininen Liebreizes schamlos an. Neben Megan kam sich Nina groß und plump vor. Während sie mit verschiedenen Gästen nachbarschaftliche Konversation trieb und all die Beschwerden, die sie verband, durchhechelte (die weit überhängende Weide von Nummer 17, der eigenartige Abwassergestank vor Nummer 33, die unaufhörlichen Bauarbeiten in Nummer 19), bildete sie sich ein, ihre Arme und Beine würden wachsen wie Pinocchios Nase. Sie streifte ihre Schuhe ab und lehnte sich an die Wand, um sich ein wenig kleiner zu machen. Zum erstenmal fühlte sie sich wegen ihrer Größe unwohl.

»Noch Wein?« Paul Brocklehurst tauchte mit einer Flasche in der Hand neben Nina auf. Er war so groß wie sie, und sie konnte ihm direkt in die Augen sehen. Es war ihr nie vergönnt gewesen, ergeben zu einem Mann aufzuschauen, wie es kleine Frauen taten. Sie verabscheute diese Geste, und besonders ärgerlich fand sie es, wenn Frauen dieses Mittel einsetzten, um an die Stärke eines Mannes zu appellieren. Sogar Sally machte so was hin und wieder. Einmal hatte Nina in der Galerie voller Staunen beobachtet, wie Sally, die normalerweise so tüchtig und unabhängig war, einem Kunden mit einem hilfosen Blick aus großen Augen scheu eine Kaffeedose hinhielt, deren Deckel sich schwer öffnen ließ. Und er half ihr. »Ich danke Ihnen vielmals«, hatte sie überschwenglich hervorgesprudelt und ihn damit überzeugt, daß er gerade einen historischen Meilenstein in der Welt der Technik gesetzt hatte.

»Wie konntest du so etwas nur tun?« hatte sich Nina empört.

»Die Dose ist offen, meine Nägel und meine Laune sind noch intakt, und Männer freuen sich immer so sehr, wenn man sie um etwas bittet. Ganz einfach«, hatte Sally erklärt. Männer sind ausgesprochen jämmerliche Geschöpfe, wenn es so einfach ist, sie zu umgarnen, hatte Nina damals gedacht. Sie war noch immer überzeugt, daß es etwas mit der Augenhöhe zu tun hatte, und machte sich noch kleiner. Sie und Joe waren gleich groß gewesen, und sie fragte sich, ob er, wenn er neben Catherine stand, groß genug war, um ihr einen Kuß auf den Scheitel zu drücken. Das wäre furchtbar süß.

»Haben Sie vor, viel in diesem Haus zu verändern?« erkundigte sich Nina bei Paul und beobachtete Henry, der die Gelegenheit nutzte, sich ein Stück näher an Megan heranzuschieben. Ob er wohl seine Dienste beim Streichen von Megans Decke anbot? Ein Aufschlag dieser tiefblauen Augen, und er würde sich wahrscheinlich auf den Rücken legen, um sich kraulen zu lassen.

»Eigentlich nicht. Die Bausubstanz und die Raumeinteilung sind in Ordnung, und die Küche ist schlichtweg umwerfend. Die Eigentümer haben eine neue IKEA-Zeile einbauen lassen, damit das Ganze bei den Interessenten einen besseren Eindruck macht, und zufällig ist es genau die Küche, die wir uns selbst ausgesucht hätten. Ich nehme an, die Renovierung beschränkt sich hauptsächlich aufs Wändestreichen. Megan hat ein Händchen für Farben. Ich bin Architekt und interessiere mich eher für Form und Funktion. Und für Menschen. Ich werde zu Hause arbeiten, das Büro ist oben«, er wedelte mit dem Glas in Richtung Treppe, und ein paar Tropfen Wein fielen auf den Boden. Er verrieb sie mit dem Fuß. »Deshalb habe ich das Bedürfnis, die Nachbarn kennenzulernen und herauszufinden, wer bereit ist, einen Kaffee mit mir zu trinken und ein bißchen zu plaudern, wenn mich die Inspiration verläßt.«

»In dieser Beziehung kann man sich auf Henry verlassen«, erklärte Nina. »Er ist Kunstmaler und für jede Ablenkung dankbar, allerdings darf man sich nicht daran stören, daß er überall Ölfarbeflecken und einen feinen Geruch nach Terpentin hinterläßt. Gott weiß, wovon er eigentlich lebt. Ansonsten gehen hier die Leute wie in allen Vorstadtsiedlungen morgens aus dem Haus und kommen abends zurück, es bieten sich also nicht viele Möglichkeiten, bei jemandem vorbeizuschauen. Aber es gibt das obligatorische Barbecue und das Sonnwendfeuer auf dem unbebauten Grundstück neben Nummer 19, und in der Weihnachtszeit ist es ganz schön.«

»So wie Sie das sagen, klingt es, als wäre dies ein ungeselliger Haufen. Dort, wo wir bisher gewohnt haben, gingen die Nachbarn ständig bei den anderen ein und aus. Drinks, Partys, Sonntagsessen und so weiter.«

»Scheint idyllisch gewesen zu sein«, sagte Nina neidisch. »Warum, um alles in der Welt, sind Sie von dort weggezogen?«

Pauls Gesicht umwölkte sich. »Oh, wegen diesem und jenem«, meinte er leichthin. »Hauptsächlich aus beruflichen Gründen. Wir Architekten müssen immer weiterziehen, um frisch und wach zu bleiben.«

Da steckt mehr dahinter, dachte Nina. Wenn ich ihm nicht direkt in die Augen sehen könnte, wäre es mir bestimmt nicht aufgefallen.

Nina blieb länger, als sie ursprünglich beabsichtigt hatte, und wurde magisch von der Küche angezogen. Sie schien voll mit Frauen und schrillen, kreischenden Stimmen zu sein. Anscheinend hatten sich, nachdem sie die Runde im Wohnzimmer gemacht hatten, die alleinstehenden weiblichen Gäste, hier versammelt, um sich zu trösten. Nina und Penelope setzten sich an den Tisch, leerten eine Flasche korkenden Chardonnay und klagten über ihre abwesenden Männer.

»Oliver fuhr nach Dubai, um dort zu arbeiten. ›Nur für drei Monate – denk nur an die steuerfreie Bezahlung‹, hat er gesagt. Und dann lernte er eine Krankenschwester kennen. Im Flugzeug nach Dubai, ist das zu glauben?« Penelope fuchtelte mit dem Glas vor Ninas Gesicht herum. »Sie bekommen Zwillinge.«

»Oliver und die Krankenschwester?« fragte Nina.

»Nein, unsere Gastgeber, Megan und Paul. Die armen Schweine. Hast du 'ne Zigarette?«

Penelope sah an Nina vorbei zur Tür. Ihr Blick wirkte hoffnungsvoll, als bestünde die vage Chance, daß ein Ersatz für den untreuen Oliver hinter dem Kühlschrank wartete. Nina merkte, daß sie sich genauso umschaute und die Männer mit dem kleinen Hintergedanken begutachtete, ob von denen, die sie bisher noch nicht kennengelernt hatte, wenigstens einer ein Abenteuer wert wäre. Alle bis auf Henry schienen als Stütze ihrer Partnerinnen hier zu sein. Die Ehemänner blieben auf einem Fleck stehen, unterhielten sich über Golf, BMWs und ihren Cholesterinspiegel. Die Ehefrauen wanderten umher, redeten über Kindererziehung, Aupair-Mädchen, Diäten und Tennis, ehe sie zur Basis, also zu ihren besseren Hälften, zurückkehrten. Einige von ihnen gingen in die Küche, setzten sich eine Weile zu den Alleinstehenden, die rauchen konnten, ohne daß sie jemand dafür rügte, wurden aber schon bald nervös und verspürten das Bedürfnis, zu ihren Männern zu eilen und sich zu vergewissern, daß sie noch zu ihnen gehörten.

»Wo sind all die männlichen Singles? All die Männer, die von ihren Frauen verlassen wurden?« brummte Penelope beschwipst. »Wohin gehen sie? Man sieht auf keiner Party einen, der nicht weiß, wohin er gehört, und verloren aussieht. Mir ist klargeworden, daß ich nie wieder mit jemandem zusammenleben werde.«

Nina betrachtete ihr Gesicht, in dem das Make-up nur unzureichend die Linien und Falten kaschierte, die Enttäuschung und verlorene Hoffnungen hinterlassen hatten.

»Ich weiß nicht. Vielleicht sind sie heim zu Mummy, oder sie wohnen möbliert und ernähren sich von Junkfood. Möglicherweise haben sie sich auch sofort wieder ins Getümmel gestürzt und sind eine neue Beziehung eingegangen – so wie Leute, die vom Pferd gefallen sind und sich gleich wieder in den Sattel schwingen. Könnte auch sein, daß sie da draußen herumlaufen und auf der Suche nach einer neuen Richtigen sind, die einen zweiten Versuch wert ist.« Sie kicherte, als sie an Joe und die Geschwindigkeit dachte, mit der Catherine bei ihm eingezogen war. »Das ist das Übliche, und es geht meistens rasend schnell.«

Ich werde nicht enden wie Penelope, schwor sich Nina. Ich werde nicht beschwipst und kreischend auf Partys herumhocken und dabei melancholische Blicke in die Runde werfen. Ich möchte wieder ausgehen und eine gute Zeit haben, wie Sally. Mit Sally.

Graham nahm die Wollmütze, die er immer im Winter aufsetzte, wenn er Nachtvögel beobachtete oder nach Flugzeugen Ausschau hielt, und brachte sie mit ins Wohnzimmer, wo Monica ungeduldig darauf wartete, daß Crimewatch UK begann. Seine Mutter hatte ihm die Mütze aus feinster Alpakawolle gestrickt, als er ungefähr zwölf Jahre alt gewesen war, da sie meinte, er müßte sich bei seinen Flugzeugbeobachtungen, mit denen er damals angefangen hatte, vor der Kälte schützen. Zu dieser Zeit war es ihm peinlich gewesen, das Ding aufzusetzen, weil es so auffallend war. Heute trugen am Flugplatz alle Mützen, die sie in Armeeläden erstanden hatten, und waren stolz darauf. Seine war weicher und fühlte sich sogar behaglich an, wenn er nur in der Hosentasche nach ihr nestelte. Er setzte sie jetzt nicht auf, sondern hielt sie nur so, daß seine Mutter sie sah und annehmen mußte, daß er ihr die Wahrheit sagte.

»Ich geh' noch ein bißchen raus«, sagte er von der

Schwelle aus. Seine Schuhe standen vor der Haustür bereit, so daß er schnell hineinschlüpfen konnte, ehe Monica zu viele Fragen einfielen.

»Gehst du was trinken?« wollte Monica wissen – sie schaute kaum auf.

»Vielleicht genehmige ich mir ein Bier auf dem Rückweg. Im Park ist eine Schleiereule. Ich dachte, die sehe ich mir einmal an.« Er holte tief Luft, um sich selbst davon abzuhalten, weiterzuplappern. Nicht übertreiben, alles ganz einfach halten, damit sie keinen Verdacht schöpft. Crimewatch fing an, und Monica verlor das Interesse an den Plänen ihres Sohnes. Sie wollte keine Sekunde der Sendung verpassen und war felsenfest davon überzeugt, daß sie die meisten Verbrecher erkennen würde und als einzige wußte, wie sie bestraft werden sollten.

Graham huschte davon und schnappte sich sein Jackett, das auf der Treppe lag. Er grinste fröhlich, weil er genau wußte, daß Monica jetzt nicht mehr vom Fernseher wegzulocken war und sein blaues Jackett nicht sehen würde, das er statt der üblichen alten Barbour-Jacke trug. Er fuhr hastig los – ausnahmsweise ohne vorher den Sicherheitsgurt anzulegen, bis er um die erste Ecke gebogen war. Er hoffte nur, daß er aufhören konnte zu grinsen wie ein entsprungener Irrer, bevor er Jennifer traf. Außerdem hoffte er von ganzem, ganzem Herzen, daß sie da sein würde.

Kapitel sieben

Meine Eltern gehen heute zusammen zum Mittagessen, um über mein freies Jahr nach dem Schulabschluß zu reden«, erzählte Emily Chloe, als sie im Umkleideraum der Abschlußklasse standen und den Religionsunterricht schwänzten.

»Warum?« fragte Chloe erstaunt. »Was geht sie das an? Es ist dein freies Jahr, oder nicht?«

Emily runzelte die Stirn. Die begriffsstutzige Chloe hatte nicht kapiert, worauf es ihr eigentlich ankam. Es war die Tatsache, daß Mum und Dad zusammen ausgingen. Aber wieso sollte sich Chloe für so etwas interessieren? Ihre Eltern lebten in ein und demselben Haus, gingen immer zusammen aus oder blieben gemeinsam daheim, und für sie war das das Selbstverständlichste von der Welt. »Keine Ahnung«, sagte sie. »Vielleicht wollen sie mir einen Haufen Kohle geben, damit ich irgendwas Tolles unternehmen kann. Möglicherweise bin ich ja ein heimliches Treuhandfonds-Baby, und sie beratschlagen, wie sie mir das beibringen sollen.«

Chloe inspizierte ihr Gesicht im Spiegel und entdeckte einen verdächtigen Punkt. »Schwer zu sagen, ob das ein Pickel oder nur der Dreck auf dem Spiegel ist. Das Wochenende ist noch nicht nahe genug für den beschissenen obligatorischen Pickel«, murmelte sie, dann drehte sie sich wieder zu Emily um. »Und was willst du nächstes Jahr machen? Ich dachte, ich arbeite ein wenig und reise anschließend ein bißchen herum – du weißt schon, das, was die meisten Leute machen. Es sei denn natürlich, ich falle in irgendeinem Fach durch und muß Nachprüfungen machen.« Das sagten sie alle, wenn sie über ihre Pläne sprachen – es war eine Art Beschwörungsformel, die das Schicksal gnädig stimmen sollte.

Emily setzte sich auf die Holzbank unter den Kleiderhaken. Aus den Drahtgeflechtfächern darunter quollen ausgelatschte, übelriechende Turnschuhe, die kein Mensch stehlen würde. Emily kickte einen Schuh quer durch den Raum, und er prallte gegen die Metalltür eines Spinds. Die Schränke waren unbenutzt: Die Schlüssel waren verlorengegangen, und ein neuer hätte ein Pfund gekostet, das niemand bezahlen wollte.

»Ich suche mir einen bequemen Job bei *Marks and Spencer,* kaufe mir einen Renault Clio und bringe diesen Simon dazu, mir einen Heiratsantrag zu machen«, sagte sie.

»Bist du verrückt? Planst du nicht ein bißchen allzu weit voraus? Du hast ihn ja bis jetzt noch nicht einmal so weit, daß er mit dir ausgeht.« Chloe schien entsetzt. »Wir sind kluge Frauen, angehende Karriereweiber. Wir geben uns nicht mit irgendeinem Verkäuferjob zufrieden und sind schon gar nicht auf Verlobungsringe mit Diamanten aus.« Sie musterte Emilys Gesicht und suchte nach Anzeichen von Ironie. »Du machst doch Witze, Em, oder?« Sie packte Emilys Schulter und schüttelte sie. »Das war nicht dein Ernst, stimmt's?«

»Nein, nicht so, wie du denkst. Ich habe nie gesagt, daß ich heiraten will, ich will nur, daß er mich fragt. Ich habe dieses Buch gelesen – Man-Date –, da steht drin, wie man sich den Mann seiner Träume angelt. Ich möchte herausfinden, ob es funktioniert, wenn man alles, was in dem Buch steht, richtig macht. Es wäre eine gute Übung für später, wenn ich wirklich einen Mann will.« Sie gähnte und streckte sich der Länge nach auf der schmalen Bank aus. »Ich bin hundemüde. Jedenfalls habe ich keine Lust, irgend etwas zu tun, was auch nur im entferntesten geistige Anstrengung erfordert. Ich möchte in einem Kaufhaus arbeiten, Kohle verdienen, am Abend den Alltag vollkommen vergessen und am Wochendende, an allen Wochenenden Spaß haben, ohne auch nur noch einen einzigen bescheuerten Aufsatz schreiben zu müssen. Und ich will nicht Geld spenden, um den Regenwald oder den blöden Pandabären zu retten. Wenn die Pandas so mäkelig beim Fressen und so furchtbare Eltern sind, dann brauchen sie unsere Hilfe nicht. Sie verdienen es, auszusterben.«

»Also keine Rucksackreise durch Australien? Kein Shit-Rauchen und Surfen in Goa?«

»Nein. Weißt du, daß das sogar schon zu einer Art Wettbewerb geworden ist? Auf Partys faseln sie doch unaufhörlich davon: ›Oh, wir kamen nicht weiter und hatten keinen Tropfen Wasser mehr – drei Tage in den Bergen in den Outbacks, und Jamie ist von einem Skorpion gebissen worden.‹ Und dann sagt ein anderer: ›Ach, das ist noch gar nichts. Molly bekam das rote Affenfieber in Zaire, und ein Medizinmann hat sie geheilt; sie mußte ihm ihren Walkman dafür geben.‹«

Die Schulglocke klingelte, und Chloe hob ihre Schultasche auf. »Und du kannst dann deinen Beitrag zur Unterhaltung beisteuern: ›Diese Woche war ein schrecklicher Ansturm auf schwarze Seiden-BHs Größe 75 B.‹ Sie werden alle wie gebannt an deinen Lippen hängen.

Komm schon, du Faultier, wir haben französische Literatur – dein Lieblingsfach.«

Monica machte sich Sorgen. Graham benahm sich seit einigen Tagen rastlos und irgendwie heimlichtuerisch. Das mußte irgendwie damit zusammenhängen, daß er öfter ausging und ihr immer nur die halbe oder die viertel Wahrheit sagte. Heute morgen, als sie sich nach der Eule im Park erkundigt hatte, hatte er gesagt: »Welche Eule?« und unerschütterlich seine Cornflakes weitergemampft. Seine Wollmütze lag in der Garderobe, ordentlich zusammengefaltet an ihrem angestammten Platz auf der US Air Force Tomcats Baseballkappe, die er vor drei Jahren bei einer Flugschau gekauft hatte – sie hatte ihm damals sofort klargemacht, daß er viel zu alt sei, um so was aufzusetzen. Er hatte sie nicht angesehen und den Blick auf die Katze geheftet, die sich die Hinterpfoten putzte und die Krallen spreizte wie ein Pianist seine Finger. Sogar als sich Monica ihrem Sohn gegenüber an den Tisch setzte und demonstrativ mit Toast und Marmelade herumhantierte, kaute er gelassen weiter.

»Die im Park«, insistierte sie. »Die Schleiereule, die du neulich nachts beobachtet hast.«

Er grinste albern, als wäre ihm etwas Unanständiges eingefallen. Das hatte er schon einmal mit fünf Jahren getan, als er all seinen Mut zusammengenommen und »Arsch« gesagt hatte, um zu sehen, wie sie darauf reagierte. Immer noch schaute er sie nicht an, sondern beschäftigte sich ausgiebig mit seinen Cornflakes, als hätte er gehört, wie eine Fliege oder ein Haar in seine Müslischale gefallen war, das er unbedingt herausfischen mußte.

»Es war keine Eule«, sagte er.

»Was für ein Vogel war es dann?« wollte sie wissen.

Jetzt richtete er einen stechenden, herausfordernden Blick auf ihr Gesicht und kam sich schrecklich überlegen vor. »Ein großer. Aber kein Truthahn. Ausnahmsweise«, sagte er.

Noch lange nachdem er aufgebrochen war, zerbrach sich Monica den Kopf, was er wohl damit gemeint haben könnte. Sie durchquerte die Eingangshalle, stieg langsam die Treppe hinauf und ging den Flur entlang. Das Haus war viel zu groß für zwei und vollgestopft mit alten, finsteren Möbeln, die ohne Begeisterung und besonderes Geschick von einer gelangweilten jungen Putzhilfe (eine aus einer langen Reihe) poliert wurden. Die Mädchen, die diesen Job machten, trugen zu enge Jeans, um sich richtig bücken zu können, sie kamen morgens zu spät, achteten darauf, möglichst früh wieder zu verschwinden, und drehten das Radio auf volle Lautstärke, wann immer Monica das Haus verließ. Keine von ihnen ist lange geblieben, dachte Monica, als sie die Tür zu Grahams Zimmer öffnete. Vielleicht verleidete ihnen das Abstauben der vielen Flugzeugmodelle die Arbeit. Die Flugzeuge hingen von der Decke und standen auf jedem freien Plätzchen im Zimmer. Als das letzte Putzmädchen das Zimmer das erste Mal sah, hatte es angenommen, Graham wäre ein halbwüchsiger Junge, und Monica beglückwünscht, weil sie noch »spät« ein Baby bekommen hatte.

Monica setzte sich auf das ordentlich gemachte Bett und nahm die Lektüre in die Hand, die auf Grahams Nachttisch lag. Aber auch, als sie *Wrecks and Relics* und *The Military Aircraft of Europe* durchblätterte, erhielt sie keine Aufschlüsse darüber, was in letzter Zeit im Kopf ihres Sohnes vor sich ging. Er hatte ein Geheimnis, und sie würde es nie aus ihm herausbekommen, zumindest nicht auf die übliche Weise, indem sie Fragen stellte. Kein Mensch konnte sich so stur stellen wie Graham, wenn er sich vorgenommen hatte, Stillschweigen zu bewahren. Sie fragte sich, ob eine Frau hinter all dem steckte. Im Laufe der Jahre hatte es nicht viele Frauen in Grahams Leben gegeben, zumindest soweit sie wußte. Eine Schwiegertochter wäre ihr willkommen gewesen, und Monica hatte ihren Sohn weiß Gott ermutigt, als er ungefähr zwanzig gewesen war und sie entschieden hatte, daß es Zeit für ihn wäre, sich umzusehen. Besonders mit zwei Mädchen hatte sie sich große Mühe gegeben und sich mit ihnen richtig angefreundet – sie hatte ihnen geholfen, die Geburtstagsgeschenke für Graham auszusuchen, ihnen Tips gegeben, welche Speisen er mochte, ihnen das Knüpfen von Teppichen beigebracht und Theaterkarten gekauft, aber bei all dem war nichts herausgekommen. Im Grunde genommen war das sogar ganz gut – sie hätten niemals so hingebungsvoll für ihn gesorgt, wie es nur eine Mutter konnte. Den jungen Dingern heutzutage ging es doch nur noch um ihre Karriere und Fertigmenus. Sie hatte Nina eine Nudelmaschine geschenkt, aber sie stand noch in der Originalverpackung in der hintersten Ecke des Schranks, das hatte Monica selbst gesehen.

Monica seufzte und verließ den Raum. Die Tür ließ sie exakt im richtigen Winkel – so wie sie sie vorgefunden hatte – offen stehen. Es hatte keinen Zweck herumzuschnüffeln, und ganz bestimmt wäre es nicht gut, dabei erwischt zu werden. Wenn sie später mit Nina sprach, würde sie Grahams Heimlichtuerei dafür verantwortlich machen, daß sie die Treppe hinuntergefallen war. Sie würde behaupten, deswegen so in Gedanken gewesen zu sein, daß sie nicht mehr auf ihre Schritte geachtet hatte. Nina würde dagegenhalten, daß der schon seit Jahren lose Teppich auf der Treppe schuld daran sei, und Anspielungen darauf machen, daß man im Alter eben gebrechlicher wurde, aber Monica würde diese Argumente rundweg zurückweisen, weil Nina, die nicht einmal wußte, wie man einen Ehemann bei der Stange hielt, ohnehin nie recht haben konnte.

Monica ging langsam die Treppe hinunter und verschwendete dabei keinen einzigen Gedanken an Graham. Statt dessen dachte sie an Kekse mit Vanillecreme, die sie zu ihrem Kaffee essen könnte. Ihr war kalt, und sie verschränkte die Arme vor dem Bauch, um die Wärme im Körper zu halten. Ihr letzter Gedanke vor dem Sturz war: Ich sollte mich am Geländer festhalten. Aber es fühlte sich irgendwie an, als würde sie all ihre Kräfte, ihre jugendlichen Kräfte, aufbringen, um die Treppe hinunterzusegeln und die Tatsache, daß ein Geländer vorhanden war, vollkommen zu ignorieren. Später erzählte sie, sie sei nicht richtig auf die Stufen aufgeschlagen, es sei viel eher so gewesen, als wären ihr die Stufen entgegengekommen und gegen sie geprallt. Sie nahm den Luftzug wahr, den stickigen Geruch nach staubigem Teppich, den abgestoßenen weißen Lack und das dumpfe Poltern, das aus weiter Ferne zu kommen schien. Als diese Empfindungen aufhörten, hatte sie noch nicht einmal den Boden der Halle erreicht, sondern lag ziemlich unelegant mit den Beinen nach oben auf der drittletzten Stufe, und der Rock war ihr bis zu den Hüften hochgerutscht.

Ich sehe lächerlich aus, war Monicas erster Gedanke, als sie ihre Beine sah – eines steckte im Geländer, das andere war seitlich abgewinkelt. Sie schien sich nichts gebrochen zu haben, aber sie konnte sich auch nicht ganz mühelos bewegen, und sowohl die Atmung als auch der Herzschlag waren beschleunigt und machten einen erschreckend unzuverlässigen Eindruck. Ich werde in einer absurden Stellung gefunden, dachte sie und versuchte, ein Stück weiter nach unten zu gleiten und etwas mehr Würde zu gewinnen, ehe die echte Agonie, die momentan vom Schock überlagert wurde, einsetzen konnte. Sie kroch mühsam Zentimeter für Zentimeter wie eine Schnecke in Richtung Telefon, entschlossen, die Sanitäter der Ambulanz in einer selbstgewählten Verfassung zu empfangen.

»Erinnerst du dich an die vielen Sonntagsbrunche, die wir hier hatten?«

Joe faltete seine Serviette auseinander und nahm die Speisekarte zur Hand, dann sah er sich in dem vertrauten, in Schwarz und Chrom eingerichteten Lokal um. Er betrachtete die Schwarzweiß-Fotografien von Peter Blake an der Wand und grinste, als hätte er einen alten, lieben Freund entdeckt. »Und sie haben immer noch die leckeren Fischfrikadellen. Erinnerst du dich an die? Die bestelle ich mir.«

»Natürlich erinnere ich mich«, sagte Nina lächelnd, weil sie wußte, daß er das von ihr erwartete. Sie hatten noch nicht einmal angefangen zu essen, deshalb gab sie sich höflich – schließlich hatten sie sich vorgenommen, über Emilys freies Jahr zu sprechen, und das wollte sie nicht gefährden. Doch in ihr brodelte der Zorn, weil er sich so ohne weiteres den Reminiszenzen an ihre gemeinsame Vergangenheit hingeben konnte, als wäre dies die glücklichste Zeit seines Lebens gewesen. Wenn das stimmte, wieso hatte er dann alles so achtlos aufs Spiel gesetzt? Er hatte sich benommen wie ein Kind, das einen Welpen zu Weihnachten geschenkt bekommen hatte. Warum hatte er sich so schnell eine neue Liebe seines Lebens gesucht? Und wie lange würde es wohl dauern, bis er mit ihr so viel erlebt hatte, an das er sich wehmütig erinnern konnte?

»Und, wie ist es euch ergangen?« erkundigte sich Joe, sobald sie die Bestellung aufgegeben hatten, und nahm einen Schluck von seinem Mineralwasser. Ist das Catherines Einfluß? überlegte Nina. Hat sie ihn darauf hingewiesen, wie rasch ein Mann mittleren Alters fülliger um die Taille wird? Sie hatte ausnahmsweise den Polo zu Hause stehen lassen und trank einen Chablis.

»Prima wie immer«, antwortete sie. »Lucy hat eine neue Freundin. Sie heißt Sophie und wohnt gegenüber von uns.«

»Ach ja? Wohnen denn gegenüber Kinder? Die kenne ich ja gar nicht.« Er sah sie verwirrt an.

»Das kannst du auch nicht. Die Leute sind erst vor zwei Wochen eingezogen.« Nina rutschte auf dem Stuhl herum. Ihre Strumpfhose kratzte – das war Lucys Werk. Sie war das letzte Mal für die Wäsche zuständig gewesen. Demokratische Aufgabenteilung im Haushalt hatte ihren Preis. Nina mußte ein ernstes Wörtchen mit ihren Töchtern reden und ihnen sagen, wieviel Waschmittel pro Maschine benötigt wurde.

»Dann habe ich also etwas verpaßt«, sagte Joe in gespielter Niedergeschlagenheit.

Nina grinste. »Mach dir nichts draus, ich hab' den Einzug auch verpaßt. Offenbar konnte nur Henry einen kurzen Blick auf das enorme, mittelalterlich anmutende Messingbett und das bemalte Holzzebra werfen. Allerdings habe ich das Zebra später auch gesehen, als sie ihre Einweihungsparty hatten.«

»Party? Sieht fast so aus, als hätte sich das Gesellschaftsleben in der Crescent ein wenig belebt.«

»Sei nicht so herablassend«, versetzte Nina und fügte

gemäßigter hinzu: »Laß dir von Sophie erzählen. Lucy ist ganz vernarrt in sie, dabei kennt sie sie erst eine Woche. Sie trägt Militärklamotten, und das einzige Make-up, an dem sie interessiert ist, sind Tarnstreifen im Gesicht, wie sie die Dschungelkämpfer haben. Ich gehe mit den beiden Mädchen in den Park, wenn ich Genghis ausführe, dann verstecken sie sich in den Büschen und springen aus dem Hinterhalt, wenn andere Leute mit ihren Hunden vorbeikommen.«

Joe lachte. »Das kann ich mir bei Lucy gar nicht vorstellen. Sie ist doch so niedlich und mädchenhaft. Seit sie sieben Jahre alt ist, achtet sie auf Hautpflege und solche Sachen.«

»Ich weiß. Da prallen wirklich zwei Welten aufeinander. Abends verbringt sie Stunden damit, die Tarnfarbe mit Unmengen von meiner Clarins-Reinigungsmilch aus ihrem Gesicht zu entfernen. Das kostet mich ein Vermögen.«

Dies war der Augenblick, dachte Nina, in dem er sie berichtigen und sagen könnte: ›Du meinst wohl, es kostet mich ein Vermögen.‹ Sie wartete eine Sekunde mit angehaltenem Atem, aber Joe enthielt sich jeden Kommentars. Armer Joe, schoß es ihr plötzlich durch den Kopf, ich habe ihn geradezu dazu gedrängt, die Rolle des schurkischen Ex zu übernehmen. Wieder rutschte sie auf dem Stuhl hin und her, verzog gequält das Gesicht und kratzte unter dem Tisch ihr linkes Bein.

»Was ist? Du zappelst herum wie ein Kleinkind, das sich langweilt«, sagte er.

»Die Strumpfhose – mit zuviel Waschpulver gewaschen, und jetzt kratzt sie teuflisch«, zischelte sie leise.

»Geh auf die Toilette und zieh sie aus«, schlug er mit einem Achselzucken vor.

»So einfach ist das nicht«, gestand Nina, dann schwieg sie, während ihr Essen gebracht wurde. Sie betrachtete die leicht rosafarbenen Lammkoteletts und dachte, daß ihre Beine in etwa dieselbe Farbe haben mußten.

»Wieso nicht?« Joe ließ einfach nicht locker.

»Ich habe winterweiße Beine, mein Rock ist viel zu kurz und würde zuviel von ihnen zeigen, und wir bedauernswerten männerlosen Frauen sind ein bißchen faul, wenn es um die Haarentfernung geht, wenn du es genau wissen willst. Okay?«

Joe lachte laut. Die anderen Gäste drehten sich zu ihnen um und hätten gern mitgelacht. »Erzähl mir nicht, daß du nie mit jemandem ausgehst. Eine so schöne Frau wie du!«

»Eine schöne, einundvierzig Jahre alte Frau wie ich, meinst du wohl«, korrigierte Nina ihn. »Ich bin jetzt in dem gewissen Alter. Männer im gewissen Alter – Männer wie du – gehen mit Frauen aus, die jung genug sind, um noch als ›Mädchen‹ bezeichnet zu werden. Außerdem habe ich kein Interesse mehr. Ich bin draufgekommen, daß Männer mehr Schwierigkeiten machen, als sie wert sind – nichts als kleine Jungs, die nach nachsichtigen Mummys Ausschau halten.«

»Wahrscheinlich habe ich das verdient«, entgegnete Joe mit einem Grinsen. »Ich sollte mich lieber davor hüten, dein Liebesleben je wieder zu erwähnen.«

»Das wäre gut, weil ich nicht beabsichtige, je wieder eines zu haben. Können wir jetzt über Emily sprechen? Glaubst du, es wäre sinnvoll, ihr eines dieser Interrail-Tickets zu schenken, unter der Bedingung, daß sie sich das Taschengeld für die Reise selbst verdient?«

Joe wartete, bis der Ober die Teller abgeräumt und ihnen die Dessertkarte gebracht hatte. »Wie wär's mit etwas

Aufregenderem, wie zum Beispiel Raleigh International oder was auch immer? Sie könnte beim Bau einer Schule im Himalaya helfen oder so – wäre das nicht eine Herausforderung, die ihr gefallen würde?«

»Ich denke, die Abschlußprüfungen sind für sie Herausforderung genug. Wenn man genauer darüber nachdenkt, ist schon das morgendliche Aufstehen eine Herausforderung für sie. Ich glaube, sie würde etwas mehr Hedonistisches vorziehen.«

»Na gut, dann wohl eher ein paar Wochen in Ibiza«, meinte Joe. »Ich nehme an, die Kosten dafür kann ich noch aufbringen. Wir waren auch mal dort, weißt du noch? Nach diesem Urlaub hast du die Aufnahmen für das ›Lächle, was das Zeug hält‹-Poster für diese Zahnpastafirma gemacht.«

»Ja, das weiß ich noch. Danke, daß du mich daran erinnerst – es war mein letzter Job als Model. Heute bin ich nur noch für die ›Vorher-Fotos‹ von Anzeigen für Faltencremes geeignet.«

»Stell dein Licht nicht unter den Scheffel. Wenn es dir hilft, dann kann ich dir sagen, daß du meiner Meinung nach nie schöner warst als jetzt. Ich erinnere mich …«

»Was ist los mit dir?« unterbrach ihn Nina mit einem nachsichtigen Lächeln. »Du schwelgst heute in Reminiszenzen.« Sie beugte sich zu ihm, bereit, sich mitfühlend zu zeigen. Sein Gesicht wirkte ein wenig eingefallener als sonst. Ihr ging durch den Kopf, daß sie nur aus der Ferne beobachten würde, wie er älter wurde. Die neu enstandenen Linien und Falten würden ihr bei jedem ihrer seltenen Zusammentreffen einen Schock versetzen. Die monatlichen gemeinsamen Mittagessen würden sich auf zwei im Jahr reduzieren, wenn die Mädchen erwachsen waren. Entweder würde die Arbeit sie beide daran hindern, sich öfter zu sehen, oder Catherine bot Joe eine ganz neue Familie, und er hatte keine Zeit mehr für die alte. Bald käme es zu Absagen und Verschiebungen. Plötzlich war sie traurig, als hätte sie nicht nur ihren Mann, sondern auch ein gemeinsames zukünftiges Leben verloren. Vielleicht hatte er gerade ähnliche Gefühle. Seine Finger strichen leicht über ihre Hand. Sie zog sie vorsichtig weg und fragte sich, ob er sich überhaupt bewußt war, was er tat.

»Warum kommst du nicht mit zu mir, dann trinken wir noch eine Tasse Kaffee nach dem Essen? Du hast meine Wohnung noch gar nicht gesehen, und ich würde dir gern das Zimmer der Mädchen zeigen. Sie haben sich für eine silberne Decke entschieden, und ich bin wirklich erstaunt, wie schön es geworden ist«, schlug Joe vor, als Nina die letzten köstlichen Krümel ihrer Schokoladentorte verzehrte.

»In deine Wohnung?« Nina riß ungläubig die Augen auf. »Was ist mit...«

»Catherine ist in York auf einem Seminar für Buchhaltung.« Er zog eine Grimasse. »Kannst du dir was Langweiligeres vorstellen?«

Nina kicherte über seine mangelnde Loyalität. »Nein, das kann ich nicht.«

Im Taxi nach Chelsea hatte Nina das Gefühl, beschwipst zu sein. »Was für ein Glück, daß ich Lucy heute nicht von der Schule abholen muß – Megan ist dran«, erklärte sie Joe.

»Megan ist Sophies Mum, wenn ich das richtig verstanden habe. Wie ist sie?«

»Wie ... na ja, ziemlich handlich, könnte man sagen. Alles ist klein und an der richtigen Stelle. Sie ist im sechsten Monat schwanger mit Zwillingen, und selbst das ist ordentlich verpackt. Sie gibt mir das Gefühl, unvollkommen und ungeheuer schlampig und viel zu raumgreifend zu sein.«

»Mir hast du schon immer gefallen, wie du bist«, sagte Joe mit einem schiefen Grinsen. Das Taxi wurde am Fluß langsamer.

»Hör auf damit, ja? Hör einfach auf«, sagte Nina und sprang aus dem Wagen, kaum daß er angehalten hatte.

Catherine war nicht schlampig und raumgreifend, davon war Nina überzeugt, als sie die Wohnung sah, von der aus man Ausblick auf die Themse hatte. Sie gehörte zu den Domizilen, die für Architekturzeitschriften fotografiert wurden, zwecks Demonstration, wie geschmackvoll Lagerhäuser in Wohnbereiche mit viel hellem Holz und ohne sichtbare persönliche Besitztümer umgewandelt werden konnten. Es war nicht schwer auszumachen, welche Einrichtungsgegenstände Joe und welche Catherine ausgesucht hatte. Während sich Joe an der Kaffeemaschine im Küchenbereich des riesigen, offenen Wohnraums zu schaffen machte, wanderte Nina umher und gab vor, die Aussicht zu bewundern, obwohl sie in Wahrheit die Einrichtung begutachtete.

Joe hatte die großen cremeweißen Sofas sicher schon vor Catherines Zeit gehabt, und er hatte vergrößerte, gerahmte Fotos von den Mädchen an die Wand in der Nähe der Küche gehängt. Der schwarze Teppich mit den überlangen beigen Fransen gehörte ihm vermutlich auch, aber Nina konnte sich nicht vorstellen, daß er, wenn es nach ihm gegangen wäre, das Glasregal voller eigenartig geformter, polierter Stahlskulpturen von Tieren oder die beiden muschelrosa Art-déco-Lampen in seine Wohnung gestellt hätte. Über eine Eisentreppe gelangte man zu einer Galerie, in der Joe sein Studio – auch mit dem alten Ledersofa von zu Hause – eingerichtet hatte, und dahinter befanden sich das Zimmer, das die Mädchen bei ihren Wochenendbesuchen bewohnten, und ein Duschraum. Die silberne Decke war ziemlich spektakulär, und Nina war regelrecht gerührt, als sie die beiden kleinen Messingbetten mit den blauweißen Patchworkquilts sah. Sie sah Joe vor sich, wie er am Sonntagabend, wenn die Mädchen längst zu Hause waren, hierherkam, sich auf ein Bett setzte, den Duft, den seine Töchter hinterlassen hatten, einatmete und sich verlassen fühlte.

»Na, was hältst du davon? Gefällt es dir?«

»Was? Oh, die Wohnung«, sagte Nina beiläufig. »Ja, sie sieht sehr … sehr nach dir aus.« Joe sah sie belustigt und ungläubig zugleich an. »Na ja, sie sieht fast nach dir aus«, räumte sie ein. »Du hast immer behauptet, Art déco könntest du nicht ausstehen«, fügte sie grinsend hinzu und deutete auf die Lampen.

»Ja. Aber man muß Kompromisse machen, weißt du.«

»Ja, das weiß ich. Ich habe eine Menge Kompromisse deinetwegen gemacht.«

»Aber nicht bei Lampen«, sagte Joe.

Nina lachte. »Lieber Gott, nein, nie bei Lampen.« Sie saß – eigentlich lag sie eher – auf dem riesigen Sofa, und ihre Beine juckten wieder. »Verdammte Strumpfhose«, schimpfte sie und bearbeitete ihre Beine mit den Fingernägeln.

»Du könntest sie ausziehen, hier sieht dich ja niemand außer mir«, schlug Joe vor.

»Dann müßte ich die Dinger nur gleich wieder anziehen, wenn ich mich auf den Heimweg mache«, erwiderte sie.

Joe erhob sich und ging auf eine der Türen zu. »Nein, das mußt du nicht. Komm doch einfach mit und such dir eine von Cath' aus. Sie kauft sie im Dutzend und hat ungeheure Mengen von noch nicht ausgepackten Strumpfhosen in der Schublade.«

Nina starrte ihn an. »Du kannst doch nicht deiner Ex-Frau eine Strumpfhose deiner Geliebten borgen!« protestierte sie.

Boshaft und verschlagen grinsend blieb er vor der Tür stehen, hinter der er vermutlich zahllose Sexabenteuer mit der aalglatten, kühlen Catherine erlebt hatte. Im Grunde platzte sie fast vor Neugier und wollte unbedingt das Schlafzimmer sehen. Wenn sie Sally von ihrem Aufenthalt in dieser Wohnung erzählte und das Schlafzimmer nicht bis ins kleinste Detail beschreiben konnte, würde diese wahrscheinlich nie wieder ein Wort mit ihr reden. Es war ihre Pflicht, haarklein Bericht zu erstatten.

Sie stand auf, schlenderte so lässig, wie es ihr möglich war, hinter Joe in das Zimmer und wünschte augenblicklich, sie hätte es bleiben lassen. Sie erkannte auf den ersten Blick, daß Joe bei der Einrichtung dieses Raums nicht das geringste zu sagen gehabt hatte. Das alles war zweifellos Catherines Geschmack; dieses überladene pfirsichfarbene Boudoir war ein Altar, errichtet dem Gott des schönen Scheins. Die Atmosphäre war durch und durch feminin, mit einem verspiegelten Schrank, einer gehäkelten Überwurfdecke, den mit Rosenzweigen gemusterten Vorhängen (gerüschte Behänge, Fransen gerafft und in Hüfthöhe gebunden) über Spitzengardinen. Das alles sah nach Ninas Meinung so aus, als hätte Catherine beschlossen, der Mode der achtziger Jahre mit ihrem Überfluß an Dekorationsstoffen müsse eine Renaissance widerfahren; entweder das, oder sie wollte verzweifelt Joes kühlen, minimalistischen Geschmack kompensieren. Die Nachttische waren mit mindestens drei Lagen Stoff – angefangen bei Chintz im selben Muster wie die Vorhänge über ein einfarbiges quadratisches Deckchen mit rosa Fransen bis zu einem weißen Leinentüchlein – verziert. Und auf beiden standen pfirsichfarbene Art-déco-Lämpchen. Neben einer dieser zierlichen Leuchten stand wie zum Protest Joes alter Eisenwecker.

»Grundgütiger, wo, um alles in der Welt, darfst du denn deine Tennisklamotten aufbewahren?« rief Nina.

Joe, der an der Kommode stand und eine Schublade durchwühlte, drehte sich zu ihr um und sah sie verdutzt an. »Im Schrank neben der Eingangstür«, gestand er. »Und ich habe auch die Wandfarbe in diesem Raum nicht ausgesucht – das nur für den Fall, daß du meinst, mein Geschmack hätte ernsthaften Schaden gelitten. Ich habe ihr völlig freie Hand gelassen.«

»Das ist nicht zu übersehen. Du hast Pfirsich immer verabscheut. Aber ich vermute, daß das für dich Liebe ist.«

Er reichte ihr eine zellophanverpackte, sündhaft teure, seidig weiche Strumpfhose. »Hier, nimm die«, bot er an. In der noch offenen Schublade sah Nina etliche Schachteln mit billigeren Strumpfhosen aus dem Kaufhaus. »Danke«, sagte sie. Beide grinsten.

Nina fühlte sich unbchaglich, als sie sich vor Joe die kratzige Strumpfhose auszog, während er auf dem Bett saß und in Erinnerungen an sein eigenes freies Jahr nach dem Schulabschluß schwelgte. Es gab keine Möglichkeit, das Anziehen einer Strumpfhose zu einer würdevollen oder attraktiven Prozedur zu machen, obwohl sie bereit war zu wetten, daß Catherine es schaffte, auch dabei hübsch auszusehen. Lächerlich, rief sie sich zur Ordnung, wir waren zwanzig Jahre verheiratet, und er hat zweimal zugesehen, wie ich ein Kind auf die Welt gebracht habe.

Wie kann ich erwarten, daß ich jetzt noch einen würdevollen oder attraktiven Eindruck auf ihn mache? Wieso sollte ich das überhaupt wollen? Sie setzte sich neben Joe aufs Bett und steckte einen Fuß in die samtweiche Strumpfhose. »Wir verknittern die Überwurfdecke«, stellte sie fest. Als sie Joes Blick suchte, brachen beide in schallendes Gelächter aus, sanken sich prustend und hysterisch keuchend in die Arme.

Was als nächstes geschah, war beinahe unvermeidlich, dachte Nina sehr viel später. Der Sex war heftig, schnell und ungeheuer befriedigend – alles war schon vorbei, noch bevor sie aufhörten zu lachen. Nina lag auf dem Rücken, betrachtete das Muster an der mit dem Schwamm gemalten Decke und wünschte, sie könnte endlich aufhören zu grinsen. Es war so billig und so würdelos. Ihr Rock war bis zur Taille hochgeschoben, der Schlüpfer hing über einer von Catherines kostbaren Lampen, und ihr linkes Bein steckte bis zum Knie in der schwarzen Strumpfhose. Sie zog sich rasch an, und als sie in die Schuhe schlüpfte, ertappte sie sich dabei, daß sie Joe aus dem Zimmer wünschte, damit sie ihre eigene kratzige Strumpfhose unter Catherines Kopfkissen schieben könnte. Es wäre eine süße Rache dafür, daß Catherine einem so künstlerischen Mann eine derart überladene Einrichtung aufzwang. Erst in diesem Moment fiel ihr auf, was sich auf Catherines Nachttisch befand. Auf einem dicken Taschenbuchroman lagen eine Tabelle und ein Thermometer. Joe sah, daß sie zu diesen Dingen schielte. »Sie mißt jeden Morgen ihre Temperatur«, erklärte er achselzuckend, obwohl Nina keine Frage gestellt hatte. Das brauchte sie auch gar nicht.

»Und was passiert, wenn sie ansteigt?« erkundigte sie sich mit eigenartig heftigem Herzklopfen.

Joe grinste. »Dann habe ich entweder Kopfschmerzen, oder ich arbeite bis spät in die Nacht«, gestand er.

»Bis jetzt«, meinte Nina.

»Ja, bis jetzt«, stimmte er ihr zu.

»Graham hat angerufen«, begrüßte Emily ihre Mutter an der Haustür. Sie wirkte blaß und verstört. »Es ist Grandma. Er sagt, sie ist gestürzt und liegt im Krankenhaus. Du erreichst ihn nach sechs. Ich wußte nicht, wo du bist, sonst hätte ich dir Bescheid gesagt.«

Es war kurz vor sechs, stellte Nina fest, als sie in die Küche zum Telefon stürmte. Die klassische Geschichte, dachte sie, als sie die Nummer eintippte: Das himmlische Donnerwetter bricht über mich herein, nur weil ich ein paar Minuten unvernünftig war und mich mit meinem Ex-Mann herumgewälzt habe. Gott entlädt seinen strafenden Zorn über mich. Nein, wir haben uns nicht gewälzt, überlegte sie, während sie mit den Fingern ungeduldig auf das Fensterbrett trommelte. Wir hatten gar keine Zeit dazu. Wonneschauer liefen ihr bei der Erinnerung an den zielstrebigen, drängenden Sex über den Rücken, und Grahams grimmiges »Hallo?« wirkte wie eine kalte Dusche. Sie durfte so etwas nie wieder tun. Wahrscheinlich würde sie auch niemals mehr dazu aufgefordert werden.

»Stirbt Grandma?« fragte Lucy, die mit ihrer neuen Busenfreundin Sophie hereinkam. Ihre Stimme klang ausdruckslos – keineswegs ängstlich oder erschrocken. Sie wollte es einfach nur wissen und hätte sich genausogut erkundigen können, ob Monica nicht gerade im richtigen Alter dafür war.

»Das glaube ich kaum … Gott, ich hoffe nicht«, sagte Nina und unterdrückte ein nervöses Zittern. Das war genau das, was sie am meisten fürchtete: Daß ihre Mutter hinfällig, hilflos und übellaunig wurde. Unbeweglichkeit und ein schlechter Gesundheitszustand würden sie umbringen. Graham hatte seinen Job, sie hatte ihren, und sie beide müßten komplizierte Arrangements treffen, um die Pflege ihrer Mutter zu organisieren. In ihrer Panik dachte sie schon an Pflegeheime, Bauarbeiter, die ein Zimmer für die kranke Großmutter anbauten, Treppenlifte und daran, daß sie beide es niemals unter einem Dach miteinander aushalten würden. Es wäre, als würde man zwei Katzen in eine Schachtel stecken.

»Sie ist gefallen«, erzählte Graham, der selten mehr Worte als notwendig in den Mund nahm.

»Ich weiß, das hat mir Emily schon gesagt. Wie schlimm ist es? Wo ist sie? Wie groß ist der Schaden?« bestürmte sie ihn ungeduldig.

Es war eine Eigenart von Graham, nur schleppend von irgendwelchen Ereignissen zu erzählen, und es schien ihm große Freude zu bereiten, nur die profunden Tatsachen preiszugeben und dabei Phrasen zu benutzen, die auf unendlich viele Arten interpretiert werden konnten. »Es hat einen Unfall gegeben«, war in seiner Kinderzeit einer seiner Lieblingssätze gewesen – das deckte alles ab, angefangen vom Dahinscheiden eines altersschwachen Goldfischs bis zum Tod ihres Vaters, der im Bowls Club einen Herzanfall erlitten hatte, wo sich Matronen in weißen Röcken darum drängten, diejenige zu sein, in deren Armen er sein Leben aushauchte.

»Sie ist die Treppe heruntergefallen. Eine der Säulen am Geländer ist zerbrochen«, erklärte er ärgerlich.

O Graham, einen solchen Schaden habe ich nicht gemeint, dachte Nina und kämpfte gegen den Drang an, in lautes Lachen auszubrechen.

»Sie ist im Krankenhaus und bleibt auch dort, bis sie

sie richtig untersucht haben. Sie nehmen an, daß sie sich hauptsächlich blaue Flecken geholt hat, aber sie wollen sich die Hüfte genauer ansehen.«

»Sie hat schon seit langem Probleme mit der Hüfte«, sagte Nina. »Vielleicht entscheidet sie sich jetzt endlich, etwas zu unternehmen. Diese Treppe – vielleicht wird es ihr zuviel, treppauf, treppab zu rennen. Das ganze Haus ist im Grunde zuviel für sie. Ich überlege, ob es nicht an der Zeit ist, daß sie in eine kleinere Wohnung zieht.«

Am anderen Ende der Leitung herrschte Schweigen. Nina wurde zu spät bewußt, wie unsensibel diese Bemerkung gewesen war. Der Vorschlag, die Lebensumstände ihrer Mutter zu veränderen, kam für Graham, auch wenn es noch so vernünftig und gut gemeint war, einem mittelstarken Erdbeben gleich.

»Darüber brauchen wir uns im Moment nicht den Kopf zu zerbrechen«, erwiderte Graham bemüht nüchtern. »Du solltest nur ins Krankenhaus gehen und sie besuchen.« Er legte unvermittelt auf. Nina fühlte sich schrecklich.

»Ist Grandma okay? Ist etwas gebrochen?« Emily sah von ihren Hausaufgaben auf.

»Laut Graham nur eine Säule des Treppengeländers«, antwortete Nina düster. »Ich habe eher Angst, daß ihre Willenskraft gebrochen sein könnte. Vielleicht ist sie durch den Sturz ängstlich oder gebrechlicher geworden.« Abhängiger, fordernd, schwierig, setzte sie schuldbewußt in Gedanken hinzu.

»Dazu braucht es mehr als ein bißchen Stolpern«, brummte Emily und wandte sich wieder ihrer Arbeit zu.

»Sie ›stolpern‹ nicht, die alten Leute. Sie stürzen oder fallen. Es passiert ihnen einfach – sie sind dabei nicht aktiv wie Kinder, die auf die Nase fallen oder sich die Knie aufschürfen.«

»Ich kann mir nicht vorstellen, daß Grandma einfach so etwas passiert«, widersprach Emily. »Sie ist alles andere als passiv.«

Nina lachte. »Ganz recht. Ich mache mir nur Sorgen, daß sie selbst jetzt auf den Gedanken kommen könnte, alt zu sein, und daß es für sie von jetzt an nur noch bergab geht. Ihr und Graham wird nichts anderes übrigbleiben, als ihre Rollen zu tauschen. Er wird sich zur Abwechslung mal um sie kümmern müssen.«

»Keiner von beiden wird wissen, wie sie das anfangen sollen«, erwiderte Emily lachend.

»Das, meine liebe Emily, ist viel zu wahr, um auch nur im entferntesten komisch zu sein.«

Kapitel acht

In dem Acht-Bett-Zimmer lagen lauter stille, grauhaarige Damen. Im ersten Moment konnte Nina nicht erkennen, welche der mit offenem Mund dösenden Frauen ihre Mutter war. Auf einem Gestell in der Ecke lief ein Fernseher ohne Ton, aber niemand schaute auf den Bildschirm, als wäre er ein lästiger Besucher, der, wenn es nach den Wünschen der Patientinnen ginge, endlich nach Hause gehen sollte. Ein feiner Geruch nach gekochtem Essen hing in der Luft, und Nina vermutete, daß die Kranken schon vor einiger Zeit ihr Abendessen bekommen hatten. Es gefiel Monica bestimmt nicht, wenn man sie wie ein übermüdetes Kind, das dringend seinen Schlaf brauchte, schon so früh zur Ruhe zwang.

Nina fand sie im Bett neben dem Fenster. Sie saß aufrecht, starrte ausdruckslos auf die dunstige Skyline von Westlondon und fummelte nervös an der Decke herum. Sie sah kleiner aus als gewöhnlich, älter und erschreckend zerbrechlich.

»Bring mich weg von hier«, waren ihre ersten Worte, als sie Nina sah.

Nina lächelte freundlich, und Monica funkelte sie böse an. »Und lächle nicht so herablassend – du siehst aus wie eine irre Pfarrerin.« Sie drehte sich unbeholfen um, als suchte sie nach etwas. »Meine Kleider, hol meine

Kleider, Nina. Ich glaube, sie sind in dem albernen kleinen Spind da drüben. Ich kann nicht bleiben, ich habe nichts für Graham eingekauft.«

»Es ist ja nur für ein, zwei Nächte. Sie wollen eben sichergehen, daß du wieder ganz beweglich bist«, machte Nina ihr klar, während sie die Bettdecke glattstrich und sich fragte, wie weit sie hier gehen würden, um ihre Mutter im Bett festzuhalten. »Und Graham kommt bestens zurecht. Er ist ein erwachsener Mann, der für sich selbst sorgen kann – es wird höchste Zeit, daß du das anerkennst. Es tut ihm mal ganz gut, wenn er allein fertig werden muß.«

»Er könnte ja zum Abendessen zu dir gehen, denke ich«, meinte Monica unsicher.

»Das könnte er. Oder wir könnten alle zu ihm gehen«, schlug Nina boshaft vor.

Monica bedachte sie mit einem finsteren Blick. »Was fällt dir ein? Wann sollte Graham denn kochen? Er hat schließlich seine Arbeit.«

»Ich habe auch meine Arbeit, ganz zu schweigen vom Haus, von meinen beiden Töchtern, dem Hund, der Katze und so weiter. Aber das alles spielt jetzt gar keine Rolle. Wie fühlst du dich? Und warum bist du gefallen? War dir schwindelig? Wenn ja, dann hast du das den Ärzten hoffentlich gesagt. Es könnte ja etwas mit deinem Blutdruck oder so zu tun haben.«

Monica schloß matt die Augen und seufzte, ehe sie sagte: »Ich habe schon überlegt, wann du endlich auf die Idee kommst, mich zu fragen, wie es mir geht. Um ehrlich zu sein, ich bin im Moment hauptsächlich wütend. Sie lassen mich nicht einmal aufs Klo gehen. Sie rollen einen Stuhl mit Topf herein, und dann machen sie sich hinter dem Vorhang zu schaffen, der sich nicht einmal ganz schließen läßt. Es ist eine rituelle Erniedrigung. Ich bin kerngesund und möchte nach Hause. Oder zumindest in ein Einzelzimmer. Man sollte doch meinen, wenn man einen Sohn hat, der hier arbeitet…« Ihre Stimme wurde immer höher und weinerlicher.

Nina griff mitleidig nach ihrer Hand. »Bleib nur diese eine Nacht hier«, sagte sie. »Ich sehe morgen gleich in der Frühe wieder nach dir, und wenn es dir gutgeht, können wir daran denken, dich nach Hause zu bringen.«

»Was ist mit deinem kostbaren Job? Wirst du dir für mich freinehmen können? Es hat dich bestimmt einige Zeit gekostet, hierherzukommen.«

Nina biß sich auf die Lippe. Sally hatte ihr heute schon einen Gefallen getan, indem sie am Nachmittag die Galerie übernommen hatte. Das Mittagessen mit Joe, der Aufenthalt in seiner Wohnung, dieses schrecklich plüschige Schlafzimmer, der wilde, unvorhersehbare Sex und Catherines Thermometer – das alles schien vor Monaten gewesen zu sein. Beinahe hätte sie sich einbilden können, diesen Nachmittag nur geträumt zu haben, aber ihr Schlüpfer war noch feucht von Joe, und bestimmt umgab sie ein feiner Geruch nach Sex. Jeden Augenblick würde Monica anfangen zu schnüffeln, fürchtete sie im stillen, die Nase in die Luft recken wie Genghis und sie fragen, ob sie ausgegangen war, um neue Freunde kennenzulernen.

»Keine Sorge, ich werde das schon organisieren«, versicherte Nina ihrer Mutter. »Vielleicht müssen auch noch andere Arrangements getroffen werden«, kündigte sie vorsichtig an und wartete. Möglicherweise hatte ihre Mutter selbst schon darüber nachgedacht.

»Welche zum Beispiel?« Monica ließ ihr keine andere Wahl, als alles auszusprechen.

»Zum Beispiel müssen wir für eine ordentliche Pflege für dich sorgen. Wenn du die Treppe hinunterfällst und ein bißchen unsicher auf den Beinen wirst, sollten wir über Einrichtungen nachdenken, die dir das Leben erleichtern …«

»Wie über einen Sarg«, fiel ihr Monica ins Wort.

»Sei nicht albern.«

»Und du behandelst mich schon wieder von oben herab.«

»Ich meinte lediglich ein paar extra Griffe zum Festhalten hier und dort im Haus. Etwas Rutschfestes für die Badewanne und den Boden – solche Dinge. Ich werde mit Graham darüber sprechen.«

Graham hockte trübsinnig im Pub und hielt sich an seinem Bierglas fest. Jennifer, die ihm gegenübersaß, hatte ihr Glas Cidre längst geleert.

»Sie wird schon wieder. Sie sind sehr zäh, diese alten Damen, sie fallen oft hin und erholen sich dann wieder schnell«, sagte sie.

»Sie wird auf die Idee kommen, daß sie alt ist«, erwiderte Graham. »Und das wird sie wütend machen. Sie ist sehr gut in Schuldzuweisungen.«

»In diesem Fall kann sie nur dem Läufer auf der Treppe die Schuld geben, nicht? Es hat sie ja keiner gestoßen«, sagte Jennifer mit ungehaltenem Unterton. Die Worte *noch nicht* schwebten unausgesprochen im Raum. »Möchtest du noch ein Bier? Ich hole mir jedenfalls noch was zu trinken.«

»Ja, gut. Danke.« Graham schob sein Glas über den Tisch und ließ sich auf seinem Stuhl zurücksinken. Er wußte, daß ihm Veränderungen bevorstanden, und er mochte keine Veränderungen, zumindest keine, die sich nicht lange vorher ankündigten und sich ganz, ganz langsam vollzogen. Monica gab den Leuten, die Fragen über ihr Leben in diesem großen, unpraktischen Haus mit all den unbenutzten Zimmern stellten, gern ausgesprochen peinliche Antworten wie: »Ich habe meinen braven großen Jungen, der sich um mich kümmert.« Dann drückte sie immer seinen Arm, und ihm wurde der Mund trocken vor Grauen, als müßte er befürchten, daß sie jeden Moment ihr kleines Taschentuch hervorziehen, darauf spucken und ihm das Gesicht damit abwischen würde, wie sie es unweigerlich jeden Morgen getan hatte, als sie ihn, wie sie es nannte, »bei der Hand genommen« und in den Kindergarten gebracht hatte. Sie sagte solche Sachen, als wäre es in Wirklichkeit ein Scherz, etwas, was man nur so dahinsagte und nicht ernst meinte. Alle Welt wußte, daß sie sich um ihn kümmerte und für ihn sorgte. Er hatte gehört, daß die Nachbarn manchmal Bemerkungen machten wie: »Und wenn Ihr Sohn eines Tages auszieht, heiratet und seßhaft wird?« In letzter Zeit sagten sie so was nicht mehr oft, als hätte jemand, der in seinem Alter noch bei seiner Mutter wohnte, eine Art Krankheit, die man lieber nicht erwähnte. »Seßhaft werden«, das ließ ihn an Menschen denken, die ein viel unruhigeres, wilderes Leben führten als er, Leute, die man im Fernsehen sah, die bei verrückten Sitcoms mitspielten und dann irgendwann eine ernste Rolle übernahmen, oder an heimatlose Junkies wie die hypernervösen, dürren Typen, die halbtot in Hauseingängen aufgelesen und in die Notaufnahme eingeliefert wurden und die, sobald es ihnen wieder besser ging, in den Schulen Vorträge über die verheerenden Auswirkungen von Rauschgift hielten und Süchtigen halfen. »Seßhaft werden«, das paßte nicht zu ihm; er war bereits seßhaft und war es immer gewesen.

»Hier, trink das, dann fühlst du dich gleich besser.« Jennifers große Brüste, an die sich die ausgebeulte blaue Strickjacke eng anschmiegte, schoben sich neben seine Schulter, ehe der Rest von ihr näher kam. Sie stellte das Glas auf den Tisch. Graham sah nur Brüste und einen Arm. Brüste, um hineinzufallen, das hatte Jennifer – Arme und Brüste, in die man sich kuscheln, sich hineinschmiegen wollte. Graham trank schnell, um sich abzukühlen.

»Danke«, sagte er.

»Wir könnten etwas zu essen holen, oder wir gehen ... na ja, bei dir ist sonst niemand da, oder?« Sie sah ihn mit einem eigenartig listigen und gleichzeitig scheuen Blick an.

Graham starrte verständnislos in ihr Gesicht. »Zu mir nach Hause? Du meinst, du möchtest, daß ich dich mit zu mir nach Hause nehme?« Seine Mutter war nicht da; zumindest nicht in Fleisch und Blut, aber ihr Geist, ihr Einfluß war allgegenwärtig und alles beherrschend. Man erkannte ihre Anwesenheit in den Blümchentapeten, in den Gerüchen in der Küche, im Toilettenreiniger. Ein mahnender Hauch ihres Lavendelparfums empfing ihn jedesmal in der Halle. Er konnte keine Frau in dieses Haus bringen, weil sie es merken würde.

Jennifer biß sich auf die Lippe und wurde rot. »Na ja, natürlich nicht, wenn du es nicht willst. Ich meine, ich will nicht, daß du mich für zu voreilig hältst, aber wir beide sind schon seit einigen Jahren erwachsen, oder nicht?«

Er starrte sie schweigend an – sie hatte ihn vollkommen durcheinandergebracht.

Sie beugte sich über den Tisch und nahm seine Hand. »Hör mal, ist schon gut. Es tut mir leid. Ich hätte nicht einmal daran denken dürfen. Wahrscheinlich hast du so etwas wie einen Schock wegen deiner alten Mum. Vielleicht ein anderes Mal. Bist du hungrig?«

»O Gott, heute nachmittag ist auch noch Lucys Casting!«
Nina stand in der Küche und starrte auf den Wandkalender, als könnte sie durch bloße Willenskraft die Termine so verschieben, daß alles zusammenpaßte. »Sally hat gesagt, daß sie die Galerie heute vormittag für mich übernimmt, aber ich müßte am Nachmittag dort sein ...« murmelte sie vor sich hin. Emily, die neben dem Spülbecken stand und ihre knusprigen Frühstücksflakes vertilgte, beobachtete sie. Ihre gepackte Schultasche lag zu ihren Füßen, den Mantel hatte sie darüber geworfen, nur für den Fall, daß Nina auf die Idee kam, sie hätte es nicht eilig, und sie um einen Gefallen bat.

»Warum fragst du nicht Dad, ob er Lucy zu dem Casting fährt?« schlug sie vor. »Oder ich könnte sie hinbringen – wahrscheinlich. Das hängt davon ab, wo es ist und um wieviel Uhr ...«, machte sie hastig einen Rückzieher, als wäre das Angebot allein schon genug. Bei genauerer Betrachtung wäre dieses Unternehmen doch viel zu anstrengend.

»Nein, ist schon gut. Du hast recht. Ich frage Joe. Wenigstens ist das Casting nach der Schule, also kann er sich nicht beschweren, daß sie den Unterricht versäumt. Wenn er heute keine Aufnahmen im Studio macht, kann er sogar rechtzeitig dort sein.« Er schuldet mir was, dachte sie, korrigierte sich aber gleich wieder, denn es ging nicht darum, wer wem etwas schuldete. Eine so kurze körperliche, wenn auch nicht von Herzen kommende Leidenschaft konnte kaum Teil eines Handels sein. Erst vor einer Woche hatte Sally ihr einen Zeitungsartikel mit der Überschrift »Sex mit dem Ex: Frauen, die nicht loslassen können« gezeigt. Nina hoffte, daß sie niemals wie diese Frauen werden würde.

»Ach ja, Henry hat angerufen, als du gestern abend im Krankenhaus warst«, erinnerte sich Emily. »Er wollte wissen, wann er mit dem Malen anfangen soll. Zufällig hat er bis Ende nächster Woche sonst nichts zu tun.«

»Alles kommt auf einmal«, sagte Nina und schaute sich in der Küche um. Sie fühlte sich vollkommen überfordert, weil noch so viel weggeräumt werden mußte, ehe man überhaupt daran denken konnte, mit dem Malen anzufangen. Die ganzen Fächer und Regale standen noch voll, die Bilder hingen noch an den Wänden, die alte Farbe war nicht abgewaschen, und Henry würde bestimmt wollen, daß die Teppiche zusammengerollt und die Sofas mit Laken abgedeckt würden. Nina atmete tief durch und ordnete ihre Gedanken.

»Gut. Zuerst rufe ich Joe an und frage ihn, ob er Lucy zum Casting bringt. Megan fährt sie zur Schule und müßte jeden Moment hier sein. Mit Henry telefoniere ich von der Galerie aus, und du, Em, organisierst das Abendessen für heute.« Sie überlegte eine Weile, dann fügte sie hinzu: »Richte etwas für vier Personen her, vielleicht möchte Joe bleiben. Ich weiß zufällig, daß Catherine weg ist, und außerdem können wir mit dir darüber sprechen, was du für das nächste Jahr vorhast.«

»Ich habe mich schon gefragt, wann ihr auf die Idee kommt, in dieser Angelegenheit mich einmal zu Wort kommen zu lassen«, murrte Emily und stellte ihre Müslischale in die Spüle. Sie schaute auf, sah den Gesichtsausdruck ihrer Mutter, spülte die Schale hastig unter fließendem Wasser aus und stellte sie in die Spülmaschine. »Tut mir leid. Ich werde mein Bestes versuchen heute abend. Ich habe auch 'ne Menge um die Ohren, weißt du.« Emily gab sich die größte Mühe, so bedeutend wie eine gestreßte Geschäftsführerin zu erscheinen. Nina lachte. »Wart's nur ab. Eines Tages wirst du wissen, was es heißt, wirklich 'ne Menge um die Ohren zu haben.«

Graham hatte seiner Mutter bereits Nachthemden, Hausschuhe und Waschzeug gebracht, als er seinen Dienst im Krankenhaus angetreten hatte. Nina bezweifelte, daß Monica heute schon nach Hause entlassen werden würde. Sie hatte von Graham genügend Geschichten darüber gehört, daß die Sozialbehörde in solchen Fällen Gutachten erstellen mußte. Nina mußte etwas Interessantes, Aufmunterndes finden, was sie ihrer Mutter heute morgen mitbringen konnte. Sie dachte an Blumen, wußte jedoch, daß Monica das als sicheres Zeichen dafür ansehen würde, daß sie noch lange im Krankenhaus bleiben müßte und bis jetzt noch niemand den Mut dazu aufgebracht hatte, ihr das beizubringen. Eine Topfpflanze wäre noch schlimmer: Sie würde annehmen, ein hoffnungsloser Fall zu sein. Monica liebte Schokolade, also ging Nina in das kleine Geschäft gegenüber der Galerie und kaufte, zu einem angemessen exotischen Preis, mit Kiwi- und Melonencreme gefüllte Pralinen und Mokkatrüffel, dann flitzte sie in die Galerie, um Geschenkpapier aus dem Fach unter der Ladentheke zu holen.

»Du solltest gar nicht hier sein«, schimpfte Sally fröhlich. »Du solltest Händchenhalten und dich gründlich aussprechen, ehe es zu spät dafür ist und du bei einem Therapeuten landest, um mit deinen ewigen Schuldgefühlen fertigzuwerden.«

»Vielen Dank, Sal. Tut mir leid, daß ich dich enttäuschen muß, aber sie wird nicht sterben. Sie ist nur hingefallen.«

»Gaub das nur nicht. Sie sterben alle, die alten Eltern. Sie tun es ganz verstohlen, wenn du gerade einen Streit mit ihnen hattest und etwas ganz Schreckliches gesagt hast. Oder sie sterben, während du im Stau auf der Autobahn steckst und schon vor einer halben Stunde mit ihnen zum Essen verabredet warst. Man sollte den Mund halten und keine wichtigen Themen mehr anschneiden, sobald sie das fünfundsechzigste Lebensjahr erreicht haben. Oder noch früher, wenn sie Raucher sind«, warnte sie grimmig.

Nina zog ein paar Papierbögen mit verschiedenen Blumenmustern aus dem Fach, entschied sich für den mit den Gartenwicken und für ein lila Band und packte die Pralinen damit ein. Monica würde maulen wegen der Verschwendung, das Band sorgfältig aufrollen und für später aufheben. Sie hatte, seit Nina ein Kind war, in ihrer Küche eine ganze Schublade voll von solchen Schätzen. Wahrscheinlich waren sie alle noch da, all die bunten, ordentlich zusammengerollten Bänder in der riesigen Eichenholzanrichte. Sie werden noch nach ihrem Tod da sein, dachte Nina, und darauf warten, daß ich sie aussortiere. Das war keine Aufgabe für Graham – er wäre zu verstört und aufgeregt. Genau wie damals mit vierzehn, als er zu verstört war, um seine Maus, die er als Haustier gehalten hatte, zu begraben (»Nina, mach du das«), und mit siebzehn war er zu aufgeregt gewesen, um zum Begräbnis seines Vaters zu gehen (»Eine Beerdigung ist nichts für einen Schuljungen, Nina«).

»Hast du keine Kunden, denen du deine Predigten halten kannst? Du könntest auch ein paar unserer Lieferanten anrufen oder unsere Künstler an deiner Weisheit teilhaben lassen«, empfahl Nina.

»Kein Mensch ist jetzt schon ansprechbar – es ist gerade mal zehn Uhr.« Sally zündete sich eine Zigarette an, öffnete die Ladentür und blies den Rauch hinaus in die Auspuffabgase der Straße. »Findet heute nicht Lucys zweites Casting für die Fotosession auf Barbados statt? Du weißt, daß du die Galerie früher schließen und gehen kannst, obwohl Freitag ist, und …« Sie machte einen Rückzieher wie Emily vorhin.

»Nein, ist schon gut. Joe bringt sie hin. Er schien richtig glücklich zu sein, das übernehmen zu können. Er war geradezu begeistert, als ich ihn darum gebeten habe.«

»Aha!« rief Sally triumphierend. »Er fühlt sich ausgeschlossen. Das tun sie alle.«

»Wie die Eltern, die gerade dann sterben, wenn …« warf Nina ein.

»Ja, aber Männer machen, wenn man sie erst einmal losgeworden ist, einige Monate danach eine gewisse Phase durch – genau wie Joe jetzt. Ich meine, er hat dich gestern um ein gemeinsames Mittagessen außer der Reihe gebeten. Sie fangen an, jede winzige Gelegenheit zu nutzen, um sich wieder in dein Leben zu schleichen; sie kommen und gehen wieder, nur um sicherzustellen, daß sie die Wahl haben. Du mußt ihm diese Illusion von vornherein nehmen. Ich weiß was – ich werde so schnell wie möglich diesen Abend organisieren, den ich uns beiden versprochen habe. Dann hast du etwas, womit du ihn quälen kannst.« Sie kicherte munter.

Nina lächelte, sagte aber nichts dazu. Sie beschlich das Gefühl, daß sie sich im Grunde wünschte, Joe hätte die Wahl. Zumindest wollte sie, daß er sich danach sehnte, sie zu haben, aber das lief wohl mehr oder weniger auf dasselbe hinaus. Sie konnte Sally nicht erzählen, was sie und Joe auf dieser albernen, rüschenbesetzten Überdecke getrieben hatten – nicht, wenn sie sich keine Tirade über mangelnde Charakterfestigkeit und verwerfliche Schwächen anhören wollte.

»Wenn er mit einer anderen Frau eine neue Familie gründen möchte, wird er nicht lange die Wahl haben. Wie es scheint, hat er in dieser Angelegenheit auch nicht viel zu sagen«, erklärte sie Sally statt dessen. Ihre Finger, die das Geschenkband ungeschickt zu einer Schleife banden, fühlten sich an wie Würstchen. Für diese Aufgabe brauchte man im Grunde drei Hände. Sie dachte zurück an die Zeit, in der sie Windeln gewechselt hatte und ihr die kleinen Plastikstreifen auf den klebrigen Verschlüssen solche Schwierigkeiten gemacht hatten. Man mußte schon geschickt sein und rasch lernen, wie man ein zappelndes Baby festhielt und anzog. An den winzigen Kleidern waren so viele Druckknöpfe, mit denen man fertig werden mußte, die strampelnden Füße ...

»Sie waren so süß«, murmelte sie und brachte endlich eine halbwegs passable Schleife zustande.

»Wer? Die Männer?« Sally sah sie entsetzt an.

»Nein, die Babys«, gestand Nina.

»O Gott, sag bloß nicht, daß du dich danach sehnst, noch einmal Mutter zu werden. Das muß am Frühlingswetter liegen.«

Nina steckte das Geschenk in ihre Tasche und ging zur Tür. »Es spielt gar keine Rolle, wonach ich mich sehne«, sagte sie mit einem strahlenden Lächeln. »Ich habe niemanden, mit dem ich Kinder machen könnte. Also sind meine Gefühle irrelevant, nicht?«

»Ganz und gar nicht. Du mußt dich einfach mehr bemühen, jemanden zu finden. Hast du kürzlich mal in den Anzeigenteil der *Sunday Times* geschaut? Um diese Jahreszeit inserieren gewöhnlich Unmengen von potentiellen Opfern. Irgend etwas steigt ihnen im Frühling zu Kopf.«

»Ist es nicht gefährlich, sich mit einem Wildfremden

zu verabreden? Ich meine, du könntest an einen Serienmörder geraten. Er steht in einer hübschen Bar, mit seiner Nelke im Knopfloch, und wünscht sich nichts sehnlicher, als dir die Kehle durchzuschneiden.«

»Unsinn. Überlaß das alles mir. Ich habe da eine brillante Idee – ich bringe dich an den Mann, vertrau mir.«

»Vertrau mir«, wiederholte Nina stöhnend. »Wieso habe ich dabei ein so beklemmendes Gefühl?«

Monica saß in ihrem Bett. Offenbar wartete sie schon seit einer geraumen Zeit in dieser Position. Nina sank der Mut. Ihre Mutter wirkte um keinen Deut ruhiger oder zufriedener als am Abend zuvor. Gestern hatte Nina die Ungeduld ihrer Mutter noch auf die Angst, die sie sich nicht eingestehen wollte, und den Schock zurückgeführt, aber jetzt wirkte sie einfach nur stur und unnachgiebig.

»Sie sagen, daß ich nicht nach Hause kann, bevor die Sozialbehörde das Haus überprüft hat«, berichtete sie Nina. »Es ist unerhört. Erzählt man uns nicht ständig, daß in den Krankenhäusern Bettenmangel herrsche? Es wird Tage dauern, bis etwas geschieht. Man gestattet mir nicht einmal, selbst zu entscheiden, ob ich imstande bin, heimzugehen oder nicht.«

Nina setzte sich auf den orangefarbenen Plastikstuhl neben dem Bett. Er war zu niedrig, und ihre Mutter schaute auf die gebieterische, forschende Art auf sie herab, die sie aus ihrer Kindheit kannte. Jeden Augenblick würde sie etwas sagen wie »Und was macht dich so sicher, daß du alles soviel besser weißt, Miss?«

»Es hat keinen Sinn, dich nach Hause zu entlassen, solange du in Gefahr bist, wieder zu fallen und dich schlimmer zu verletzen als dieses Mal. In einem solchen Fall würdest du das Bett monatelang belegen. Kannst du herumlaufen? Haben sie dich heute morgen schon aufstehen lassen?«

»O ja«, gab Monica widerwillig zu. »Sie haben mich aufstehen lassen. In der einen Minute verbieten sie dir, auch nur einen Muskel zu rühren, in der nächsten sagen sie so gräßliche Dinge wie ›Hoppla, wir wollen doch keine scheußliche Thrombose bekommen, nicht wahr?‹ Sie haben mir diese grauenvollen weißen Strümpfe angezogen. Meine Beine sehen aus wie abgestorben. Ich nehme an, der Rest von mir wird bald in einem ähnlichen Zustand sein.«

Nina lachte, und das Gesicht ihrer Mutter verzog sich zu einem Grinsen. »Jeder, der im Krankenhaus liegt, kriegt heutzutage diese Strümpfe«, erklärte Nina. »Es ist eine Vorsichtsmaßnahme. Du kannst jederzeit zu uns kommen und eine Weile bleiben, dann können wir uns alle abwechselnd um dich kümmern«, bot Nina an, als sie ihr die Pralinenschachtel überreichte.

Monica lachte schallend, und die anderen Patientinnen verrenkten sich die Hälse, um mehr von dem Gespräch mitzubekommen. »Lieber Himmel, Nina, das wäre schrecklich, wir würden nie miteinander auskommen. Und deine Mädchen sind so laut. Nein, ich bitte Graham, den Läufer auf der Treppe besser zu befestigen, dann ist alles in Ordnung. Ich könnte sogar versprechen, nicht treppauf, treppab zu gehen, solange ich allein im Haus bin. Ich tue alles, nur um hier herauszukommen. Ich spüre, daß ich in diesem Bett ganz schnell alt werde und immer mehr verfalle.« Sie warf einen Blick auf die anderen Kranken – einige von ihnen waren etliche Jahre jünger als sie – und setzte in einem vernehmlichen Flüsterton hinzu: »Ich bin sicher, es ist ansteckend, weißt du. Ich werde so tot sein wie die, wenn ich auch nur noch zwei Tage länger hier bleiben muß.«

»Und wenn du diesen Job bekommst, fliegst du mit Mum in die Karibik, und dort faulenzt ihr zehn Tage herum, ist das richtig?« fragte Joe seine jüngere Tochter auf der Fahrt nach Kensington.

Lucy saß inmitten der wichtigsten Utensilien für ihre Model-Karriere auf dem Rücksitz von Joes Audi. Die gasgefüllten Lockenwickler erhitzten sich gerade und würden den cremeweißen Ledersitz versengen; die Fotomappe lag auf dem Boden neben Lucys tadellos sauberen Lieblingsturnschuhen. Sie hatte drei Sweatshirts dabei, und die allgegenwärtige Sophie, die es sich auf dem Beifahrersitz neben Joe bequem gemacht hatte, war verantwortlich dafür, dasjenige auszusuchen, das am besten zu der schwarzen Jeans paßte. Sophies Rolle war die der bewundernden Beobachterin. Sie konnte schneller rennen, besser klettern und auf dem Bauch durchs Gestrüpp robben, aber heute stand Lucy im Mittelpunkt, und sie gab mächtig an und war kurz davor durchzudrehen.

»Wir faulenzen nicht«, erklärte sie übertrieben hochmütig. »Wir arbeiten. Und wir müssen ganz, ganz früh aufstehen, dann ist es noch nicht so heiß. Und ich nehme an«, setzte sie großspurig hinzu, »es wird auch ein paar Abend-Shootings geben wegen der prachtvollen Sonnenuntergänge.« Sie bürstete ihr Haar und teilte es für die Lockenwickler in Strähnen, ohne Joes Blick im Rückspiegel zu begegnen.

»Prachtvolle Sonnenuntergänge! Du hast im Fernsehen zu viele Reisemagazine gesehen. Aber es ist bestimmt nicht schlecht. Du bist ein Glückspilz, stimmt's nicht, Sophie?« fragte Joe, um Sophie ein wenig zu ärgern.

»Eher nicht«, erwiderte Sophie verächtlich. »Meine Mum und mein Dad sagen immer, daß Kinder, die als Models arbeiten, ein bißchen … äh …« sie zögerte – entweder weil sie nach dem richtigen Wort suchte, oder weil sie das, was ihre Eltern immer sagten, unter diesen Umständen doch ein wenig höflicher formulieren wollte.

»Ordinär, oder zumindest gewöhnlich sind?«

»Hm, ich glaube. Etwas in der Art«, gab sie zu.

»Was bedeutet ordinär?« erkundigte sich Lucy.

Joe sah sie im Rückspiegel an. Ihre Augen waren weitaufgerissen, und sie tat höchst erstaunt. Die meisten Strähnen ihres kastanienbraunen Haars waren bereits auf Wickler gedreht. Die Spitzen würden austrocknen und sich bald spalten. Wenn die Frisur fertig war, würde sie aussehen wie die amerikanischen Kinder auf den Junior-Miss-Peanut-Princess-Umzügen. Sie brauchte nur noch einen himbeerroten Lippenstift und ein paar Pfund Wimperntusche. Auch wenn man sie aufgefordert hatte, ganz natürlich, als normales Kind zu diesem Casting zu erscheinen, zog sie, wie die anderen hoffnungsvollen Möchte-gern-Models wahrscheinlich auch, alle Register. Joe würde heute Neunjährige sehen, die eine aufwendige Maniküre hinter sich hatten, kleine Blondinen mit künstlich aufgehelltem Haar oder eingefärbten Strähnchen, und jedes dieser Kinder hatte sein eigenes übervolles Schminktäschchen bei sich. Dieser Gedanke deprimierte Joe, und insgeheim dachte er, daß Sophies Eltern wahrscheinlich recht hatten.

»Ordinär heißt soviel wie vulgär, billig, überkandidelt, unnatürlich, häßlich«, machte er Lucy klar und betete im stillen: Lieber Gott, bitte mach, daß sie den Job nicht kriegt. Als er vor dem Studio stehenblieb, bereute er diese illoyale Bitte. Lucys Selbstbewußtsein würde furchtbar leiden, wenn sie den Job nicht bekam. Wie auch immer die Entscheidung ausfällt, ging es ihm durch den Kopf, als sie zu dritt das Haus betraten und sich auf die Suche nach Angela, Lucys Agentin von Little Cherubs, machten: Lucy sollte in ihrem Alter so etwas nicht durchmachen, auch wenn sie noch so sehr betonte, daß sie selbst es wollte.

Sobald sie in den Flur kamen, sah Joe seine schrecklichsten Befürchtungen bestätigt. Die Luft war stickig von dem vielen Haarspray. Lucys locker gewellte Haarpracht war schlicht im Vergleich zu dauergewellten oder hochgetürmten Frisuren einiger anderer Mitbewerberinnen. Ein armes Kind mit Löckchen bis zur Taille mußte, nach Joes Einschätzung, etliche Tage mit straff aufgewickelten Strähnen hinter sich haben. Er war der einzige Vater hier und, außer zwei aufgeregt umherflatternden jungen Kerlen, die wahrscheinlich die Models aussuchten und die Kinder ansahen, als wären sie eine Horde losgelassener Tiger, der einzige Mann. Die meisten Mütter, die ihre Töchter nach Kräften unterstützten, jedoch peinlich genau darauf achteten, daß ihre Lieblinge nicht in den Schatten gestellt wurden, trugen schlichte, pastellfarbene Pullover oder unauffälliges Marineblau. Der Raum, in dem sich all diese kleinen Schönheiten zeigten, war vergleichsweise düster und erschreckend schmuddelig. Die grüne Farbe blätterte von den Wänden, und in einer Ecke stand ein verstaubter Flügel, der halb von einer schmutziggelben Häkeldecke verdeckt war. An den hohen, trüben Fenstern klebte der Dreck vieler Jahre, und unter all den kosmetischen Wohlgerüchen lag der Gestank nach schalem Bier; Joe nahm an, daß der Raum hauptsächlich für Theaterproben genutzt wurde. So viel zu dem Glanz und Glamour der Welt der Models, dachte er, während er die fürsorglichen Mamas und ihre hübschen, wie Pudel getrimmten Töchter beobachtete. »Lieber Himmel, das ist ja wie bei einer verdammten Fleischbeschau«, stöhnte er. Bisher war ihm, wenn er die Musik zu Werbefilmen mit Kindern komponierte, nie in den Sinn gekommen, daß solche Auftritte nötig waren. Diese strahlenden, zuversichtlichen kleinen Gesichter, die Frühstücksmüsli oder Kartoffelchips anpriesen, verrieten nichts von dem Grauen eines Massencastings.

»Lucy, Liebling. Komm her, laß dich anschauen. Hast du deine Mappe dabei? Gut. Ein Hauch Rouge hier und da, denke ich …« Angela, eine massige Frau in bauschigem Dunkelrot, eilte herbei und musterte Lucy professionell von oben bis unten, ohne Joe auch nur eines Blickes zu würdigen. Dafür funkelte sie Sophie argwöhnisch an, die gelangweilt an ihren dreckigen Nägeln kaute. »Und wer ist das?« wollte Angela wissen.

»Sophie, meine Freundin. Sie ist nur hier, weil sie nachher mit zu mir fährt«, erklärte Lucy.

Angela starrte Sophie, die im krassen Gegensatz zu allen anderen anwesenden Kindern aussah, als hätte sie noch nie einen Kamm benutzt, mit unverhohlener Feindseligkeit an. »Na schön, Kleine, du siehst zu, daß du uns nicht im Weg bist und bleibst hier mit Lucys Daddy sitzen. Und du bist brav und leise, ja?« ordnete Angela an.

Joe grinste und fühlte sich der schmuddeligen, unbeeindruckten Göre wie bei einer Verschwörung verbunden. Auf Sophies marineblauem Schulpullover klebten Reste des heutigen Mittagessens, und die Knie der Cordhose waren ausgebeult und mit Schlamm verschmiert. Hinter ihr stand ein Mädchen im pink und gold gemustertem Versace-T-Shirt, das wahrscheinlich in Ohnmacht fallen würde, wenn es sich nur einen Tropfen Wasser auf die Kleidung spritzte. Neben ihr zupfte eine Rotgelockte träge an einem Windpockenschorf auf ihrer nackten Taille herum. Lucy wurde zwischen die Wartenden eingereiht und mußte sich neben ein Kind mit orangefarbenen Rüschensöckchen, lindgründer Radlerhose und einer gelben Baseballkappe stellen. Das Gesicht der Kleinen war im Gegensatz zu den winterbleichen Gliedern mit einer dicken Schicht übertrieben braunen Make-ups geschminkt.

»In eine Rolle schlüpfen, nennt man das, glaube ich«, sagte Joe zu Sophie, als sie das Kind beide fassungslos ansahen. Ein Mädchen nach dem anderen wurde hinter einen riesigen weißen Wandschirm gewunken, wo Testaufnahmen von ihnen beim Spielen mit einem Beachball gemacht wurden. Jedes setzte, sobald sein Name aufgerufen wurde, ein strahlendes, bestens einstudiertes Lächeln auf und marschierte zuversichtlich und selbstbewußt zu dem Schirm. Joe und Sophie konnten die Schatten der Kinder auf dem leicht durchschimmernden Wandschirm und die Blitzlichter der Kamera sehen. Joe verlor das Interesse, nahm seine Zeitung aus der Tasche und fing mit dem Kreuzworträtsel an. Sophie mißachtete Angelas strikten Befehl, stand auf und wanderte umher. Joe schaute kurz auf, rief sie aber nicht zurück; hier drin konnte sie nichts anstellen und schon gar nichts kaputtmachen, viel mehr Schaden konnte an diesem Ort nicht angerichtet werden …

»Ich hasse dich, Sophie!« Die schrille Stimme seiner Tochter riß Joe aus der Beschäftigung mit einem schwierigen Anagramm. »Du dürftest eigentlich gar nicht hier sein!« Es folgte das untrügerische Geräusch einer Faust, die auf sein Gesicht traf, danach war ein Heulen und Handgemenge zu hören. Hinter dem weißen Wandschirm waren deutlich die Schatten von zwei Mädchen zu sehen – das eine schlug zu, das andere verteidigte sich. »O Gott«, ächzte Joe, »eine Balgerei.«

»Raus! Verschwinde sofort von hier!« Angela stürzte hinter dem Wandschirm hervor und zerrte eine tollwütige Lucy hinter sich her. Lucys Locken flogen wild um ihren Kopf, in ihren Augen glitzerten Tränen des Neids. Ihr Gesicht war rot und wutverzerrt. Entsetzte Möchte-gern-Models und ihre fürsorglichen Mütter waren im ersten Moment wie erstarrt. Selbstgefällige Mummys faßten nach den Händen ihrer wohlerzogenen Lieblinge und zogen sie beschützend näher an sich, weg von der tobsüchtigen Lucy.

»Noch nie ist mir ein solches Benehmen untergekommen!« In Angelas Blick lag ein unverkennbarer Vorwurf an Joe.

Joe sah sie mit belustigtem Unglauben an. »In dieser Branche? Das glaube ich Ihnen nicht«, erwiderte er. »Was ist passiert, Lucy? Hast du dir einen Nagel abgebrochen?«

»Sophie! Sie haben sich für Sophie entschieden!«

Joe, der sich ein illoyales »Ist das alles?« verkniff, empfand tiefes Mitleid mit der aufgelösten Lucy. »Nach allem, was ihre Eltern über Kindermodels gesagt haben?« meinte er, und an Angela gewandt fuhr er fort: »›Ordinär, billig, vulgär‹, ich glaube, das waren die genauen Worte.« Angela stemmte empört die Hände in die Hüften. »Und dabei hat Sophie nicht einmal eine Agentin, die sie bezahlen muß, nicht wahr?« Diese spöttische Bemerkung konnte sich Joe nicht verbeißen.

»Sie wird eine brauchen«, erwiderte Angela.

»Kein neunjähriges Kind braucht eine Agentin. Sie brauchen ihre Kindheit. Jetzt regeln Sie die Angelegenheit mit Sophie und lassen Sie mich die Mädchen von hier wegbringen«, sagte Joe. Er umarmte Lucy und wünschte sich nichts mehr, als sie augenblicklich nach Hause zu bringen, zurück zu Sandwich, Tee, Normalität und australischen Soaps.

Kapitel neun

Joe versuchte nicht einmal, das Ganze ernst zu nehmen. Nina sah ihm an, daß er Mühe hatte, ein Grinsen zu unterdrücken. Megan, ganz in weicher, fließender Seide, bedachte ihn mit dem glückseligen Lächeln einer Schwangeren und versuchte, den Sinn dessen zu verstehen, was Sophie ihr in der Küche der Malones erzählte.

»Sie wollen *dich* als Model? Du meinst, du sollst *posieren* und dich für einen *Katalog* fotografieren lassen?« fragte sie amüsiert, rümpfte aber gleichzeitig angewidert die Nase.

Sophie schob die Hände tief in ihre Hosentasche und stellte eine gleichgültige Miene zur Schau. Lucy steuerte den Kühlschrank an, nahm klappernd eine Cola-Dose heraus und setzte sich an den Tisch, um zu trinken und deutlich zu machen, daß sie nicht die geringste Lust verspürte, ihrer ehemaligen Freundin etwas davon anzubieten.

»Lucy …« warnte Nina. Lucy tat so, als hätte sie nichts gehört und trank unbeirrt weiter. Nina entschied, Lucy später gründlich die Meinung zu sagen. Jetzt hatte sie Grund, auf ihre beiden Töchter böse zu sein: Emily war noch nicht von der Schule nach Hause gekommen, und es war schon nach fünf. Wahrscheinlich würde sie behaupten, in der Bibliothek gelernt und vollkommen vergessen zu haben, daß sie heute für das Abendessen zuständig war.

Megan gab sich noch immer auf ihre liebreizende Art verwirrt. Nina fand, daß sie übertrieb – die Situation war wirklich nicht so schwer zu durchschauen. Sie stellte die personifizierte Fassungslosigkeit einer leidlich gebildeten Frau dar, die mit etwas in Berührung kam, was möglicherweise vulgär sein könnte. In Megans Phantasie war Sophie nur noch einen Schritt davon entfernt, mit hochhackigen weißen Pumps oben ohne in einer Boulevardzeitschrift abgebildet zu werden.

»Ich glaube, jedes Model bekommt für diesen Job tausend Pfund«, warf Nina boshaft ein und riskierte einen kurzen Blick auf Joe. Er zwinkerte ihr verschwörerisch zu.

»Tatsächlich? Himmel!« Das schien Megan erstaunlich schnell zu kapieren. »Sophie, laß uns nach Hause gehen, vielleicht fragen wir deinen Daddy nach dem Essen, was er davon hält.« Sie wandte sich an Joe und belohnte ihn mit ihrem allerschönsten Lächeln und einem strahlenden Blick aus ihren azurblauen Augen. »Vielen Dank, daß Sie sie von der Schule abgeholt haben. Tut mir leid, daß sie so viel Ärger verursacht hat.« Megan sah Lucy unsicher an, dann betrachtete sie die rötlich schimmernde Schwellung auf Sophies Wangenknochen. »Mädchen halten manchmal wirklich Überraschungen für einen bereit, nicht?«

»Lucy, gibt es nicht etwas, was du Sophie sagen möchtest?« fragte Nina.

»Nur ›Leb wohl‹«, entgegnete Lucy schlagfertig.

»Das hat deine Mutter nicht gemeint«, schaltete sich Joe ein.

Lucy sah erschrocken zu ihm auf, als sie den strengen und ärgerlichen Tonfall hörte – seit seinem Auszug hatte er nicht mehr so mit ihr gesprochen. Er hatte sich ihr und Emily gegenüber immer so verhalten, als würde er nie mehr böse auf sie werden. »Okay. Tut mir leid, Sophie. Wahrscheinlich hätte ich dich nicht schlagen sollen.«

»Stimmt, das hättest du nicht«, bestätigte Sophie – auch ihr paßte es nicht so ganz, den Streit beizulegen. »Wird bestimmt ein schönes Veilchen. Du hast eine ganz ordentliche Rechte«, gestand sie mit widerwilliger Bewunderung zu und rieb sich vorsichtig die schmerzende Stelle.

»Es war nur ein Casting für Werbefotos, Lucy, und es besteht nicht der geringste Grund, so etwas so ernst zu nehmen«, machte Joe seiner Tochter klar, als Megan und Sophie gegangen waren. »Wenn du jedesmal so durchdrehst, sobald du einen Job nicht bekommst, solltest du vielleicht ganz damit aufhören. Das Ganze ist ein hartes, bescheuertes Geschäft, in dem harte und bescheuerte Menschen arbeiten, die sich aus allen möglichen Gründen gegen dich entscheiden können. Ich weiß das, denn es geht mir mit meiner Musik ständig so. Oft verbringe ich volle drei Tage damit, ein Demo-Band mit wirbelnden Gitarrenklängen für einen Klienten aufzunehmen, nur um später gesagt zu bekommen, daß ihm eine jaulende Violinenmelodie von einem anderen Komponisten besser gefallen hat. Du darfst das nicht persönlich nehmen – mach einfach weiter, als wäre nichts geschehen«, erklärte er.

Er trank einen Schluck von dem Bier, das Nina vor ihn auf den Tisch gestellt hatte. Sie hatte das Radio leiser gedreht, um zu hören, was er sagte, und wusch Salat in der Spüle. Sie war froh, daß sie über diesen Vorfall reden konnten – das war etwas, was die schändliche Szene in Catherines Schlafzimmer aus ihren Gedanken verdrängte. Joe hatte keine Andeutungen gemacht, ihr nicht einmal einen verschwörerischen Blick zugeworfen. Offenbar hatte er es längst vergessen. Ninas Körper allerdings hatte nichts vergessen – sie spürte ein angenehmes Ziehen im Bauch und hatte Mühe, sich auf Lucy und ihr schlechtes Benehmen zu konzentrieren.

»Mir geht es nicht so sehr darum, daß es ihr etwas ausmacht, den Job nicht bekommen zu haben«, warf Nina ein, »sondern vielmehr darum, daß sie die arme Sophie so fürchterlich behandelt hat. Das war wirklich schrecklich. Wie konntest du sie nur so verprügeln? Es war wohl kaum ihre Schuld ...«

»Doch, das war's«, brummte Lucy. »Sie hat es mit Absicht gemacht. Du hättest sie sehen sollen.« Lucy stolzierte durch die Küche und ahmte Sophie nach. »Sie hat ihren Pferdeschwanz aufgemacht und ihre Haare herumgeschleudert – so –, und dann stakste sie herum, weißt du, als würde sie darauf warten, daß sie endlich jemand beachtet. Und sie haben sie bemerkt und hinter den Wandschirm gerufen. Es ist nicht zu glauben, aber sie kam und fragte natürlich vollkommen überrascht: ›Wer, ich?‹ Alles nur Schauspielerei.« Mit einemmal grinste Lucy breit. »Ist ja auch egal, ihre Mum und ihr Dad erlauben ihr sowieso nicht, den Job zu machen. Also macht es gar nichts, ehrlich.«

»Na also, dann ist ja alles klar«, meinte Joe und sah Nina skeptisch an. Sie hatte auch ihre Zweifel, ob Lucy recht hatte. Wahrscheinlich war Megan begeistert von der Aussicht auf einen kostenlosen Schwangerschaftsurlaub auf Barbados. Wer wäre das nicht? Nina schaute auf die Uhr – Viertel vor sechs. »Wo Emily wohl wieder steckt?« sagte sie und überlegte, ob sie sich ernsthaft Sorgen machen oder weiterhin mit der Unzuverlässigkeit der Teenager hadern sollte. Im Grunde sollte Emily hier stehen und den Salat waschen.

Emily hatte einen schrecklichen Tag. Das, was die Erfüllung ihrer kühnsten Träume hätte sein müssen, das unerwartete Zusammentreffen mit Simon auf der Straße vor der Schule, war der totale Alptraum. »Der verdammte Nick, der dreimal verfluchte Nick«, murmelte sie immer wieder vor sich hin, als sie aus dem Bus stieg und die Abkürzung durch den Park einschlug. Sie war wirklich spät dran, aber sie hatte Ewigkeiten in der Bibliothek warten müssen, bis die dicke, schwerfällige Sadie Phillips mit der Übersetzung des französischen Gedichts fertig war. Nach den ganzen Turbulenzen, die sie seit dem Morgen durchgemacht hatte, erinnerte sie sich nur noch vage, daß sie versprochen hatte, für das Abendessen zu sorgen. Das war noch etwas, was sie vermasselt hatte, und Mum war bestimmt wütend und würde ihr Vorträge halten, daß es drei leistungsfähige Frauen in ihrem Haushalt gab – na ja, zweieinhalb –, also warum sollte sie immer diejenige sein, die alle Arbeiten allein erledigen mußte?

Emily stapfte zornig durch den Park, stolperte über die Rasenstücke, die die Hufe der Ponys der Reitschule aus dem Boden gerissen hatten. Manche kickte sie wütend aus dem Weg und wünschte, jedes von ihnen wäre Nicks Schienbein oder sein blöder, sturer Schädel. Sie wechselte die Tasche von einer Schulter auf die andere und bedauerte bereits, nicht auf der Straße geblieben zu sein, wo sie besser vorwärts gekommen wäre. Es war ein trüber Tag und schon fast so dunkel wie im Winter – passend zu ihrer Stimmung. Dieser verdammte Nick mußte sich ausgerechnet den entscheidenden Moment, in dem sie einen ruhmreichen Triumph hätte feiern können, aussuchen, um über die Straße zu stürmen, sie hochzureißen und herumzuwirbeln, als wäre sie eine Puppe oder ein Stofftier. Sie und Chloe waren auf dem Weg zur Bushaltestelle gewesen und hatten kurz hinter der Hecke, wo man sich ungestört eine Zigarette anzünden konnte, haltgemacht – und genau dort hatte Simon in seinem Wagen gesessen und gewartet.

Erst jetzt, als sie den Mantel enger um sich zog und durch den Park lief, wurde ihr klar, daß das kein Zufall gewesen sein konnte: Sie hatte Man-Dates Empfehlungen befolgt und tatsächlich Erfolg gehabt. »Mit Subtilität und ein paar Tricks ist es ganz leicht, einen Mann wissen zu lassen, wo er sie finden kann, wo er hinkommen soll etc.« Es war ihr gelungen, den Namen der Schule im Gespräch zu erwähnen, ohne auf Subtilität oder Tricks zurückgreifen zu müssen. Es war nur eine dieser albernen Situationen gewesen – er hatte sie vor ihrem Dad wie ein kleines Mädchen behandelt und gefragt: »Und in welche Schule gehst du?« Sie hatte es ihm gesagt, und er meinte daraufhin: »Oh, gut, eines Tages werde ich hinfahren und dich dort am Schulhoftor abholen und dir die Bücher tragen.« Sie hatte angenommen, daß das ein Witz gewesen sei und er diese Ankündigung sofort wieder vergessen hätte, obwohl sie sehr geschickt vorgegangen war und lachend von der Zigarettenhecke erzählt hatte. Und der verdammte Nick, der blöde, hirnlose Nick war auf sie zugerannt, gerade als sie sich Simons Wagen näherte und er lächelnd das Fenster herunterkurbelte, um etwas wirklich Wichtiges, etwas, woran sie sich bis in alle Ewigkeiten erinnert hätte, zu sagen. Nick hatte sie von hinten gepackt, herumgewirbelt und ihr Ohr geküßt, und zwar auf eine Weise, die einen Beobachter auf die Idee bringen mußte, daß sie von ihm geküßt werden wollte und daß Nick so was ständig machte. Sie hatte »O Gott!« gequietscht wie ein Mädchen in Lucys Alter. Sie stöhnte gequält bei der Erinnerung daran. Simon hatte sie wahrscheinlich für vollkommen bescheuert und für genauso kindisch wie Nick gehalten.

Sie blieb stehen und schüttelte heftig den Kopf wie Genghis, wenn er Grassamen in die Ohren bekommen hatte. Sie versuchte das Gefühl von Nicks heißem Atem aus ihren Ohren zu bekommen. Es wurde immer dunkler, und das letzte Stück des Wegs war schmal und von dichtem Gebüsch gesäumt. Alle beschwerten sich darüber, daß die Schwarzdornsträucher nie ordentlich zurückgeschnitten wurden. Nachts oder abends ging hier nie ein Mensch entlang, nur einmal hatten sich aufgebrachte Frauen hier versammelt und erklärt, sie hätten das Recht, sich aufzuhalten, wo immer sie wollten. Doch selbst die waren zu zehnt gewesen, und schon deshalb hätte ihnen nichts passieren können. Emily war es egal, wo sie war. Sie machte sich nur Gedanken darum, wo sie nicht war – in Simons Auto. Sein Mund in der Nähe ihres Ohrs (oder überall an ihrem Hals) war etwas, was sie sich gut vorstellen konnte, auch wenn das heute nicht mehr geschehen würde – wenn überhaupt jemals. Er war einfach weggefahren mit diesem kleinen, listigen Jetzt-weiß-ich-Bescheid-Lächeln, und das war so unfair, weil er gar nichts wissen konnte. Und sie hatte nach diesem Debakel keine Lust mehr gehabt, auf der Straße herumzustehen und auf den Bus zu warten, während Nick immer wieder schroff fragte: »Wer war das?« und sich entsetzlich aufführte – das wäre zu demütigend gewesen .

»Hey, Mädchen, komm her.« Emily nahm die eindringliche, gedämpfte Männerstimme, die ihre Gedanken störte, nur vage wahr. Verpiß dich, war das erste, was ihr einfiel. Es machte sie wütend, belästigt zu werden. Sie war nicht in der Stimmung, Konversation jedweder Art zu treiben, sie wollte nur allein sein und grübeln. Die

Schwarzdornbüsche raschelten, und plötzlich verstellte ihr ein großer Mann in langem Mantel den Weg. Er hatte die Hände in den Taschen, und Emily mußte beim Anblick seiner Gestalt sofort an einen Sarg denken. Sie hätte fast gelacht, weil er wie der typische Exhibitionist aussah. Wenn ein solcher Kerl in einer Szene wie dieser in einem Film aufgetaucht wäre, hätten sie und all ihre Freunde höhnische Bemerkungen gemacht und über das Klischee gegähnt. Er trug eine schwarze, gestrickte Schimütze, die auch das Gesicht verdeckte, und einen langen bräunlichen Reitmantel mit lauter Klappen, Knöpfen und Taschen, die kein Mensch brauchte. Emily wartete mit herausfordernd gelangweilter Miene, daß er irgend etwas zu ihr sagte.

»Willst du damit spielen?« murmelte er leise und hielt, ohne die Hände aus den Taschen zu nehmen, seinen Mantel auf. Emily rührte sich nicht und atmete ganz flach. Sie starrte auf den knallroten Penis, der steif aus der Hose ragte. Er sah ganz anders aus als der von von Nick. Nicks war nicht so glühend, sondern zurückhaltender und viel bleicher. Dieser hier machte einen aggressiven, heißen, drängenden Eindruck. In der ersten Verwirrung glaubte sie, das Ding wäre nur ein dicker, kurzer bemalter Stock, ein Partygag wie diese Hände, die sich die Leute in die Ärmel schoben, um sie auf den Boden fallen zu lassen und ihre Freunde damit zu erschrecken. Der Mann umfaßte das Ding mit der rechten Hand und zog fest an der Haut. Ein tiefer, kehliger Laut drang aus seinem Mund. Emily stand ganz still, beobachtete und wartete. Ihr Verstand war so gelähmt wie ihr Körper, obwohl der Gedanke, daß sie weglaufen, schreien oder irgend etwas unternehmen müßte, bis zu ihrem Bewußtsein durchzudringen versuchte.

»Faß ihn an, komm, faß ihn an«, flehte der Mann. Sie starrte auf die schwarze Wolle vor seinem Gesicht und suchte nach einem Hiweis, daß es hinter dieser Maske eine Seele gab. »Dann sieh ihn dir wenigstens an, Schlampe, los schau ihn an«, forderte er. Sein Atem kam stoßweise, als er näher auf sie zutrat. Die Hand arbeitete so schnell, daß die Bewegung vor Emilys Augen verschwamm. Sie wich einen Schritt zurück, aber schon war er bei ihr, hauchte sie an. Er packte ihren Arm, zerrte sie an sich und drängte sie gegen einen Baum. Sie roch schalen Zigarettenrauch in seinem Atem, die Gummibeschichtung seines Mantels und ein teures Aftershave. Die Rillen und Furchen der Eichenrinde drückten sich in ihren Rücken, als der Mann sie fest dagegenpreßte. Sie trat zu, so fest sie konnte, aber ihre Beine fühlten sich an wie Schaumgummi und trafen nicht einmal ihr Ziel. Mit einemmal war alles vorbei. Ein feuchter Streifen wie eine Schneckenspur glitzerte auf ihrem blauen Rock, aber zwischen Emily und dem Mann war wieder Abstand. Jetzt, als er zurückwich und an seiner Hose fummelnd stolperte, sah er kleiner aus, irgendwie eingefallen und hinfällig.

»Du verdammter blöder Wichser«, brüllte sie ihn wütend an. »Dir wäre es scheißegal gewesen, wenn ich ein kleines Kind gewesen wäre, stimmt's? Du egoistischer, fieser Dreckskerl!« Sie wirbelte herum und rannte los, rannte den Weg entlang und brach durch die Brombeer- und Dornensträucher, um auf die Straße zu kommen. »Komm mir nicht nach, bitte macht, daß er mir nicht folgt«, betete sie zu allen Göttern, die sie hören mochten. Sie spürte nicht, wie die Äste und Dornen ihre Haut zerkratzten, und achtete nicht auf die herausragenden Wurzeln, die ihr die Füße verdrehten. Sie spürte nichts außer dem Drang weiterzulaufen, bis sie ihre Straße erreicht hatte. In der Nähe ihres Hauses flitzte sie an dem überraschten Henry vorbei. »Hallo, Em, ist dir ein Gespenst begegnet?« scherzte er und drückte sich hastig an sein Gartentor, um nicht von ihr überrannt zu werden.

»Fall tot um«, schrie sie ihn mit dem letzten Atem an, den sie noch in ihrer brennenden Lunge hatte.

»Hallo, Liebling, wo, um alles in der Welt, bist du gewesen? Wir wollten gerade …« begann Nina, als Emily in die Küche stürmte. Sie, Joe und Lucy starrten Emily an, die um Atem rang, sich den fleckigen Rock und die Strumpfhose vom Leibe riß und durch die Hintertür ins Freie schleuderte. Sie fing an zu zittern, dann brach sie in Tränen aus, ließ sich aufs Sofa fallen, kauerte sich in eine Ecke und vergrub das Gesicht in den Kissen.

»Was ist passiert, um Himmels willen?« Joe setzte sich neben sie und versuchte, das schluchzende Mädchen in die Arme zu nehmen. Sie entwand sich seinem Griff und drückte sich noch mehr in die Ecke. Lucy floh instinktiv aus der Schußlinie und lief zur Tür. Der Daumen, an dem sie seit fünf Jahren nicht mehr gelutscht hatte, fand seinen Weg in ihren Mund.

»Joe, laß mich das machen. Du könntest ihr einen Tee aufbrühen«, schlug Nina leise vor. Sie kniete sich vor Emily und nahm ihre Hand. Sie fühlte sich steif und kalt an. Nina hatte Angst, was immer Emily durchgemacht hatte, sie fürchtete sich davor. Sie redete ihr sanft zu. »Komm, Em, erzähl mir, was los ist. Hat dir jemand weh getan?«

»Nein«, murmelte Emily. »Aber da war dieser Mann im Park.« Sie hob den Kopf und starrte auf den Boden. Nina wartete, und Joe klapperte mit dem Wasserkessel und den Tassen. Die Dinge entzogen sich seiner Kontrolle, so sehr zitterten seine Hände.

Nach und nach erzählte Emily in groben Zügen, was geschehen war, und konnte überzeugt werden, daß dies ein Fall für die Polizei war.

»Ich rufe sie an«, erbot sich Lucy und griff nach dem Telefonhörer.

»Nein. Das mache ich«, erklärte Joe und nahm ihr den Hörer aus der Hand.

»Danke«, sagte Nina und sah zu ihm auf. Tränen funkelten in seinen Augen – sie hatte ihn seit dem Tag, an dem Lucy geboren wurde, nicht mehr weinen sehen. Ich wünschte, er würde noch bei uns leben, ging ihr spontan durch den Kopf – der Gedanke war so klar, als würde sie in einem leeren Theater auf der Bühne stehen und die Worte laut hinausschreien.

Graham war ungeheuer müde. In dieser Schicht schien jeder Patient mindestens hundertzwanzig Kilo gewogen zu haben. Die Krankenschwestern waren frech und aufbrausend gewesen und hatten ihn mehr als sonst herumgescheucht. Ein uralter Mann war eingeschlafen, und während sich Graham erkundigt hatte, ob er ihn in die Abteilung für Knochenbrüche oder in die allgemeine Orthopädie bringen sollte, seitlich halb aus dem Rollstuhl gekippt. Zu dritt schafften sie es, den alten Mann wieder zurückzuheben. »Wenn er sich vorher nichts gebrochen hatte, dann bestimmt jetzt«, schimpfte die junge irische Oberschwester vor sich hin, und Graham wußte, daß er an dem Vorfall schuld war.

Niemand hatte ihn gefragt, wie es seiner Mutter ging, und Jennifer war früh nach Hause gegangen, weil sie, wie sie sagte, Strumpfhosen auswaschen mußte. Sie hatte den gequälten Gesichtsausdruck gehabt, den seine Mutter auch immer zeigte, wenn er eine Kleinigkeit vergessen hatte, zum Beispiel die Tassen falsch herum an die Haken am Bord gehängt oder aus Versehen das Brot mit den kleinen gedörrten Tomatenstückchen darin gekauft hatte. Ihm schmeckte dieses Brot, aber sie behauptete, es sei nicht gut und das ausländische Mehl alt und verdorben.

Während Jennifer zu Hause ihre Unterwäsche gewaschen hatte, war er mit einer heißen Schokolade und seinen Flugzeugaufzeichnungen ins Bett gekrochen. Er war froh über die Gelegenheit, endlich einmal die letzten Daten aufarbeiten und eintragen zu können. Es war nicht leicht, Schlaf zu finden, wenn niemand im Haus war, den man für das seltsame leise Knarren und Knacken verantwortlich machen konnte. Die Katze hatte wie er ihre unerschütterlichen Gewohnheiten und schlief in der Küche in ihrem Korb. Sie durfte nicht ins obere Stockwerk. Graham blieb lange wach und bildete sich ein, jemand käme die Treppe herauf. »Es ist nur das Haus, es setzt sich«, pflegte seine Mutter zu sagen, als er noch klein gewesen war, und letzte Nacht hatte er in der Dunkelheit gelegen und daran zurückgedacht. Damals hatte er immer die Satinärmel ihres Morgenrocks festgehalten und den Stoff zwischen Daumen und Oberlippe gerieben. Die Sozialbehörde würde bald jemanden schicken, der überprüfte, ob das Treppengeländer sicher und die Badewanne rutschfest war. Graham hatte bereits alles organisiert und in die Wege geleitet.

Seine Schicht – die Frühschicht, die ihm am liebsten war – war jetzt beendet, aber Jennifers noch nicht, und er überlegte, ob er auf ihre Station gehen und sie fragen sollte, ob sie Lust hatte, später mit ihm essen zu gehen. Er ging normalerweise nur auf die Station, um seiner Mutter einen Besuch abzustatten oder wenn er während der Arbeit hin mußte. Er haßte dieses Gefühl, nicht am Geschehen beteiligt zu sein, im Schwesternzimmer herumzuhängen und darauf zu warten, daß eine von ihnen lange genug in ihrer Beschäftigung innehielt, um zu fragen, was er wollte. Man konnte nicht einfach durch die Station laufen und nach der Person suchen, die man sprechen wollte, die Blicke aller Patienten in den Betten würden jeden seiner Schritte verfolgen. Jennifer nahm vielleicht jemandem Blut ab, oder sie verteilte Tee, oder sie half einer Patientin bei ihren ganz persönlichen Verrichtungen hinter dem Vorhang. Er holte sein Jackett aus dem Spind, nahm eine Zweipfundmünze aus der Tasche und warf sie. Kopf für Jennifer, Zahl für Mutter. Mutter gewann (das ist nichts Neues, dachte er flüchtig), und er machte sich auf den Weg zu der Pflegestation für ältere Leute. Sie nannten sie geriatrische Abteilung, fiel ihm wieder ein. Diese Bezeichnung drückte seiner Ansicht nach deutlich aus, daß sich diese Station von den anderen unterschied. Es hatte einmal eine Zeit gegeben, in der alle so taten, als wären alte Menschen genau solche Patienten wie alle anderen auch: Wenn einer eine Blinddarmentzündung hatte, dann war es gleichgültig, ob er siebzehn oder siebzig war – es war für beide dieselbe Krankheit. Aber das stimmte nicht. Ein Siebzehnjähriger hatte, wenn er nach Hause entlassen wurde, eine Mum, die ihn versorgte, und es ging ihm in einer Woche oder so wieder gut. Wenn jemand über siebzig war wie seine Mutter, dann war er nach dem Klinikaufenthalt noch schwach, erholte sich bestenfalls nur langsam und wurde wahrscheinlich nie wieder so leistungsfähig wie vorher. Er hatte schon oft Verwandte von Patienten tuscheln hören, daß der nächste Aufenthalt im Krankenhaus wahrscheinlich der letzte sein würde.

Monica beherrschte jetzt die Station. Während des Frühstücks im Morgengrauen hatte sie die Lernschwester terrorisiert, die das Essen brachte und versuchte, es so heimlich, still und leise wie möglich zu verteilen. Sie hatte Angst vor Monica, die ständig ein kritisches Auge auf sie hatte und murrte, als ob die Eier von Albert Roux hätten zubereitet werden müssen.

»Wieso geben sie uns überhaupt Eier?« fragte sie Graham und beklagte sich nach allen Regeln der Kunst, daß man ihr etwas zugemutet hatte, das vielleicht nur drei Minuten gekocht hatte, aber in dem heißen Servierwagen beinahe zu Stein geworden wäre. »Ständig stellt man uns Fragen über unsere Gedärme und die Verdauung. So harte Eier bringen das gesamte System durcheinander. Warum fragen sie uns, ob wir ›gewesen‹ sind, wie sie es so zimperlich ausdrücken, wenn sie uns Essen vorsetzen, das ihnen garantiert mindestens vier Tage lang die Antwort ›nein‹ beschert? Und diese Frau da drüben –« Sie deutete auf das gegenüberstehende Bett, in dem eine ältere Dame schlief. Ihr Gesicht hatte dieselbe Farbe wie die Leute, die er in die Leichenhalle transportierte. »– sie kann überhaupt nichts zu sich nehmen, was nicht püriert oder flüssig ist, und weißt du, was sie gemacht haben?« Wie gewöhnlich wartete sie nicht auf eine Antwort. Unter ihrer erhobenen Stimme zog Graham die Schultern ein, um möglichst unsichtbar zu werden. »Sie haben ihr das Ei durch ein Sieb gedrückt und es ihr dann direkt in die Kehle gelöffelt. Sie wäre beinahe daran erstickt.« Monica wirkte höchst zufrieden, nachdem sie ihre Beschwerden an den Mann gebracht hatte. Die anderen Patientinnen raschelten mit ihren Zeitungen und rückten ihre Kopfhörer zurecht.

»Die Sozialbehörde schickt jemanden zu uns, sobald sie einen Termin frei haben«, sagte er vorsichtig und hoffte, sie würde nicht bemerken, wie vage er sich ausdrückte, was den genauen Zeitpunkt betraf. Er hoffte, Nina würde mit ihr darüber sprechen. »Ich habe veranlaßt, daß ein neues Geländer für die Treppe installiert wird, und wahrscheinlich brauchen wir noch einiges fürs Badezimmer. Wir könnten eine Dusche einbauen lassen«, schlug er zaghaft vor.

»Eine Dusche? Wir haben eine Dusche, und zwar eine ausgezeichnete«, versetzte sie mit gerümpfter Nase.

»Die Handdusche in der Badewanne, ja. Ich meine eine Kabine, in die du gehen kannst, ohne über einen hohen, hinderlichen Wannenrand steigen zu müssen, über den du auch stolpern könntest.«

»Mit meinen Augen ist noch alles in Ordnung«, entgegnete Monica. »Ich habe keine Schwierigkeiten zu sehen, wo der Rand der großen rosafarbenen Badewanne ist. Wofür halten die mich, für vollkommen senil?«

Noch nicht, dachte Graham voller Grauen, aber es ist immer gut, auf alles vorbereitet zu sein. In Zukunft – in wie ferner oder naher Zukunft genau? – bedurfte Monica vermutlich intensiverer Fürsorge. Das müßte Nina übernehmen, dachte er. Für so persönliche Angelegenheiten waren Töchter zuständig. Er war dafür während seiner Arbeitszeit zuständig: Patienten mit schwacher Blase und solche, denen Mißgeschicke beim Aufwachen aus der Narkose passierten, hin- und hertragen, sie waschen, den Dreck wegputzen und Bettwäsche wechseln. Er wollte so etwas nicht auch noch in seiner Freizeit machen müssen. Dann würde er nur noch mit einem Scheuerlappen in der Hand herumrennen. Diese Vorstellung deprimierte ihn. Nachdem er Monica mit Plaudereien über die Katze und den Garten besänftigt hatte, machte er sich auf den Heimweg. Er hatte das Bedürfnis, frische Luft zu schöpfen und ganz tief durchzuatmen. Er ließ sein Auto stehen und ging durch den Park, senkte den Kopf gegen den stürmischen Wind und starrte auf den Boden. Nur das frisch sprießende Frühlingsgras und die von den Hunden verunreinigten unteren Teile der Baumstämme waren in seinem Blickfeld.

»Oh, du bist hier.« Henry kam durch Ninas Hintertür in die Küche und staunte nicht schlecht über Joes Anwesenheit. Sonst schien niemand da zu sein.

»Hi, Henry, freut mich, daß du dich hier so heimisch fühlst«, entgegnete Joe.

»Was? Oh, ja. Es ist nur ein gutnachbarschaftlicher Umgang«, sagte Henry und schaute zurück zur Tür, als erwartete er, daß sie etwas zu seiner Unterstützung äußern würde. »Liegt wohl daran, daß ich im Norden aufgewachsen bin.«

Er schlenderte zum Sofa, blieb aber linkisch daneben stehen. Joes Gegenwart störte und hemmte ihn. Joe machte einen ausgesprochen grimmigen Eindruck; normalerweise wies er Henry auf Taktlosigkeiten hin und machte sich darüber lustig. Henry hätte gern gefragt, wo Nina war, denn er war hergekommen, um sie zu sehen. Er hatte Nina in dem letzten, für sie sehr schwierigen Jahr so viel Mitgefühl und Unterstützung entgegengebracht, und jetzt durfte Joe hier im Haus schalten und walten, als wäre er herzlich willkommen. Henry hatte nicht viel für zivilisierte Trennungen übrig. Brüchige Ehen, besonders diese spezielle Ehe, sollten auf einem Schlachtfeld enden, dann wußte wenigstens jeder, wo er stand. In seiner Unsicherheit nahm er zu Höflichkeitsfloskeln Zuflucht. »Wie geht es dir übrigens? Ich bin Emily vorhin begegnet – sie ist an mir vorbeigerannt, als wären Höllenhunde hinter ihr her.«

Joe lehnte sich gegen die Spüle und fixierte Henry schweigend und ohne eine Miene zu verziehen. Henry stopfte die Hände in die Taschen und starrte zurück, während er fieberhaft überlegte, was er verbrochen haben könnte. Er kam sich vor wie ein ungezogener Schuljunge, der zum Direktor zitiert worden war, um sich eine Standpauke anzuhören. Möglicherweise versuchte Joe auch nur abzuschätzen, wie nah er und Nina sich seit der Trennung gekommen sein mochten. Voller Schadenfreude nahm sich Henry vor, Joe ein wenig auf die Folter zu spannen und Andeutungen zu machen, daß mehr hinter seiner Freundschaft zu Nina steckte als nur hie und da ein gemeinsamer Drink oder ein Kinobesuch. Doch Joe wirkte so geistesabwesend, daß er zarte Winke vermutlich gar nicht registrieren würde.

»Ich bin nur gekommen, um Nina zu fragen, ob ich die Farbe besorgen soll oder ob sie das lieber selbst macht«, erklärte er und ärgerte sich, weil er so nervös war.

»Davon weiß ich nichts. Tut mir leid, Henry, ich hatte angenommen, daß du gekommen wärst, weil du das Polizeiauto vor dem Haus gesehen hast und deine Neugier befriedigen wolltest. Möchtest du was trinken?« Joe öffnete den Kühlschrank und nahm eine Bierdose und eine offene Flasche Weißwein heraus. Er entkorkte sie und schnupperte. »Ich weiß nicht, wie lange der schon offen ist, aber er riecht noch ganz okay.«

»Äh, nein danke«, lehnte Henry ab und hockte sich linkisch auf die Sofalehne. »Ich habe keine Polizei gesehen, aber weshalb war sie hier? Falls es dir nichts ausmacht, mir davon zu erzählen.«

»Im Park war ein verdammter Exhibitionist – er hat Emily angegrapscht«, berichtete Joe. Um seine Stimme unter Kontrolle zu halten, konzentrierte er sich auf den Wein, den er in ein Glas goß.

Henry brach in unsicheres Gelächter aus. »Ein Exhibitionist? Oh, und ich dachte, ihr wärt ausgeraubt worden, oder etwas ähnlich Schreckliches ...« Kaum hatte er die Wort ausgesprochen, prallte sein Kopf auf den Fußboden auf, und er verlor vollkommen die Orientierung. Joe hatte mit einer einzigen raschen Bewegung die Flasche und das Glas weggestellt, Henry auf die Füße gezerrt und niedergeschlagen. Jetzt stand er über ihm, drückte den Fuß auf seine Kehle wie ein Großwildjäger, der mit dem erlegten Tiger für ein Foto posierte.

»Ich habe dich immer schon für ein kleines Arschloch gehalten, Henry«, sagte er zornbebend. »Jetzt weiß ich, daß du ein riesengroßes bist. Du findest das lustig, wie? Du denkst, daß ein harmloser Perverser seinen schlaffen Schwanz aus der Ferne hergezeigt und ein bißchen damit hin und her gewedelt hat? Glaubst du wirklich, daß Emily das Todesängste eingejagt hätte?« Er ging zurück zur Spüle und goß erneut Wein in das Glas, als wäre nichts geschehen. Starr vor Schreck blieb Henry liegen, wo er war, und kam sich entsetzlich lächerlich vor. Wenn er sich jetzt auf die Füße kämpfte, würde er sich selbst und Joe nur noch einmal vor Augen führen, daß er gewaltsam (und mühelos) auf den Boden befördert worden war. Joe schaute verächtlich auf ihn herab und schüttete den Wein aus seinem Glas auf Henrys farbverschmierte Brust.

»Steh auf und verschwinde, Henry. Geh heim und spiel mit deinen beschissenen Farben.«

Kapitel zehn

»Es hat nichts mit Sex zu tun, es geht nur um physische Macht. Mit so was wollen sie ihre Dominanz unter Beweis stellen«, sagte Sally in der Galerie zu Nina.

»Ja, das weiß ich alles.« Nina wollte nicht darüber reden. Sie hockte auf dem Boden und packte Gläser aus, nahm die verschiedenen Schichten Polstermaterial von jedem einzelnen ab und polierte sie gründlich, ehe sie sie ins Regal stellte. Sie hatte einen besänftigenden Rhythmus bei der Arbeit entwickelt; sie glättete mit immer den gleichen Bewegungen die Folie mit den Luftblasen und legte sie flach auf den Boden, putzte jedes Glas auf dieselbe Art, drehte es im Uhrzeigersinn und polierte zum Schluß mit einer energischen Drehung aus dem Handgelenk den Rand. Die Ränder hatten verschiedene Farben – schimmernde saphirblaue, rubinrote oder zitronengelbe Ringe. Sie würden die Gläser schnell verkaufen – sechs Stück davon waren ein schönes Hochzeitsgeschenk, und für Hochzeiten war jetzt genau die richtige Jahreszeit.

Nina betäubte sich mit der Routine und schaltete jeden bewußten Gedanken aus. Sie wünschte fast, sie hätte Sally nichts von Emily und ihrer Begegnung im Park erzählt, aber Sally ging wie die meisten anderen Anlieger dort regelmäßig mit ihrem Hund spazieren, und es war nur fair, sie zu warnen. Emily hatte sie angefleht, nur von einem

Exhibitionisten zu sprechen, wenn sie schon irgend jemandem von dem Vorfall erzählen mußte – nicht mehr. Sie fühlte sich beschmutzt, weil der Kerl sie berührt hatte, und dieses Gefühl würde immer schlimmer werden, je mehr Menschen davon erfuhren. Sally, die zu allem ihre eigene Meinung hatte, gab ihre unvermeidlichen, gutgemeinten Erklärungen zum besten. Genau wie Henry sah sie eine Zurschaustellung von Geschlechtsteilen als eine dieser häßlichen kleinen Ärgernisse an, die nun mal vorkamen, als eins der Dinge, die Männer, die nichts Besseres zu tun hatten, eben machten. Keine große Sache: Praktisch jede Frau war schon einmal einem Exhibitionisten begegnet. So was gehörte zu den Unannehmlichkeiten des Lebens wie in Hundekot zu treten, und man konnte es genauso schnell und leicht wieder vergessen. Genaugenommen war Sally nicht weit davon entfernt, den Vorfall komisch zu finden. Es war nicht schwer zu erraten, was in ihrem Kopf vorging: Sie wäre bestimmt nicht hysterisch nach Hause gerannt, nur weil ein Mann mit seinem Penis vor ihren Augen herumwedelte. Sie hätte ihm ordentlich den Kopf gewaschen und ihm gesagt, daß sie schon einen größeren Pimmel bei einem Dackel gesehen hatte oder daß er solche Verrichtungen allein in seinem Badezimmer machen sollte. Vor einer Woche hätte Emily wahrscheinlich behauptet, ebenso zu reagieren, aber da hatte sie auch noch nicht gewußt, wie gefährlich und bedrohlich eine solche Situation war und wie furchtbar ausgeliefert man sich fühlte. Und er hatte sie rüde angefaßt, also Gewalt angewendet. Nina hätte das Ganze scherzhaft erzählen und etwas sagen können wie: »Rate mal, was passiert ist. Emily hat auf dem Heimweg von der Schule einen Kerl getroffen, der seine Hose aufgemacht hat. Die Ärmste wußte nicht, wo sie hinschauen sollte!« Aber das wäre die Unwahrheit und ein Verrat an Emily gewesen, die völlig außer sich und verstört war, weil jemand sie so leicht und unerwartet in Angst und Schrecken hatte versetzen können. Es kam ihr nicht einmal in den Sinn, die Sache als etwas anzusehen, worüber man lachen konnte, sie betrachtete sie als einen gemeinen Übergriff.

Nina erwachte aus ihrer Versunkenheit und sagte: »Ich wünschte, man würde sie nicht ›Exhibitionisten‹ nennen, das klingt irgendwie viel zu wissenschaftlich, als wäre eine solche Veranlagung nur eine Laune der Natur und nicht bedrohlicher als ein Fuchs, der in den Büschen nach Mäusen jagt.«

»Sind sie denn gefährlicher? Sie geilen sich auf, indem sie ihr Ding zeigen – mehr nicht«, gab Sally zurück. »Ich meine, alle kleinen Jungs spielen an ihrem Pimmel von dem Tag an, an dem sie die Hand drauflegen können.« Sie lachte. »Ich weiß noch, daß Daniel nur auf der Straße an die Hecken von anderen Leuten pinkeln wollte. Ich habe ihn immer, kurz bevor wir das Haus verließen, gefragt, ob er aufs Klo muß, aber jedesmal, wenn wir hundert Meter weit gegangen waren und in die Gegend kamen, wo es Geschäfte und mehr Fußgänger gab, stellte er sich hin, machte die Hose auf und sah sich nach bewunderndem Publikum um. Ich nehme an, manche Männer entwickeln sich einfach nicht weiter.«

»Laut Polizei gibt es welche, die so anfangen und einen immer größeren Kick brauchen bis hin zu Vergewaltigung oder sogar Mord. Emily ist richtig traumatisiert, ihr ganzer Kampfgeist ist dahin, und das will bei ihr etwas heißen. Sie hat das Haus schon seit drei Tagen nicht mehr verlassen. Sie will nirgendwohin. Joe hat ihr angeboten, sie jeden Tag zur Schule zu fahren und wieder abzuholen, aber sie sagt, daß sie diese Woche auf keinen Fall hingeht. Sie ist so voller Zorn, daß sie es im Unterricht nicht aushalten würde.«

Sally zog erstaunt die perfekt nachgezogenen Augenbrauen hoch. »Joe? Ist er wieder bei dir?«

Nina lachte. Sie hätte sich denken können, daß Sally den Hinweis auf Joe als wichtigste Information werten würde – und das, obwohl sie keine Ahnung hatte, was in seiner Wohnung vorgefallen war. »Nein, das ist er nicht!« erwiderte sie, als sie das letzte Glas ins Regal stellte und ihr hochrotes Gesicht senkte, um die Polsterfolie aufzuheben. Statt sie sofort in den Abfalleimer zu stopfen, legte sie sie ordentlich in das Fach unter der Ladenkasse, um sie im Notfall wiederverwenden zu können. Belustigt bemerkte sie, daß sie schon genau wie ihre Mutter war.

»Joe kommt nur oft zu Besuch und zeigt Em damit, daß er für sie da ist. Das hilft mir wirklich sehr, weil Mutter immer noch im Krankenhaus liegt.«

»Wie reizend von ihm.« Sally grinste wissend. »Als nächstes hängt sein Bademantel wieder an deiner Schlafzimmertür.«

»Das glaube ich kaum. Ich bin sogar ziemlich sicher, daß es nicht so weit kommt«, sagte Nina. »Außerdem hat Catherine ihm ein gräßlich pfirsichfarbenes Etwas gekauft, das zu ihrer Schlafzimmerwand paßt. Was immer auch passiert, dieses Ding kommt mir ganz bestimmt nicht ins Haus.«

»Du könntest es im Garten feierlich verbrennen und, ohne ein Wort zu sagen, durch einen umwerfenden Bademantel wie diese dunkelblauen von Conran mit dem Waffelmuster oder irgendwas aus Kaschmir ersetzen«, schlug Sally vor.

»Bestimmt nicht!« verwarf Nina die Idee. »Ich werde nie wieder irgendwelche Kleider für Joe kaufen, dafür bin ich nicht mehr verantwortlich. Genaugenommen war ich das nie. Catherine kauft ihm wahrscheinlich auch Seidensocken von Muji und tut so, als wäre es ein Geschenk, dabei zwingt sie ihm damit nur ihren Geschmack auf.« Sie schauderte. »Nie wieder, was für ein Segen.«

»Du protestiert ein bißchen zu heftig«, mahnte Sally, als die Galerietür aufging. Nina schaute auf, um den Kunden freundlich zu begrüßen, und sah Graham. »Oh, hallo, wie geht's dir?« fragte sie. »Kaffee?«

»Nein, danke. Ich bin hier, um mit dir über Mutter zu reden. Sie schicken heute vormittag jemanden, der bei uns alles begutachtet, danach kann sie nach Hause kommen.« Graham war immer schon jemand gewesen, der direkt auf den Punkt kam und Gespräche ohne jede Einleitung anfing, aber diese Eröffnung klang wie eine Anschuldigung. Nina wurde ärgerlich. Sie hatte Graham nichts von Emilys Schreckenserlebnis erzählt, weil er alles brühwarm an Monica weitergeben würde, und die wiederum würde sich sorgen, ein Riesenspektakel darum machen und noch nach Monaten, wenn alle anderen den Vorfall längst vergessen hatten, ständig darüber reden. Graham glaubte wahrscheinlich, Nina hätte das Interesse an ihrer Mutter verloren, seit sie wußte, daß ihr so gut wie nichts mehr fehlte – sie hatte sie seit zwei Tagen nicht mehr besucht, aber sie hatte mit Graham telefoniert und sichergestellt, daß die Nachbarn und der gesamte Bridgeclub für sie einsprang.

»Ja, ich weiß. Willst du, daß ich sie abhole? Du mußt in dieser Zeit bestimmt arbeiten, oder?«

Graham sah viel zu groß und unbeholfen aus, wie er so mit den Händen in den Hosentaschen vor ihr stand. Er schaute sich nervös um und betrachtete die Waren, die in der Galerie ausgestellt waren. Nina merkte, daß er es kaum wagte, den Kopf zu drehen, sah aber, daß seine Blicke verstohlen umherwanderten, als wollte er in jedem Fall vermeiden, Interesse an diesen Dingen zu zeigen. Sie dachte an den künstlerischen Schnickschnack, den ihre Mutter im Laufe der Jahre gesammelt hatte – die übliche Dresdener Schäferin, die Staffordshire-Hunde, das Meißener Service. Sie hatte ihre Schätze in eine Glasvitrine geschlossen, wo ihnen der Staub, die Katze und ungeschickte Finger nichts anhaben konnten. Graham hatte, soweit sie wußte, noch nie in seinem Leben etwas gekauft, nur weil es schön oder von künstlerischem Wert war. Das war schlicht nie sein Ding gewesen. Nina fragte sich, ob ihm das etwas ausmachte, ob er etwas vermißte, weil er sein Umfeld nicht selbst gestaltet hatte. Sie fragte ihn lieber nicht danach, weil er dann über etwas ins Grübeln geraten könnte, über das er bisher noch nie nachgedacht hatte.

»Sie könnte Hilfe beim Anziehen brauchen«, sagte Graham mit gesenktem Kopf. Nina kannte dieses Verhalten aus ihrer Kinderzeit: Er vermied den Blickkontakt, wenn er mehr verlangte, als er mit Worten ausdrückte.

»Bist du sicher?« hakte Nina nach. »Mir schien sie ganz die Alte zu sein, abgesehen davon, daß sie wütend war, weil sie sie so lange in der Klinik behalten. Sie sagt, daß ihr gar nichts mehr fehlt und daß sie es gar nicht mehr erwarten kann, heimzukommen und ihr normales Leben wiederaufzunehmen.«

»Natürlich sagt sie das – das ist doch klar, oder? Sie will zu Hause sein«, beharrte er. »Aber sie sollte nicht allein sein. Das haben die im Krankenhaus gesagt.«

Nina seufzte, nahm einen Bogen der Polsterfolie aus dem Fach, um damit zu spielen und eine Luftblase nach der anderen mit den Fingern zu zerdrücken. Die kleinen

Explosionen schienen in der Galerie widerzuhallen wie Gewehrschüsse. Es war ein befriedigendes Geräusch. »Was genau willst du mir damit sagen, Graham? Ich habe ihr angeboten, ein paar Tage zu uns zu kommen, aber sie meint, daß sie lieber in ihrem eigenen Haus und bei dir wäre. Was kann ich sonst noch tun?«

»Du kannst nicht mehr tun, als sie abzuholen, nach Hause zu fahren, ihr ein Essen zu kochen und es dabei zu belassen, denke ich. Sie hat ein Telefon«, mischte sich Sally energisch ein.

Graham sank noch mehr in sich zusammen, und er nahm eine eindeutige Verteidigungshaltung ein, als er merkte, daß er sich mit zwei Frauen auseinandersetzen mußte. Er funkelte Sally düster an und wartete schmollend darauf, daß ihm die Worte über die Lippen kamen, die er eigentlich aussprechen wollte. Schließlich sagte er: »Du könntest zu uns kommen und bei ihr im Haus bleiben.«

»Was? O Graham, das hätte doch gar keinen Sinn! Ich müßte trotzdem jeden Tag zur Arbeit gehen, genau wie du. Und was sollte aus den Mädchen werden? Sie müßten dann auch bei euch wohnen.« Nina brach in ein freudloses Lachen aus. »Sie braucht keine zwei Leute, die sich um sie kümmern. Sie hat dich, ihren Bridgeclub und ihre Freundinnen aus dem Frauenverein. Sie wird sehr gut zurechtkommen, Graham, mach dir keine Sorgen. Ich werde nach ihr sehen, sooft ich kann. Versprochen. Wenn du solche Angst um sie hast, könnten wir ihr vielleicht einen dieser Alarmpiepser besorgen, den sie sich um den Hals hängen kann. Ich werde mich telefonisch erkundigen, woher man so was bekommt, und heute nachmittag mit ihr darüber sprechen.« Sie streckte die Hand aus und tätschelte seinen Arm. Er zuckte argwöhnisch zurück. »Sorg dich nicht soviel«, riet sie ihm. »Und achte darauf, daß du ihr nicht zuviel von ihrer Selbständigkeit und Unabhängigkeit nimmst und sie zur Invalidin machst. Das ist das letzte, was sie jetzt gebrauchen kann. Paß auf, ich komme nachher zu dir ins Haus, wenn die Sozialarbeiterin kommt, würde dir das helfen?«

Graham ging und schien seinen unausgesprochenen Unmut in der Galerie zurückzulassen. »Wieso ist er so besorgt, was meinst du, Sally?« fragte Nina. »Die beiden sind die ganzen Jahre ohne überwältigende Zuneigung miteinander ausgekommen. Weshalb hat er jetzt so große Bedenken? Es geht ihr gut, das beteuert sie ständig, obwohl sie sagt, daß niemand einem Patienten über sechzig auch nur ein Wort glaubt, wenn er so was behauptet. Sie hätten sie schon nach vierundzwanzig Stunden entlassen, wenn man ihnen von der Behörde bescheinigt hätte, daß in ihrem Haus ordentliche Geländer und ähnliche Dinge vorhanden sind. Sie stellen Bedingungen fast wie bei einer Haftentlassung auf Bewährung.«

»Du hast wirklich keine Ahnung, oder?« sagte Sally und sah Nina mit gespieltem Erstaunen an.

»Nein. Klär mich auf.«

»Er ist nicht beunruhigt, weil sie nicht richtig versorgt werden könnte, sondern er hat Angst, daß sich niemand um ihn kümmert.« Sally machte die Tür auf, damit sie sich eine Zigarette anzünden konnte. »Möglicherweise kommt es zu einem Rollentausch, und er weiß nicht, wie er damit fertigwerden soll. All die Jahre hat deine vernarrte Mutter alles getan, damit ihr geliebter kleiner Junge alles bekommt, was er braucht, und jetzt macht er sich Gedanken, wer ihm in Zukunft die Würstchen so grillt, wie er sie mag.«

»Ich ganz bestimmt nicht«, erklärte Nina. »Wenn er

mit neununddreißig Jahren seine Würstchen nicht selbst grillen kann …«

»Ich weiß es, und du weißt es auch. Aber du mußt ihm deutlich vor Augen führen, daß er jetzt ein großer Junge ist, sonst endest du noch damit, daß du zwei Haushalte führen und außer deinen beiden Mädchen noch ein großes Kind bemuttern mußt. Glaub mir, ich kenne das. Wenn man Söhne hat, ist es schwer, Abstand zu halten und sie alles allein machen zu lassen. Du wünschst dir so sehr, gebraucht zu werden. Deine Mutter hat in dieser Beziehung ganze Arbeit geleistet und sich so unentbehrlich gemacht, daß dein großer Babybruder sich kaum selbst den Hintern abwischen kann.«

Emily lag im Bett und lauschte den entfernten Klängen von Radio 4, die aus der Küche heraufdrangen. Henry war nicht wie die richtigen Maler, die sie schon im Haus gehabt hatten – diejenigen, die tonlos vor sich hinpfiffen und Ringe von Kaffeetassen auf dem Tisch hinterließen. Henry hatte seine eigene Lieblingstasse (mit Charles und Diana) für seinen Tee mitgebracht, hörte gern die Sendung *Fragen an den Gärtner* und stritt laut mit dem Lautsprecher, wann der Boden um den Rittersporn gemulcht werden mußte und wie man aus Stangenbohnen Spaliere in Form von Wigwams baute. Emily hatte ihn normalerweise gern um sich, weil sie das Gefühl hatte, daß er in dem großen Krieg zwischen Erwachsenen, die vor langer Zeit alle zu bestehenden Prüfungen abgelegt hatten, und Teenagern, die noch alles bewältigen mußten, auf der Seite der Teenager war. Er hatte zugegeben, daß er mit einem entsetzlichen Kater in die Französischabschlußprüfung gegangen war und sich die Kunstmappe von jemand anderem »ausgeliehen« hatte, um aufs College zu kommen

– ein Versuch, der fehlgeschlagen war, da ganz ordentlich in der linken unteren Ecke der Zeichnungen und Gemälde ein anderer Name stand. Henry schleuderte immer noch die Schuhe von den Füßen und ließ sie an Stellen liegen, wo jeder darüber stolpern konnte, aß gern Toast mit Marmite und las nur Zeitschriften, die »Fun« versprachen.

Emily bekam Hunger und wollte aufstehen, Weetabix essen und sich in der Küche *Richard und Judy* anschauen. Henry würde seine Witze machen (nicht, weil er so wenig mitfühlend gewesen wäre, sondern weil er trotz Joes handgreiflicher Zurechtweisung überzeugt war, daß Lachen die beste Medizin ist), und Emily war nicht sicher, ob sie dem gewachsen war. Der Fernseher war bestimmt mit einem Leintuch zugedeckt oder vielleicht sogar im großen Schrank unter der Treppe verstaut. Jedesmal wenn Nina ein Zimmer frisch malte, wanderten irgendwelche Dinge in diesen Schrank, und nur die Hälfte wurde wieder herausgeholt, weil Nina den Ehrgeiz hatte, Überflüssiges zu beseitigen und ein neues Chaos zu verhindern. »Eines Tages stecken Lucy und ich in dem Schrank«, brummte Emily vor sich hin, als sie aus dem Bett kletterte. »Erstaunlich, daß Dad nicht dort gelandet ist.«

Sie ging unter die Dusche, dann suchte sie Klamotten heraus, in denen sie den Tag überstehen konnte. Sie mußten alles bedecken und verhüllen. »Wie hältst du es bei diesem Wetter nur mit so viel Kleidern am Leib aus? Es wird immer wärmer draußen. Du siehst aus, als hättest du eine Bergwanderung oder so was vor«, hatte Lucy gestern gesagt, als Emily in Jeans, Stiefeln, einem hochgeschlossenen Pullover und einem Schal in die Küche gekommen war. »Es war nicht deine Schuld, weißt du«, hatte ihr ihre Mutter in aller Deutlichkeit klargemacht. »Es lag nicht an den Kleidern, die du anhattest, sondern nur daran, daß du zufällig zur falschen Zeit am falschen Ort warst.« Emily wußte das alles. Wahrheiten wie diese wüteten in ihrem Bewußtsein und vermischten sich mit hellloderndem Zorn. Im Moment hatte sie einfach das Bedürfnis, jeden Teil ihres Körpers, ihre Beine, sogar ihre Hände zu verhüllen – wenigstens für eine Weile.

Das Telefon klingelte, als sich Emily langsam die Treppe hinunterschleppte. Sie flitzte nicht wie üblich los, um den Hörer abzunehmen, obwohl sie sofort daran dachte, daß in der Schule gerade große Pause war und daß wahrscheinlich Chloe oder Nick sie sprechen wollte (der blöde Nick, er war überhaupt an allem schuld). Schließlich hörte sie Henrys donnerndes »Hallo« am Telefon in der Küche. Sie setzte sich auf eine Stufe und hörte zu, wie Henry mit Chloe plauderte und sich nach ihrem Liebesleben erkundigte. Er schwieg zwischendrin lange, während Chloe ihm wahrscheinlich alles mögliche erzählte. Hin und wieder lachte er dröhnend, als hätte er den besten Witz des Tages gehört. Es war ein tiefes, grollendes Lachen und schön, aber nicht so schön wie das ihres Vaters. Sie wünschte, Joe würde die Küche streichen. Sie schlich die Treppe hinunter, bis sie Henry sehen konnte. Er lümmelte in dem großen Lehnsessel (auf dem verknitterten Tuch, mit dem er abgedeckt war) und hatte die Füße auf den Küchentisch gelegt. Er trug eine blaue und eine schwarze Socke.

»Bist du farbenblind oder nur ein Witzbold?« unterbrach sie sein Gespräch rüde, als sie in die Küche kam. Henry rührte sich nicht, grinste sie nur an und lauschte weiter dem, was Chloe ihm zu sagen hatte. »Die Prinzessin hat sich gerade herunterbegeben, möchtest du mit ihr sprechen?« fragte er.

»Natürlich will sie das, verdammt, du bildest dir doch nicht ein, sie hätte dich angerufen, oder?« Emily strengte sich an, grob zu sein, aber sie konnte ein Lächeln nicht unterdrücken. Henry war wie einer der riesigen, weichen Teddybären, die die Leute für Babys kauften, obwohl sie erst damit spielen konnten, wenn sie schon viel zu alt waren, um sich noch mit Plüschtieren abzugeben. »Und wage es nicht, uns zu belauschen«, fauchte sie, als sie Henrys Platz in dem Sessel einnahm und ihre Füße wie er zuvor auf dem Tisch plazierte. Henry schnitt eine Grimasse, trollte sich und stieg wieder auf seine Leiter.

»Chloe? Wie läuft's? Was habe ich verpaßt?«

»Nichts. Was solltest du hier schon verpaßt haben?« murrte Chloe. »Aber ich glaube, du hast das Maß an Mitgefühl, das man dir entgegenbringt, aufgebraucht. Soviel ich mitbekommen habe, rechnen sie fest damit, daß du deinen *La-Peste*-Aufsatz schreibst, solange du zu Hause bist. Arbeitest du daran?«

»Was glaubst du denn?« Emily lachte. Der Aufsatz war seit gestern fertig. Sie hatte sich hingesetzt und in ihrer Wut und einem Anfall von Konzentration, die jeden Gedanken an die Demütigung und den Mann im Park betäubte, den Aufsatz in einem Zug zu Ende gebracht.

»Ich glaube, du hast ihn fertig, und ich wette, er ist brillant «, erwiderte Chloe und beeindruckte Emily mit ihrem Einfühlungsvermögen: »Es ist furchtbar, wenn man arbeiten muß, um nicht an ganz bestimmte Dinge zu denken, findest du nicht auch?«

»Irgendwie schon«, stimmte Emily ihr niedergeschlagen zu.

»Nick läßt dich grüßen. Er denkt, du hättest Grippe.«

»Fuck Nick«, fauchte sie. »Oder doch lieber nicht. Ich kann ihn nicht weiterempfehlen.« Sie bekam mit, wie

Henry sich auf der Leiter verwundert zu ihr umdrehte. Sie bedachte ihn mit einem finsteren Blick. »Ich hätte den Anruf oben entgegennehmen sollen«, sagte sie zu Chloe. »Hier spitzt jemand seine riesigen Ohren.«

»Ich komme nach der Schule bei dir vorbei – ich hab' eine Überraschung für dich – eine schöne, das verspreche ich.«

»Prima, solange es nicht Nick ist«, versetzte Emily und legte auf. Sie lehnte sich zurück und sah zu Henry auf. Er lächelte.

»Was ist?« fragte er. »Überlegst du, ob ich deiner Mum erzähle, was du mit diesem Nick so treibst?«

Emily verzog spöttisch das Gesicht. »Nur zu. Sie würde sich furchtbare Sorgen machen, wenn sie Grund zu der Annahme hätte, daß ich noch eine brave kleine Jungfrau bin. Meine Mum hatte ihre große Zeit in den Siebzigern und war selbst kein Kind von Traurigkeit, vergiß das nicht. Ich nehme an, du gehörst den Sechzigern an«, setzte sie mit wohlbedachter Grausamkeit hinzu und beobachtete zufrieden, wie ein gequälter Ausdruck über Henrys Gesicht huschte.

Er setzte sich oben auf die Leiter. »Ich muß den altersschwachen Beinen ein bißchen Ruhe gönnen«, erklärte er. »Und ja, ich hatte meine Sturm- und Drangzeit in den Sechzigern. Wir haben alles gevögelt, was sich bewegte. Ich bin nicht unbedingt stolz darauf.«

Emily lachte: Er sah so träge und matt aus, daß man sich ihn schwer in Aktion und auf der Jagd nach einem Mädchen mit kurzem Rock vorstellen konnte. »Und was ist heute?« erkundigte sie sich gelassen und fragte sich selbst, worauf sie eigentlich hinauswollte.

Henry erhob sich und begann erneut, die Decke mit größter Sorgfalt zu streichen. »Was für eine Frage! Unverschämt persönlich. Heute bin ich in einem Alter, in dem man größten Wert auf Diskretion legt. Ein Gentleman genießt und schweigt.«

»Du meinst, dieser Gentleman hier hat, selbst wenn er wollte, gar nichts zu erzählen«, schlußfolgerte Emily mit der Brutalität der Jugend. Sie verlor das Interesse an dem Thema und hievte sich aus dem Sessel, um im Küchenschrank nach Weetabix zu suchen. Sie kochte Kaffee für zwei, dann ging sie hinauf, um im Wohnzimmer fernzusehen.

Sie verfolgte die Sofa-Diskussion über die beste Art, wie Menschen mit weniger perfekten Figuren die durchscheinenden Kleider dieses Sommers tragen könnten (gar nicht, laßt bloß die Finger davon, lautete Emilys rigoroses Urteil), und dachte über Henry nach. Sie fühlte sich sicher, wenn sie allein mit ihm im Haus war, fragte sich aber, ob sie Grund dazu hatte. Dieser Kerl im Park hätte wer weiß wer sein können. Die gedämpfte Stimme und das hinter der Schimaske versteckte Gesicht ... jeder hätte sich ihr auf diese Weise unerkannt nähern können, auch Henry oder Simon oder Paul, der neue Nachbar von gegenüber, oder Mr. Clements von der Grundschule. Sie häufte Weetabix auf einen Löffel und hielt mitten in der Bewegung inne – ihr war ein wenig übel. Eines wußte sie wenigstens ganz genau: ihr Dad konnte es nicht gewesen sein, weil er zu dieser Zeit Lucy von dem kleinen, hinterlistigen Biest Sophie weggezerrt und die beiden Kampfhähne nach Hause gebracht hatte. Theoretisch – und bei diesem Gedanken stieg ihr die bittere Galle in die Kehle – hätte sich jeder Mann auf diesem Planeten, so tarnen und auf sie zukommen können. Sie alle hatten die Macht, ihr Angst einzujagen, sie zu erschrecken, sie zu überwältigen. Nur mal angenommen, sie benahmen sich ganz normal und zivilisiert, aber der Drang, aus allem auszubrechen und etwas Perverses zu tun, lauerte knapp unter der Oberfläche und konnte jederzeit ans Licht kommen! Sie starrte auf den Bildschirm: Drei aufgedonnerte Frauen saßen auf dem Sofa, lächelten mit erhabenem Selbstbewußtsein und gaben anderen Frauen unbekümmert Ratschläge, was sie tun mußten, um besonders verführerisch auszusehen.

»Du könntest die nächste sein.« Emily deutete mit dem Löffel auf die mittlere der drei, eine dürre, rechthaberische Zicke mit rot gesträhntem Haar und gewagtem pinkfarbenem Kostüm. »Wenn du das Studio verläßt, könnte dir ein Mann auf dem Parkplatz auflauern und dich wie den letzten Dreck behandeln. Vergiß das nie – ich jedenfalls werde es nicht vergessen.«

Nina kam gleichzeitig mit der Frau von der Sozialbehörde vor dem Haus ihrer Mutter an, und sie zwängten sich unbeholfen nebeneinander durchs Gartentor. Nina lachte und entschuldigte sich, doch die Sozialarbeiterin drängte sich zu ihrer Überraschung gebieterisch an ihr vorbei und ging auf dem schmalen, mit Lavendel gesäumten Weg zum Eingang voran. Nina nahm amüsiert zur Kenntnis, daß die Frau sehr von ihrer Wichtigkeit überzeugt schien. Ninas Schätzung nach war sie etwa in ihrem Alter, aber die kleinen grauen Löckchen und die große, blaßblau gerahmte Brille, von der sie vielleicht glaubte, daß sie ihr Autorität verlieh, machten sie wesentlich älter.

Graham öffnete die Tür, noch ehe die Sozialarbeiterin sie erreicht hatte. Er wirkte ängstlich, und Nina nahm an, daß er sich Sorgen machte, die rasch eingeleiteten Verbesserungen, die er in Auftrag gegeben hatte, damit Monica nach Hause durfte, könnten unzureichend sein.

»Es ist, als würde man nicht aus dem Gefängnis entlassen, bevor die Bewährungsauflagen nicht genau erfüllt sind, nicht?« bemerkte Nina fröhlich, als Graham zur Seite trat, um sie hereinzulassen.

Die Sozialarbeiterin – »Nennen Sie mich Julia«, hatte sie sie bei der knappen Begrüßung aufgefordert – konnte sich nicht zu einem Lächeln durchringen. »Sie würden nicht glauben, wie viele Krankenhausbetten von Leuten belegt werden, die zu Hause bestens zurechtkommen würden, wenn nur die richtigen Arrangements getroffen werden würden. Die Stadtverwaltung kann wirklich nicht mehr tun, als sie ohnehin schon tut, wissen Sie«, erklärte sie ziemlich unfreundlich, als wäre das letzte, was sie jetzt brauchte, jemand, der dieser Situation nicht den nötigen Ernst zollte.

»Die Stadtverwaltung hat hiermit nichts zu tun«, stellte Nina gereizt klar – sie fühlte sich lächerlicherweise in die Defensive gedrängt. »Wir haben das Problem mit Hilfe der Gelben Seiten und eigenem Geld gelöst. Und schon vor drei Tagen war alles fix und fertig. Wir haben auf Sie gewartet.«

Graham runzelte unmutig die Stirn und flehte Nina mit einem Blick an, diese Person, die soviel Einfluß zu haben schien, nicht gegen sich aufzubringen.

»Ja, schön. Das zeigt Initiative«, erkannte Nennen-Sie-mich-Julia widerstrebend an.

Nina blieb in der Halle im Hintergrund, während Julia die Treppe inspizierte. Julia hatte einen kompakten Körper, der in einem dunkelblauen Regenmantel mit zugezurrtem Gürtel steckte. Ihr Hinterteil war, wie Nina fand, sehr nüchtern und praktisch: breit, fest und flach. Der würde nie hin- und herwackeln oder Gegenstände von einem Tisch fegen. Als Julia über ihr auf der dritten Stufe stand und an dem neuen Geländer (das sich jetzt an der Wand, und nicht auf der Seite des reparierten alten befand) rüttelte, kämpfte Nina gegen den beinahe unwiderstehlichen Drang an, mit der flachen Hand auf diesen effizienten Hintern zu klatschen. »Ist alles in Ordnung?« erkundigte sie sich statt dessen.

Julia gab keine ihrer Schlußfolgerungen preis, als sie sich zu ihnen umdrehte und rätselhafte Notizen auf dem an ihrem Klemmbrett befestigten Zettel machte. Sie preßte das Brett an ihren Busen, der zwar auch fest, aber keineswegs flach war, als würde sie insgeheim Nina und Graham und nicht die Sicherheit des Hauses beurteilen.

Graham seufzte. »Möchten Sie eine Tasse Kaffee?« bot er an und machte sich auf den Weg in die Küche.

»Ah, die Küche.« Julia ging ihm nach, und er beschleunigte alarmiert seine Schritte. »Wasserkessel? Steckdosen? Muß man sich gefährlich strecken oder zu weit vorbeugen? Sind alle Dinge gut erreichbar?« Sie schaute sich hurtig um und schätzte Monicas praktische grauweiße Küche mit einem Blick ab. Sie musterte die Bodenfliesen, überlegte, wie rutschgefährlich sie sein mochten, dann schielte sie zu dem schnurlosen, durchsichtig grünen Wasserkessel und murmelte: »Ja, gut. Und jetzt oben.«

Nina und Graham folgten ihr. Nina wechselte einen Blick mit ihrem Bruder und versuchte, ihm zu signalisieren, daß sie sich wie ein Kind vorkam, wie ein aufgeregter Pfadfinder, der kurz davor war, ein Abzeichen für Altenpflege zu gewinnen oder zu verlieren.

»Hmm. Oh, und ein Kind! Wo …?« Julia hatte aus Versehen Grahams Zimmertür geöffnet.

»Nein, nein, das ist mein Zimmer«, brauste er auf, fegte an Julia vorbei und zog die Tür rasch wieder zu. Sein Gesicht war rot angelaufen. Nina hatte nur ganz kurz das Modellflugzeug gesehen, das im Luftzug leicht hin- und herschwankte. Sie erkannte Grahams Verlegenheit und fühlte sich mit ihm solidarisch. Sein Zimmer ging niemanden außer ihn selbst etwas an. Darüber brauchte sich Julia keine geheimen Notizen zu machen. »Dies hier ist das Zimmer meiner Mutter«, erklärte sie und übernahm die Rolle der Führerin.

Sie ging in Monicas Zimmer und atmete den feinen Duft von Rosen, den Lieblingsblumen ihrer Mutter, ein. Die Tapete war mit sattrosa, vollerblühten Rosen und frischen grünen Blättern gemustert und hatte einen weißen Untergrund, die Vorhänge waren rot, grün und weiß gestreift. Nina dachte schuldbewußt an das Schlafzimmer in Joes Wohnung und an die überall ausgebreiteten pfirsichfarbenen Stoffe. Vielleicht hatte sie dort gerade auf dem Bett gelegen, als ihre arme Mutter die Treppe hinuntergefallen war. Nina war schon seit Jahren nicht mehr im Zimmer ihrer Mutter gewesen. Sie kam sich wie ein ungebetener Eindringling vor, als sie die Möbel in Augenschein nahm und nach versteckten Fallen suchte, die einem unsicheren älteren Menschen zum Verhängnis werden konnten. Doch der Nachttisch, der Toilcttentisch und die alte grüne Samtchaiselongue, an die sie sich noch so gut aus ihrer Kindheit erinnerte, machten einen massiven, vertrauenerweckenden Eindruck: Sie alle starrten zurück, als hätten sie sich zusammengetan, um ganz deutlich zu machen, daß es mehr als eine wackelige ältere Lady brauchte, um sie ins Abseits zu drängen. Wie seit jeher standen sie fest und gefällig da, und selbst Julia schien neben ihnen zu schrumpfen.

»Das Bett ist ein bißchen hoch...«, wagte sie einen nicht sehr überzeugenden Vorstoß.

»Mutter ist ziemlich groß. Das sind wir alle. Sie kommt hier ganz bestimmt mit allem zurecht, und ich bin ja auch noch da«, konterte Graham, der aus der Umgebung Kraft zu schöpfen schien.

»Und gleich neben dem Bett steht ein Telefon. Grahams Zimmer ist auf dem Flur gegenüber«, fügte Nina hinzu.

»Hmm. Ja, gut, mit den neuen Griffen im Bad sehe ich eigentlich keine echten Probleme. Wenn Sie alles arrangiert haben, gibt es von meiner Seite aus keine Einwände dagegen, daß Ihre Mutter heute nach Hause kommt. Die Erlaubnis der Ärzte vorausgesetzt, natürlich.«

»Natürlich«, stimmte Nina zu und biß sich auf die Lippe, um nicht breit zu grinsen. Sie konnte sich gut vorstellen, wie duckmäuserisch sich Julia in Gegenwart eines Mediziners benahm. Vielleicht war sie sogar eingeschüchtert und ängstlich.

»Bin ich froh, daß sie weg ist«, sagte Graham, nachdem er die Haustür hinter Julia zugemacht hatte. Auf seiner Haut glänzte Schweiß.

Nina hatte Mitleid mit ihm. »Ich mache uns eine Tasse Tee«, sagte sie, »um das zu feiern. Aber du weißt doch besser als die meisten, daß sie Leute wie Mutter nicht im Krankenhaus behalten wollen, weil sie die Betten brauchen. Im Grunde konnte es gar nicht schiefgehen.«

»Da bin ich nicht so sicher«, sagte Graham. Er ging mit in die Küche und lehnte sich an den Türrahmen. »Ich denke, sie haben Angst, verklagt zu werden. Angenommen, sie entlassen sie, und schon am nächsten Tag rutscht sie im Bad aus, was dann?«

Nina konzentrierte sich aufs Teekochen und bekam

nur am Rande mit, daß die Katzentür hinter ihr leise klapperte. Ein schauerliches Würgegeräusch war plötzlich in der Stille zu hören, und sie und Graham beobachteten mit Interesse, wie die graugestreifte Katze eine kaum verdaute Maus auf den Boden kotzte – mit Bedacht suchte sie sich dafür eine weiße Kachel aus. Nina sah Graham an, und sie brachen beide in hoffnungsloses Gelächter aus. Seit Jahren hatten sie nicht mehr so zusammen gelacht – nicht mehr, seit sie als kleine Kinder hinter ihrer Mutter standen, die wütend schimpfte und allen Göttern, die ihr zuhörten, erklärte, sie hätte etwas Besseres verdient.

Die Katze schaute zu ihnen auf, leckte sich die Lippen sauber und verengte zufrieden die Augen zu schmalen Schlitzen, dann krümmte sie eine helle Vorderpfote und begann sie zu putzen.

Kapitel elf

Catherine schnupperte in ihrem Schlafzimmer vorsichtig wie eine Katze, die den Verdacht hegt, etwas Interessantem auf die Spur zu kommen, wenn sie nur den richtigen Geruch aus allen anderen herausfiltern konnte. Joe lümmelte in einem Rattansessel und beobachtete sie ohne jede Spur von schlechtem Gewissen (alte Geliebte, besonders alte Ehefrauen, zählten nicht). Er wartete darauf, daß ihr das feinfühliges Näschen verriet, ob er eine fermentierende alte Socke unter dem Bett liegen lassen hatte oder ob das Wasser in der Vase mit den Tulpen nicht mehr ganz taufrisch war. Die Möglichkeit, daß Catherine eine andere Frau riechen konnte, schloß er gänzlich aus. Es war einige Tage her, daß Nina hier gewesen war, und alles hatte sich so schnell und heftig abgespielt, daß sie kaum einen Abdruck auf der Bettdecke hinterlassen hatte. Er sollte gar nicht daran denken, nicht jetzt, da Catherine zurück war, aber die Erinnerung zauberte immer noch ein geheimnisvolles Lächeln auf sein Gesicht, und er spürte, wie sein Blut freudig in kleine Wallungen geriet.

Catherine nahm sich immer lange Zeit, sich auf den (demzufolge nie spontanen) Sex vorzubereiten, und zunächst hatte er das als eine Art Verführungstechnik angesehen, die sie sich vielleicht zusammen mit den

Mädchen in ihrem Internatsschlafsaal als besonders aufreizende süße Folter ausgedacht hatte. Mittlerweile wußte er es besser – sie liebte es einfach, sich schön zu machen; es war so etwas wie ein ganz privates Vorspiel. Ein weniger träger Mann als Joe hätte sich wahrscheinlich gefragt, ob die Prozedur einer beleidigenden Masturbation nahe kam. Sie zog sich an und richtete sich her, wenn sie zur Arbeit ging, und dasselbe machte sie, ehe sie zu Bett ging, so einfach war das. Sie brauchte keine Zeit, um sich aufzuputschen wie die Leichtathleten für einen Hürdenlauf, sie rüstete sich lediglich für den Sex, überlegte genauso wie vor einem heiklen Geschäftstermin, wie sie sich präsentieren sollte. Machte ihn das zu einem Kunden? Herausgeputzt und eingeölt, so begab sie sich zu Bett und bot sich dar wie ein Hauptgang bei einer vollendeten Dinnerparty. Manchmal streckte sie mitten im Geschehen die Hand aus, nicht in wonniger Leidenschaft, sondern nur um ein verrutschtes Kissen wieder an seinen Platz zu schieben.

Er betrachtete ihren schlanken, wohlgeformten Hintern, als sie sich bückte, um Schuhe in die für sie bestimmten Taschen des Hängegestells in der Kleiderkammer zu stecken. Seine Hände umfaßten die Armlehnen des Sessels. Angenommen, er würde sich jetzt auf sie stürzen? Sie von hinten streicheln, ihr das Seidenhöschen herunterziehen und sie einfach aufs Bett drücken? Vielleicht würde sie ihm dann diesmal dieses erotische Wart's-ab-Lächeln über die Schulter ersparen und sich nicht wie sonst mit einem provozierend winzigen Etwas aus roter Spitze in der Hand davonstehlen, ausgiebig unter die Dusche stellen und sich mit Duftölen überschütten. Sie mußte irgendwo etwas gelesen haben wie »Wenn du süß riechst, ist er süß zu dir«, oder schlimmer: »Behandle deinen Körper wie einen Altar, dann wird er dich verehren.« Sie lebten jetzt zusammen, um Himmels willen, es war kein erstes Rendezvous, und ihm war es scheißegal, ob ihr Höschen dieselbe mintgrüne Farbe hatte wie ihr BH und ob es ordentlich gebügelt war, ehe er es ihr auszog und auf den Boden warf. Nina haftete dieser Geruch eines warmen, emsigen menschlichen Wesens an, der so erregend wirkte, daß er sich fragte, wieso noch niemand auf die Idee gekommen war, ihn in Flaschen abzufüllen und zu verkaufen.

»Du hast das Bett frisch bezogen. Wie lieb von dir«, sagte Catherine, als sie den sauberen, mit Bändern verzierten Bezug aus bügelfreiem Baumwoll-Polyester-Gemisch unter den vielen gerüschten Seidenkissen entdeckte.

Joe zuckte mit den Schultern und beäugte das Marshmallow-Bett ohne jedes Interesse. Wie bei allem anderen in diesem Raum hatte er nicht das Gefühl, daß es seins war – er kam sich hier vor, als würde er Catherine besuchen. Er fühlte sich wesentlich wohler, wenn er sich auf dem alten Ledersofa auf der Galerie zusammenrollte, nachdem er bis spät in die Nacht an einem Musikstück gearbeitet hatte und erst wenige Stunden vor dem Aufnahmetermin fertig geworden war. Er hatte das auch oft im Haus seiner Familie getan, und das Sofa war das einzige Möbelstück, das er mitgenommen hatte – es war etwas zum Kuscheln, etwas Behagliches, Abgenutztes, was nach zu Hause roch wie eine Schmusedecke. Was Bettwäsche betraf, neigte sein Geschmack eher zu schlichter, weißer, kühler ägyptischer Baumwolle von der Sorte, die er und Nina im Laufe der Jahre an verschiedenen Orten gekauft und gesammelt hatten. Er hatte noch die Stimme seiner Schwiegermutter im Ohr, die Nina warnte: »Du läßt dich auf jahrelanges Bügeln ein«, und dabei hatte sie ihn düster angefunkelt, als hätte sie ihn im Verdacht, absichtlich solche Hindernisse aufzustellen, um Nina ans Haus zu ketten, während er herumscharwenzelte und den Schürzenjäger spielte.

Diese letzte Vermutung war gar nicht so weit von der Wahrheit entfernt gewesen, das war ihm mittlerweile vage bewußt geworden. Er erinnerte sich, wie lächerlich aufgeregt er jedesmal gewesen war, wenn ihn eine atemberaubende, unabhängige junge Werbeagentin, die ehrgeizig darauf bedacht war, sich einen Namen in der Branche zu machen, hatte wissen lassen, daß sie und ihr Körper ihm zur Verfügung standen und daß sie als Gegenleistung nur ein Dinner und die Versicherung verlangte, daß ihre Karriere einen meteorhaften Aufstieg machen würde. Natürlich war Nina nie wirklich an Heim und Herd gekettet gewesen, überlegte er, nicht mehr als Catherine. Beide gehörten zu den Frauen, die ihre Bettwäsche in die Wäscherei gaben.

»Und was hast du getrieben, während ich weg war? Bist du ausgegangen, um mit deinen vielen alten Freundinnen zu spielen?«

Catherine schwirrte im Zimmer umher, hängte Kleider in den Schrank und steckte die getragene Unterwäsche in den Wäschekorb im Bad. Er lächelte, gab aber keine Antwort. Er war ein wenig verstimmt, weil sie ihn wie einen schwer erziehbaren Zehnjährigen behandelte, obwohl er seinen eigenen Lebensunterhalt bereits verdient hatte, als sie noch im Kindergarten Ringelreihen getanzt hatte. Er sah sich ihre vielen hin- und herzuckenden Spiegelbilder an, während sie sich vor dem verspiegelten Schrank bewegte, und ihm fielen ihre mädchenhaften, dünnen Rehbeine auf. Ninas Beine waren immer noch schlank, aber sie wirkten solide und fraulich – Catherines ließen ihn an

Lucys und Emilys denken. Sie erschienen ihm so jung und zerbrechlich, daß sie nur Verantwortung bedeuten konnten. In diesem Moment vermißte er Nina schmerzlich, und er bemühte sich, dieses Gefühl aus seinem Gehirn zu verbannen, nur um zu erkennen, daß es sich ganz woanders festgesetzt hatte: Es schien wie etwas Unverdauliches in der Gegend zu stecken, die als Herzregion durchgehen könnte, wenn er an solche Dinge glauben würde. Er versuchte logisch zu argumentieren, daß er nichts dergleichen empfinden würde, wenn Catherine kräftige, wohlgeformte, hockeygestählte Beine hätte. Mit derselben Logik machte er sich klar, daß er niemals dieses verdammte Kosmetiktäschchen von Schlafzimmer mit ihr teilen würde, wenn dem so wäre.

Catherine, die nichts von seinen illoyalen Überlegungen ahnte, nahm eine ungetragene Strumpfhose aus ihrer braunen Ledertasche, rollte sie zusammen und ging zu den Schubladen, um sie an ihrem angestammten Platz zu verstauen. Plötzlich hielt sie inne und runzelte die Stirn, dann fuhr sie mit den Fingern über die kleinen Plastikfächer, in denen die Strumpfhosen, nach verschiedenen Fadenstärken und Farben geordnet, steckten.

»Ich könnte schwören, daß ich da drin ein Paar neue samtschwarze Calvins hatte.« Sie schaute auf und betrachtete verwirrt ihr Spiegelbild. Joe beobachtete sie unbeteiligt und wartete ab, ob ihre Vorstellungskraft mit einer interessanten Erklärung für das Verschwinden der Strumpfhose aufwarten konnte. Das ist eher unwahrscheinlich, dachte er niedergeschlagen. Und er hatte recht.

Mit einemmal mochte Monica keinen Fisch mehr, nachdem sie ihr Leben lang behauptet hatte, Fisch sei ein wertvolles Nahrungsmittel und Fleisch in jedem Fall vorzuziehen. Nina und Graham waren, seit sie alt genug gewesen waren, die Gräten selbst zu entfernen, mit dem aufgewachsen, was Monica die Bausteine der Gehirnnahrung (grünes Gemüse war das Gerüst) nannte. Heute hatte Nina ihrer Mutter eine große, saftige Scholle gebraten. Sie hatte sie am Morgen bei dem Fischhändler gekauft, der zweimal in der Woche seinen Van vor dem Pub parkte und seine Waren schnell und teuer an den Mann brachte, weil er behauptete, direkt von der Küste zu kommen. »Möglicherweise stimmt das«, hatte Sally einmal zynisch gesagt. »Vielleicht lebt er in Eastbourne und schaut auf dem Weg hierher in Billingsgate vorbei.« Der Fisch war mit Zitrone beträufelt, zart mit Pfeffer, Dill und Petersilie gewürzt. Nina fand, daß er köstlich aussah.

»Ißt du nichts?« erkundigte sich Monica, als Nina ein Tablett mit einem bestickten Leinentuch und dem Sonntagsgeschirr herrichtete.

»Nein, für mich ist es noch ein bißchen zu früh. Ich esse später mit den Mädchen«, sagte sie. »Ich bleibe bei dir, bis Graham heimkommt. Ich habe für ihn einen Fisch in den Kühlschrank gelegt, er muß ihn nur noch braten.«

»Oh… ja, vielleicht«, meinte Monica zweifelnd. »Vermutlich kannst du nicht…«

»Wenn du mich bitten willst, zu bleiben und für Graham zu kochen – nein, das kann ich nicht«, wehrte Nina lachend ab. »Du solltest ihm nicht so wenig zutrauen, das muß ihn ziemlich beleidigen. Komm mit ins Wohnzimmer, dann kannst du beim Essen die Nachrichten sehen.«

»So ein Wirbel, und dabei bin ich ganz von Fisch abgekommen: Im Krankenhaus haben sie uns so eigenartige Scheiben gegeben, aber es hat ganz und gar nicht wie echter Fisch geschmeckt. Es gibt keinen rechteckigen

Fisch«, klagte Monica, aber sie ging Nina voran, durchquerte langsam die Halle und betrat das Wohnzimmer, wo ein behagliches Feuer im Kamin loderte und die Katze auf dem Sofa wartete.

Nina folgte ihr mit dem Tablett und sah, daß ihre Mutter ihre Füße fester und bewußter aufsetzte als früher. Dies war vor nur wenigen Jahren eine Frau gewesen, die den örtlichen Theaterpreis für ihre temperamentvolle Darstellung von Lady Macbeth bekommen hatte. Früher war sie hocherhobenen Hauptes herumgelaufen, jetzt schaute sie beim Gehen auf den Boden, um sich zu überzeugen, daß sie ihre Schritte an die richtigen Stellen setzte. Sie ist unsicherer, als sie zugibt, dachte Nina und bekam plötzlich mehr Bedenken, als sie bisher zugelassen hatte – schließlich verbrachte ihre Mutter die meiste Zeit des Tages allein im Haus. Allein zu sein stellte für jemanden, der aktiv und leistungsfähig war und für den auszugehen oder zu Hause zu bleiben eine einfache Ja-oder-nein-Entscheidung bedeutete, kein Problem dar. Nina war beunruhigt und sah schon jetzt vor sich, wie Monica nach und nach ihre Besuche bei Freunden, im Bridgeclub, im Frauenverein oder im Gartenzentrum einstellte, weil sie zu beschwerlich für sie waren. Sie könnte sich immer mehr zurückziehen, weil ihr Stolz es ihr verbat zuzugeben, daß sie mit gefährlichen Gegebenheiten wie rutschigem Herbstlaub oder Unebenheiten auf den Bürgersteigen und Straßen nicht mehr ohne die Hilfe anderer zurechtkam.

Auch das Haus schien mit einemmal voller Fallstricke zu sein – trotz des nagelneuen Treppengeländers, das neben der alten Eichenholzbalustrade auf der anderen Seite der Stufen provokant modern und glitzernd wirkte. Monicas schönen alten Seidenteppiche schienen plötzlich nur noch aus fadenscheinigen Fußangeln und Stolperrändern zu bestehen. Die eleganten Lampen auf den Tischen rechts und links neben dem Sofa sahen lang, dünn und nicht sehr standfest aus, die Kabel hingen auf den Boden. Sogar die friedliche, zufriedene Katze schien eine Gefahr zu sein und nur darauf zu warten, um Monicas unsichere Beine streichen, sie zu Fall bringen und zusehen zu können, wie sie mit dem Kopf auf eine Kante aufschlagen oder in den Glasschrank fallen würde.

»Graham und ich haben überlegt, ob wir dir einen von diesen Alarmpiepsern kaufen sollen«, meinte Nina, als sie das Tablett vor ihre Mutter auf den Tisch stellte. Monica verzog angewidert das Gesicht, und Nina fragte lieber nicht, ob ihr der Fisch oder ihr Vorschlag nicht paßte. »In den Sonntagszeitungen machen sie Werbung für diese Geräte«, fuhr sie fort. »Du kannst eine direkte Verbindung zum städtischen Hilfsdienst haben, den kleinen Apparat um den Hals tragen und, wenn irgend etwas passiert, einfach auf den Knopf drücken, dann kommt sofort jemand zu dir und hilft.«

»Wer? Ein fremder Mensch? Der im Haus herumschnüffelt? Ich könnte hilflos daliegen, während diese Leute das Haus ausräumen.«

»Nein, eine Nachbarin, ich, Graham – wem immer du einen Schlüssel geben willst. Könnte ja sein, daß du das Telefon nicht erreichst, wenn du das nächste Mal hinfällst. Du könntest daliegen, bis Grahams Schicht zu Ende ist, oder noch länger, falls er danach noch weggeht.«

Nina sah zu, wie Monica mit der Gabel in der Scholle herumstocherte. Sie aß den Fisch, aber widerwillig. Nina schwieg. Vielleicht genügte es, die Idee ausgesprochen zu haben; Monica konnte darüber nachdenken und später so tun, als wäre sie diejenige, die darauf gekommen war.

Möglicherweise war es ungünstig, während sie aß, schreckliche Vorstellungen heraufzubeschwören, wie sie hilflos auf dem Boden lag, frierend, blutend und bewegungsunfähig. Nina war überzeugt, daß Monica abends vor dem Einschlafen ähnliche Bilder vor sich sah.

»Das Essen im Krankenhaus war im Grunde gar nicht *so* schlecht«, bemerkte Monica, als sie eine Kartoffel in winzige Stücke schnitt.

»Du überlegst es dir mit diesem Alarmgerät, ja?« sagte Nina ruhig, dann ging sie, um die Küche aufzuräumen. Als sie die Tür erreichte, hörte sie ihre Mutter, als wollte sie sich selbst beruhigen, sagen: »Aber Graham geht nicht weg – so gut wie nie.«

Graham freute sich auf zu Hause. Mutter war wieder daheim – jemand, der, wenn er hereinkam, rief: »Bist du das?« Und zwar in einem Ton, der deutlich machte, daß sie niemanden anderen sehen wollte. Es war nicht dasselbe, wenn man nur von einer reservierten grauen Katze erwartet wurde, die unbeteiligt auf der Treppe saß, einem aber schmeichlerisch um die Beine strich, sobald es Zeit wurde, eine Dose zu öffnen. Katzen fragten nicht, wie dein Tag gewesen war, und fühlten nicht mit, wenn man ihnen von der blöden Krankenschwester in der Notaufnahme erzählte, die sich geweigert hatte, ihm bei den widerspenstigen Lifttüren zu helfen, weil das nicht in ihren medizinischen Aufgabenbereich gehörte. Mutter sagte immer das Richtige, während die Katze sich nur die Pfoten leckte, blinzelte und ihn hochnäsig ansah. Andererseits war es jetzt komplizierter, abends aus dem Haus zu kommen, um Jennifer zu treffen. Wohl oder übel würde er sich etwas ausdenken müssen, vielleicht eine neue Eule erfinden oder warten, bis Mutter im Bett war – schön früh mit einer Tasse Kakao und einem schnönen Schmöker. Es war kein guter Zeitpunkt, sie mit der Wahrheit zu beunruhigen. Aber welcher Zeitpunkt war schon gut dafür?

Jennifer ging gerade vorbei, als Graham seinen Wagen erreichte. Er zerbrach sich nicht den Kopf darüber, was sie auf dem Personalparkplatz zu suchen hatte, und es kam ihm auch nicht in den Sinn, daß niemand über dieses staubige Gelände hinter der Leichenhalle gehen mußte, um irgendwohin zu gelangen.

»Du bist sicher sehr froh, sie wieder zu Hause zu haben«, sagte Jennifer und blieb neben ihm stehen, als er die Tür des Fiesta aufschloß. Sie waren eingezwängt zwischen seinem Auto und einem roten Passat. Als Graham die Tür öffnete, wurde der Platz noch beengter. Jennifer war ihm sehr nahe.

»Ja. Sie hat sich hier drin nicht sehr wohlgefühlt«, erwiderte er und schielte mit einer Grimasse zum Gebäude hinter ihm.

»Davon hab' ich gehört!« Jennifer lachte. »Mary von der Station hat mir erzählt, daß sie sie ganz schön auf Trab gehalten hat.« Grahams Blick verdüsterte sich, und sie legte eine Hand auf seinen Arme. »Ich meine damit nicht wie Kellner vom Roomservice im Hotel«, beschwichtigte sie. »Sie scheint es nur zu mögen, wenn alle tüchtig und effizient arbeiten.«

»Sie hat hohe Ansprüche«, sagte Graham, wie um Monica zu verteidigen. »Sie möchte, daß die Dinge anständig erledigt werden. Wenn sie mitbekommt, daß jemand eine halbe Stunde auf der Bettpfanne sitzen gelassen wird, Hilfe herbeiruft und niemand kommt, dann macht sie zu Recht Spektakel.«

Er machte Anstalten einzusteigen, aber Jennifers üppiger Busen schien wie eine Barriere. Ihre Brüste hatten sich zwischen ihn und den Fahrersitz geschoben. Er hätte sein Ohr daran gerieben, wenn er eingestiegen wäre. Gewöhnlich halfen ihm Gedanken an solche Situationen abends beim Einschlafen, aber gerade jetzt wollte er unbedingt weg, nach Hause und Monicas Sohn sein, nicht Jennifers – was? – Freund? Partner?

»Tut mir leid, Lieber. Schau mich nicht so ernst an. Versorg deine Mutter, und wir könnten vielleicht etwas trinken gehen. Nicht heute abend, das wäre nicht richtig – aber vielleicht morgen? Was hältst du davon?«

Graham überlegte, daß das in Ordnung wäre, besonders weil eine Zustimmung bedeutete, daß er endlich einsteigen konnte. Und weil Jennifer jetzt so etwas wie gebührenden Respekt zeigte. »Wenn ich jemanden finde, der sich zu Mutter setzt, ja – morgen wäre prima. Oder vielleicht wäre es nach dem Wochenende günstiger, dann fühlt sie sich bestimmt schon sicherer«, schränkte Graham ein.

Jennifer rückte schließlich ein Stück von ihm ab. Er seufzte, als hätte ihr Busen seinen Brustkorb gequetscht und ihm den Atem abgeschnürt.

Als er in Richtung Park fuhr, gestattete er sich, wieder an diese Brüste zu denken. Diesmal stellte er sie sich nackt vor, groß und fest und in derselben ballonartigen Form wie mit Kleidern. Er wußte, daß einige füllige Frauen schreckliche Hängebrüste hatten, wenn jede Unterstützung entfernt war, aber Jennifer sah irgendwie so aus, als gehörte sie nicht zu diesen Frauen. Unbekleidet wäre sie immer noch so rundlich und kurvenreich, aber weich und warm. Seine Hände schwitzten und hinterließen feuchte Spuren am Steuerrad. Er war froh, daß einige Ampeln auf seinem Heimweg auf Rot geschaltet waren und ihn zum Stehenbleiben zwangen, das gab ihm genug

Zeit, seine Fassung wiederzuerlangen, ehe er das Haus betrat. Nina hatte gesagt, daß sie Scholle fürs Abendessen kaufen würde. Er mochte Scholle.

»Ich bin zurück! Hat jemand, der nicht ich ist, an etwas zu essen gedacht?« rief Nina, als sie die Treppe zur Küche hinunterging. Sie blieb staunend in der Tür stehen. »Guter Gott, das sieht ja großartig aus! Du hast den ganzen Raum verwandelt«, sagte sie.

Henry stand an der Spüle und wusch die Pinsel aus, er drehte sich zu Nina um und grinste erfreut. »Ich dachte, ich mache soviel wie möglich, solange es ruhig im Haus ist. Ist es dir so recht? Wir können die Wände mit jeder anderen Farben überstreichen, die dir gefällt. Sie müssen nicht weiß bleiben.«

»Nein, nein, es ist wunderbar so. Ich liebe es, wenn alles so frisch und rein aussieht. Der Raum wirkt doppelt so groß. Ich mag es, wenn er so leer wie jetzt ist.« Sie wanderte herum und genoß das Gefühl, in einem sauberen großen Raum zu sein. So war Joes Wohnung offen und minimalistisch eingerichtet, abgesehen von diesem schrecklich plüschigen Schlafzimmer. Henry hatte die Leintücher vom Sofa und den Stühlen genommen, eine Vase mit einem dicken Strauß blauer Kornblumen und weißer Levkojen stand auf dem Tisch, und jemand hatte alle Bücher aus dem Schrank geholt und wieder ins Regal gestellt.

»Wir müssen nur noch die Fensterrahmen, Türen und Fußleisten, also die eierschalenfarbenen Teile, streichen. Sollen die auch weiß werden?« wollte Henry wissen.

»Nein«, entschied Nina spontan mit einem Blick auf die Blumen. »Blau. Ein sattes Karibikblau. Und die Vorhänge kommen alle in den Müll. Ich glaube nicht, daß ich noch welche will.«

»Was? Fenster ohne Vorhänge? Das kannst du nicht machen.« Emily kam herein. »Die Leute könnten uns sehen, man würde uns beobachten.«

Nina lachte. »Wer würde hereinschauen, und von wo aus?«

Emily lief zum Fenster und schaute hinaus – ihr finsteres Gesicht hätte jeden abgeschreckt, der es wagte, auch nur einen Blick in ihre Richtung zu werfen. »Schau her! Siehst du das? Der neue Nachbar von gegenüber – er schaut herüber, er kann in unsere Küche sehen!«

Nina überzeugte sich selbst. »Oh, das ist nur Paul. Er richtet sich in dem kleinen Zimmer ein Büro ein. Ich glaube kaum, daß er uns überhaupt Beachtung schenkt.« Aber er sah her, Emily hatte recht. Nina winkte, und er winkte zurück. Wahrscheinlich erkannte er von da oben nicht viel, und er fragte sich bestimmt, was sie von ihm wollte, wenn sie so zu ihm hinaufschaute und winkte. »Vielleicht hast du recht«, sagte sie zu Emily. »Okay, eine schlichte einfarbige Jalousie am vorderen Fenster, aber kein Mensch sieht durch das hintere Fenster – dort ist nur der Garten.«

Emily schauderte. »Das ist ja noch schlimmer, als wenn uns Leute sehen, die zufällig vorbeigehen! Jemand könnte in den Garten schleichen und uns vorsätzlich beobachten. Und wir würden nichts merken, weil man von hier aus nichts erkennen kann, wenn es draußen dunkel ist.« Sie ließ sich aufs Sofa fallen, zog die Beine an und schlang die Arme um ihren Oberkörper. »Du bist so naiv, Mum – du traust niemandem etwas Böses zu. Lucy würde wahrscheinlich hoffen, daß da jemand ist – Hauptsache, sie hat Publikum.«

Nina setzte sich neben sie und nahm ihre schlaffe Hand. »Gütiger Himmel, es tut mir leid, Emily. Es war nur ein unbedachter Vorschlag, ehrlich. Selbstverständlich will ich, daß du dich sicher und ungestört fühlst. Ich hätte daran denken sollen, bevor ich was gesagt habe. Aber du darfst dich wegen dieses Vorfalls im Park nicht einschüchtern lassen. Sonst hätte dieser Kerl gewonnen und dich zu einem echten Opfer gemacht.«

»Ich weiß, ich weiß. Und er hat mir nicht wirklich etwas getan – das weiß ich alles. Aber er hätte mir etwas antun können; er könnte über eine andere Frau herfallen.« Emily zupfte am Bündchen ihres Sweatshirts. Es war schon in der Auflösung begriffen, und Nina fragte sich, wie lange sie heute dagesessen, gegrübelt und daran herumgespielt hatte. Emily fuhr im Flüsterton fort: »Es macht mich einfach fertig, daß die Männer alle …« Sie schielte unter ihrem Pony zu Henry. »… daß sie alle so stark sind. Ihre Kraft lauert tief in ihnen, bis sie sie tatsächlich einsetzen wollen. Und sie benehmen sich nur zivilisiert, wenn sie sie nicht nutzen, oder? Sie haben diese Kraft und wissen, daß sie sich alles, was sie wollen, holen können. Ich hasse sie dafür. Ich hasse sie alle.«

»Äh … ich schaue morgen wieder vorbei, soll ich?« Henry, der fertig war mit dem Pinselauswaschen, stand vor Nina. Er hatte die Händ in die Hüften gestemmt, und sein Reißverschluß war genau in Ninas Augenhöhe. Möglich, daß er eine primitive Erregung verspürte. Vieleicht dachten die meisten Kerle absichtlich an etwas Gräßliches, wie um Beispiel an Englands letzte Niederlage bei einem Fußball-Länderspiel, um sich abzulenken und nicht sofort loszustürmen, wann immer sie der Drang überkam. Emily hat beinahe recht, dachte sie und schaute zu Henry auf, aber eben nur beinahe. Henry wartete grinsend – er sah aus wie ein unordentlicher, schmutziger Junge. Es gab nette, freundliche Männer.

»Henry, tut mir leid. Du warst so fleißig, und ich habe dir nicht mal etwas zu trinken angeboten«, sagte sie, erhob sich und machte sich auf den Weg zum Kühlschrank.

»O Gott«, rief Emily wütend, dann sprang sie auf und stürmte hinaus.

»Was haben wir jetzt wieder falsch gemacht?« fragte Henry perplex.

»Ich war nett zu einem Mann«, erklärte Nina.

»Oh, und das darf niemals sein«, spöttelte er.

»Nicht, wenn es nach Emily geht – nicht im Moment. Oh, ich hab' Lucy ganz vergessen! Sie ist drüben bei Megan. Nimm dir ein Bier, ich laufe nur rasch rüber und hole sie. Bin sofort wieder da.«

»Nein, ich gehe lieber«, sagte Henry, während er seine Pinsel einsammelte und in ein Marmeladeglas neben der Spüle steckte. »Ich habe ein heißes Date mit einer Pizza, einem Video und einem kühlen Blonden. Bis morgen, oder?« Er und Nina verließen zusammen das Haus; sie verabschiedeten sich am Gartentor. Nina überquerte die stille Straße, auf der eine schwarze Katze saß, ihre Hinterpfote putzte und darauf wartete, daß sie den Weg von jemandem kreuzen und sein Schicksal beeinflussen konnte. »Komm, Mieze, komm her«, rief Nina, aber die Katze rührte sich nicht vom Fleck.

»Hi! Kommen Sie rein, mal sehen, ob wir Ihre Tochter finden«, begrüßte Megan sie. Hinter Megan herrschte ein ziemlicher Radau: Gewehrschüsse, Kreischen und Schreie.

»Na ja, offenbar reden die Mädchen wieder miteinander«, sagte Nina und folgte Megan in die mit rostfreiem Stahl und weißen Möbeln eingerichtete Küche.

»Sie schreien und brüllen eher miteinander«, übertönte Megan den Lärm. »Sie sind Spezialagenten und entführen ein Monster, das die Welt bedroht. Sie haben Sam oben an das Treppengeländer gefesselt, aber ihm scheint das nichts auszumachen.«

»Wahrscheinlich wäre es ihnen auch egal«, mutmaßte Nina.

Paul saß auf einem Stuhl in der Küche und tauchte hinter seiner Zeitung auf. Nina ging durch den Kopf, daß sie, wenn er in ihre Küche sehen konnte, wahrscheinlich auch freien Blick in ihr Wohnzimmer und möglicherweise sogar ins Schlafzimmer hatte. Er erhob sich und begrüßte Nina mit einem Kuß auf die Wange. »Hallo, Paul, wie geht's?« sagte sie.

»Prima. Was macht Ihre Mutter? Lucy hat erzählt, daß sie heute aus dem Krankenhaus entlassen worden ist.«

Megan drückte Nina ein Glas Wein in die Hand.

»Es geht ihr ganz gut. Mein Bruder wohnt bei ihr und hat ein Auge auf sie.« Nina setzte sich auf den Stuhl neben Paul und sah zu, wie Megan Gemüse schnitt. Sie hantierte erstaunlich ungeschickt mit dem Messer herum, wenn man bedachte, wie geschmeidig sie sich sonst bewegte und wie ausdrucksvoll ihre Hände waren, wenn sie redete. Große, verschieden dicke Karottenscheiben, Lauchringe und geraspelter Sellerie häuften sich auf einem Arbeitsbrett neben ihr und wurden jetzt achtlos in einen großen blauen Topf geworfen. Nina wäre jede Wette eingegangen, daß das fertige Essen eine Köstlichkeit sein würde. Etwas anderes konnte man sich bei dieser perfekten Familie gar nicht vorstellen. Die Brocklehursts – attraktive, liebevolle Eltern, zwei hübsche Kinder und die Schwangerschaft mit dem dritten und vierten – waren genau das, was Joe den feuchten Traum eines Werbefritzen nennen würde.

»Also ist er nicht verheiratet, Ihr Bruder, oder ist er geschieden?« fragte Megan.

Nina lachte. »Nein! Graham hat unser Elternhaus nie verlassen. Mutter hat ihn zu sehr verhätschelt, und er findet es sehr bequem bei ihr. Ich glaube kaum, daß er jemals heiraten wird – jetzt nicht mehr.«

Paul und Megan tauschten einen Blick, den Nina augenblicklich deutete.

»Ich glaube nicht, daß er schwul ist, falls Sie das denken. Er bemüht sich einfach nicht um jemanden«, machte sie ihnen klar.

»Ach, kommen Sie, jeder bemüht sich um jemanden – um Männlein oder Weiblein«, widersprach Paul. »Das ist nur natürlich. Er muß geheime Laster habe.«

Nina war ein wenig gekränkt. Das Ganze ging die beiden nicht das geringste an. Wie, um alles in der Welt, waren sie dazu gekommen, über Graham zu sprechen? »Jedenfalls ist er glücklich, was spielt dann alles andere für eine Rolle?« Sie nippte an ihrem Wein, aber er schmeckte sauer.

»Das klassische Profil eines Sexualverbrechers«, stellte Paul beiläufig fest. Er beugte sich zu ihr und sah sie mit gespieltem Ernst an.

»Was genau?« hakte Nina nach, um ihn zu zwingen, es auszusprechen.

»Muttersöhnchen. Männer, die zu lange an Mummys Schürzenzipfel hängen. Nach so jemandem sucht die Polizei als erstes, wenn ein häßlicher Mord passiert ist. Das wissen Sie sicher, es steht ständig in der Zeitung«, erwiderte er mit einem spöttischen Grinsen.

»O Paul, hör auf damit! Ich bin überzeugt, daß Ninas Bruder ein sehr netter Mann ist, der die Hausmannskost einem Leben in einem möblierten Zimmer und Essen aus dem Schnellimbiß vorzieht.« Megan versuchte sich als Friedensstifter.

»Ja, das tut er.« Nina stellte ihr Glas ab und erschrak, als sie merkte, daß ihre Hand zitterte. »Und ich bin überzeugt, es wird sich, wenn die Polizei fündig wird, herausstellen, daß der Kerl, der Mädchen im Park belästigt, ein sehr netter Mann mit einer Heiligen als Frau und ganz normalen Kindern ist. Wo ist Lucy? Ich muß nach Hause.«

Kapitel zwölf

»Willst du wirklich hin? Ich bin sicher, Joe würde es verstehen, wenn du lieber hierbleiben möchtest.«

Nina schob einen Kleiderhaufen beiseite (saubere Sachen, die aufgeräumt werden mußten, oder solche, die dringend in die Wäsche gehörten?) und setzte sich auf das ungemachte Bett. Der Ärmel eines Pullovers ragte wie der eines Mordopfers neben Ninas Fuß unter dem Bett hervor. Als sie das Chaos sah, juckte es sie in den Fingern, Ordnung zu schaffen. Wie ein Kind, dem man das Zappeln verboten hatte, setzte sie sich auf ihre Hände, fest entschlossen, nicht ein einziges schmuddeliges Kleidungsstück anzufassen, denn auf diese Weise würde sie nur die Entwicklung zur Selbständigkeit hemmen. Nina widerstand der Versuchung, ihrer Mutter nachzueifern, die noch immer liebevoll Grahams Socken vom Boden aufhob, sortierte und wusch.

Emily suchte noch mehr Kleider aus – manche holte sie aus Schubladen, andere kramte sie aus den verschiedenen Haufen hervor – und verteilte sie auf zwei Sainsbury's-Tragetaschen. Sie schien sich für alle gesellschaftlichen Anlässe zu rüsten: angefangen von einem winzigen Kleid für die Gluthitze in einem Club bis zu einem dicken Pullover für einen eisigen Spaziergang am windgepeitschten Ufer der Themse. Am späten Sonntagabend würde sie dann alles wieder zurückbringen und achtlos auf einen der bereits vorhandenen Haufen kippen. Die Tragetaschen schwebten dann mit dem Luftzug von Emilys Kommen und Gehen über den Boden, bis ihnen schließlich die Ehre zuteil wurde, den überquellenden Müll aus dem Abfalleimer in sich aufzunehmen. Bis zum Sonntagabend würde das Haus quälend still sein – bis auf das Klappern von Genghis' Krallen auf dem Küchenboden, sein Schnüffeln an der Tür und das gespenstische nächtliche Surren des Hamsterrades.

Nina lief ein Schauer über den Rücken. Sie wünschte, sie müßte nicht ausgehen und hätte Sally nicht versprochen, sie zu begleiten. Es störte sie nicht so sehr, daß sie weggehen, sich mit vollkommen Fremden zusammensetzen und in seichter Konversation ergehen sollte – dazu mußte sie nur die übliche Faulheit überwinden, sich herrichten und zu dem Restaurant fahren –, sondern vielmehr das Heimkommen in ein düsteres, leeres Haus, in dem nichts und niemand zu hören war.

»Ich möchte hin. Ich will Dad sehen, und es ist ein Tapetenwechsel. Außerdem sind tolle Geschäfte in der Nähe«, sagte Emily. Sie zerrte einen grauen Pullover hervor und roch daran. »Ich glaube, den kann ich noch mal anziehen«, entschied sie munter und stopfte ihn in die Tüte zu den smaragdgrünen Stiefeln. »So, das wär's«, verkündete sie, hob die Tragetaschen hoch und steuerte die Tür an. »Ist Lucy fertig? Können wir los?«

»Warum diese Eile?« fragte Nina. Ihr lag auf der Zunge, hinzuzufügen: Es ist doch nur dein Dad. Das »nur« wäre unangebracht, rief sie sich zur Ordnung.

»Ach, ich weiß nicht, ich bin einfach bereit zum Aufbruch. Ich habe Ewigkeiten hier herumgesessen wie ein

Invalide. Aber jetzt geht es mir besser. Fast wieder ganz gut, glaube ich.«

Nina folgte ihr die Treppe hinunter. Lucy wartete unten auf sie, ihr kleines Katzengesicht sah ängstlich zu ihnen auf. »Wenn sich jemand von Little Cherubs meldet, rufst du mich an, ja, Mum? Versprochen?«

»Natürlich«, erwiderte Nina. »Wie kommst du darauf, daß ich dir nicht Bescheid geben würde?«

»Die richtige Frage lautet: Wie kommst du darauf, daß sie sich melden, nachdem du Sophie verdroschen und das Casting vermasselt hast? Ich wette, sie haben dich für immer und ewig aus ihrer Kartei verbannt und dich auf eine schwarze Liste gesetzt – kein Mensch will mit Unruhestiftern zusammenarbeiten«, zog Emily ihre Schwester auf.

Tränen traten in Lucys Augen. »Du bist so blöd und gemein, Em.«

»O bitte, fangt jetzt keinen Streit an – nicht gerade jetzt, wo ihr fürs Wochenende zu eurem Vater fahrt. Er kann euch nicht brauchen, wenn ihr in so mieser Stimmung seid.«

Aber wieso eigentlich nicht? dachte Nina, als sie Lucys Tasche nahm, sie hinaustrug und in den Kofferraum ihres Wagens hievte. Warum sollte er sie nur von ihrer besten Seite sehen? In ihr keimte der Wunsch auf, daß die beiden sich in seiner Gegenwart (und in Catherines, oh, besonders in Catherines) wenigstens einmal kurz, aber heftig zanken und daß sie das Bad, nachdem sie es benutzt hatten, nicht saubermachen würden. Zusätzlich sollte eine von ihnen plötzlich Vegetarierin werden und die andere aus Versehen gegen das Glasregal mit dem Art-déco-Krimskrams stoßen. Sehr viel heiterer erklärte sie: »Ich bin sicher, daß Zornausbrüche kaum je einem Model die Karriere verdorben haben. Die Leute in dieser

Branche haben ein sehr kurzes Gedächtnis, also mach dir keine Sorgen. Aber ich denke trotzdem, du solltest Angela ein paar Zeilen schreiben und dich entschuldigen. Das würde helfen – eigentlich hättest du das schon längst tun müssen. Wutanfälle sind eine Sache, aber für schlechtes Benehmen gibt es keine Entschuldigung.«

Lucys Miene hellte sich auf, und sie ließ sich befreit auf den Rücksitz fallen. »Ich mach' das auf Dads Computer.«

»Nein, du schreibst den Brief mit der Hand. Das ist persönlicher und sieht eher so aus, als würdest du es wirklich ernst meinen«, sagte Nina.

Emily stellte ihre Tüten erst auf den Rücksitz, dann stieg sie ein und drückte ihre Sachen an sich, als müßte sie befürchten, daß man ihr jeden Augenblick ihre kostbaren Habseligkeiten wegnehmen würde. Nina schaute in den Rückspiegel und bemerkte, daß keine der Ausbuchtungen in den vollen Tüten die Form eines Buches hatte.

»Wie steht's mit den Hausaufgaben und dem Lernen, Em?« erkundigte sie sich vorsichtig.

»Kommt nicht in Frage. Ich habe seit Tagen nichts anderes gemacht. Gönn mir eine Pause«, brummte Emily.

»Es ist dein Leben und deine Abschlußprüfung«, räumte Nina ein, als sie den Polo rückwärts aus der Einfahrt setzte.

»Ganz genau.«

»Ich werde nie eine Prüfung machen«, machte Lucy deutlich.

»Ach ja, und wie stellst du dir das vor?« fragte Nina.

»Hey, wenn ich das muß, mußt du es auch«, versetzte Emily.

»Ich bin einmal so reich und berühmt, daß ich keinen Abschluß brauche«, erklärte Lucy ernst.

»Du bist nur *hübsch*. Das ist keine so große Sache und

bringt dir nicht viel im Leben. Nur oberflächliche, dumme Männer«, erwiderte Emily ärgerlich. »Und möglicherweise bleibst du nicht sehr lange hübsch, was dann?«

»Ich heirate einen megareichen Filmstar. Dann brauche ich auch keine Abschlußprüfungen.«

»Ich fasse es nicht«, seufzte Emily. »Mum, was habt ihr, du und Dad, falsch gemacht?«

Nina lachte. »Keine Ahnung. Lucy, mein Liebes, du scheinst irgendwo aufgeschnappt zu haben, daß es Frauen zu etwas bringen, wenn sie berechnend sind. Ich weiß was – erzähl das alles an diesem Wochenende Catherine. Mal schauen, was sie dazu zu sagen hat. Wenn sie weiterhin mit Joe zusammenlebt, ist es vielleicht an der Zeit, daß sie auch an den anderen Aspekten seines Daseins teilnimmt und sich ein bißchen anstrengt. Er ist kein Mann ohne Anhang.«

»Das klingt, als wären wir nichts als Ballast«, sagte Emily leise.

»Nein, ihr seid kein Ballast, bestimmt nicht, aber wir haben die Verantwortung für euch.« Joe weiß das, dachte Nina, während sie durch den Stoßverkehr am Freitagnachmittag kroch. Er hat nie, nicht ein einziges Mal auch nur im mindesten angedeutet, daß er nicht seinen Beitrag zur Erziehung und Fürsorge für die Mädchen leisten wollte. Er hat im vergangenen Jahr nicht einmal gesagt: »Nein, nicht dieses Wochenende, ich habe etwas anderes vor.« Wenn er als Ehemann nur halb so gut wäre wie als Vater… Ein Fiesta scherte knapp vor ihr in ihre Spur ein, und sie trat heftig auf die Bremse. »Verdammter Idiot!« brüllte sie.

»Ruhig Blut, Mum«, sagte Emily.

»Ist schon gut, ich habe an jemand anderen gedacht«, murmelte Nina.

»Und, was wollt ihr dieses Wochenende unternehmen? Habt ihr schon eine Idee?«

Catherine sah die beiden Mädchen an, als wären sie seltene exotische Tiere mit gefährlichen Gewohnheiten. Sie stand unsicher vor ihnen in der Nähe der Wohnungstür, als könnte es nötig werden, die Flucht zu ergreifen. Offenbar wußte sie nicht, was sie mit ihren Händen anfangen sollte, deshalb verschränkte sie die Arme vor der Brust. Joe war noch nicht zu Hause; er hatte aus dem Studio angerufen, in dem er eine komplizierte Aufnahme machen mußte, und sich entschuldigt, daß er erst später von dort wegkommen würde.

Catherines Unbehagen bereitete Emily diebische Freude. Noch war die Hackordnung nicht festgelegt, wie es schien, und es würde sich noch herausstellen, wer hier der Gast in Joes Wohnung war. Außerdem war Emily ziemlich sicher, daß Catherine ihr den Anruf am frühen Morgen noch nicht verziehen hatte. Sie und Lucy erkannten mit unbarmherzigem Blick Catherines versteckte Opferhaltung. Sie sahen sich verstohlen an – das war ein Fehler, weil sie sich beide das Lachen kaum verkneifen konnten und entsetzliche Grimassen schneiden mußten.

»Wir müssen nichts Besonderes unternehmen. Wir bleiben einfach hier und hängen ein bißchen rum«, erklärte Emily, als sie sich einigermaßen erholt hatte. Sie trampelte über den hellen Eschenholzboden und ließ sich mit allen ihren Tüten auf das cremeweiße Sofa fallen. Die Polster seufzten leise unter diesem Angriff, und Emily lächelte zufrieden. Diese Wohnung war sehr komfortabel, sehr schick – ihre Freunde würden sie lieben.

»Wenn du und Dad einmal wegfahren wollt – du weißt schon, ein romantischer Ausflug, der ein paar Tage dauert oder so was«, sagte sie strahlend und deutete damit ihre Bereitschaft an, freundlich zu sein, »könnte ich mit meiner Freundin Chloe solange hier bleiben und die Wohnung für euch hüten. Einbrecher verjagen und so. Es ist so ruhig und friedlich hier, wir könnten gut für die Abschlußprüfungen lernen.«

»Na ja, das wäre sehr ... nett.«

»Ehrlich, das ist überhaupt kein Problem!« Emily zuckte mit den Achseln. Lucy kicherte verräterisch und handelte sich einen bösen Blick von ihrer Schwester ein.

»Ich denke, ich gehe in unser Zimmer und packe meine Sachen aus« entschied Lucy, und Emily stand auf, um sie zu begleiten. Als sie auf der Treppe zur Galerie waren, sahen sie, daß Catherine sorgsam die Polster und Kissen auf dem Sofa aufschüttelte und den Teenager-Staub aus dem Stoff klopfte. Emily strich mit der Hand über das uralte Ledersofa, das zu Hause in Joes Arbeitszimmer gestanden hatte. Sie fuhr mit den Nägeln über die Furchen, die Katzenkrallen verursacht hatten.

»Da habe ich oft drauf gelegen, wenn Dad gearbeitet hat. Ich hab' ihm gesagt, welche Melodien mir am besten gefallen und welche ich für Schrott halte«, sagte sie.

»Ich habe das auch gemacht«, meinte Lucy. »Ich hab' ihm gesagt, welches die beste Musik für die Reklame ist, in der das Auto durch die Wüste und auf die Berge fährt. Er hat etwas ausgesucht, was richtig *schmalzig* klang.«

»Hoffnungslos«, stimmte Emily ihr zu und öffnete die Tür zu ihrem gemeinsamen Zimmer. »Ich frage mich, wie er ohne uns zurechtkommt.«

»Das muß er gar nicht, wir sind ja hier, oder nicht?«

»Ja, aber er nicht«, sagte Emily und warf ihre Taschen auf das mit blauweißem Patchwork bedeckte Bett. »Da fällt mir etwas ein ...« Sie lief hinaus und beugte sich über die Brüstung der Galerie. Catherine hockte auf der Sofakante und blätterte in Windeseile eine Zeitschrift durch – sie wirkte in etwa so entspannt wie jemand, der beim Zahnarzt auf seine langwierige Wurzelbehandlung wartet.

»Catherine? Ich habe mich gerade gefragt ...« Emily bedachte sie mit einem Lächeln, ihr langes Haar fiel nach vorn und verdeckte ihr Gesicht. Sie schob es ungeduldig hinter die Ohren – es war wichtig, daß Catherine sah, wie »freundlich und zuvorkommend« sie war.

»Ja?« erwiderte Catherine vorsichtig.

Emily grinste noch immer und weidete sich an dem Anblick von Catherines nach oben gewandtem Gesicht – es war ein Bild der Nervosität. Offenbar befürchtete sie Schlimmes.

»Wie geht's deinem Bruder? Wie hieß er noch gleich? Steven oder Simon – so ähnlich, oder?«

Catherine lächelte befreit – ihr fiel ein riesiger Stein vom Herzen. Emily zerbrach sich den Kopf, welche schreckliche Frage sie wohl erwartet haben mochte. Vielleicht hatte sie geglaubt, Emily würde freien Zugang zu ihrer Kondomsammlung verlangen oder ihr eröffnen, daß Lucy und sie beschlossen hätten, ihr das Leben zur Hölle zu machen, bis sie ein für allemal verschwand und ihren Dad in Ruhe ließ.

»Es geht ihm gut. Er könnte vorbeikommen, wenn du willst. Er wohnt sozusagen gleich um die Ecke. Er steht dir, was das Alter betrifft, näher als ich, und du kannst wahrscheinlich mehr mit ihm anfangen.« Sie biß sich auf die Lippe – es schien sie zu beunruhigen, daß sie unbeabsichtigt eingestanden hatte, wie unbeholfen sie im Umgang mit jungen Leuten war.

Als ob wir das nicht längst wüßten, dachte Emily. Sie

genoß diesen Augenblick der Überlegenheit und entgegnete: »Ist mir egal, ob er kommt oder nicht.« Sie hob gleichgültig die Schultern, wußte aber, daß Catherine, sobald sie ihr den Rücken gekehrt hatte, mit ihren perfekt manikürten Fingern Simons Nummer tippen würde.

»Ich weiß nicht, worüber ich reden soll. Ich meine, was habe ich in der letzten Zeit schon getan? Ich habe mir ein paar Filme angesehen und die Wandfarbe für meine Küche ausgesucht«, klagte Nina, als sie und Sally im Taxi zu der von der Edle-Ritter-Single-Agentur arrangierten Dinnerparty fuhren.

Sally hatte die Anzeigen der Abendzeitung durchforstet und sich voller Begeisterung für die Veranstaltung dieser Agentur entschieden, deren Name auf adelige Klientel hindeutete. Sie erwartete, mindestens einen Baron kennenzulernen, träumte jedoch von einem Herzog. Als Nina ihr klarmachen wollte, daß Ritter in schimmernden Rüstungen heutzutage noch seltener waren als verfügbare Adelige, die sich auf Partnervermittlungen einließen, war Sallys Enttäuschung so groß, daß sie sich gezwungen fühlte, zuzusagen und ihr Glück zu versuchen. Sie trug ihr blaues Seidenkostüm und fühlte sich nicht besonders wohl darin, weil der Rock eine Spur zu eng war. Er würde sich über ihre Schenkel schieben, wenn sie am Tisch saß. Sie konnte nur hoffen, daß das Tischtuch weit genug herunterhing, damit der Mann, der neben ihr sitzen würde, nicht auf falsche Gedanken kam. Oder auf die richtigen – vielleicht sollte sie abenteuerlustiger sein. »Man weiß nie …« Sallys hoffnungsvolle Lieblingsfloskel kam ihr in den Sinn.

»Ich meine, ich habe nichts getan – war nur für die Mädchen, die Galerie, meine Mutter und für Henry da, solange er meine Küche gestrichen hat. Mein einziges ›Erlebnis‹ war ein lumpiges Mittagessen mit meinem Ex-Mann. Das ist kaum etwas, womit man einen potentiellen Lebenspartner fesseln kann.« Der Gedanke an die hitzigen Nachwirkungen des »lumpigen Mittagessens« mit Joe flackerte auf und wurde eilends wieder verbannt – sie hatte nicht einmal Sally davon erzählt, also würde sie bestimmt nicht zu einem Wildfremden sagen: »Nein, ich tue eigentlich nicht viel, nur gelegentlich eine schnelle Nummer und ein paar Einkäufe bei Sainsbury's.«

Sally sah sie so erstaunt an, daß Nina schon den Verdacht hegte, sie hätte laut gedacht. »Gütiger Himmel, was ist los mit dir? Du hast doch nicht vor, einen ganzen Abend lang mit Fremden, die du wahrscheinlich nie wieder zu Gesicht bekommst, nur über deine gealterte Mutter zu plaudern? Sie wissen nicht das geringste von dir – du hättest durchaus die letzte Woche mit Bungee-Jumping in Nepal verbringen oder mit Delphinen im Tyne spielen können. Erfinde etwas! Das mache ich immer – das ist ja der Spaß bei der Sache. Du kannst deinen Push-up-BH verwetten, daß die Typen auch flunkern. Es geht genauso um Phantasie wie darum, ein bißchen Liebe zu finden, deswegen nennen sie sich Edle Ritter Singles.«

Nina kicherte. »Ein schrecklicher Name – ich muß immer an Turniere und Duelle denken. Aber Beziehungen sind wahrscheinlich auch nichts anderes als Wettkämpfe. Ich könnte ja vorgeben, daß man mich zur Nachfolgerin von Mutter Teresa ausbildet.«

»Nein, das könntest du nicht«, erwiderte Sally scharf. »Nicht, wenn du darauf hoffst, jemanden aufzureißen.«

»Oh. Also gut, dann könnte ich eine Eiskunstläuferin im Ruhestand sein und ein Buch über den vollendeten dreifachen Salchow schreiben.«

Sally seufzte. »Du hast keine Ahnung, wie? Letztes Mal, als ich bei so einer Veranstaltung war, habe ich mich als Schmuckdesignerin ausgegeben – darüber weiß ich eine Menge durch meine Arbeit in der Galerie. Und davor war ich Verfasserin von erotischen Romanen; dem konnte ich einfach nicht widerstehen, es hat so gut zu meinen Schuhen mit Leopardenmuster gepaßt.«

»Aber du hast keinen Schimmer von erotischen Romanen«, stellte Nina fest. »Oder vielleicht doch?«

»Selbstverständlich – jeder, der jemals Sex gehabt hat, kennt sich da aus. Und außerdem war neulich ein Verleger bei Richard und Judy, und ich habe ein paar Brocken von dem einschlägigen Vokabular aufgeschnappt. Streng deine Phantasie an, such dir einen interessanten Beruf. Es ist ganz einfach.«

Das Taxi bog von der Fulham Road in eine schmale Seitenstraße ab und fuhr langsamer. »Wir steigen lieber hier aus und gehen zu Fuß um die Ecke. Wir dürfen uns nicht kennen – keiner kennt einen anderen«, sagte Sally und beugte sich vor, um mit dem Fahrer zu sprechen. Nina fuhr sich mit der Zunge über die trockenen Lippen und betete, daß der Abend schnell vorbeigehen möge. Sally sah sie an, als der Wagen stehenblieb. »Falls du einen erfolgreichen Abend erleben willst, dann bete darum, daß du nicht neben einem BBS sitzt.«

»Was ist ein BBS?« wollte Nina argwöhnisch wissen.

»Ein armer Teufel, der eine Blutbad-Scheidung hinter sich hat. So einer kann einfach nicht aufhören, davon zu reden, und das bedeutet die reinste quälende Langeweile. Also, auf in die Schlacht – ich wünsche dir einen reichen Softie und mir einen feurigen Hengst.«

Die Mitarbeiter des Aufnahmeteams scheinen immer jünger zu werden, dachte Joe, als er einen Becher mit Tee von dem Tablett nahm, das der Aufnahmeleiter hereinbrachte. Er sah aus wie ein Unterprimaner, der vierzehn Tage Berufserfahrung hatte – dürr, mit großen Füßen und entsetzlicher Akne. Joe wollte eigentlich gar keinen Tee, er wollte nach Hause zu seinen Mädchen, zu allen dreien, mit ihnen um die Ecke im Café Rouge etwas essen, dann auf dem Sofa lümmeln, ein Video anschauen und überall Popcorn verstreuen. Er schaute auf seine Uhr – erst zehn Minuten waren vergangen, seit er das letztemal nach der Zeit gesehen hatte, aber ihm kam es vor, als wäre es mindestens eine Stunde her. Das Studio befand sich in einem finsteren Kellergeschoß, und wie all diese Einrichtungen hatte es kein Fenster; man hatte das Gefühl, daß sich in diese unwirkliche Welt niemals frische Luft verirrte. Für den heillos verdreckten Regieraum mit dem modrigen Geruch nach Cannabis, kaltem Kaffee und den schäbigen Leder-Stahl-Stühlen, die ihre besten Tage längst hinter sich hatten, konnten sich nur ganz junge Menschen oder leicht zu beeindruckende Rockmusiker begeistern, die meinten, hier liege der Erfolg begraben. Der erschöpfte Joe jedoch litt unter der klaustrophobischen Atmosphäre, und beim Auf-und-Abgehen verspürte er den übermächtigen Drang, dem allen zu entfliehen.

»Laß es noch mal laufen, Kev«, forderte das Mädchen von der Agentur. Sie sah Joe an und schenkte ihm ein vertrauliches Lächeln. Er grinste zurück und nahm einen Schluck von seinem vierten Becher lauwarmen Tees. Sie interessierte ihn nicht im mindesten. Er betrachtete sie mit nüchterner Sachlichkeit, nur um herauszufinden, was ihn zurückhielt; er sah das enge, schimmernde Kostüm mit dem Bin-ich-nicht-umwerfend-Minirock und das asymmetrisch gescheitelte, forsche blonde Haar, dem ein Friseur für teures Geld einen unordentlichen Look verpaßt hatte. Vor einem oder zwei Jahren hätte er sie gefragt, ob sie nach getaner Arbeit Lust auf einen Drink hätte, nur um zu beobachten, wie sie ihre langen Beine auf einem Barhocker umeinander schlang. Heute war ihm das vollkommen gleichgültig. Während das Band lief und die Sänger noch einmal versuchten, den Text der Melodie anzupassen, prüfte er sich selbst und versuchte herauszufinden, ob er sich zu alt dafür fühlte und was das mit ihm machte.

»Trinken wir was danach? Ich denke, wir haben uns das verdient«, sagte das Mädchen, und ihr selbstbewußtes Lächeln verriet, daß sie sich eines »Ja« als Antwort sicher war.

»Tut mir leid. Ich würde gern, aber ich muß nach Hause. Ich komme ohnehin schon zu spät zurück zu meiner Familie«, hörte sich Joe selbst sagen.

Sie wandte sich schmollend ab und errötete reizvoll. Der alte, unreife Joe in ihm schien ihn höhnisch anzugrinsen, aber er schwankte nicht.

Als er das Studio verließ und auf den Parkplatz ging, dachte er an Nina, die jetzt allein im Haus – in ihrem Haus – saß. Er stellte sich vor, wie sie es sich bei sanftem Lampenlicht auf dem Wohnzimmersofa vor dem Fernseher bequem gemacht hatte, und Genghis schnarchte leise auf dem Teppich. Wenn sie ihre Schuhe auszog, landeten sie immer mit dem Absatz nach oben auf dem Boden. Vielleicht war sie auch oben, genoß ein heißes, duftendes Bad und gönnte sich ausgiebige Körperpflege. Daß sie bei einer Flasche Wein kichernd mit Henry in der Küche sitzen oder mit der zarten neuen Nachbarin von gegenüber ein Alle-Männer-sind-Mistkerle-Gespräch führen könnte, verdrängte er lieber. Daß sie den Abend gar nicht zu Hause verbringen könnte, kam ihm nicht einmal in den Sinn.

Nina saß an dem großen runden Tisch und steckte sich ihr Namensschildchen ans Revers. Sie kam sich vor wie bei einer dieser Elternversammlungen in der Grundschule, wo die Leute, die sie seit Jahren am Tor gesehen hatte, zu ihr kamen und sagten: »Hallo ... äh –« ein kurzer Blick auf das Schild *»–Nina«*, und danach beide so taten, als wären diese Namensschildchen gar nicht nötig.

Für einen Freitagabend war nicht viel los in dem Restaurant, und ihr Tisch, der in einer Nische etwas abseits von allen anderen stand, erinnerte Nina an die Kindergeburtstage ihrer Töchter in einem Burger-Imbiß. Dort wurden die großen Gesellschaften durch Absperrungsseile vom Rest des Raums getrennt, damit sie den anderen Gästen keinen Ärger machten. Sie rutschte unbehaglich auf dem Rattanstuhl hin und her: Sie hatte recht gehabt, der Rock war zu eng und bedeckte ihre Schenkel nur, wenn sie die Knie fest zusammenpreßte, und damit, dachte sie mit einem Lächeln, den eigentlichen Sinn und Zweck dieses Zusammentreffens sabotierte.

Sie schielte zu Sally, die auf der anderen Seite des Tisches saß, bereits einen großen Drink in der Hand hielt und ihre Blicke schweifen ließ, um die anderen – was? – Kunden? Spekulanten? zu begutachten. Sallys Unterleib, den niemand sehen konnte, steckte in einer bequemen Stretchhose, aber ihre obere Hälfte war verheißungsvoll: Die tiefausgeschnittene Bluse bestand aus einem halb transparenten Stoff, auf den Rosen gestickt waren. Nina mußte unwillkürlich an die Schlafzimmertapete ihrer Mutter denken. Verschwenderische Rüschen von demselben Stoff fielen wie Kaskaden über Sallys üppigen Busen, und eine Halskette mit silbernen Blättern (aus dem Bestand der Galerie, wie Nina bemerkte) lag in der Kuhle zwischen ihren Brüsten. Ihr dichtes, gesträhntes Blondhaar war aufgeplustert wie das Fell einer Katze, die eine andere zum Kampf herausfordert. Nina hoffte, daß sich Sally unter den sechs zur Auswahl stehenden Männern, die bisher alle entmutigend wie Firmenjustitiare auf dem Weg zur Arbeit aussahen, ihren Ritter herauspicken würde. Für Nina waren sie nur eine Ansammlung von langweiligen grauen Anzügen und dezenten Krawatten. Außer Sally und ihr waren noch vier andere Frauen da: zwei in unverfänglichem Schwarz, aber mit Klunkern behängt, und eine hatte glänzend schwarzes, langes Haar und trug ein scharlachrotes, hochgeschlossenes Kleid in chinesischem Stil, das eng an ihrem Körper anlag, und das, was sie und Joe immer Nimm-mich-Schuhe genannt hatten: hochhackig, golden, offene Zehen und doppelte Knöchelriemchen. Nina nippte an ihrer Schorle und stellte sich vor, welche Bemerkungen Joe ihr ins Ohr flüstern würde, zum Beispiel: »Schade, daß sie die Schuhe nicht auf den Tisch legen und ihnen das Reden überlassen kann.« Plötzlich wünschte sie, sie wäre zu Hause, würde mit ihm und den Mädchen einen Videoabend genießen, während Genghis und die Katze das heruntergefallene Popcorn vom Teppich aufklaubten …

»Willkommen bei den Edlen Ritter Singles«, rief die Frau im scharlachroten Kleid unvermittelt. »Ich bin Belinda, und ich überlasse es Ihnen, sich im Laufe des Abends miteinander bekannt zu machen. Allen, die heute zum erstenmal an einer unserer Veranstaltungen teilnehmen, möchte ich sagen, daß dies nur ein Dinner unter Freunden ist. Der einzige Unterschied zu einer herkömmlichen Party dieser Art ist, daß Sie erst am Ende des

Essens Freunde sein werden, und nicht schon von Anfang an.« Die Zuhörer lachten leise, und die Mutigeren sahen in die Runde, um herauszufinden, wer diesen Scherz genauso komisch fand wie sie. Sally grinste Nina an und hob augenzwinkernd ihr Glas. Sie neigte den Kopf und spähte verstohlen zu dem Mann, der neben ihr saß. Nina verbiß sich das Lachen, als Sally eine Grimasse schnitt, als wäre ihr schlecht, und ihr Gesicht schnell hinter der Speisekarte versteckte.

»Hi, ich bin Lawrence«, sagte der graue Anzug zu Ninas Linker. »Waren Sie schon mal bei so was dabei?« Es klang wie ein Echo, weil, wie Nina bereits herausgefunden hatte, alle die Konversation mit dieser Frage eröffneten.

»Ich heiße Nina. Und nein, ich bin ein Neuling. Was ist mit Ihnen?« Bei näherer Betrachtung sah er gar nicht mal so schlecht aus, fand Nina. Er war groß, athletisch und hatte sehr saubere Hände. Wenn er jetzt noch Sinn für Humor hatte, dann wäre er der Traummann für alle einsamen Herzen. Und ganz bestimmt kein Mann, der es nötig hatte, sich hier nach einer Frau umzusehen.

»Ja, ein- oder zweimal. Ich ziehe so etwas einem Date zu zweit vor, und das aus sehr guten Gründen. Darf ich fragen, ob Sie geschieden, verwitwet oder was anderes sind?«

»Geschieden«, log Nina, weil sie das Gefühl hatte, als falscher Single gebrandmarkt und aus dem Restaurant geworfen zu werden, wenn sie sagte: »Ich leben von meinem Mann getrennt.« Sie überlegte, welchen Beruf sie sich aussuchen sollte, wenn die unausweichliche Frage kam. Löwenbändigerin, kam ihr in den Sinn.

Er lächelte traurig. »Ah, dann werden Sie mich verstehen. Sehen Sie, meine Frau… ich habe wirklich eine schreckliche Zeit durchgemacht. Dieser Zank und Streit vor dem Scheidungsrichter, Sie würden es nicht glauben. Es war ein regelrechtes Blutbad …«

»Ich schaue mir dieses blödes *Watership Down* ganz bestimmt nicht an. Nicht an einem Freitagabend, und damit basta.« Emily funkelte Lucy zornig an und fragte sich, was für einen erbärmlichen Eindruck es machen mußte, wenn sie mit ihrer kleinen Schwester darüber stritt, wie sie am besten einen Freitagabend daheim verbringen sollten.

»Okay, wie wär's mit *Clueless?*«

»Hab' ich schon zweimal gesehen. Hör zu, Luce – es ist entweder *The Saint* oder *Evita.* Ich bin nicht in der Stimmung für etwas mit viel Sex oder Gewalt.«

»Hattest du in dieser Woche von beidem zuviel?« Emily zuckte vor Schreck zusammen und fuhr wütend herum, als sie Simons schnoddrige Stimme direkt an ihrem Ohr hörte. »Witzbold, verdammter, was weißt du schon?« fauchte sie ihm grob ins Gesicht.

Simons Lippen waren zu einem Lächeln verzogen, aber er sah sie an, als hätte sie ihm eine Ohrfeige versetzt. Er wich ein paar Schritte zurück. »Hey, tut mir leid. Wenn ich was Falsches gesagt haben sollte, hab' ich's nicht so gemeint.«

Emily rang um Fassung und versuchte ein Lächeln, aber ihre Lippen bebten verräterisch. Sie kam sich vor wie ein Idiot, weil sie so heftig reagiert hatte, aber Männer sollten sich wirklich nicht so anschleichen und Mädchen erschrecken. Lucy kroch nah zu ihr, nahm ihre Hand und tätschelte sie sanft, um sie zu beruhigen. Simon betrachtete die beiden Mädchen verblüfft. Er hatte die Hände tief in die Taschen seiner Jeans geschoben wie ein

Schuljunge, den der gedankenlose Sarkasmus eines Lehrers in Verlegenheit gebracht hatte. Er unternahm einen zweiten Versuch. »Äh, sieh mal – Catherine hat mich angerufen und mir erzählt, da ihr hier seid und euch ein Video anschauen wollt. Ich dachte, euch wäre ein bißchen Gesellschaft recht, das ist alles. Aber ich kann auch wieder heimgehen, falls euch das lieber ist.« Er grinste: »Ich glaube ehrlich gesagt, sie hat ein bißchen Angst davor, mit euch beiden allein zu sein.«

»Ja – das überrascht mich nicht«, gestand Emily. »Es tut mir wirklich leid, normalerweise benehme ich mich nicht wie ein verdammter Rottweiler, ich habe nur zwei gräßliche Wochen hinter mir.«

»Oh, ich erinnere mich. Die Abschlußprüfungen.« Er schauderte. »Die Prüfungen an der Uni sind irgendwie nicht mehr so schlimm.«

Emily ließ ihn weiterreden und war froh, daß er sie so gründlich mißverstanden hatte. Er brauchte nicht zu wissen, daß ihr ganzes Elend mit ihm angefangen hatte. Wenn er vor der Schule nicht so schnell aufgegeben hätte und nicht gleich weggefahren wäre, als Nick auftauchte … Sie betrachtete ihn und versuchte, ihn mit ganz neuen Augen zu sehen. Sie fühlte nichts, nur dumpfe Gleichgültigkeit. Er war nach wie vor der bestaussehende Bursche, den sie in diesem Jahr zu Gesicht bekommen hatte, der Mann, dem sie auf einer Skala von eins bis zehn eine Zwölfeinhalb geben würde. Er hatte Catherines blasse, hagere Gesichtszüge, schokoladenbraune Augen, und seine blonden Haare hatten einen etwas zu schicken Schnitt – Nick würde sagen, daß er eine »beschissene Internatsfrisur« hatte. Es ist ein Jammer, dachte sie mit kühler Distanz, daß ich mich kein bißchen zu ihm hingezogen fühle. Sie hatte sich an diesem Abend so sehr bemüht, in bessere Stimmung zu kommen.

»Können wir *Star Wars* einlegen?« fragte Lucy zu Simon gewandt.

»Ja, wenn du willst. Geht das in Ordnung, Emily? Hast du den Film schon gesehen?«

Sie zuckte mit den Schultern. »Mir egal. Lucy kennt ihn noch nicht.«

»Und meine große Schwester wird ihn furchtbar finden.« Simon grinste, und Emily lächelte einigermaßen freundlich zurück. Ich hoffe ehrlich, daß ich in den nächsten zwei Stunden aufwachen werde, dachte sie. Es wäre sonst eine ungeheure Verschwendung.

Kapitel dreizehn

Der Mann für den Hauptgang (Lawrence) saß jetzt Gott sei Dank auf der anderen Seite des Tisches und erzählte einer der schwarzgekleideten Frauen noch einmal seine Scheidungsgeschichte in allen armseligen Einzelheiten. Die Bedauernswerte spähte heimlich auf ihre Uhr und machte den Eindruck, als würde sie überlegen, ob sie Übelkeit vortäuschen oder behaupten sollte, sie müsse dringend telefonieren, um sich den Rest der langweiligen Geschichte zu ersparen. Als der allgemeine Geräuschpegel einen Moment sank, konnte Nina die Worte »regelrechtes Blutbad« deutlich verstehen. Der arme Teufel bildete sich wahrscheinlich ein, seine Scheidung würde ihn besonders anziehend und interessant machen. Vielleicht hatte er irgendwo gelesen, daß der schnellste Weg ins Bett einer Frau der ist, ihr Mitleid zu wecken. Möglicherweise brauchte er auch nur jemanden, dem er alles erzählen und erzählen und noch mal erzählen konnte. Er wäre besser in einer Gruppentherapie aufgehoben, dachte Nina, als sie sich abwandte, um den Mann, den sie für den nächsten Gang auserkoren hatte, zu taxieren.

Der Nachtisch-Mann mit dem Schildchen ›Mick‹ studierte sorgfältig die Speisekarte, daraus schloß sie, daß ihm das Essen wichtiger war als eine Verführung: Sie nahm sein Gesicht in Augenschein und sah, daß sich seine Lippen beim Lesen leicht bewegten. Hochherzig entschied sie, daß er die Namen der Speisen kostete, als wären sie was Eßbares. Er hatte noch kein Wort zu ihr gesagt und bis jetzt bloß ein scheues Lächeln zustande gebracht. Zu ihrer Linken erklärte ein untersetzter Waliser einer Rothaarigen, die ihn mit großen Augen ansah, die Bedeutung des Einwurfs beim Rugby, und seine massigen Schenkel, die vor Erregung auf und ab zuckten, rüttelten an Ninas Stuhl.

Im Grunde wollte Nina gar nichts mehr essen. Während Lawrence ihr die ungekürzte Fassung seiner Scheidung geboten hatte, hatte sie ungerührt ihr mit Gänseleberpastete gefülltes Hühnchen, die *boulangère*-Kartoffeln und die französischen Bohnen vertilgt. Schließlich hatte sie nichts anderes zu tun gehabt, denn ihr war ziemlich rasch klargeworden, daß keine Konversation oder Kommentare, abgesehen von einem gelegentlichen »Wie schrecklich« oder »Sie Ärmster«, erwartet wurden. Mit derartigen Einwürfen hatte sie gezeigt, daß sie noch wach war.

»Also, Nina, was werden Sie bestellen? Haben Sie Lust auf etwas Leckeres, Gehaltvolles?« Er drehte sich zu ihr und grinste.

Jedenfalls nicht auf dich, war ihr erster Gedanke. Dann schaute sie genauer hin. Er war nicht nur ein grauer Anzug. Er war ein grauer Anzug von Armani, hatte dunkelbraunes, ordentlich geschittenes Haar. Lachfältchen umgaben wie Sonnenstrahlen die blauen Augen, und seine regelmäßigen Zähne strahlten so schön, daß Nina kaum glauben konnte, daß sie britisch waren. Seine Hände waren schwielig und rissig von der Arbeit, und Nina zog vage in Erwägung, daß sie sich wunderbar rauh auf ihrer Haut anfühlen könnten. Sally zwinkerte ihr schamlos zu, um sie zu ermutigen. Nina unterdrckte ein Kichern. »Ich hätte nichts gegen eine *Crème brûlée*«, gab sie zu und fragte sich, ob das als zweideutig gewertet werden konnte und, wenn ja, ob es ihr etwas ausmachen würde.

»Hmm. Süß und cremig. Köstlich«, flötete Mick vielsagend und fügte, als würde er sich plötzlich an gewisse Anstandsregeln erinnern, hinzu: »Ich bin mehr der geradlinige Torten-Typ. Apfel, Birne. Zitronentörtchen zur Not auch.« Er machte einen konfusen, drollig verlegenen Eindruck, als machte er sich bewußt, daß er Unsinn plapperte, und wüßte nicht, wie er aufhören sollte. Nina hätte ihn am liebsten in die Arme genommen und ihm gesagt, daß alles bestens sei und er seine Sache prima machte.

»Ich bin Klempner«, erzählte er und beobachtete scharf, wie sie auf diese Eröffnung reagierte.

»Ein sehr nützlicher Beruf«, schwärmte sie. »Eine hübsche Abwechslung zu all den hilflosen Musikern und Künstlern, denen ich normalerweise begegne. Ich meine, man findet kaum einen Pianisten, der auch nur einen Heizkörper entlüften kann, stimmt's?«

»Nein, Gott sei Dank nicht, sonst hätte ich nichts zu tun. Jeder soll das tun, wozu er Talent hat, sage ich immer, dann finden wir wieder einen Weg zurück zur Vollbeschäftigung. Was machen Sie?«

»Ich bin Mutter, leite zusammen mit einer Freundin eine Galerie und mache mir eine Menge Sorgen«, erwiderte sie.

»Aber wir wollen nicht über unsere bessere oder schlechtere Hälfte reden, oder?« Er grinste und deutete auf Lawrence, der wie ein Häuflein Elend dahockte, in sein Weinglas schniefte und Tränen der Trunkenheit in den Augen hatte. Er unterhielt sich murmelnd mit sich selbst und mit einem Foto seiner Familie, das er gegen eine Flasche Perrier gelehnt hatte. Die Schwarzgewandete neben ihm plauderte munter mit der Frau auf seiner anderen Seite. Die beiden hatten gemeinsame Interessen an Salsa-Kursen entdeckt und unterhielten sich lautstark über Lawrences Kopf hinweg.

»Meine Freundin Sally hat mir erzählt, das sei das beste an solchen Treffen – die Frauen, die man kennenlernt, sind lohnender als die potentiellen Partner«, bemerkte Nina, dann setzte sie eilends hinzu: »Zumindest manchmal … das trifft natürlich nicht auf jeden zu, meine ich …«

»Hey, entschuldigen Sie sich nicht, ich bin ja ganz Ihrer Meinung.« Mick lachte. »Ich habe ein paar großartige Frauen kennengelernt. Tut mir leid, daß wir Männer dieses Niveau nicht erreichen. Wie ich gehört habe, tun wir das selten.«

»Jemand hat Ihnen offenbar gründlich die Meinung gesagt. Entschuldigung – wir wollten ja nicht darüber sprechen.«

»Das klingt fast so, als könnte ich mit einem treuherzigen, traurigen Hund im Tierasyl konkurrieren. Verschwenden Sie nicht zuviel Mitgefühl an Männer. Glauben Sie mir. Damit spielen Sie ihnen nur in die Hände. Mitleid führt zum Sex«, sagte Mick lächelnd.

»Okay, ich werd's mir merken und immer daran denken, möglichst gefühllos und grausam zu sein, damit ich keinen falschen Eindruck erwecke.«

Das Scheppern auf anderen Seite des Tisches war ohrenbetäubend. Lawrence hatte einen Punkt erreicht, an dem der Alkohol und sein Elend den Gleichgewichtssinn ausgeschaltet hatten. Er war vom Stuhl gekippt und hatte Flaschen, Gläser und Teller mit sich gerissen. Im nächsten Moment herrschte gespannte Stille im Restaurant, und die Leute verrenkten sich neugierig die Hälse; manche standen sogar auf, um besser sehen zu können. An einem der Nachbartische wurde applaudiert.

»Oh, verdammte Hölle, ich wußte, daß es bei ihm mit einer Katastrophe endet«, kreischte Belinda, ihre Anführerin. Sie rappelte sich auf und stakste in ihren hochhackigen goldenen Schühchen um den Tisch, um nachzusehen, wieviel Schaden der leidgeprüfte Lawrence verursacht hatte. Die Schwarzgewandete, die er mit seiner Scheidung zu Tode gelangweilt hatte, wischte sich die Lachtränen aus den Augen und löffelte gleichzeitig Tortencreme von ihrem Dekolleté.

»Ich hoffe nur, er glaubt nicht, daß ich ihn das Zeug ablecken lasse«, prustete sie lachend. Lawrence, der sich in seinem Stuhl verheddert hatte, lag ächzend mitten in den Scherben.

»Wir könnten uns von hier verdrücken, was meinen Sie?« Mick ergriff Ninas Hand und dirigierte sie bereits zur Tür. »Es sei denn, Sie möchten noch bleiben und abwarten, bis er sich auf Belindas Schuhe übergibt.«

»Nein, Sie haben recht«, entgegnete Nina und sah sich nach Sally um. »Ich bin bereit. Was ist mit dem Bezahlen?«

Noch ehe sie ausgesprochen hatte, warf Mick ein paar Zwanzigpfundnoten auf den Tisch vor Belinda, die ihnen einen scharfen, forschenden Blick zuwarf.

»Sie ist offenbar begeistert, daß wir uns aus dem Staub machen«, meinte Mick. »Was für ein Fiasko!«

»Der arme Kerl«, sagte Nina, als sie in die kühle Nachtluft traten. »Er wird sich später scheußlich fühlen.«

Mick drückte fest ihre Hand. »Ich habe Ihnen schon einmal gesagt, daß Sie Ihr Mitleid nicht an Männer verschwenden dürfen.«

»Nina! Was, zum Teufel, hast du vor?« Sally schloß keuchend und mit unter den Rüschen wogendem Busen zu ihnen auf, als Mick ein Taxi herbeiwinkte. »Bist du verrückt?« fragte sie. »Du kannst dich doch nicht einfach mit dem erstbesten annehmbaren Rowdy, der dich mit seinen haarigen Pranken packt, auf und davonmachen. Du weißt nicht, was alles passieren kann.«

»Doch, das weiß ich – es wird gar nichts passieren bei meinem Glück«, gab Nina zurück. »Aber im Grunde hast du recht, ich weiß. Wir trinken nur noch irgendwo etwas – in einem öffentlichen Lokal, das verspreche ich. Danach gehe ich nach Hause, ganz allein und ungefährdet, okay? Ich werde ihm meine Adresse nicht geben.«

»Okay«, stimmte Sally widerwillig zu. »Sei vorsichtig.«

Das Taxi fuhr durch die Fulham Road und bog in die Beaufort Street ein. Nina spähte auf ihre Uhr. Es war schon nach elf. Plötzlich überkam sie die Müdigkeit, und ihr war gar nicht mehr nach einem Drink zumute. Trotz Sallys Warnungen fühlte sie sich einigermaßen sicher, aber wenn sie hätte erklären müssen, wieso sie keine Angst hatte, hätte sie nur als Grund anführen können, daß Mick beruhigend nach Babyseife roch. Sie entschied, daß sie eine Anstrengung auf sich nehmen mußte, wenn sie jemals wieder in den Kreislauf von Kennenlernen und Verabredungen zurückkehren wollte.

Auf der Kings Road herrschte genausoviel Betrieb wie am hellichten Tag. Junge, ineinander verschlungene Pärchen lachten sich auf dem Heimweg ins Bett an. Bei ihnen sah alles so leicht, so normal aus. Nina gähnte verstohlen und dachte an eine Tasse Tee und ihr warmes, weiches Bett. Single zu sein war ermüdend. Als das Taxi an der Designers Guild vorbeiraste, entdeckte sie ein einzelnes Mädchen, das an der Tür eines Geschäfts lehnte, die Arme um sich geschlungen und den Kopf gesenkt wie jemand, der am liebsten von der Erdoberfläche verschwunden wäre. In der Straße voller Paare wirkte die junge Frau eigenartig reglos und einsam. Eine wirre Haarmähne verbarg ihr Gesicht, aber die Figur und die langen Beine hätten Emilys sein können. Was wohl die Mädchen und Joe im Moment treiben? überlegte Nina und hörte nur mit halbem Ohr den Anekdoten zu, die Mick aus seinem Berufsleben als Klempner erzählte.

Es war seine Schuld. Simon war an allem schuld. »Komm doch vorbei, wann immer du Lust hast«, hatte er gesagt. Vielleicht hatte er nicht gerade gemeint, daß sie schon eine Stunde, nachdem er sich verabschiedet hatte, bei ihm auftauchen sollte, aber sie konnte nichts dagegen tun, nicht wenn sie gegen ihre Instinkte ankämpfen mußte.

Als sie neben ihm gesessen und seinen Schenkel an ihrem gespürt hatte, während sie sich *Star Wars* ansahen, war ihr ganz heiß geworden, und ihr ganzer Köper hatte gekribbelt. Das war das Resultat ihrer Konzentration und ihrer Bemühungen, die Empfindungen von früher wachzurufen. Ihre Gefühle hatten sich wieder eingeschlichen und sich plötzlich Bahn gebrochen wie eine unaufhaltsame Flut. Sie hörte, wie seine Zähne das Popcorn zermalmten, und wurde fast wahnsinnig vor Sehnsucht, diese Zähne auf ihrer Haut zu spüren. Sie roch den feinen Hauch seines Shampoos und wurde fast ohnmächtig, weil sie sich so anstrengte, den Duft in der Nase zu behalten. Wenn sie ihm von dem Mann im Park erzählen, ein bißchen weinen und ihm alles sagen würde, müßte er sie trösten. Er müßte sie in seine Arme schließen und ihr zeigen, daß nicht alle Männer so wie dieser Perversling waren – nicht alle Männer, und er ganz bestimmt nicht. Das konnte er nicht tun, solange Lucy zappelnd und kreischend auf dem Teppich vor dem Fernseher hockte und Catherine mit eisiger Miene und übereinandergeschlagenen, in Seide gehüllten Beinen im Sessel thronte und darauf wartete, daß Joe auf dem Sofa nicht mehr ständig einnickte und endlich Notiz von ihr nahm.

Emily wünschte, sie hätte ihren Mantel aus der Wohnung mitgenommen, aber darauf wäre Lucy aufmerksam geworden, und dann hätten alle Fragen gestellt und sie zurückgehalten. Die King's Road war voll mit Menschen, als wäre irgendwo um die Ecke eine große Party im Gange, zu der alle eingeladen waren, nur sie nicht. Sie schaute in die Gesichter der Männer, die an ihr vorbeigingen. Sie lächelten alle, jeder hatte den Arm um eine Frau gelegt oder hielt ihre Hand und führte sie wie ein Haustier durch die Menschenmenge. Emily wich zurück in den Eingang zu einem Geschäft und tat so, als würde sie sich die hübsch drapierten Stoffe in der Auslage ansehen. Es waren zu viele Menschen unterwegs, zu viele Männer. Statistisch gesehen müßten einige hier sein, vielleicht gleich neben ihr, die Frauen erschreckt hatten und gewalttätig geworden waren wie der Kerl im Park. Vielleicht hatten einige noch Schlimmeres gemacht oder nur daran gedacht. Einer von ihnen könnte plötzlich aus der Menge stürmen, sie gegen den Hauseingang drücken und an ihren Brüsten herumfummeln.

Emily atmete schwer und hatte große Mühe, einen Schrei zu unterdrücken. Sie schaute noch einmal auf den Zettel in ihrer Hand. Die Adresse war nur zwei Straßen weiter, es war nicht schwer zu finden, und sie mußte nicht durch unbeleuchtete Gassen gehen. »Komm und besuch mich – jederzeit. Schon bald, wenn du willst«, hatte er ihr zugeflüstert, bevor er gegangen war. Na ja, richtig geflüstert hatte er eigentlich nicht, wenn sie genauer darüber nachdachte und ganz ehrlich war, dafür war sie fast sicher gewesen, daß er, als er »schon bald« sagte, im Grunde meinte: *»Gleich jetzt.«* Es war seither erst eine Stunde vergangen, und jetzt kamen ihr Zweifel an ihrer eigenen Interpretation. In Wahrheit hatte Lucy alles mitangehört und sogar geglaubt, die Aufforderung wäre an sie beide gerichtet gewesen. Catherine hatte möglicherweise auch alles mitbekommen. Die beiden hätten sich kaputtgelacht, wenn Emily hätte durchblicken lassen, daß Simon ihrer Ansicht nach *nur* sie eingeladen hatte. Sie bog um die letzte Ecke. Dort, wo er wohnte, brannten überall Straßenlaternen. Wenn sie nur wüßte, welches sein Appartement war. Erst jetzt kam ihr in den Sinn, daß er nicht direkt nach Hause gegangen sein könnte – vielleicht saß er in einem Club oder in einer Bar, traf Freunde und lachte mit ihnen über dieses dumme Schulmädchen, dem er so mühelos den Kopf verdreht hatte, nur mit ein paar sanften Worten und einer kurzen Berührung am zarten Hals. Sie machten sich bestimmt lustig, weil sie noch ihre Schuluniform und einen grünen Faltenrock tragen mußte und weil sie kreischte und quietschte, wenn ein Junge sie vor der Schule anfaßte.

Wenn Lucy jetzt aufwachte, würde sie sich Sorgen machen und bei Licht warten, daß ihre große Schwester zurückkam. Und wenn sie nicht kam, schlich Lucy bestimmt zum Bad und rüttelte an der Klinke – leise, um Catherine nicht auf sich aufmerksam zu machen. Und wenn sie Emily auch nicht im Bad fand, wüßte sie, daß irgend etwas im Gange war, und würde am liebsten zu Dad laufen, aber aus Angst, daß sie nie mehr zu ihm durften, würde sie den Mund halten und wieder in ihr Bett kriechen.

Emily stand fröstelnd vor dem Mietshaus und schaute zu den wenigen beleuchteten Fenstern hinauf. Es war fast Mitternacht. Sie warf noch einen Blick auf den Zettel, prüfte ihr Spiegelbild in der Glastür und drückte auf den Klingelknopf neben der Nummer 34.

»Ich erwarte nicht, daß Sie gleich mit zu mir kommen und mit mir schlafen, also können Sie sich entspannen.« Mick reichte Nina ein großes geeistes Glas Wodka mit Tonic und strahlte sie an.

»Ich bin entspannt, und ich stelle meine eigenen Erwartungen über Ihre, zerbrechen Sie sich also deshalb nicht den Kopf«, erwiderte Nina spröde.

Mick lachte. »Wenn ich wüßte, wovon Sie überhaupt reden, würde ich wahrscheinlich ›Gut, prima‹ sagen«, witzelte er. »Wie auch immer, ich nehme an, Sie haben mich in meine Schranken verwiesen, und ich entschuldige mich, daß ich auf Sex angespielt habe. Können wir noch mal von vorn anfangen?«

Nina lachte – er wirkte so zerknirscht und schien sich kein bißchen wohlzufühlen in dem kleinen geblümten Chintzsessel in der Hotelbar. Er hatte kaum Platz, seine langen Beine unter dem vergoldeten Tischchen mit Glasplatte unterzubringen. Er streckte die Hand aus und nahm ein paar Cashewnüsse aus der zarten, pinkfarbenen Schale. »Gott, dieses Restaurant! Die Portionen waren so klein, daß nicht einmal eine Katze davon satt geworden wäre. Sind Sie auch noch hungrig? Möchten Sie vielleicht ein Sandwich?« Mick sah sich nach dem Ober um, der ihm die Karte der Snackbar reichte. »Wie wär's mit einer Runde Räucherlachs? Ich könnte einen Mord dafür begehen.«

»Ich habe ehrlich gesagt ziemlich viel gegessen. Mein

Tischherr beim ersten Gang war derjenige, der später den unrühmlichen Abgang gemacht hat, und ob Sie's glauben oder nicht, am Anfang hatte er eine Menge zu erzählen. Ich glaube, unter Hypnose könnte ich Ihnen sogar den Namen seines Anwalts und die Geburtsdaten seiner Kinder herbeten.«

»Ja, ich weiß. Es ist furchtbar, daß manche Menschen nie darüber hinwegkommen. Aber wenigstens hat sich der arme Teufel bemüht und versucht, aus allem rauszukommen. Auf einen, der einen neuen Anlauf nimmt, kommen hundert, die allein in einem trübseligen möblierten Zimmer hocken, Bohnen aus der Dose essen und ihre Hochzeitsfotos anschauen. Glauben Sie mir, ich hab' das auch hinter mir.«

»Ich dachte immer, Männer, die halbwegs ansehnlich sind, werden in der Minute, in der sie den ersten Beutel schmutzige Unterwäsche zusammengesammelt haben, von einer anderen Frau mit Beschlag belegt.«

Mick verzog das Gesicht und kicherte. »Sie machen Witze. Wenn ein Mann heutzutage auch nur im entferntesten so ausschaut, als könnte er das eine Ende eines Bügelbretts nicht vom anderen unterscheiden, laufen die Frauen, die nur ein bißchen Selbstachtung haben, weg, so schnell sie können. Die meisten von ihnen sind einem solchen Typen gerade erst entflohen.« Der Ober brachte ein riesiges Silbertablett mit Lachssandwiches. Mick nahm ein Sandwich in jede Hand – er war tatsächlich so verhungert, wie er behauptet hatte.

»Ich habe einen Bruder, der noch nie auch nur ein Bügeleisen eingeschaltet hat«, erzählte Nina. Sie pickte einen Stengel Wasserkresse vom Tablett und kaute darauf herum – sie genoß den scharfen, metallischen Geschmack.

Mick lachte schallend. »Was? Nun, in diesem Fall gibt er seine Wäsche entweder in die Wäscherei, oder er wohnt noch bei seiner ergebenen Mum. Was trifft zu? Die Mum kann's nicht sein, nicht wirklich.«

»Doch. Es scheint ihnen beiden so zu gefallen. Sie sorgt noch genauso für ihn wie vor Jahren, als er ein kleiner Junge war, und er schläft in seinem alten Kinderzimmer, geht hin und wieder in einen Pub und hat noch dasselbe Hobby wie früher – Flugzeuge beobachten.« Sie kam sich vor wie eine Verräterin und wünschte, sie hätte Graham nie erwähnt. Es war eine Privatsache und ging nicht einmal sie etwas an, geschweige denn Mick. Aber Mick war ein Fremder, und sie würden sich wahrscheinlich nie wieder begegnen, deshalb erschien es ihr sicher, ihm das alles zu erzählen – so sicher wie bei einer Beichte. Das, was Paul über das Profi von Sexualverbrechern gesagt hatte, beschäftigte sie noch immer. Es ist nur ein Test, sagte sie sich, als sie ein Sandwich nahm, das sie im Grunde gar nicht wollte, ich bin nur neugierig, ob Mick mit irgend etwas aufwartet, was Pauls Meinung stützen könnte.

»Ich wette, sie hätte nicht erlaubt, daß Sie zu Hause bleiben und sich so verwöhnen lassen«, bemerkte er. »Ich schätze, sie hat Sie dazu erzogen, einmal all das für einen Ehemann zu tun.« Er betrachtete sie bewundernd. »Er ist ein Glückspilz, wenn ich das sagen darf. Heutzutage gibt es nicht mehr viele solche Frauen. Wo ist er jetzt? Wieso hat er Sie gehen lassen?«

Ninas Lachen klang selbst in ihren eigenen Ohren brüchig. »Er liegt einem jungen, atemberaubenden, blonden Ding zu Füßen. Für seine Neue ist der einzige Platz für eine Küche im hinteren Teil eines Restaurants... Nein, im Ernst, ich habe niemals jemanden so verhätschelt und bedient wie Mum meinen Bruder Graham. Ich glaube, ich habe eine Art allergische Reaktion auf ein solches Verhalten entwickelt. Wenn ich jemals mit einem Mann zusammenleben würde, der Fragen stellt wie ›Habe ich noch ein sauberes Hemd im Schrank?‹, würde ich ihn wahrscheinlich erwürgen.«

Mick seufzte. »Meine erste Frau hat mich nicht einmal zum Teekochen in die Küche gelassen. Sie hat mich von vorn bis hinten bedient, bis ich hilflos war wie ein Baby. Dann ist sie eines Tages radikal geworden und mit einem anderen Mitglied der Klempnerzunft davongelaufen. Diesmal mit einer Frau. Sie können sich nicht vorstellen, wie befreiend es für mich war, endlich meinen Kühlschrank wieder selbst füllen zu können.« Er zögerte einen Moment, dann fügte er hinzu: »Aber es ist auch einsam. All die Mahlzeiten sind nur für einen.«

»Aus welchem Blickwinkel man es auch immer betrachtet – keiner von uns scheint richtig damit fertigzuwerden«, erwiderte Nina mitfühlend.

»Das ist nur zu wahr«, stimmte Mick zu und hob sein Glas. »Wir müssen uns irgendwie durchwursteln.«

»Ich muß um Mitternacht zu Hause sein. Eine Freundin aus Mutters Bridgeclub paßt heute auf sie auf«, erklärte Graham Jennifer. Er durfte nicht zu spät kommen. Er hatte seiner Mutter weisgemacht, wieder eine Eule zu beobachten, und sie hatte ihn so eigenartig angesehen. Jennifer konsultierte ihre Uhr und spitzte nachdenklich die Lippen. »Dann haben wir nicht mehr viel Zeit. Vielleicht sollten wir aufbrechen – es ist ohnehin bald Sperrstunde.« Sie stand bereits und hob ihre Handtasche auf, die unter dem Tisch gestanden hatte.

Der Pub war voll mit grölenden Männern, die den letzten Fußballsieg feierten. Graham wußte nicht einmal, welche Mannschaften dieses Jahr das Pokal-Finale erreicht hatten – die Wirklichkeit war regelrecht von ihm abgerückt, seit seine Mutter diesen Unfall gehabt und seit er Jennifer kennengelernt hatte. Er nahm sein Jackett von der Stuhllehne und zog es an. Dabei hielt er die Manschetten seines Hemds sorgsam fest, damit die Ärmel nicht hochrutschten. »Wohin gehen wir?« fragte er Jennifer. »Soll ich dich nach Hause bringen, oder hast du Lust auf einen Spaziergang am Fluß?«

Sie bedachte ihn mit einem äußerst vielsagenden Blick. Wenn seine Mutter ihn so ansah, mußte er angestrengt nachdenken, was er falsch gemacht hatte. Gewöhnlich wies sie ihn darauf hin, noch ehe er selbst daraufgekommen war.

Jennifer sagte nichts, sondern nahm nur seinen Arm und dirigierte ihn in die kühle Nachtluft.

»Wir fahren zu mir«, eröffnete sie ihm schließlich. »Uns bleibt noch eine knappe Stunde. Das dürfte reichen.« Sie lächelte und schaute ihn an, als hätte sie ein Geheimnis. Graham wurde rot und dachte wieder an ihre Brüste, die beinahe den Schwesternkittel sprengten. Er hatte nicht viel Erfahrung mit Sex, aber das hieß noch lange nicht, daß er weniger oft als andere daran dachte. Die Jungs in der Klinik würden sich zuzwinkern und sich gegenseitig anstoßen, wenn sie jetzt Jennifers Blicke sehen könnten. Sie würden johlen und lachen und ihm sagen, daß er Chancen bei ihr hatte. Der Gedanke an ihre Redensarten machte es zu einer schmutzigen Sache, aber das war das Eigenartige am Sex: Er machte keinen Spaß, wenn er nicht auch ein bißchen schmutzig war.

Graham fummelte mit den Wagenschlüsseln herum, dann stiegen sie beide in seinen Fiesta. Das Auto roch nach Pfefferminzbonbons. Seine Hände wurden feucht, und er schielte auf Jennifers Beine, als sie sich auf dem Beifahrersitz einrichtete. Ihre Knie in der glänzenden schwarzen Strumpfhose waren rund und weich und schimmerten hell durch das schwarze Nylon. Für die meisten Männer war das alles selbstverständlich, sie hatten Frauen oder Freundinnen und konnten derartige Gefühle haben, wann immer sie wollten. Graham fragte sich zum erstenmal, wie es wohl wäre, eine Frau um sich zu haben, die nicht seine Mutter war, eine Frau, zu der er jeden Tag nach Hause kommen konnte, mit der er ein Heim teilte, bei der er sich wohl und behaglich fühlen konnte. Würde er dann noch dieselbe Erregung spüren wie jetzt, wenn er an Sex dachte wie an etwas Sündiges, Verbotenes? Oder würde es zu etwas Alltäglichem werden wie ein Hobby oder Essen und Trinken?

Jennifer wohnte im zweiten Stock eines Mietshauses auf der Seite des Parks, auf der Nina ihr Haus hatte. Aber in ihrer Straße waren die Geschäfte und Schaufenster nachts mit dicken Eisengittern gesichert. Kein Mensch war zu sehen, nur eine dürre Katze lief über die Straße und schlüpfte durch ein Loch in einem Garagentor. Ein großer Hund bellte in der Nähe.

»Leider gibt es keinen Aufzug. Ich hoffe nur, daß uns das Treppensteigen nicht zu viel Kraft kostet«, sagte Jennifer, als sie die Haustür aufschloß. Im Treppenhaus roch es nach Desinfektionsmittel. Offenbar hatte sich jemand die Mühe gemacht, das Haus zumindest ein bißchen sauber zu bekommen. »Ich habe nicht viel Platz, dafür ist es mein eigenes kleines Reich, und das finde ich schön«, erklärte Jennifer. »Trotzdem würde es mir nichts ausmachen, woanders hinzuziehen, wenn sich die Gelegenheit ergäbe. In dieser Gegend braucht man drei Schlösser an der Wohnungstür.«

Graham überlegte, welche Antwort sie von ihm erwartete. Er konnte ihr nachfühlen, daß sie das Bedürfnis nach Sicherheit hatte. Er und seine Mutter hatten Riegel an den Fenstern; er nahm an, daß es auch in allen anderen Häusern so was gab. Wenigstens wohnte Jennifer nicht im Parterre, wo die Herumtreiber in ihr Schlafzimmer spähen könnten, wenn sie sich auszog, oder – noch schlimmer – sie im Schlaf beobachteten, ohne daß sie jemals davon erfuhr. Er nahm unbeholfen auf dem kleinen grauen Cordsofa Platz und sah durch die offene Tür zu, wie Jennifer in der Küche mit Filtertüten und Kaffeepulver hantierte. Er malte sich aus, wie sie aussah, wenn sie schlief, und fragte sich, ob er jemals die Chance haben würde, am Morgen mit ihr aufzuwachen, statt sich, wie er es heute abend sicher machen würde, im Dunkeln anzuziehen, während sie döste, dann nach Hause zu fahren und in sein eigenes Zimmer zu schleichen, um seine Kleider wieder auszuziehen.

»Du könntest mal zum Tee zu uns kommen und Mutter kennenlernen«, hörte er sich selbst sagen.

Jennifer tauchte mit zwei dampfenden Bechern auf der Türschwelle auf. Sie strahlte über das ganze Gesicht, als hätte er ihr gerade ein wunderbares Geschenk gemacht.

»Das wäre schön«, sagte sie. »Ich könnte einen Kuchen mitbringen – das heißt, wenn sich deine Mutter durch so was nicht beleidigt fühlt. Manche Leute sind in dieser Hinsicht empfindlich.«

»Ich bin sicher, es würde ihr nichts ausmachen. Bestimmt nicht, wenn es Schokoladen-Walnuß-Kuchen ist.«

Jennifer blieb unschlüssig stehen und schaute zur Tür neben dem Bücherregal. »Wir nehmen den Kaffee mit hinüber, ja?« schlug sie vor und deutete mit einem knappen Nicken an, daß Graham ihr die Tür aufmachen sollte.

Er stand auf. Er wußte nicht, ob es die Sache mit dem Kuchen oder die Einladung war oder das, was gleich hinter dieser Tür passieren würde, aber irgendwie hatte er das Gefühl, daß etwas sehr Wichtiges unter Dach und Fach war.

»Du frierst ja! Was treibst du um diese Zeit hier draußen auf der Straße?«

Was für eine dämliche Frage, dachte Emily aufgebracht. Will er, daß ich es laut ausspreche und vielleicht zum Mitschreiben buchstabiere?

»Hattest du etwa Streit mit Catherine und bist wütend aus der Wohnung gestürmt?« Simon grinste sie breit an und führte sie in sein Ein-Zimmer-Appartement.

Die Wände waren in einem satten Rotton gestrichen – Vulvarot, schoß es Emily durch den Kopf. Ein Lachen gluckste in ihrer Kehle, als sie sich ausmalte, daß es in den Farbmustermappen, die ihre Mutter studiert hatte, eine Karte mit genau dieser Bezeichnung geben würde. Dieses Rot war dunkler als Vorhautrosa und heller als Brustwarzenrot.

»Was ist so lustig?« wollte Simon wissen. »Sie hat dich doch nicht rausgeworfen, oder?«

»Nein. Wie könnte sie das? Es ist Dads Wohnung, nicht ihre«, gab Emily muffig zurück, um ihre Verlegenheit zu überspielen. Was hatte sie hier überhaupt verloren? Oder welchen plausiblen Grund konnte sie wenigstens für ihre Anwesenheit anführen? Sie hatte angenommen, daß alles ganz einfach sein und er schon wissen würde, wie er mit der Situation umzugehen hatte. Laut *Man-Date*, Kapitel sechs, war sie dabei, alles falsch zu machen. Sie durfte sich ihm nicht an den Hals werfen, sondern mußte warten, bis er sich *ihr* an den Hals warf.

Sie sollte ihn mit kühler Zurückhaltung zappeln lassen, darauf achten, daß sie diejenige war, die Telefonate beendete, und Verabredungen ausschlagen, bei denen er nicht ein kleines Vermögen ausgeben mußte. Unrealistisch.

Sie ließ sich sittsam auf dem durchgesessenen purpurroten Sofa nieder und scharrte mit den Füßen auf dem fleckigen kastanienbraunen Teppich. Ein früherer Bewohner muß einen undichten Hund gehabt haben, dachte sie, als sie die vielen schmutzigen Stellen betrachtete. Oder vielleicht feiert Simon viele wilde Partys in dieser Wohnung.

»Du hast gesagt, ich könnte dich besuchen. Schon bald, wenn ich will«, erklärte sie in anklagendem Ton, dann sah sie zu ihm auf und bemühte sich, so kühn und selbstbewußt wie möglich zu erscheinen. Ihrer Ansicht nach war eine solche Haltung vielversprechender, als sich zimperlich und verletzbar zu geben (wie in Kapitel eins empfohlen). Er machte es sich in dem Korbsessel bequem und musterte sie abschätzend. Er schien sich zu amüsieren, als wäre ihm eine komische kleine Kreatur ins Haus geschwirrt und als wüßte er nicht genau, was er mit ihr anfangen sollte.

»Es ist wahrscheinlich besser, wenn ich wieder gehe.« Sie stand auf und steckte die Hände in die Hosentaschen. »Es war keine gute Idee.«

»Ach, ich weiß nicht«, erwiderte Simon ruhig. Er bot ihr eine Zigarette an. Sie nahm sie, ließ sich wieder nieder und schaute sich die Zigarette eingehend an – um nicht das falsche Ende zu erwischen –, ehe sie sie zwischen die Lippen steckte. Er beugte sich mit dem Feuerzeug zu ihr und legte eine Hand an ihren Hinterkopf, als er ihr Feuer gab. Sie spürte den Druck seiner Hand hinter ihrem Ohr. Es ist nur eine Hand, sagte sie sich, nur eine männliche Hand wie die von Nick. Aber Nicks Hand würde sich damit nicht aufhalten, sie wäre längst in meinem BH. Sein Mund war jetzt neben seiner Hand, in ihrem Nacken, und sie spürte seinen Atem auf ihrer Haut.

»Komm ins Bett«, sagte er, dann lehnte er sich lächelnd zurück. »Es ist immerhin schon spät.«

Kapitel vierzehn

Kommt Nina heute? Um wieviel Uhr kommt sie?«

Monica saß am Küchentisch und blätterte so schnell in der Zeitung, daß sie bestimmt nichts richtig lesen konnte. Graham stellte die Schachtel mit dem Schuhputzzeug zurück in den Schrank unter der Spüle und sah zu seiner Mutter auf. Sie hatte zwei Fragen gestellt. Die zweite deutete darauf hin, daß sie die Antwort auf die erste kannte. Und wenn das so war, warum hatte sie sie dann überhaupt gestellt? Er fragte sich, ob ihr Verstand schon ein wenig nachließ. Wie sehr, das war die große Frage, und wie schnell fortschreitend war dieser Prozeß? Vielleicht war sie aber auch noch ganz auf der Höhe und nur zu ungeduldig, um richtig zuzuhören. Das würde ihr ähnlich sehen. Sie hatte noch nie viel Geduld gehabt. Es hatte ihr immer zu lange gedauert, an den Fußgängerampeln auf Grün zu warten, ehe sie die Straße überquerte.

»Sieh dir das an«, hatte sie des öfteren gesagt, wenn vorsichtige Menschen auf die leere Straße starrten und gehorsam am Straßenrand ausharrten, bis die Ampel von Rot auf Grün umsprang. »Man sollte meinen, die Leute könnten an einer Straßenkreuzung ihren gesunden Menschenverstand benutzen.« Er hatte ihren wachen Geist immer bewundert. Sie war eine Frau, die die Dinge vorantrieb. Sie kochte sein Essen, machte seine Wäsche und erleichterte ihm das Leben in jeder nur erdenklichen Weise. Das konnte niemand abstreiten.

»Ich will, daß sie mich zu Sainsbury's bringt«, sagte Monica. In ihrer Stimme lag ein ungewohnter wimmernder Unterton, als rechnete sie im Grunde damit, daß Nina und die ganze Welt sie im Stich ließen. Dieser Tonfall war da, seit sie das Krankenhaus verlassen hatte – so sprach eine Frau, die fest davon ausging, eine Enttäuschung zu erleben.

»Ich bin sicher, daß sie dich hinfährt, wenn du sie darum bittest. Sie hat heute frei – die Galerie ist montags geschlossen. Vielleicht führt sie dich auch zum Mittagessen aus. Du würdest doch gern mal wieder ausgehen, oder?« Graham verabscheute sich selbst, weil er besänftigend auf sie einredete wie auf einen Patienten in der Klinik. Manche Kranke reagierten ungehalten darauf und wiesen ihn mit den Worten zurecht, daß sie noch nicht der Senilität zum Opfer gefallen seien, aber selbst die Hartgesottensten schienen sich damit abzufinden, wenn ihre Schmerzen schlimmer wurden.

Monica gab ihm keine Antwort. Sie war damit beschäftigt, ihr Horoskop zu studieren, und so zufrieden und teilnahmslos, als hätte diese Unterhaltung nie stattgefunden. Graham öffnete den Mund, um etwas zu sagen, besann sich aber eines besseren. Vielleicht würde er, wenn er jetzt weiterredete, den gefürchteten Moment erleben, in dem sich offenbarte, daß sie sich an nichts mehr erinnern konnte, worüber sie gesprochen hatten. Dann bliebe ihm nichts anderes mehr übrig, als sich der schrecklichen Wahrheit zu stellen.

Er war fertig, zur Arbeit zu gehen, und hatte keine Lust, mit etwas konfrontiert zu werden, was die friedlichen Augenblicke in der Ambulanz kurz vor dem Einsetzen des regulären Betriebs störte. Es war erst halb acht. Seine Mutter hätte noch nicht aufstehen müssen. Als sie aus dem Krankenhaus nach Hause kam, hatte er zunächst erwartet, daß sie genauso sein würde wie früher, daß sie lächelnd seine Schelte über sich ergehen lassen würde, weil sie zu früh aufstand, nur um ihm das Frühstück zu machen, und sich anschließend mit einer Tasse Kaffee und der Zeitung noch eine Stunde ins Bett legte. Aber jetzt war sie fix und fertig angezogen, gebadet und für einen langen Tag außerhalb ihres Schlafzimmers gerüstet.

Sie saß am Tisch wie ein artiges Kind und überließ es Graham, den Toast für sie beide zu machen. Er füllte die Kaffeemaschine und schaltete sie ein.

»Um wieviel Uhr kommt sie?« wollte Monica wissen. Graham konnte sich nicht mehr erinnern, ob sie das vorhin schon einmal gefragt hatte. Es klang fast danach; er sollte ihr genauer zuhören, wenn sie etwas sagte. Vielleicht lag ihnen diese Unaufmerksamkeit im Blut. Bei der Arbeit hatte er es sich zur Gewohnheit gemacht, nur mit halbem Ohr zuzuhören. Mehr brauchte er nicht – das und genügend beschwichtigende Phrasen, um die Patienten bei ihren Ausflügen von einer Abteilung in die andere zu beruhigen. Diejenigen, die auf den Tragen lagen, waren ohnehin nur noch halb da, weil sie entweder große Schmerzen oder einen Schock hatten oder noch von der Narkose betäubt waren. Die anderen, die in Rollstühlen saßen, redeten mit dem leeren Raum vor sich, und er hatte Zeit, seinen eigenen Gedanken nachzuhängen und sich auszumalen, wie die Zukunft mit Jennifer sein würde, wenn er nur genügend Mut aufbringen würde. Es schien in Beziehungen zwischen Mann und Frau einen ganz bestimmten Ablauf zu geben, den er noch nicht wie andere Leute durchschaut hatte. Wenn er andere Paare sah, wie sie in der Cafeteria zusammensaßen, im Park spazierengingen oder gemeinsam einkauften, kam es ihm manchmal vor, als würde er die Menschen bei einem komplizierten lateinamerikanischen Tanz beobachten, aber bei ihnen sah es aus, als wäre es die einfachste Sache der Welt.

»Es ist Zeit für mich, Ma. Ich muß los«, sagte er und bückte sich, um das Gesicht mit den weißen Flaumhärchen zu küssen. Zum erstenmal fiel ihm auf, wie faltig die Haut seiner Mutter war, zerfurcht wie ein ausgetrocknetes afrikanisches Flußbett.

»Ich nehme an, sie wird bald hier sein«, sagte Monica und schaute auf die Uhr. Viertel vor acht.

Vielleicht glaubt sie, es ist Abend, dachte Graham voller Entsetzen.

»Ganz bestimmt«, pflichtete er ihr bei.

»Ich gehe heute wieder in die Schule«, verkündete Emily, als sie mit ihrer Schultasche und Klamotten ohne Löcher in der Küche erschien. Nina warf zuerst einen Blick auf die Uhr, dann auf Emily. »Du mußt unglaublich früh aufgestanden sein«, sagte sie. »Es ist noch nicht einmal acht, und du hast dir bereits die Haare gewaschen.«

»Oh, danke«, erwiderte Emily und warf ihre Tasche auf das Sofa. »Ich dachte eigentlich, du würdest dich freuen, daß ich mir nicht mehr wie ein Opfer vorkomme und *zur Normalität* zurückkehre, wie es so schön heißt.«

Nina riskierte die übliche Zurückweisung am frühen Morgen, als sie aufstand, um Emily in die Arme zu schließen. Emily nahm die Liebkosung ungewöhnlich gelassen hin und erlaubte ihrer Mutter, sie volle fünf Sekunden zu berühren, ehe sie ihre Hände abschüttelte und sich einen Becher aus dem Schrank über der Spüle holte.

»Tut mir leid, Em«, sagte Nina. »Natürlich freue ich mich. Ich will bestimmt nicht, daß du durch die Abschlußprüfung fällst, nur weil ein Mann ...«

»Ein *Bastard*«, korrigierte Emily sie prompt.

»Gut, ein Bastard ...«

»Ja, ja. Fang nicht wieder davon an. Ich brauche nicht daran erinnert zu werden. Die Aussage bei der Polizei hat mir gereicht. Die Polizistin hat mich ständig gefragt, ob ich zur Opferberatung oder zu einer Therapeutin will. Ich glaube einfach, je länger ich mich damit beschäftige, um so mehr breitet er sich in meinem Kopf aus.« Sie nahm ihren Kaffee und setzte sich Nina gegenüber an den Tisch. Ihr Blick wirkte weniger selbstbewußt als ihre kleine Ansprache.

»Ich hab' doch recht, oder?«

»Ich denke schon. Aber das kannst nur du richtig beurteilen. Du hast bestimmt recht, wenn du das wirklich denkst. Hast du mit Joe darüber gesprochen?«

Emily grinste. »Ich habe ihn nicht viel zu Gesicht bekommen an diesem Wochenende. Jedenfalls nicht allein. Er hat am Freitagabend lange gearbeitet, und am Samstag war er mit Lucy in der Stadt. Dann war schon Sonntag. Er hat uns übrigens ein Mega-Mittagessen gekocht. Catherine war immer dabei, und mit der spreche ich sowieso über *gar nichts.*«

»O ja, Catherine«, murmelte Nina – das Thermometer fiel ihr wieder ein. Vielleicht war ihre Temperaturkurve an diesem Wochenende angestiegen, und Joe hatte deshalb am Freitagabend so lange gearbeitet. Sie stellte sich vor, wie er in einer Bar herumlungerte, bis er einigermaßen sicher sein konnte, daß Catherine nicht mehr in Stimmung oder schon schlafen gegangen war, und wie er im Dunkeln und mit den Schuhen in der Hand in die Wohnung schlich, als wäre er ein Teenager, der nicht von den Eltern erwischt werden wollte. Ihr leuchtete nicht ein, warum er ihr nicht schlicht und einfach sagte, daß er keine Kinder mehr wollte, und sich einen Vorrat an Kondomen bester Qualität zulegte. Wenn sie sich das nächste Mal sahen, würde sie ihn danach fragen.

»Catherine mag keine richtigen Röstkartoffeln, jedenfalls keine solchen, wie Dad sie immer macht – in Gänseschmalz gebraten«, sagte Emily. »Wenn ich sage, sie mag sie nicht, dann meine ich eigentlich, daß sie so etwas nicht *gutheißt.* Sie meint, Kartoffeln müßten in Olivenöl geröstet und mit Rosmarin gewürzt werden, sonst sterben wir alle an verstopften Arterien. Daraufhin hat Dad ihr eins ausgewischt und gesagt: ›Wir haben sie zu Hause öfter so zubereitet, wie wir sie mögen.‹ Du hättest ihr Gesicht sehen sollen!« Emily stand auf, spülte ihren Becher aus und nahm ihre Schultasche. »Ich muß los. Ich bin mit Chloe an der Bushaltestelle verabredet.« Sie lief zur Tür. »Fährst du heute Lucy und Sophie in die Schule?«

»Ja, warum?«

»Nur so.« Emily fingerte unsicher in ihrem Haar herum und sah ihre Mutter betreten an.

»Was hat Lucy mir zu erzählen, wenn du nicht dabei bist?« fragte Nina argwöhnisch.

»Nichts. Überhaupt nichts. Wie kommst du auf so was? Und wenn sie etwas erzählt, dann ist alles erfunden, okay? Sie hatte nur einen merkwürdigen Traum. Bis später.« Und schon war sie weg.

Nina stellte die Müslischalen in die Spülmaschine, wischte schnell die Arbeitsplatte ab und ging in den Garten, um zu sehen, welche Pflanzen wieder gewachsen waren. Die Ceanothus, die schon so weit über das Gartentürchen gewachsen war, daß man es kaum noch passieren konnte, hatte dicke Knospen, die bald aufplatzen würden. Die rosa Tulpen in den Töpfen hatten ihren Höhepunkt bereits überschritten. Ihre langen, hellgrünen Stengel neigten sich zur Seite, und die Blüten öffneten sich weit zur Sonne. Nina hörte durch ein offenes Fenster im oberen Stockwerk, wie Lucy laut mit dem Radio mitsang – mit einer Stimme, die forsch und amerikanisch klingen sollte. Wahrscheinlich stand Lucy dabei vor dem Spiegel, hielt sich die Zahnbürste wie ein Mikrophon vor den Mund und nahm sexy Posen ein wie die Mädchen aus *Baywatch*. Nina dachte an Megans und Sophies bevorstehende Reise nach Barbados, über die in stillschweigender Übereinkunft kein Mensch auch nur ein Wort verlor. Lange durften sie nicht mehr damit warten, sonst würde man Megan nicht mehr in ein Flugzeug lassen, weil ihre Schwangerschaft zu weit fortgeschritten war.

»Guten Morgen. Steht Kaffee bereit?« Henry tauchte an der Gartentür auf, schob die Ceanothus-Zweige beiseite und schlenderte lässig auf sie zu. »Deine Glyzinie gedeiht prächtig, aber sie müßte zurückgeschnitten oder angebunden werden.« Er marschierte über die Terrasse und begann, an den Ranken zu zupfen und sie umeinander zu schlingen. Sobald er sie losließ, fielen sie wieder auseinander.

»Tut mir leid, Henry, im Moment gibt's keinen Kaffee. Ich bin dran, die Mädchen in die Schule zu fahren. Ich wollte gerade los und Sophie von gegenüber holen.«

Henry stand für einen kurzen Augenblick die Enttäuschung ins Gesicht geschrieben, aber dann erhellte sich seine Miene wieder. »Ich begleite dich. Ich bin neugierig, wie die liebreizende Megan am frühen Morgen aussieht.«

»Oh, sie wird begeistert sein, dich zu sehen, da bin ich ganz sicher. Alle Frauen lieben überraschende Männerbesuche vor halb neun«, erwiderte Nina sarkastisch. »Komm schon, ich will nicht, daß die Mädchen zu spät kommen.« Sie ging in die Küche, schnappte sich ihre Tasche und rief: »Lucy! Es ist höchste Zeit!«

»Du solltest die Gartentür lieber absperren«, sagte Henry. »Ich bin eigentlich hier, um dir zu erzählen, daß wieder ein Mädchen im Park belästigt wurde. Offenbar am späten Samstagabend. Diesmal hatte er ein Messer dabei und hat sie gezwungen, sich mit der Hand über ihre Unterwäsche zu streichen. Sonst hat er nichts gemacht… Komisch.«

Lucy polterte die Treppe herunter und schloß sich ihnen an der Haustür an. »Was ist passiert? Warum schaut ihr so ernst?« erkundigte sie sich.

»Ein Mädchen hatte wieder Probleme mit einem Mann im Park. Wie Emily«, erklärte Nina ruhig. Es war zwecklos, Lucy das zu verheimlichen: Bis heute Mittag hatte sich die Neuigkeit bestimmt in der ganzen Schule herumgesprochen. Die Eltern würden vor dem Tor darüber tuscheln, bedeutungsvolle Anspielungen und vielsagende Blicke austauschen, und ihre verwirrten Kinder würden sich selbst einen Reim auf all das machen und eine Menge dazuerfinden. Lucys Augen wurden groß und kugelrund. »Mann, das ist wirklich irre!« rief sie und stürmte hinaus, um die Neuigkeit so schnell wie möglich weiterzuverbreiten. »Ich lauf nur schnell rüber und klopfe an Sophies Tür«, schrie sie über die Schulter.

Nina schauderte. »Gott, ich hoffe, sie schnappen ihn bald. Es gibt nichts Schlimmeres als dieses Gefühl, nicht sicher zu sein. Lächerlich, aber ich wäre nie auf den Gedanken gekommen, daß die Sache mit Emily mehr sein könnte als ein einmaliger Vorfall. Ich nehme an, der Täter ist ein und derselbe?«

Henry zuckte mit den Schultern. »Weiß ich nicht. Ich war an Mr. Patels Kiosk und habe gehört, wie jemand darüber gesprochen hat.«

Lucy hüpfte vor Aufregung auf und ab, weil sie die Überbringerin von Neuigkeiten sein durfte, und Nina hörte noch auf der anderen Straßenseite, wie sie das Gerücht weitergab. Das Wort »Exhibitionist« (das Lucy für einen großartigen, erwachsenen Begriff hielt) wurde laut und mit dramatischer Emphase ausgesprochen. Megan, die umwerfend aussah in ihrer weiten schwarzen Hose und einem fließenden pinkfarbenen Leinenhemd, war blaß und preßte die Lippen zusammen. Sie hatte die Arme fest vor dem Bauch verschlungen, als wollte sie das Baby davor schützen, so gräßliche Dinge zu hören. Nina wartete am Tor auf die beiden Kinder, aber Megan winkte sie zu sich, und Nina schlenderte mit Henry an ihrer Seite zur Haustür. Megan bedachte Nina mit einem strafenden Blick. »Kinder, geht schon mal vor und wartet beim Auto, ja? Ich möchte kurz mit Lucys Mummy sprechen.« Ihr Lächeln hätte, wie Nina fand, ganze Flüsse zufrieren können.

»Was ist los? Ist mit Sophie alles in Ordnung?«

Megan neigte den Kopf reizvoll zur Seite und strahlte Henry an, bevor sie sich Nina zuwandte. »Hören Sie, ich möchte nicht zickig sein, aber wir bemühen uns, Sophie von den häßlichen Seiten des Lebens abzuschirmen. Natürlich ohne unrealistisch zu sein, Sie verstehen. Sie wird noch früh genug mit den Grausamkeiten der Welt der Erwachsenen konfrontiert.«

Nina kam sich vor wie jemand, der gerügt wurde, weil er in der Klasse geschwätzt hatte. Wenn sie Nackenfedern gehabt hätte, dann hätte sie sie jetzt aufgestellt. Megan war ein Bild der Selbstgerechtigkeit, wie sie so mit verschränkten Armen dastand.

»Es tut mir leid, wenn Lucy ein wenig übereifrig bei der Übermittlung der Neuigkeit war, aber meinen Sie nicht, Sophie sollte sich zumindest annähernd bewußt sein, daß das da draußen nicht alles Disneyland ist?« erwiderte Nina. »Sie ist immerhin knappe zehn Jahre alt, und es wäre durchaus denkbar, daß sie es sich in den Kopf setzt, allein in den Park zu traben, um sich dort in den Büschen ein Lager zu bauen.«

»Nein, das würde sie niemals tun. Ich habe ihr gesagt, daß sie das nicht darf.«

»Haben Sie ihr erzählt, daß da draußen Hexen und Trolle lauern?« warf Henry ein. »Das wäre bestimmt wirksam.«

»Henry, bitte. Das bringt uns jetzt auch nicht weiter«, sagte Nina. »Hören Sie, Megan. Tut mir leid, aber ein reales Mädchen wurde von einem realen Mann belästigt, und das ist ein reales Problem.«

Megan schniefte. »Was, um alles in der Welt, hat ein Mädchen am späten Samstagabend im Park zu suchen? Ganz ehrlich, sie ist selber schuld. Sie hat es regelrecht herausgefordert, wenn Sie mich fragen.«

Nina seufzte und gab auf.

»Wir fahren jetzt besser«, sagte sie mit einem Blick auf ihre Uhr. »Lucy hat heute früh Flötenstunde. Wir sehen uns später, aber heute nachmittag kann ich die beiden nicht abholen. Ich muß zu meiner Mutter.«

»Oh, na ja. Es tut mir leid.« Megan machte einen sehr nervösen Eindruck. »Ehrlich, es tut mir sehr leid, Sie haben wahrscheinlich recht. Vergessen Sie das, was ich gesagt habe.« Sie lächelte und tätschelte ihren Bauch. »Es sind vielleicht nur die Hormone oder so was. Ich hole die Mädchen ab.«

»Hormone – Schwachsinn!« brummte Henry, als sie zum Auto kamen. »Sie hat Angst, so sieht's aus.«

»Ich wüßte nicht, warum. Sie geht nie in den Park, soweit ich weiß. Sie haben nicht einmal einen Hund.«

Nina öffnete die Wagentür und warf ihre Handtasche auf den Beifahrersitz. Als sie einstieg, beugte sich Henry so nah zu ihr, daß sie seine Seife roch, eine süßliche Babyseife. »Hund oder nicht – glaub mir, sie hat höllische Angst. Übrigens – hat einer von uns erwähnt, daß es am späten Samstagabend passiert ist? Ich entsinne mich nicht. Ich schätze, sie hat schon vorher von der Geschichte gehört.« Er zuckte mit den Schultern. »Also dann, tschüs. Ich wünsche dir einen schönen Tag.«

»Erzähl mir von deinem Wochenende.«

Emily saß mit Chloe in der Umkleidekabine. Sie hatten sich hinter den Mänteln versteckt und die Füße auf das Schuhregal gelegt. Wie so oft schwänzten sie Religion, und die Erfahrung hatte sie gelehrt, daß Lehrer, die nach Bummlern suchten, an der Tür stehenblieben und einen Blick über den Boden schweifen ließen, und wenn sie keine Füße sahen, trollten sie sich wieder.

»Von meinem Wochenende?« Chloe schaute zur Decke und tat so, als müßte sie überlegen. »Mein Wochenende – ein Aufsatz von Chloe Ellis«, begann sie kichernd. »Es war so stinklangweilig, daß ich es ohne weiteres hätte überspringen können. Ich hab' geschlafen, ferngesehen und gelernt. Um dir zu beweisen, daß ich nichts Aufregenderes gemacht habe, könnte ich jetzt das Verb *être* im Konjunktiv konjugieren, aber ich kann das Verfahren genausogut abkürzen und gleich sagen: ›Na schön, Emily, tu dir keinen Zwang an und erzähl mir von deinem Wochenende.‹ Ich sehe doch, daß du beinahe platzt.«

»Ich hab' ihn«, verkündete Emily schlicht und sah forschend in Chloes Gesicht, um ihre Reaktion nicht zu verpassen.

»Du hast ihn? Wen? Nick? Ich dachte, den könntest du jederzeit haben, wenn du willst, oder nicht?«

»Ach, Quatsch. *Simon*, das ist der, von dem ich dir erzählt habe.« Wieso machte sogar die beste Freundin so was? fragte sie sich: Weshalb taten sie so, als hätten sie alles vergessen, was einen am meisten beschäftigte, alles Wichtige und Besondere, was man ihnen anvertaut hatte, nur um einem den entscheidenden Augenblick zu verderben?

»Ach, den. Wenn du sagst, du ›hast‹ ihn, meinst du dann, du hast ihn ins Bett bekommen?« Chloes glitzernde Augen verrieten höchstes Interesse. Sie war begierig auf Details, und Emily war entsprechend zufrieden. Sie zögerte. »Wie, wann und was etcetera«, drängte Chloe schließlich.

Emily war selbst verblüfft, was sie alles nicht preisgab. Nie hätte sie zugegeben, daß sie sich am Freitagabend in der Menschenmenge auf der Straße schrecklich gefürchtet und Angst gehabt hatte, Simon würde sie auslachen und schnurstracks zu ihrem Vater zurückbringen. Mit geschickten Abwandlungen von der Wahrheit glorifizierte sie den Abend, erzählte von einer heimlichen mitternächtlichen Verabredung, davon, daß er ihr ein Taxi geschickt hatte, das um die Ecke gewartet hatte, bis sie sicher sein konnte, daß Lucy tief und fest schlief, und wie sie sich wie eine Katze aus der Wohnung geschlichen hatte. Hin und wieder fanden sich wahre Passagen in ihrem Bericht. »Wir haben es nicht getan«, bekannte sie. »Noch nicht. Es wird nur noch aufregender, wenn wir ein wenig warten.«

Chloe sah sie verdutzt an. »*Warum* habt ihr es nicht getan? Du hast all diese Mühen auf dich genommen, nur um es dann nicht zu tun? Was hast du dann gemacht? Eine schöne Tasse Tee mit ihm getrunken, ein Plätzchen gegessen – und dann wieder ab nach Hause?«

Emily kicherte. »Ja, mehr oder weniger, wenn ich ehrlich bin.« Chloe zeigte Zweifel. »Es liegt nicht daran, daß ich jünger bin – das ist es nicht«, behauptete sie. Es hatte an dem Mann im Park gelegen – deswegen war nichts passiert. Als sie auf Simons Bett lag, seinen warmen Atem und seine zärtlichen Hände spürte, die über die empfindliche Haut an ihrem Bauch strichen, hatte sie sich von ihm weggedreht und sich zusammengerollt, um sich vor ihm zu schützen, falls er sich plötzlich in ein Tier verwandeln, ihr die Kleider vom Leib reißen und sie mit unaufhaltsamer Gewalt konfrontieren sollte, die nichts mehr mit Sex zu tun hatte.

Nachdem er etliche Versuche unternommen hatte, ihr zu schmeicheln und sie zu überreden, erzählte sie ihm alles. Sie drückte das Gesicht ins Kissen, während sie ihre Geschichte loswurde, und es war ihr egal, ob er sie hörte oder verstand. Später küßte er ihr die Tränen von den Wangen, so zart wie eine Kätzin, die ihre schlafenden Jungen putzt, und faßte nach dem Telefonhörer, um ein Taxi zu rufen.

»Aber nächstes Mal.« Sie grinste Chloe an. Sie kreuzte die Finger und klopfte insgeheim dreimal auf die Holzbank, auf der sie saß. Bitte, laß es ein nächstes Mal geben, betete sie. Er hatte es nicht ausdrücklich in Aussicht gestellt.

»Ja, man muß sie warten lassen – zappeln sollen sie«, pflichtete Chloe ihr bei.

»Ich glaube, er führt irgend etwas im Schilde. Er hat ein

Geheimnis«, sagte Monica zu Nina, als sie in dem schicken französischen Café am Teich saßen. Die Aupair-Mädchen saßen wieder auf den Bänken wie Ersatzspieler, die genau wußten, daß sie nicht eingewechselt wurden, rauchten viel und funkelten ihre kleinen Schützlinge düster an.

»Was, Graham? Was soll das für ein Geheimnis sein?«

Nina dachte wie schon so oft über Graham und Sex nach. Bestimmt spielte Sex eine gewisse Rolle in seinem Leben; schließlich war er nicht kastriert wie ein Hauskater. Welche privaten Affären er auch hatte, Nina konnte es ihm nicht übelnehmen, daß er Monica nichts davon verriet. Sie erinnerte sich mitleidvoll daran, wie Graham mit siebzehn nach vielem Grübeln und Überlegen all seinen Mut zusammengenommen und ein Mädchen namens Helen gefragt hatte, ob sie *The Italian Job* mit ihm anschauen wolle. Helen war sanft und blond und arbeitete samstags in dem Süßwarenladen an der Ecke. Sobald Monica erfuhr, was Graham vorhatte, war sie in das Geschäft marschiert, um eine Dose *Quality Street* zu kaufen und mit Helen über Grahams Lieblingsschokolade zu plaudern. »Deine Helen«, nannte sie das Mädchen, wenn sie zu Hause von ihr sprach – zum Beispiel sagte sie: »Warum lädst du deine Helen nicht am Sonntag zum Tee zu uns ein?« und »Ich hatte heute an der Bushaltestelle eine sehr nette Unterhaltung mit deiner Helen«. Monica konnte sich nicht zurückhalten, sie mußte sich einmischen. Sie selbst hätte behauptet, daß sie nur Interesse zeigte, auf Graham achtgab und sicherstellte, daß er nicht verletzt wurde. Schon bald saß Helen auf dem Sozius eines Motorrades und schlang die Arme um einen neuen aufregenderen Liebsten, dessen Mutter wahrscheinlich nicht einmal ihren Namen kannte. Monica, ganz Enttäuschung und »Ich hab's dir ja gleich gesagt«-Miene, redete ab diesem Zeitpunkt nur von »dieser Helen« und brachte sie immer wieder ins Gespräch, noch lange nachdem sich Grahams Stolz erholt hatte.

»Vielleicht trifft er sich mit jemandem«, mutmaßte Nina. »Geht er oft aus?«

»Eigentlich geht er nicht aus, das heißt, nicht so, als würde er ganz speziell irgendwohin gehen.« Monica teilte den Schokoladenkuchen mit der Gabel in mundgerechte Stücke. »Es sagt, er geht in den Park, um Eulen zu beobachten. Er nimmt diese Wollmütze mit, die ich ihm gestrickt habe, als er anfing, Flugzeuge zu beobachten, und oft Ohrenschmerzen hatte. Damit ist er getarnt, behauptet er. Dann bleibt er Stunden weg.«

»Ich verstehe. Aber er hat Eulen schon immer gemocht, stimmt's nicht? Und Flugzeuge natürlich – alles, was fliegt.« Nina lachte.

Monicas zerquetschte jetzt die Kuchenstücke, als könnte sie sich nicht mehr erinnern, wie man so was aß. Nina mußte an ein Kind denken, dem das Essen nicht schmeckte und das versuchte, die Portion zu verstecken, indem es sie kleiner aussehen ließ. Am liebsten hätte sie ihrer Mutter einen sanften Hinweis gegeben – »Wenn du den Kuchen nicht magst, laß ihn einfach stehen« – oder etwas in der Art. Aber sie hielt sich zurück; es hätte zu mütterlich geklungen, so als hätten sie beide heimlich, still und leise die Rollen getauscht. Nina hoffte, daß sie nicht dic cinzige war, die dazu noch keine Bereitschaft aufbrachte.

»Manchmal nimmt er eine zweite Jacke mit außer seiner alten Barbour-Jacke. Eine gute, als wollte er eigentlich ganz woanders hingehen. Und er lächelt viel«, fuhr Monica fort.

»Ach ja?« Ninas Interesse war geweckt. »Dann trifft er sich wahrscheinlich wirklich mit jemandem. Das wäre doch schön, oder nicht?« ermutigte sie ihre Mutter. »Meinst du nicht, es wäre großartig für ihn, wenn er jemanden hätte, mit dem er ausgehen und Spaß haben kann? Es wird allerhöchste Zeit.«

Monica verfiel in Schweigen und schob sich eine Gabel mit Kuchen nach der anderen in den Mund. Sie hielt erst inne, als sie alles verputzt hatte, gelegentlich hüstelte sie, wenn ein trockener Krümel in ihrer Kehle steckte, und zum guten Schluß lehnte sie sich schmollend und mit Schokoladeschmierern auf den Lippen zurück.

»Es geht ihm gut, so wie es ist. *Uns* geht es gut. Es besteht kein Anlaß, irgend etwas zu verändern«, sagte sie schließlich.

Nina beschloß, die Sache auf sich beruhen zu lassen. »Hör mal – laß uns noch woanders hingehen«, schlug sie vor. »Wie geht's deiner Hüfte? Kannst du bis zu Harrods zu Fuß gehen? Du hast mich immer dorthin mitgenommen, als ich noch klein war und ein bißchen Aufheiterung gut gebrauchen konnte.«

Monica runzelte unmutig die Stirn. »Mit der Hüfte ist alles bestens, und ich brauche keine Aufheiterung«, sagte sie. Sie ließ sich Zeit zum Nachdenken und Abwägen. In ihren Augen glomm ein Lächeln auf, und Nina wußte, daß ihr die Idee gefiel. »Also schön«, meinte Monica, »wenn du zu Harrods willst, gehen wir. Laß mich nur noch schnell auf die Toilette.«

Sie stand auf, machte sich auf den Weg zum hinteren Teil des Cafés und bedachte die anderen Gäste an den Tischen mit einem majestätischen Lächeln. Nina wühlte in ihrer Tasche und sah nach, ob sie genügend Bargeld für ein Taxi dabeihatte. Sie war der Ansicht, daß jemand, dessen Körper so viel durchgemacht hatte wie Monicas, nicht in der Schlange an der Bushaltestelle stehen sollte.

»Warum hast du mir nichts gesagt?« Monica tauchte unvermittelt vor ihr auf und fauchte sie wütend an. »Wieso hast du mir nicht gesagt, daß ich Schokolade im Gesicht habe? Ich muß wie eine Idiotin ausgesehen haben, als ich mit verschmiertem Gesicht an all diesen Leuten vorbeigegangen bin. Sie halten mich bestimmt für senil.«

Nina lachte. Monicas Zorn war ungeheuer beruhigend.

Joe liebte Kaufhäuser. Sie waren sich alle gemütlich ähnlich. In der Kosmetikabteilung im Erdgeschoß roch es nach den Düften, die alle Mädchen an Hotelrezeptionen und in Bürovorzimmern in der ganzen Welt verströmten. In jeder Möbeletage standen dieselben unmodernen Sofas, die kein Mensch unter sechzig kaufen würde. Die Abteilung für Herrenoberbekleidung führte eine erbärmlich kleine Auswahl an Designer-Anzügen, so als ob man notgedrungen Konzessionen an die sogenannten trendy Boutiquen machen mußte. Nur das Stereotype wirkte außerhalb des Londoner Zentrums echt. Hier, als Joe an der Knightsbridge aus der U-Bahn stieg, hatte er die Wahl zwischen Harrods und Harvey Nichols. Er blieb einen Moment unschlüssig auf dem Bahnsteig stehen, dann nahm er den Ausgang zur Brompton Road, um zu Harrods zu gehen.

Harrods hatte eine Zooabteilung.

Nina sah deutlich, daß Monica äußerst zufrieden mit sich war. Sie hatte ein elegantes italienisches Kostüm in Stahlblau gekauft, das sie wunderbar zu der jährlichen Dinnerparty im Bridgeclub anziehen konnte. Nina trug die

Tüte, aber Monica behielt sie im Auge, als traute sie ihrer Tochter zu, die Neuerwerbung irgendwo abzustellen, wenn sie sich selbst Sachen ansah, und ohne sie weiterzugehen.

»Ich überlege, ob ich diesen Hut…« begann Monica. »Wenn sich irgendwann einmal eine formelle Gelegenheit am Tag ergeben sollte, hätte ich ein passendes Outfit parat.«

»Eine Gelegenheit wie eine Hochzeit?« hakte Nina boshaft nach.

»Was für eine Hochzeit?« Monica sah sie erschrocken an. »Du meinst doch nicht Graham? Hat er etwas gesagt? Es wäre typisch für ihn, dir zuerst davon zu erzählen, und es wäre typisch für dich, daß du das Geheimnis nicht für dich behalten kannst.«

Sie befanden sich in der Teppichabteilung, wo Nina eine neue Brücke für die frisch gestrichene Küche zu finden hoffte. Monica ließ sich schwer auf einen Stapel Berberteppiche mit Fransen fallen.

»Er hat *überhaupt nichts* zu mir gesagt, Ehrenwort«, sagte Nina. »Was ist in dich gefahren? Graham war immer derjenige, der nichts falsch machen konnte. Und jetzt kann er dir nichts mehr recht machen. Was wäre so schrecklich daran, wenn er heiraten würde? Ich hätte gedacht, daß dir dieser Gedanke gefallen würde.« Sie hatte das nie gedacht, und das wußten sie beide. Nina versuchte nur wie schon so oft, Monica vor Augen zu führen, daß Graham kein kleiner, verletzlicher Junge mehr war, sondern ein erwachsener, lebenstüchtiger Mann. Es war hoffnungslos – sie hätte es schon vor Jahren aufgeben sollen, vielleicht schon damals, als sie ihre Mutter mit Lucy, die noch ein Baby gewesen war, besucht und sie am Küchentisch überrascht hatte, wie sie Grahams Bewerbungsformular für den Job in der Klinik ausgefüllt hatte.

Monica hockte in sich zusammengesunken da und machte den Eindruck, als hätte sie sich für den Rest des Tages auf den Teppichen eingerichtet. Ein smarter junger Verkäufer, der ahnte, daß er ihr nichts aufschwatzen konnte, trottete gemächlich zu ihr und sah sie an. »Wenn Madam den Damenruheraum aufsuchen möchte …« begann er.

Monica sprang plötzlich auf. »Nein, Madam möchte, verdammt noch mal, nicht«, bellte sie ihn an. Der verdutzte junge Mann wich einen Schritt zurück, stolperte über einen Teppichrand, geriet ins Taumeln und fiel auf einen Haufen assyrischer Einzelstücke aus Seide.

Nina und Monica brachen in Gelächter aus. »Schnell, hier entlang, bevor wir rausgeschmissen werden«, japste Nina, packte Monicas Arm und manövrierte sie durch eine Tür in die Zooabteilung. Vor ihr stand Joe und starrte in einen Glasbehälter, in dem zwei kleine Schildkröten saßen.

»Hallo! Was, um alles in der Welt, führt dich hierher?« fragte sie ihn. Sie war regelrecht erschüttert, weil er so einsam und allein wirkte – er betrachtete die beiden kleinen Tiere, als würde er sie beneiden, weil sie zu zweit waren.

»Oh, du bist's«, begrüßte ihn Monica mit weit weniger Enthusiasmus.

»Ja, ich bin's«, bestätigte er vergnügt. »Eigentlich bin ich hier, um nachzufragen, ob sie Hamster haben.«

»Hamster?« wiederholte Nina. Monica ging taktvoll ein paar Schritte weiter, um sich einen blauen Papagei genauer anzuschauen, der an seinen Klauen pickte. Nina zweifelte keinen Augenblick daran, daß sie noch jedes Wort mitbekam.

Joe lachte. »Hey, du hast dich immer über mich beschwert, wenn ich das gemacht habe – wenn ich ein Wort wiederholt habe, als hätte ich es noch nie gehört. Ja, Hamster. Ich überlege, ob ich mir einen für die Wohnung zulegen soll.« Er scharrte kurz mit den Füßen. Nina erinnerte sich, daß er das immer tat, wenn er ihr ausweichen wollte. Sie ging grinsend auf ihn zu und sagte halb flüsternd: »Vielleicht, weil ich so boshaft vergeschlagen habe, Catherine ein Kätzchen zu schenken, statt ein Baby mit ihr zu bekommen? Glaub mir, ein Hamster würde seinen Zweck nicht erfüllen.«

Joe lachte wieder. »Das hat nichts mit ihr zu tun. Genaugenommen wollte ich den Hamster für Lucy kaufen, damit sie auch bei mir einen hat. Sie mag Tiere, und ich vermisse unseren kleinen Zoo auch, ob du's glaubst oder nicht.« Er klopfte sich leicht auf den Bauch. »Ich spüre es, daß ich keinen Genghis mehr habe, der mich ins Freie zerrt und spazierengehen will.«

»Du kannst ihn jederzeit ausführen. Komm einfach vorbei«, sagte Nina.

Er spähte über ihre Schulter zu Monica, die jetzt einen Wurf Kaninchen mit Hängeohren inspizierte. Er nahm Ninas Arm und zog sie in die Ecke, in der in einem Glasbehälter zahme Ratten ihre fleischigen rosigen Schwänze pflegten. »Mir fehlen nicht nur die Tiere, weißt du. Gehst du nächste Woche einmal mit mir abends essen? Ich würde dich wirklich gern sehen. Wie wär's mit Freitag?«

»Noch eine Diskussion über Emilys freies Jahr?« scherzte Nina.

Joe grinste. »Nein. Diesmal möchte ich mit dir nicht über die Mädchen sprechen, sondern über uns.«

Nina runzelte die Stirn. »Aber, Joe, es gibt kein ›uns‹ oder ›wir‹ mehr.« Sie wünschte, sie hätte das nicht gesagt.

Es war eine unnötige Zurückweisung. Er sah sehr unglücklich aus. Vor einem oder zwei Jahren, als alles noch so furchtbar wehgetan hatte, hätte sie gedacht, daß ihm das recht geschah. Aber die Rachegefühle waren längst verflogen. »Ja, wir gehen bald zusammen essen«, gab sie lächelnd nach. »Aber nicht am Freitag.«

»Oh. Hast du was Spezielles vor?«

»Möglich – mit jemandem Speziellem«, erwiderte sie und bereute auch diese Worte sofort.

Kapitel fünfzehn

Mick rief mindestens zweimal täglich an. Manchmal hinterließ er Nachrichten auf Ninas Anrufbeantworter, ziemlich fröhliche, aber in allen lag die unterschwellige Botschaft: »Ich vermisse dich bereits. Ruf mich zurück, sobald du einen freien Moment in deinem ausgefüllten Leben erübrigen kannst.«

Nina fand, er klang so, als würde er im Grunde gar nicht erwarten, daß sie Zeit für ihn hatte. Obwohl sie sich dagegen wehrte, fühlte sie sich ihm irgendwie verpflichtet und ärgerte sich darüber. Sie wollte nicht dafür verantwortlich dafür sein, ob er glückliche Tage verlebte oder nicht. Sie war zwar damit einverstanden gewesen, ihn wiederzusehen, und hätte sich auf einen zwanglosen gemeinsamen Drink oder einen Kinobesuch gefreut, aber diese Anrufe hielten sie davon ab, sich bei ihm zu melden.

Sally war außer sich. »Du hättest ihm deine Nummer nicht geben dürfen. Das war Wahnsinn. Auch wenn du dachtest, daß du ihn vielleicht gern wiedersehen möchtest, hättest du die Sache selbst in die Hand nehmen sollen. Man weiß nie ... vielleicht taucht er eines Tages bei dir zu Hause auf. Vielleicht ist er ein Spanner oder ein irrer Hackebeilmörder.«

Nina lachte. »Das mußt du gerade sagen. Du hast dich

im letzten Jahr mit mehr Fremden verabredet, als die meisten Menschen in ihrem ganzen Leben in der Rushhour in der U-Bahn treffen. Und außerdem habe ich ihm nur meine Nummer gegeben, nicht die Adresse. Wir stehen nicht im Telefonbuch.«

Sally war nicht ganz überzeugt. »Okay, aber nimm doch mal an, er hätte einen gewitzten Kumpel bei der Telefongesellschaft. Er könnte deine Adresse schon jetzt in den Händen halten. Vielleicht lauert er dir, wenn du das nächste Mal spätabends heimkommst, unter deiner wild wuchernden Glyzinie auf. Er könnte einer der Typen sein, die eine alte Strumpfhose ihrer verblichenen Mutter in der Tasche haben, für den Fall, daß sie die Lust überkommt, ein bißchen zu würgen. Du solltest wirklich vorsichtiger sein, besonders wenn sich ein Verrückter im Park herumtreibt. Vielleicht ist er dieser Verrückte.« Sie grinste. »Was hast du eigentlich mit ihm nach diesem katastrophalen Abend mit den Edlen Rittern getrieben, daß er sich so sehr danach verzehrt, dich wiederzusehen?«

»Nichts! Absolut nichts! Wir waren in einer Bar und haben die Welt bei einem Drink in Ordnung gebracht, wie du es immer machst, dann bin ich in ein Taxi gestiegen und nach Hause gefahren. Und bevor du fragst – ich habe dem Fahrer meine Adresse erst genannt, als ich im Wagen saß und die Tür zu war.«

Nina und Sally saßen vor unausgepackten Kartons mit Grußkarten auf dem Boden in der Galerie. Die Karten, Aquarelle von Strandlandschaften, waren handgemalt und mit winzigen Muscheln und gestreiften Stoffstückchen beklebt. Beim Versand waren ziemlich viele dieser Dekorationsstückchen abgefallen und lagen jetzt ganz unten in den Schachteln.

»Was meinst du, was diese Fragmente darstellen sollen?« fragte Sally und hielt ein blauweiß gestreiftes Stoffquadrat in die Höhe.

»Liegestühle? Windbrecher?« rätselte Nina. »Kleine Handtücher, – solche, wie sie sich die Männer in den Cartoons immer in der Sonne um den Kopf wickeln?«

»Ich glaube, ich klebe ein paar von den Dingern auf gut Glück wieder irgendwo an. Das fällt niemandem auf.«

»Niemandem außer der Künstlerin. Sie kommt bestimmt her, um nachzusehen, wie viele wir verkauft haben. Das machen doch alle.«

»Stimmt. Als ob sie nicht loslassen könnten – wie eine Mutter, die hundert Meilen weit fährt, nur um ›rein zufällig‹ bei ihrem Kind im College vorbeizuschauen, und die dann vollkommen überrascht ist, weil sich das Kind nicht gerade überschlägt vor Freude, sie wiederzusehen.«

»Ich hoffe, ich gerate nie in diese Versuchung, wenn Emily einmal das Haus verläßt. Wahrscheinlich würde sie so tun, als würde sie mich nicht kennen.«

»Keine Angst, du kommst bestimmt nicht auf so eine Idee. Mütter von Jungs machen solche Sachen. Du weißt ja, wie wir sind – wir können einfach nicht glauben, daß unsere kleinen Soldaten in einem Waschsalon zurechtkommen oder ohne Mummys Hilfe eine Keksschachtel aufmachen können.« Sally lachte, aber dann wurde sie ganz ernst. »Verstehst du, Jungs scheinen viel liebevoller zu sein als Mädchen. Sie bestehen nicht darauf, daß sie uns nicht brauchen, und kämpfen nicht wie Mädchen vom Tag ihrer Geburt an um ihre Freiheit, es ist eine so lohnende Aufgabe, und man macht sich unentbehrlich, solange sie es zulassen.«

»Um so besser, daß ich nur Mädchen habe«, erwiderte Nina. »Ich glaube ehrlich nicht, daß ich Jungs anders behandeln würde, und dann würden sie mir ihr

Leben lang vorwerfen, daß ich alles falsch gemacht habe.«

Sally wirkte nachdenklich. »Es liegt eher an der Art, wie sie dich behandeln«, sagte sie. »Letzten Endes hast du selbst nicht viel zu entscheiden, du reagierst nur auf ihre Fingerzeige.«

»Meine Mutter denkt ...« begann Nina, hielt aber inne und überlegte, was Monica exakt gedacht hatte. Was bereitete ihr das größte Kopfzerbrechen – Grahams Mondscheinspaziergänge im Park oder die Möglichkeit, daß er sich mit jemandem traf?

»Was denkt sie?« drängte Sally sanft, dann legte sie die Karten weg und arrangierte ihe kräftigen Beine auf dem Teppich neu.

»Ich glaube, sie denkt, daß sich Graham heimlich mit jemandem trifft. Zumindest geht er abends aus und sagt, daß er Vögel im Park beobachten will, aber dabei macht er einen verschmitzten, heimlichtuerischen Eindruck.«

Sally kicherte. »Ich verkneife mir die Frage, was bei einem Mann in seinem Alter ›heimlich‹ heißen soll, weil ich ja weiß, wie sie zueinander stehen. Aber was bringt sie auf den Gedanken, und was plant sie, deswegen zu unternehmen? Setzt sie ihm einen Privatdetektiv auf die Fersen? Zieht sie ihm einen Ring durchs Ohr und bindet ihn ein paar Wochen fest, bis er wieder zur Vernunft gekommen ist?«

Nina stand auf und streckte ihre steifen Glieder. »Keine Ahnung«, sagte sie und ging ins Hinterzimmer, um Wasser aufzusetzen. Ihr war flau im Magen, was sie auf die halbreife Birne, die sie zum Frühstück gegessen hatte, zurückführte, und sie brauchte sofort eine Tasse Tee ohne Milch. »Ich finde, sie sollte sich einfach nur um ihre eigenen Angelegenheiten kümmern«, sagte sie, als sie auf der Schwelle stand und Sally ansah. »Und genau das werde ich ihr auch sagen.«

Sally lachte. »Nur zu, Graham steht bestimmt hinter dir.«

Lucy schien sich Sophie gegenüber eigenartig wohlwollend zu verhalten, obwohl diese ihr so hinterlistig den Barbados-Job vor der Nase weggeschnappt hatte. Am Abend vor Sophies und Megans Abreise wollte Lucy auf einen Sprung zu ihnen, um ein sorgfältig verpacktes Abschiedsgeschenk abzugeben.

»Du brauchst nicht mitzukommen, Mum, ich kann allein gehen«, beschwor sie Nina und hoffte, so jede drohende Begleitung abwehren zu können. Nina war damit beschäftigt, eine smaragdgrüne und himmelblaue Jalousie am vorderen Fenster in der Küche aufzuhängen. Sie stand unsicher auf einem Stuhl und wünschte, sie hätte daran gedacht, daß es schneller und einfacher gewesen wäre, wenn sie schon vor dem Aufhängen alle Schnüre richtig eingefädelt hätte. Sie war sich vage bewußt, beobachtet zu werden, denn Paul saß vor dem Fenster in seinem Arbeitszimmer an seinem Zeichentisch. Sie konnte erkennen, daß er sein Gesicht hin- und herdrehte, also schaute er vielleicht die Straße hinauf und hinunter, während er arbeitete, genau wie Emily es befürchtet hatte. Wahrscheinlich denkt er, ich beobachte ihn, überlegte sie, stieg vom Stuhl und suchte unter dem Sofa ihre Schuhe.

»Tut mir leid, Lucy, aber ich gehe mit – und ich werde dich überallhin begleiten, bis sie diesen Mann erwischt haben«, sagte Nina und schob ihre Tochter aus der Hintertür.

»Aber wir sind Meilen weg vom Park, und wenn du

hierbleibst und aus dem Fenster schaust, siehst du mich auf dem ganzen Weg bis hin!« protestierte Lucy.

»Wir sind nicht Meilen weg vom Park, sondern nur ein paar Meter. Und außerdem muß jeder, der dorthin will, die Straßen benutzen – dieser Mann könnte also überall sein. Deshalb begleite ich dich.« Lucys Miene verdüsterte sich, und Ninas Argwohn war geweckt. »Was genau willst du Sophie eigentlich schenken? Darf ich mal sehen?«

Sie faßte nach dem Päckchen, aber Lucy riß es ihr weg. »Nicht! Es ist zerbrechlich!« Lucy versteckte das Päckchen hinter ihrem Rücken. Nina konnte gerade noch die Aufschrift in bunten Buchstaben lesen: *Erst am Strand öffnen.* Lucy hatte sich offenbar große Mühe gegeben. Das Geschenkpapier hatte sie selbst bemalt: blaßblauer Hintergrund mit Palmen und Sandinseln. Nina wäre gerührt gewesen von dem Einfallsreichtum ihrer Tochter, wenn da nicht der boshaft schelmische Ausdruck in ihren Augen gewesen wäre. Sie standen nebeneinander in der Tür und funkelten sich an – Lucy hielt das Geschenk noch immer hinter ihrem Rücken.

»Okay«, lenkte Nina ein. Worum auch immer es ging, es war sicherlich eine Sache zwischen Sophie und Lucy, irgend etwas, worüber die beiden kicherten und was die Mütter nichts anging. »Bringen wir es rüber, dann kannst du es Sophie geben. Ich möchte ihr und Megan auch eine schöne Reise wünschen.«

Auf halbem Weg über die Straße blieb Lucy plötzlich stehen. »Mum?« fragte sie vorsichtig.

»Was ist, Liebes? Komm schnell, sonst werden wir überfahren.« Nina nahm ihre Hand, aber es war, als würde sie Genghis an der Leine weiterzerren, wenn er die Spur eines Kaninchens in der entgegengesetzten Richtung gewittert hatte. Nina kam sich lächerlich vor und fürchtete, daß Paul sie nach wie vor von seinem Fenster aus sehen konnte, deshalb gab sie nach und ließ sich zurück zum Bürgersteig führen. »Was ist los, Lucy?« Sie legte die Arme um ihre Tochter und zog sie zärtlich an sich. »Bist du immer noch ein bißchen sauer, weil du nicht fliegen darfst? Wenn ja, dann ist das wirklich nicht so schlimm. Man müßte eine Heilige sein, wenn man in einer solchen Situation nicht ein klein wenig neidisch wäre.« Besonders, setzte Nina in Gedanken hinzu, weil Lucy seit ihrem Tobsuchtsanfall kein einziges Mal mehr zu einem Casting oder Vorstellungstermin eingeladen worden war.

»Nein, Mum, das ist es nicht, ehrlich.« Lucy löste sich aus der Umarmung, und ihre großen, blauen Katzenaugen sahen nachdenklich zu Nina auf. »Ich bin mir nur nicht sicher. Meinst du, ich kann darauf vertrauen, daß Sophie das Geschenk nicht aufmacht, sobald ich ihr den Rücken kehre?«

Nina lachte. »Liebe Güte, Lucy, das kannst nur du wissen. Du bist ihre Freundin. Wenn du nicht willst, daß sie es aufmacht, warum gibst du es ihr dann überhaupt?«

Lucy zog eine Schnute. »Ich mach's einfach. Komm, Mum, laß uns gehen.« Nina sah den Schmollmund. Wenn Lucy schlecht gelaunt war, sah sie erschreckend sexy aus. Sie war wie Lolita eine kleine Männerfalle, aber das war ein häßliches Wort und implizierte, daß Männer, die sich von einem Kind sexuell angezogen fühlten, unschuldig und machtlos waren und sich nicht gegen die Verführung wehren konnten. Sie beschloß, Lucy erst wieder einen Job als Model annehmen zu lassen, wenn sie alt genug war, um selbst zu entscheiden, wie verführerisch sie auftreten wollte.

Megan machte einen aufgeregten, nervösen Eindruck, als sie die Tür öffnete. »Oh, Sie sind's«, sagte sie ziemlich schroff, als hätte sie jemand anderen erwartet und könnte ihre Enttäuschung nicht verhehlen.

»Sie haben sicher sehr viel zu tun. Wir sind auch nur gekommen, damit Lucy Sophie etwas geben kann«, erklärte Nina.

Paul polterte die Treppe herunter. »Laß Nina doch nicht vor der Haustür stehen«, tadelte er Megan. »Kommen Sie herein, Nina, und stoßen Sie mit uns auf eine gute Reise an!«

Megan blitzte Paul finster an, bedachte Nina jedoch mit einem Lächeln. »Ja«, sagte sie. »Tut mir leid, ich bin mit den Gedanken ganz beim Packen. Sophie scheint ihre Armeekluft mitnehmen zu wollen, und ich muß einen günstigen Moment abwarten, um ihren Tarnpullover und die Stiefel wieder aus dem Koffer zu nehmen, wenn sie nicht hinschaut.«

»Wenigstens konnten Sie sie überzeugen, daß sie ihre Wollmütze nicht braucht«, bemerkte Nina, als sie die Mütze an der Garderobe neben den Mänteln hängen sah.

»O ja, aber das war ein ganz schöner Kampf. Sie hat Pauls Schweizer Armeemesser darin eingewickelt und in ihrer Tasche versteckt. Können Sie sich vorstellen, was das am Flughafen für ein Spektakel gegeben hätte?«

Nina folgte Paul und Megan in die Küche, wo bereits eine offene Weinflasche und zwei Gläser auf dem Tisch bereitstanden. Paul holte ein drittes Glas aus dem Schrank.

»Nicht für mich, danke«, sagte Megan und nahm eine Flasche Mineralwasser aus dem Kühlschrank. »Er scheint gar keine Notiz hiervon zu nehmen«, sagte sie grinsend zu Nina und tätschelte ihre runden Bauch. »Er glaubt, das Leben verläuft genauso wie immer, und dann werden die Zwillinge geboren, fertig. Wie durch Zauberei. Sogar Sam fragt mich manchmal, ob ich mich ausruhen möchte, und schüttelt die Sofakissen für mich auf.«

»Das ist aber sehr lieb von ihm«, fand Nina. »Macht es ihm etwas aus, daß Sie nur mit Sophie verreisen?«

Paul reichte ihr ein Glas Chardonnay. »Oh, das stört ihn nicht weiter«, antwortete er für seine Frau. »Sam und ich hausen hier wie zwei Männer und machen es uns richtig gemütlich.«

Megan verzog das Gesicht. »Das kann ich mir vorstellen – ihr bleibt abends lange auf und futtert Pizza vor der Glotze«, sagte sie. »Henry war schon hier und hat Paul von dem großen Bildschirm im Pub erzählt, auf dem man sich Fußballspiele ansehen kann. Sie haben Sam versprochen, ihn mitzunehmen, damit er sich ein Nachmittagsspiel dort anschauen kann. In dieser verräucherten Bude, wo überall Bierpfützen sind!« Sie schauderte. »Könnten Sie vielleicht ein Auge auf die beiden haben? Nachsehen, ob sie nicht verhungern?«

Nina lachte, weil sie die Bitte für einen Scherz hielt, aber Megan sah sie ängstlich an. Sie konnte das nicht ernst meinen, oder? Glaubte sie wirklich, daß ein erwachsener Mann nicht allein mit seinem eigenen Kind in seinem eigenen Haus zurechtkam? Paul lächelte unergründlich in sein Glas wie ein Teenager, der Pläne für die Zeit schmiedete, in der seine Eltern weg waren. Nina fragte sich, welche Pläne das wohl sein mochten. Möglicherweise waren es ganz ähnliche wie die, die Joe immer gehabt hatte – wenn die Katze aus dem Haus ist …

»Ich bin überzeugt, daß alles reibungslos verläuft. Es sind ja nur zehn Tage«, sagte Nina. »Sie sollten den Urlaub genießen und keine Zeit damit verschwenden, sich darüber Gedanken zu machen, ob Paul sich beim Dosenöffnen in den Finger schneidet.«

»Was war das für ein Geschenk? Kannst du es mir jetzt verraten?« erkundigte sich Nina bei Lucy auf dem Heimweg.

Lucy grinste breit – das war kein gutes Zeichen. »Nur eine Sonnencreme«, sagte sie und riß die Augen in gespielter Unschuld verdächtig weit auf. Nina gestattete sich ein Gefühl der Erleichterung. Irgendwie hatte sich der schreckliche Gedanke in ihrem Hinterkopf festgesetzt, daß ihre durchtriebene kleine Tochter der ahnungslosen Freundin etwas Ekliges hübsch verpackt mit auf die Reise gegeben hatte – Kot von Genghis zum Beispiel, oder Schnecken aus dem Garten. Jedenfalls etwas, was ihre Ansicht über diese Reise deutlich machte.

»Was hast du denn geglaubt, was ich ihr schenke?« erkundigte sich Lucy mit erhobener Stimme. Sie blieb stehen und sah ihre Mutter an, als sie den Vorgarten erreicht hatten. »Bestimmt hast du an was Scheußliches gedacht. Hältst du mich wirklich für so furchtbar? Das ist unfair! Ich hasse dich!« Lucy stürmte in den Garten und lief zu dem kleinen Tor; es war abgeschlossen. Emily mußte das Haus verlassen haben, während sie weggewesen waren, und hatte wohl das Tor von der anderen Seite verriegelt.

»Tut mir leid, Lucy«, sagte Nina, als sie sie eingeholt hatte und sie zur Hintertür führte. »Du kannst mir nicht übelnehmen, daß ich mir nicht ganz sicher war. Immerhin warst du wahnsinnig wütend und aufgebracht.«

»O doch, ich kann. Du vertraust mir nicht. In einer Familie sollten alle Vertrauen zueinander haben. Dad hätte mir vertraut«, wütete Lucy. Sie rannte ins Wohnzimmer und schaltete den Fernseher ein. Als Nina hinunter in die

Küche ging, sah sie sie durch die offene Tür. Sie saß stocksteif auf dem Sofa und hatte streitlustig die Arme verschränkt. Ihr hübsches Gesicht war wutverzerrt. Sie schwang einen Fuß vor und zurück, und ihre Zehe berührte jedesmal herausfordernd Genghis' Ohr, der auf dem Teppich lag und döste. Mit einemmal wünschte Nina, Joe wäre hier und würde dieses Schauspiel miterleben – Lucys erstes, präpubertäres Aufbegehren. Er würde eine Menge »erste Male« versäumen, und das tat ihr leid für ihn, und möglicherweise auch für sie.

In *Man-Date*, Kapitel acht, stand, daß man nach einem Date den Mann niemals anrufen durfte. Man mußte warten, bis er sich meldete – die Voraussetzung dafür war natürlich, daß er unendlich dankbar war, daß man ihm Gesellschaft geleistet hatte, und anrief, um einem das zu sagen. Das Problem war nur, daß man für dieses Spielchen einen Mann brauchte, der entweder auch *Man-Date* gelesen hatte oder von Natur aus wunderbar und zuvorkommend war. Das Buch bot keine Ratschläge für anders geartete Typen – solche Kerle sollte man nach Ansicht der Verfasserin sofort in den Wind schießen.

Emily lag, umgeben von Schulbüchern, auf ihrem Bett und steckte die Finger fest in ihre Ohren, damit sie nicht hörte, ob das Telefon klingelte oder nicht. Wenn sie sich die Handlung von Othellos Tragödie einprägen wollte, würde sie Ohrstöpsel brauchen, um alle Ablenkungen – oder den bedauernswerten Mangel von Ablenkungen – auszuschalten.

Chloe fragte ständig, ob sich Simon bei ihr gemeldet hatte, und mittlerweile hatte auch Nick alles mitbekommen und machte bissige Bemerkungen über ihren »alten Knacker«. Nur Chloe konnte ihm von Simon erzählt haben. Die beiden steckten manchmal die Köpfe zusammen und standen kichernd in der Schulkantine an der Theke; sie tauschten ihre Geographie-Notizen aus und schmiedeten schauerliche Pläne für den Klassenausflug, bei denen eine Menge Wodka und nächtliche Besuche im Zimmer des anderen eine Rolle spielten. Wenn Nick mit Chloe sprach, lachte er viel und kam ihr sehr nahe, und sie lehnte sich immer ein bißchen an ihn. Sie standen so dicht beieinander, daß Chloe *seine Schuppen* von ihren Schultern wischen mußte – das hatte Emily mit eigenen Augen gesehen. Aber daran war sie selbst schuld – wenn man einen Menschen lange genug abwimmelte, dann kapierte er eines Tages, was Sache war, und hielt sich daran.

Jennifer hatte den Schwesternkittel gegen Straßenkleidung vertauscht. Graham wäre beinahe an ihr vorbeigelaufen, als er die Tür der Notaufnahme aufstieß, weil er sie im ersten Moment für die Verwandte eines Patienten hielt.

»Ich dachte, deine Mum hat genug von Krankenschwestern und ihrer Tracht, nachdem sie ein paar Tage hier gelegen hat«, erklärte Jennifer. Sie war offensichtlich nervös und fummelte ständig an ihrem blauen Leinenjackett herum oder prüfte, ob die Knöpfe ihrer blaßrosa Bluse auch wirklich alle zu waren.

Graham grinste sie an. »Du siehst wirklich hübsch aus. Sie wird dich mögen«, sagte er schlicht. Er war im Grunde auch ziemlich nervös, aber das wollte er ihr nicht zeigen. Jennifer bedeutete ihm viel, und er wollte sie auf keinen Fall verschrecken. Er hatte heute morgen, als er zur Arbeit ging, eine aufregende Entdeckung gemacht: Ihm war klargeworden, daß er, falls Monica ihm eine Szene machen und ihn zwingen würde, sich zwischen dem Leben in dem Haus, das er seit seiner Kindheit bewohnt hatte, und Jennifer zu entscheiden, mit Jennifer zusammenziehen würde. Bei diesem Gedanken krampfte sich ihm der Magen zusammen. Endlich konnte er mit normalen Leuten mithalten und eine Entscheidung treffen, die die meisten anderen mit Mitte Zwanzig oder früher trafen. Er hoffte nur, daß es nicht zu unerfreulichen Streitereien und Feindseligkeiten kommen würde. Jemand mußte sich um Monica kümmern, dessen war er sich bewußt, aber das konnte sicher irgendwie arrangiert werden.

»Ich habe den Kuchen dabei«, sagte Jennifer, als sie in den Fiesta stieg. »Mokka und Walnuß, wie du gesagt hast.«

»*Schokolade* und Walnuß, meinst du«, korrigierte er sie. »Den mag sie – erinnerst du dich, wann ich dir das erzählt habe?« Sein Mund verzog sich zu einem Lächeln, als er daran dachte, was an dem Abend geschehen war, als sie über den Kuchen gesprochen hatten. Wie ein aufgedrehter Schuljunge war er nach Hause gefahren, und dabei hatte er ständig die Schlagworte im Kopf gehabt, die ein Halbwüchsiger in einem solchen Augenblick in die Welt hinausschreien würde: *Ich hab's getan, gevögelt, gebumst, gefickt!* Ihn hatte das befriedigende Gefühl gefüllt, etwas Schmutziges getan und ein häßliches kleines Geheimnis zu haben. Er ließ dieses Gefühl immer wieder aufleben, wenn er allein war.

»Und Mokka mag sie nicht?« Jennifer sah ihn voller Entsetzen an. Sie hatte grauen Lidschatten aufgelegt, dadurch wirkten ihre Augen riesengroß und verletzlich wie die eines jungen Mädchens. »Ich könnte ihn einfach im Wagen lassen, oder?«

»Keine Sorge, ich glaube, sie wird auch Mokka mögen. Sie wird sich freuen, daß du dir soviel Mühe gemacht hast. So was gefällt ihr, und es spielt gar keine so große Rolle, wonach der Kuchen schmeckt.« Das entsprach zwar nicht ganz der Wahrheit, aber im Moment war es das allerwichtigste, Jennifer die Angst zu nehmen. Wenn sie noch länger auf ihrer Unterlippe herumkaute, würde der ganze sorgfältig aufgelegte Lippenstift bald an ihren Zähnen kleben, und Monica würde sie für schlampig halten.

Monica hatte eine junges, blondes Ding erwartet – so etwas wie Helen, mit der Graham vor vielen Jahren ausgegangen war. Graham hatte zwar erwähnt, daß Jennifer in den Vierzigern war, aber sie hatte sich trotzdem einen zu kurzen Rock, eine aufgedonnerte Frisur und einen kleinen, aber provozierenden Busen vorgestellt. Als sie vom Fenster aus beobachtete, wie Jennifer aus dem Auto stieg, war es wie ein Schock. Sie war wie vom Donner gerührt.

»Oh, hallo«, kreischte Monica erschrocken, als Grahem mit dieser gestandenen, keineswegs uneleganten, aber eindeutig erwachsenen, voll erblühten Frau, die vermutlich schon hätte Großmutter sein können, ins Wohnzimmer trat. Diese Frau brachte ihr zu Bewußtsein, daß Graham kein Junge mehr war, der schüchtern eine kleine Freundin mit nach Hause brachte, um sie seiner Mutter vorzustellen.

»Freut mich, Sie kennenzulernen, Mrs. Dyson. Ich arbeite in derselben Klinik wie Graham«, sagte Jennifer und streckte ihr die klinisch saubere Hand zum Gruß entgegen. »Wir haben uns angefreundet«, fügte sie hinzu. Ihr Lächeln erlosch, als befürchtete sie, zu weit gegangen zu sein oder zumindest etwas Dummes gesagt zu haben. Das gefiel Monica, es zeigte, daß diese Jennifer nervös war und ihr die gebührende Achtung entgegenbrachte. Monica richtete sich in ihrem prächtigen weinroten Kostüm zu ihrer vollen, majestätischen Größe auf und fühlte sich einmal mehr überlegen. Jetzt konnte sie lächeln und großzügig Nettigkeiten verteilen. Graham stand unsicher hinter dem Sofa und knetete die Lehne, als wüßte er nicht, was er mit seinen Händen anfangen sollte.

»Nehmen Sie doch Platz, und, bitte, nennen Sie mich Monica«, sagte seine Mutter mit einem königlichen Lächeln.

Graham seufzte und entspannte sich. Es würde alles glatt verlaufen.

Monica war sehr zufrieden mit Jennifer. Das war wenigstens eine Frau, die sich nach ihrer Gesundheit erkundigte und ihre Klagen über das Krankenhausessen verstehen konnte. Sie war tatkräftig und energisch, nicht phlegmatisch und abwartend. Als Monica aufstand, um in die Küche zu gehen und Tee zu kochen, sprang Jennifer augenblicklich auf und bestand darauf, daß sich Monica wieder hinsetzte – sie würde sich schon zurechtfinden und selbst alles in die Hand nehmen. Graham saß mit unerschütterlicher Miene da, behielt die beiden Frauen im Auge, als säße er am Rand einer Tanzfläche und beobachte die Paare in Aktion. Jennifer bedachte ihn mit einem belustigten Blick, der deutlich signalisierte: Was denkst du dir eigentlich, hier tatenlos herumzusitzen?

»Oh, lassen Sie ihn.« Monica lachte und tätschelte sein Knie. »Er hat seit sieben Uhr heute morgen gearbeitet.«

Schuldbewußtsein stahl sich in Grahams Augen. »Jennifer auch«, sagte er und hievte sich aus dem Sessel, um mit ihr in die Küche zu gehen.

»Na, das ist wirklich eine Überraschung. Schade, daß Nina das nicht miterlebt«, murmelte Monica vor sich hin.

Sie hörte ihre Stimmen in der Küche, verstand aber nicht, was sie sagten. Der Wasserkessel wurde gefüllt, Geschirr klapperte – beruhigend vertraute, heimelige Geräusche. Sie fühlte sich wohl und behaglich, beinahe schläfrig. Bei den vorherigen war das ganz anders gewesen. Bei Helen zum Beispiel, obwohl das schon so lange her war, daß es gar nicht mehr zählte, oder bei dem dürren Mäuschen namens Susie, die so enge Jeans angehabt hatte, daß sie ganz blaß wurde, als sie sich hinsetzte, oder bei der mit den strähnigen Haaren und den orangefarbenen Sandalen, die mit ihrem selbstgemachten Patchwork-Rock das halbe Sofa mit Beschlag belegt hatte. Sie hatte furchtbar dreckige Zehen gehabt, aber trotzdem Monicas geflüstertes Angebot, ihr das Bad zu zeigen, nicht angenommen.

»Hier sind wir wieder«, verkündete Jennifer. Sie brachte einen großen Kuchen herein und hielt ihn vor Monica, als hätte sie Geburtstag. Graham folgte ihr mit dem Tablett.

»Ihr beide arbeitet also zusammen. Wie interessant«, bemerkte Monica, als sie den Tee ausschenkte.

»Na ja, eigentlich arbeiten wir nicht richtig zusammen«, erklärte Jennifer. »Ich bin oben auf der Station, aber von Zeit zu Zeit laufen wir uns über den Weg, nicht wahr, Graham?«

Monicas wacher Verstand nahm das unausgesprochene »Liebling« am Ende von Jennifers Frage wahr. Sie sah nicht aus wie diese albernen Dinger, die Kosenamen benutzten, aber etwas in der Art lag in der Luft. Also hatte sie doch recht gehabt: Graham hatte wahrscheinlich seit Monaten keine Eule mehr gesehen.

»Beobachten Sie auch gern Vögel? Und Flugzeuge?« erkundigte sich Monica hinterlistig.

Jennifer ließ sich kein bißchen aus der Ruhe bringen – das war eine kleine Enttäuschung.

»Na ja, ich kann eine Concorde von einem Jumbo unterscheiden und einen Spatzen von einer Drossel. Graham hat mir versprochen, mir irgendwann im Sommer exotischere Spezies zu zeigen. In Norfolk – das hast du doch gesagt, oder, Graham? Wir dachten, wir könnten ein verlängertes Wochenende dort verbringen.« Jennifer wurde ein wenig rot, und Monica war entzückt, daß sie so viel preisgab.

»Eine blendende Idee. Graham hatte seit Ewigkeiten keinen Urlaub mehr. Und dort gibt es Luftwaffenstützpunkte, soweit ich weiß. Wenn ihr weg seid, könnte ich vielleicht für ein paar Tage bei Nina wohnen...« Ihre Stimme bebte leicht.

Graham sah sie an. »Ja, das könntest du«, sagte er. »Das hat sie dir ja schon angeboten, als du noch im Krankenhaus gelegen hast. Ich bin ja nicht für lange weg.«

Monica nippte gekränkt an ihrem Tee.

»Sie könnten aber auch mit uns kommen«, schlug Jennifer strahlend vor. Graham funkelte sie an. »Was hältst du davon?« fragte Jennifer ihn. »Das wäre doch ein großer Spaß für uns alle, meinst du nicht?«

Monica steckte sich ein großes Stück Kuchen in den Mund und holte gleichzeitig scharf Luft – das war ein großer Fehler. Sie würgte und hustete, ihr wurde heiß, als sie um Atem rang, und sie geriet in Panik. Alles verschwamm vor ihren Augen, sie sah nicht einmal, daß Jennifer aufsprang, dafür spürte sie, wie ihre großen, fachkundigen Hände sie umdrehten, hochhoben und fest auf ihren Brustkorb drückten. Kuchenkrümel flogen auf den Teppich, auf dem die graue Katze saß. Sie sprang herbei, um die Stückchen zu untersuchen, und in dem Augenblick, in dem sie sich über die Schweinerei ärgerte, realisierte Monica, daß der Tod sie diesmal noch ungeschoren davonkommen ließ.

»So, jetzt ist es besser«, stellte Jennifer fest, als sie Monica wieder sanft in den Sessel drückte und ihr ein paar Papiertaschentücher reichte. Monica legte den Kopf gegen die hohe bestickte Lehne und seufzte. »Mir ist Schokoladenkuchen lieber als Mokka, müssen Sie wissen, meine Liebe«, murmelte sie matt.

Nina hatte keine Lust, etwas fürs Abendessen zu kochen. Schon der Anblick des bleichen, toten Hühnchens verursachte ihr Übelkeit. Es sah aus wie modelliertes Schweinefett, fand sie. »Es ist ein freilaufendes Bio-Hühnchen und hatte wahrscheinlich das beste Leben, das Hennen haben können, aber wenn ich es nur anschaue, wird mir schlecht«, sagte sie zu Henry, als sie im Kühlschrank nach einer Alternative suchte, mit der sie weniger Probleme hätte. Henry nahm träge einen Schluck aus seiner Flasche Becks. Er ließ den Blick durch den Raum schweifen, inspizierte seine Malerarbeit und suchte nach eventuellen Schönheitsfehlern. »In der Ecke habe ich ein kleines Stück vergessen«, sagte er und deutete mit der Flasche in Richtung Fenster. »Ich könnte morgen vorbeischauen und das ausbessern.«

Nina schnitt eine Gurke und aß ein paar Scheiben. Sie schmeckten kühl und frisch – gerade noch erträglich. »Nein, mach dir deswegen kein Mühe. Denk einfach an die islamische Philosophie, daß nichts perfekt sein kann, was nicht von Gott geschaffen wurde.«

»Da bleiben nur die Pflanzen. Oh, und die Menschen, wenn man sie perfekt nennen kann, weil ja auch menschliche Wesen bei der Produktion beteiligt sind«, sagte er und sah Nina nachdenklich an. »Vielleicht ist das die Ursache dafür, daß du dich vor dem Hühnchen ekelst und dir schlecht ist«, vermutete er seelenruhig. »Vielleicht bist du schwanger.«

Nina legte das Messer weg, drehte sich zu ihm um und starrte ihn entgeistert an. »Himmel, Henry, das ist doch lächerlich! Du hast mich so erschreckt, daß ich einer Ohnmacht nahe bin!« Um ihm auch ein bißchen Angst einzujagen, schwankte sie theatralisch und klammerte sich am Rand der Spüle fest.

»Bist du in Ordnung? Tut mir leid, es war nur ein Scherz. Okay, ich lass' das mit dem Nachbessern der Farbe.« Henry stand schon neben ihr, legte besorgt den Arm um sie und hielt sie fest. Er wollte sie »beruhigen« und tat auch noch ein bißchen mehr. Sie wand sich aus seiner Umarmung und schubste ihn leicht von sich, um ihm klarzumachen, daß alles nur Spaß gewesen war.

»Ich brühe dir eine Tasse Tee auf, soll ich?« bot er an. »Du siehst aus, als könntest du eine gebrauchen.«

»Henry, es war wirklich nur gespielt. Aber dieses flaue Gefühl im Magen ist echt. Wahrscheinlich habe ich was Falsches gegessen. Ein Tee wäre wunderbar, danke. Schwach und ohne Milch. Milch ist auch so etwas, was mir nicht behagt.«

Emily schleuderte *Man-Date* durch ihr Schlafzimmer und entschied, daß Regeln dazu da waren, sie zu brechen. Sie würde Simon anrufen. Hätte sie nicht einen Aufsatz fertig zu schreiben, würde sie in eine Telefonzelle in der Nähe seiner Wohnung gehen, und wenn er dann so etwas sagte wie: »Ich wünschte, du wärst jetzt hier bei mir«, könnte sie ihm diesen Wunsch auf der Stelle erfüllen. Ob sie nun von zu Hause aus anrief oder nicht, sie wollte sich dabei so gut wie möglich fühlen, deshalb rollte sie sich vom Bett und ging ins Badezimmer. Sie würde duschen, Make-up auflegen und etwas anziehen, in dem sie sexy aussah. Er mußte das einfach auch durchs Telefon spüren. Wenn sie wollte, daß er sie sich als unwiderstehlich vorstellte, wäre es nicht zweckmäßig, in der verschwitzten Schulbluse und dem verhaßten flaschengrünen Faltenrock dazusitzen.

Die Gerüche, die ihr aus dem Bad entgegenschlugen, erinnerten sie an Ferien an einem heißen Strand. Es roch, als hätte sich jemand literweise mit Sonnenlotion eingeschmiert, um auch wirklich alle schädlichen Strahlen von der Haut fernzuhalten. Lucy mußte das Zeug aus dem Schrank gekramt haben, denn nur sie beide benutzten dieses Bad. Es herrschte ein so heilloses Durcheinander, daß sich sogar Emily daran störte.

Handtücher waren auf dem Boden verstreut, und der Schrank unter dem Waschbecken stand offen. Alle möglichen Sachen waren herausgenommen worden, als hätte Lucy in größter Hast nach etwas gesucht. Emily bückte sich und räumte eine aufgeplatzte Tüte mit Einweg-Rasierern, zwei Vorratdosen Deodorant, eine Tube Reisewaschmittel und vier Klopapierrollen weg. Sie konnte die Flasche Ambre Solaire nicht finden, obwohl das ganze Waschbecken mit der Lotion vollgespritzt war. Wahrscheinlich hatte Lucy sie irgendwohin mitgenommen.

»Was hat der kleine Schwachkopf damit vor?« murmelte sie, als sie saubermachte.

Irgend etwas Ekliges klebte an einem der hellblauen Handtücher, etwas Helles, das einen ziemlichen Gestank verbreitete. Das ist bestimmt keine Sonnencreme, dachte Emily, als sie daran schnüffelte. Es roch wie alte Milch, etwas, was in der hintersten Ecke des Kühlschranks vergessen und versehentlich übers Müsli geschüttet worden war. »Igitt!« ächzte sie und hielt sich das Handtuch vor die Nase, um noch einmal vorsichtig zu schnuppern. Sie sah sich um, aber jetzt lagen nur noch Lucys Schulschuhe und ein Sweatshirt herum. Im Abfalleimer lag eine weiße Dose mit aufgerissenem blauen Deckel. Crème fraîche? Mit Ablaufdatum von letzter Woche? Emily war ratlos. Was führte Lucy im Schilde?

Kapitel sechzehn

Ich will keine Kinder mehr. Ich will keine Kinder mit dir.«

Joe ging allein über die Battersea Bridge und übte laut diese beiden Sätze. Wie auch immer er sie betonte, sie klangen in jedem Fall grausam und endgültig. Er war nicht sicher, welcher Catherine schlimmer treffen würde und welcher mehr der Wahrheit entsprach. Im Grunde spielte es keine große Rolle, für welchen er sich entschied: Beide waren vernichtend für sie und bedeuteten das Ende ihrer Beziehung. Sobald die Worte ausgesprochen wären, würde es für sie beide keine Zukunft mehr geben. Joe versuchte, die Bedeutung der Worte erst durch einen freundlichen, dann durch einen rücksichtsvollen Tonfall abzuschwächen, und suchte nach Begründungen, die ihr (und ihm) die Sache leichter machen würden. Es wäre nicht fair, würde er ihr erklären, sie um die Chance zu bringen, eine eigene Familie zu gründen. Es wäre nicht fair, die Beziehung fortzusetzen, wenn er wußte, daß sie sich so sehr mit dem Thermometer, Temperaturkurven und Babywäschekatalogen beschäftigte, und selbst auf gar keinen Fall daran dachte, ein Kind mit ihr großzuziehen. All das würde er ihr sagen und ihr klarmachen, daß er genausosehr an sie dachte wie an sich selbst, nein, daß er mehr *ihr* Glück im Auge hatte als sein eigenes. Sie war ein hübsches Mädchen, talentiert, klug – sie hatte alles, was eine kleine Sünde wert war, ging es ihm durch den Kopf. Sie würde eine großartige Gespielin für einen reichen alten Bastard abgeben. Aber nicht für ihn. Spät und in einem reiferen Alter als die meisten anderen Männer war er endlich über die Gier nach jungen Mädchen hinausgewachsen. Er würde sich daran gewöhnen müssen, allein zu leben.

Voller Selbstmitleid malte er sich ein Leben in ewiger Einsamkeit aus und stellte sich vor, wie es in einigen Jahren sein würde: Er wurde zu einem der Männer, die eine Sammlung von pastellfarbenen Strickjacken im Schrank hatten, und auf jeder waren Flecken von den allein eingenommenen Mahlzeiten. Es konnte nichts Deprimierenderes geben. Vielleicht würde er sich aus lauter Einsamkeit mit einer ruhigen, angesehenen Witwe zusammentun; sie hätten einen Afghanen wie Genghis, mit dem er auf dem Brompton-Friedhof spazierengehen und sich an die wundervollen Tage erinnern würde, in denen seine Töchter noch klein und die Möglichkeiten des Lebens unerschöpflich gewesen waren – und in denen Nina noch nicht genug von ihm gehabt hatte.

Ich bin ein Spätzünder, dachte er – mir wird immer erst alles im nachhinein klar: es sollte Abendkurse geben, bei denen man lernt, späte Reue zu vermeiden. Aber wer würde solche Kurse schon besuchen? Wer würde zugeben, daß er vielleicht später nicht mehr mit der Situation fertigwerden könnte, in die er sich jetzt begab?

Paul machte Nina nervös. Er war mit Sam schon vor sechs Uhr abends zu einem »nachbarschaftlichen Besuch« gekommen. Sie hatte ihm nachfühlen können, daß er nach etlichen Stunden in der Gesellschaft eines kleinen Kindes ein Gespräch mit einem Erwachsenen brauchte, und ihm ein Glas Wein gegeben, das er ausgetrunken und sich noch einmal nachgefüllt hatte. Jetzt lief er rastlos in der Küche auf und ab. Jeder andere Besucher, sogar Henry, wäre längst nach Hause gegangen, es sei denn, sie hätte ihn ausdrücklich zum Abendessen eingeladen. Paul schien die Regeln nicht zu kennen, und sie wollte wenigstens das Ende von *Just a Minute* hören, während sie das Abendessen für die Mädchen zubereitete. Nina schaute immer wieder auf die Uhr und überlegte, zu welchem Zeitpunkt sie ihn mit Fug und Recht rausschmeißen durfte, damit sie sich für das Treffen mit Mick zurechtmachen konnte.

»Der Fluch der Selbständigen«, sagte er, ohne seine Wanderung zu unterbrechen, »ist, daß sie sich die Zeit selbst einteilen können. Wir sind alle Experten darin, die Arbeit aufzuschieben.«

Nina schnitt Knoblauch für die Kräuter und das Olivenöl, mit dem sie die Lammkoteletts marinieren wollte, und dachte im stillen, Paul könnte ein bißchen von seiner »selbst eingeteilten« Zeit dafür verwenden, seinen kleinen Sohn davon abzubringen, auf den Schnecken in ihrem Garten herumzutrampeln.

»Ist mit Sam alles in Ordnung da draußen?« erkundigte sie sich vielsagend. »Er scheint die gesamte wildlebende Population zu massakrieren.«

Paul lachte leise. »Na ja, so was ist eine typische Jungenbeschäftigung«, machte er ihr gönnerhaft klar.

Nina hackte heftig auf die Knoblauchzehe ein. »Genaugenommen ist es eine typisch *grausame* Beschäftigung. Wenn Sie es nicht tun, gehe ich hinaus und sage ihm, daß er damit aufhören soll.« Sie legte das Messer weg und marschierte zur Tür. »Sam, bitte, mach die

Schnecken nicht tot«, unternahm sie einen höflichen Versuch, bevor sie ihrem Ärger Luft machte.

»Warum?« Sam hielt inne und sah sie aufrichtig erstaunt an.

»Weil es kleine Lebewesen sind«, erklärte sie und fragte sich, wieso sein Vater nicht da war, um ihr den Rücken zu stärken. »Sie haben auch das Recht hierzusein, auf dieser Welt. Du tust ihnen weh, aber sie tun niemandem weh.«

»Sie fressen nur alle Ihre Beetpflanzen auf«, brummte Paul hinter ihr. »Ist es nicht egal, ob Sam sie tot tritt oder ob sie an Ihrem Schneckenkorn eingehen?«

Sam wurde von Lucy abgelenkt, die in der Öffnung des Baumhauses auftauchte. »Komm rauf und schau dir meinen Hamster an«, lud sie ihn freundlich ein.

Nina widmete sich wieder ihren Essensvorbereitungen. Paul hielt das Messer, das sie benutzt hatte, und ließ den Daumen über die Klinge gleiten. »Ganz schön scharf«, sagte er anerkennend und gab es ihr zurück. »Die meisten Leute haben nutzlose stumpfe Dinger in ihrer Küche.«

»Für die Schnecken ist es vielleicht egal«, machte Nina ihm klar, ohne sich vom Thema ablenken zu lassen. »Aber für Sam nicht. Sie wollen doch sicher nicht, daß er eines Tages die Schwänze von Katzen in Brand setzt und Schmetterlingen die Flügel ausreißt, oder?«

»Oh, er kennt den Unterschied. Das tun sie tief im Innersten alle«, erwiderte er beiläufig.

»Ich bin der Ansicht, daß es nötig ist, sie hin und wieder darauf hinzuweisen.« Nina stellte die Weinflasche in den Kühlschrank und hoffte, daß er den Wink verstand und nach Hause ging.

»Okay, ich muß gehen«, verkündete er unvermittelt,

und Nina hatte mit einemmal Gewissensbisse, unterdrückte sie aber, so gut sie konnte. »Ich habe Sam versprochen, mit ihm zum Pizza Express zu gehen und ausnahmsweise dort zu essen, statt die Pizza mit nach Hause zu nehmen. Danke für den Wein. Kommen Sie doch mal rüber – Sie sind jederzeit willkommen.«

Er ging durch die Hintertür, pflückte Sam von der Leiter zum Baumhaus und strebte dem kleinen Gartentor auf der Seite zu.

»Tut mir leid, das ist verschlossen und verriegelt«, rief Nina. »Es geht schneller, wenn Sie vorn herum gehen – ich müßte erst den Schlüssel holen und all die Riegel aufmachen. Das war Henrys Idee … wegen dem Mann im Park.«

»Okay, kein Problem. Aber Sie sollten sich nicht zu große Sorgen machen. Wer immer der Kerl auch ist, er scheint ein Frischluftfanatiker zu sein und schleicht sich wahrscheinlich nicht heimlich in menschliche Behausungen.« Er kam zurück in die Küche und lächelte verschlagen. »Apropos, wie geht's Ihrem Bruder? Lebt er immer noch bei Ihrer Mum?«

Nina musterte ihn eingehend, um abzuschätzen, worauf er hinauswollte und ob er darauf wirklich eine Antwort erwartete. Offenbar nicht. Es war nur eine gehässige Anspielung gewesen, denn er nahm Sam Huckepack und lachte und scherzte mit ihm. Nina ging zur Spüle, schnitt das Gemüse und sammelte dann, ohne in der Lage oder willens zu sein, den Grund dafür zu benennen, alle scharfen Messer ein und verstaute sie in der Schublade hinter den Küchentüchern.

»War das der Mann von gegenüber? Ich kenne ihn noch gar nicht.« Emily schlenderte in die Küche und pickte sich ein paar rohe Karottenstücke aus der Schüssel.

»Was wollte er? Hat er zufällig erwähnt, ob er einen Babysitter für Sam braucht, wenn er mal einen trinken geht?«

»Nein, das hat er nicht. Ich glaube, er wollte nur ein bißchen Gesellschaft haben«, erwiderte Nina, und Emily trollte sich wieder.

Nina erinnerte sich, wie sie sich gefühlt hatte, als Emily noch klein gewesen war, als sie von morgens bis abends mit Babypflege beschäftigt war, während Joe unermüdlich gearbeitet und jeden Job angenommen hatte, der sich ihm bot, weil er wußte, daß mindestens die Hälfte der Projekte zu nichts führten – wenn sie zurechtkommen wollten, mußte er auf allen Hochzeiten tanzen. Manchmal allerdings wurden gleich mehrere Projekte auf einmal verwirklicht, und Joe arbeitete rund um die Uhr in seinem stickigen kleinen Studio, probierte Melodien aus oder überspielte die endgültige Tonaufnahme auf Video. Das Haus war unheimlich still ohne ihn, auch noch nach so vielen Monaten. Nina wünschte, die Mädchen würden mehr Klavier spielen, nur um sie daran zu erinnern, wie es früher war.

Die Türglocke ertönte, als Nina das Kartoffelgratin in den Ofen schob, und ihr erster Gedanke war, daß kein Mensch, der noch alle Sinne beisammen hatte, zu dieser unmöglichen Zeit einen Besuch machen konnte.

»Mum! Gran ist da!« brüllte Emily auf der Treppe.

»*Grandmama*, bitte!« wies Monica ihre Enkelin scharf zurecht.

»Mutter! Hallo, was führt dich hierher?« fragte Nina, hätte sich aber gleich am liebsten auf die Zunge gebissen, denn es lag immerhin im Bereich des Möglichen, daß sie eine Einladung zum Essen vergessen hatte. Monica wäre in einem solchen Fall schrecklich verletzt. Nina überlegte fieberhaft. Die Kartoffeln und das Gemüse würden reichen, wenn Monica bleiben und mit den Mädchen essen wollte, und vermutlich waren auch genügend Koteletts da, wenn sich Lucy nicht plötzlich entschloß, einen Wachstumsschub zu machen.

»Und wie bist du hergekommen? Ist Graham bei dir?«

Monica zog ihre Kostümjacke aus und stellte ihre große, beige Handtasche (mit genügend Platz für Zahnbürste, Nachthemd und Unterwäsche zum Wechseln, kalkulierte Nina mit einem unbehaglichen Gefühl) auf den Tisch, dann ließ sie sich schwer auf einen Stuhl fallen.

»Ich habe den Bus genommen«, verkündete Monica würdevoll. »Ich hatte meine Monatskarte nicht dabei, und der Fahrer wollte nichts davon hören, daß ich eine Fahrkarte löse. Ist das nicht reizend? Wie du siehst, gibt es immer noch ein paar Gentlemen auf dieser Welt.«

»Ja, das war nett. Geht es dir gut?« Nina ging zum Schrank und nahm die Sherryflasche heraus. Sie hoffte nur, daß sich Monica noch daran erinnerte, warum sie gekommen war. In dem Kalender, der an der Wand hing, stand nichts von einer Einladung oder einem Besuch. Möglich, daß Monica ein wenig verwirrt war und selbst nicht recht wußte, weshalb sie hier war – Nina hatte gelesen, daß Unfälle wie der Sturz, den ihre Mutter hinter sich hatte, durchaus erschreckende Alterssymptome hervorrufen konnten. Henry hatte erzählt, daß seine Großmutter ganze Tage mit der Londoner U-Bahn umhergefahren war, weil sie sich nicht mehr entsinnen konnte, wo sie aussteigen mußte. Jeder Versuch, ihr klarzumachen, daß sie überhaupt nicht in einen Zug einsteigen mußte, war zwecklos gewesen.

»Ich hatte recht«, erklärte Monica abrupt. »Ich wußte es.«

»Womit hattest du recht?« fragte Nina, als sie ein Glas mit einer spärlichen Pfütze Sherry vor ihre Mutter stellte – wenn sie ohnehin schon verwirrt war, würde zuviel Alkohol bestimmt alles noch viel schlimmer machen.

»Mit Graham natürlich«, sagte Monica. »Was hast du denn gedacht? Er trifft sich mit einer Frau – nicht mit einem Mädchen, wohlgemerkt. Mit einer *Frau.*« Sie trank den Sherry aus. »Jennifer hat gar nichts von einem Mädchen. Du solltest sie sehen! Eine stämmige, gestandene Frau.«

»Himmel! Das ist wirklich eine Überraschung. Du hast sie kennengelernt? Wie ist sie? Es muß eine ziemlich ernste Sache zwischen den beiden sein.« Es mußte eine *sehr* ernste Sache sein, dachte Nina, wenn Graham den Mut aufgebracht hatte, sie Monica vorzustellen. Er mußte sich vollkommen sicher sein, daß Monicas Meinung über diese Frau keinen Einfluß auf seine Beziehung zu … zu Jennifer haben würde.

»Sie ist wunderbar«, erklärte Monica mit einem breiten Lächeln. »Das stahlblaue Kostüm von Harrods ist genau das richtige für die Hochzeit. Ich bin hier, damit die beiden ein bißchen Zeit für sich haben. Ich dachte, ich könnte bei euch essen, und du fährst mich später nach Hause.« Sie kicherte listig. »Ich will sie ein bißchen Familie spielen lassen. Mal sehen, wie ihnen das gefällt.«

Nina war nicht sicher, wie sie das deuten sollte. Wollte Monica, daß sie die Zweisamkeit genossen, oder sollten sie entdecken, wie langweilig so was sein konnte, ehe es zu spät war?

»Sie könnte die Antwort auf all meine Gebete sein«, fuhr Monica enthusiastisch fort. Sie beugte sich vor und hielt Nina ihr Glas hin. »Und sie ist *Krankenschwester*. Ist das nicht günstig?«

Nina war unschlüssig. »Ich weiß nicht. Ist es das?«

Monica stand auf, ging zur Sherryflasche und bediente sich großzügig, dabei verschüttete sie ein paar Tropfen. Sie tauchte den Finger in die Pfütze und leckte ihn ab.

»Aber natürlich! Das bedeutet, daß ich nicht in ein Pflegeheim für alte Leute muß, wenn ich alt und schwach bin. Und falls ich das Zeitliche segne, hat Graham jemanden, der für ihn sorgt! Die Götter haben sie uns geschickt, glaub mir. Sie könnte das große vordere Schlafzimmer haben, und Graham behält sein eigenes Zimmer für seine Hobbys. Offengestanden ist sie ein wenig älter als er, aber das ist nur gut so – sie will bestimmt keine Kinder mehr haben, denke ich. Sie könnten sich eine eigene Katze anschaffen, wenn sie wollen. Oh, ich sehe es schon richtig vor mir – es ist so aufregend!«

Nina war bedrückend pessimistisch. Ihr schoß augenblicklich eine lange Liste von »Aber was, wenn ...« durch den Kopf. Ein Einwand war: »Was, wenn Jennifer zu überlegen anfängt, was für sie bei der ganzen Sache herausspringt?« Eine solche Frage käme Monica nie in den Sinn. Jennifer bekam Graham, und nach Ansicht seiner liebenden Mutter war das der absolute Hauptpreis. Monica war schon seit jeher so gewesen, sie setzte immer voraus, daß das, was sie beschloß, auch geschehen würde, geschehen *mußte* – gleichgültig, wer sonst noch beteiligt war. Sobald sie eine Entscheidung gefällt hatte, konnte sie nicht den geringsten Grund sehen, warum sich jemand anderes die Mühe machten sollte, etwas anderes zu beschließen. Genauso war es in Ninas Kindheit auch mit den Ferien gewesen. Nina erinnerte sich, wie sie eines Tages von der Schule heimkam und ihre Mutter sie aufgeregt begrüßte und mit der Neuigkeit herausplatzte: »Es ist alles arrangiert! Wir fahren nach Schottland, ich habe ein

Cottage gemietet. Oh, all die Wanderungen in den Bergen! Hört sich das nicht wunderbar an?« Es spielte gar keine Rolle, daß ihr Mann unter akuter Höhenangst litt oder daß Graham gerade einen Schulausflug nach Schottland gemacht hatte und alle in den letzten drei Monaten nur über Strände und das Meer gesprochen hatten. Hätte ein Familienmitglied rebelliert, so hätte sie ihm mit ihrer grenzenlosen Enttäuschung nur ein furchtbar schlechtes Gewissen eingebleut, und das war die Sache nicht wert. Nina sah schwarz für Grahams und Jennifers Beziehung. Sie müßte stärker als Titan sein. Wenn es nach Monica ginge, wären sowohl ihr als auch Grahams und Jennifers Leben bis ans Ende ihrer Tage geregelt, und alle wären zufrieden.

Nina wendete die Koteletts in der Marinade und stellte sich die beiden vor, wie sie in diesem Augenblick in Monicas Küche saßen, Risotto aßen und über das kleine Haus sprachen, das sie für sich kaufen könnten, wie sie es einrichten würden und in welcher Gegend es sein sollte.

»Bleibst du zum Essen, Gran? 'tschuldigung, *Grandmama.*« Lucy stürmte aus dem Garten herein.

»Ja, Liebling. Und deine Mutter und ich werden uns danach gemütlich zusammensetzen und uns über deinen Onkel Graham und seine neue Freundin unterhalten.«

»Ah… genaugenommen gehe ich heute abend aus, Mutter. Tut mir leid. Du kannst gern bleiben und mit den Mädchen essen, aber ich muß um halb acht weg.« Sie drehte sich um und schaute in die Backröhre, um Monicas übertrieben enttäuschtes Gesicht nicht sehen zu müssen.

»Oh, das ist schade. Hast du etwas Hübsches vor? Mit jemand Nettem?« Monica schwieg nur den Bruchteil einer Sekunde, um nachzudenken (ihr wacher Verstand war also nach wie vor ungetrübt), und fügte dann hinzu: »Einem Mann?« Das letzte Wort sprach sie aus, als hätte es mindestens drei Silben, und zog dabei fragend die Augenbrauen hoch.

Nina grinste. »Mit einem Mann, ja, aber es ist nur ein Freund. Wir gehen zu einem Italiener und essen Pasta. Es ist wirklich nichts Aufregendes.« Sie kreuzte die Finger, um wiedergutzumachen, daß sie die Wahrheit ein wenig banalisiert hatte: Mick hatte einen Tisch im River Café reserviert.

»Wenn du es sagst, Liebes«, erwiderte Monica. »Aber wenn er einigermaßen passabel ist, dann darfst du nicht zu – wie sagt man? –, zurückhaltend sein. Sie brauchen Ermutigung. Und du willst doch nicht für den Rest deines Lebens allein sein, oder? Jetzt könnte ich noch ein Schlückchen Sherry vertragen, denke ich ...«

Graham hegte Argwohn gegen die Pläne seiner Mutter. Er wußte, daß sie etwas vorhatte, so aufgeregt und geheimnistuerisch wie sie war, und hatte Angst, sie würde Jennifer in irgendeiner Weise für sich in Beschlag nehmen. Die Situation verwirrte ihn, weil er, egal wie sehr er Jennifer auch beteuert hatte, daß seine Mutter sie mögen würde, im Grunde erwartet, ja sogar fest damit grechnet hatte, daß sie sie mißbilligen würde. Damit wäre er fertiggeworden: Monicas Widerstand hätte ihn und Jennifer nur noch fester zusammengeschweißt. Sie hätten sich heimlich treffen müssen, vielleicht zu schnellen leidenschaftliche Begegnungen in der Klinik – in der Wäschekammer – Zuflucht nehmen müssen. Aber Monicas Enthusiasmus (»Wann kommt sie wieder? Vielleicht möchte sie hier bei uns frühstücken nach ihrem Nachtdienst?«) machte ihn unsicher, weil er nicht wußte, was sie im Sinn hatte. Es war unmöglich geworden, so weiterzumachen wie bisher: Der Reiz der Heimlichkeit war verloren, und es hatte auch keinen Sinn mehr, sich unter dem Vorwand, abends Eulen oder einen ganzen Tag Flugzeuge zu beobachten, aus dem Haus zu stehlen. Wenn er jetzt sagte, daß er nach Fairford wollte, um einem Dutzend US B-1 bei einem Nato-Manöver zuzusehen, würde ihm Monica kein Wort glauben. »Ach, mach mir doch nichts vor, ich weiß genau, was du in Wirklichkeit treibst«, würde sie sagen und ihm wissende Blicke zuwerfen. Er haßte das. Jennifer liebte es. Jennifer mochte seine Mutter mittlerweile richtig gern und dachte sogar schon daran, Bridge spielen zu lernen. Sie hatte Monica angerufen, um sich Ratschläge für ihre Blumenkästen vor den Fenstern geben zu lassen. Graham vermutete, daß Monicas Erstickungsanfall und Jennifers lebensrettende Maßnahmen ein Band zwischen den beiden Frauen geknüpft hatte.

»Das ist eine hübsche Küche. Es ist wunderbar, zur Abwechslung mal beim Kochen soviel Platz zu haben. In meiner Wohnung braucht man nur einen einzigen Schritt zu machen, um an alles heranzureichen«, sagte Jennifer, während sie den Lammeintopf aus dem Ofen nahm und umrührte. »Ich habe immer von einer Spülmaschine geträumt.« Sie zog wahllos ein paar Schubladen auf. »Wo sind Messer und Gabeln?« murmelte sie. Graham holte Teller aus dem Schrank und stellte sie auf den Tisch.

»Oh, eßt ihr nicht in diesem hübschen Speisezimmer?« fragte Jennifer überrascht »Es wäre eine Schande, hier in der Küche zu sitzen, so schön sie auch ist, wenn gleich nebenan ein so gemütliches Zimmer ist.«

»Ich kann mich gar nicht mehr erinnern, wann wir es das letzte Mal benutzt haben«, gestand Graham. »Wir essen immer hier.« Er rückte die Teller an ihren Platz und nahm Jennifer das Besteck aus der Hand. Familie zu spielen war eine Sache, sich zum kompletten Pantoffelhelden machen zu lassen eine ganz andere. Er mochte die Küche. Sie war behaglich, zwanglos und heimelig. Nicht alles in seinem Leben mußte sich verändern, zumindest nicht auf einen Schlag.

»Um ehrlich zu sein, hat es mich überrascht, daß Sie zugestimmt haben, mit mir auszugehen.« Mick spielte mit dem Armband seiner Uhr und machte einen ganz besonders nervösen Eindruck. Sie saßen an einem Tisch am Fenster, tranken Kaffee und schauten auf die schwarze Themse, die an dem Restaurant vorbeifloß.

»Wieso hätte ich nicht zustimmen sollen? Dachten Sie, ich würde ein so ungeheuer aufregendes Leben führen, daß mich der Gedanke, im landesweit besten italienischen Restaurant zu Abend zu essen, langweilen würde?« neckte Nina ihn.

»Es ist weltweit das beste, habe ich gehört«, verbesserte er sie.

»Wie auch immer – es hat köstlich geschmeckt. Ich weiß nicht mehr, wann ich das letzte Mal so viel gegessen habe.«

Mick musterte sie von oben bis unten. »Nun, Sie haben ja bestimmt keine Gewichtsprobleme. Manche Frauen zum Essen auszuführen ist ein Vergnügen. Und Sie gehören eindeutig zu ihnen.«

»Danke. Ich freue mich, daß ich Ihren Erwartungen gerecht geworden bin. Sie laden viele Frauen zum Essen ein, nicht?« erkundigte sie sich belustigt.

»Eine oder zwei.« Er zuckte mit den Schultern. »Manchmal ist das Leben ganz schön einsam. Ich möchte neue Leute kennenlernen und hören, was sie erlebt haben. Ich nehme gern Menschen mit nach Hause und zeige ihnen meine …«

»O Gott, doch nicht die Briefmarkensammlung!«

Mick lachte. »Nein, zum Teufel – meine Leidenschaft gilt Büchern. Erstausgaben. Ich besitze einige beachtliche Raritäten – Coleridge, Keats, so was in der Art. Und, jetzt lachen Sie nicht …«

Für einen Moment wirkte er schüchtern und aufreizend verletzlich, fand Nina. »Nur zu, beichten Sie mir alles«, ermutigte sie ihn.

»Enid Blyton. Ich sammle seit Jahren Erstausgaben der Fünf-Freunde-Bücher. Sie sind selten in einem guten Zustand, weil die Kinder, die ein solches Buch haben, es immer und immer wieder lesen und nicht gerade sorgfältig damit umgehen. Ich selbst war als Kind in dieser Beziehung schrecklich. Ich habe zum Beispiel alle Os mit Rotstift ausgemalt. Es ist ganz großartig, wenn einem ein sorgfältig behütetes Exemplar in die Hände fällt.«

Nina sah ihn schweigend an.

»Was ist los?« wollte er wissen. »Ist das in Ihren Augen ein albernes, kindisches Hobby?«

»Nein! Nein, ganz und gar nicht. Es ist nur … na ja, so wie Sie aussehen und auftreten, hätte ich gedacht, daß Sie eher etwas für moderne Gebrauchsgegenstände übrig haben. Daß sie mit einer Original-Vespa Rallies in Brighton fahren oder ähnliches. Solche Dinge würden Joe – oh, Entschuldigung –, meinem *Ex-den-wir-nicht-erwähnen-wollen*, gefallen.«

»Ich schlage vor, Sie kommen mit und sehen sich alles an. Es ist doch noch nicht zu spät für Sie, oder? Sie müssen noch nicht nach Hause?« Mick sah auf seine Uhr und verlangte die Rechnung – er hatte schon vorher darauf bestanden, alles zu bezahlen. »Meine Wohnung ist nur ein paar Straßen entfernt, ich besorge uns ein Taxi.« Er stand auf und ging zum Türsteher. Sallys warnende Stimme meldete sich in Ninas Hinterkopf. Aber sie wollte mit ihm gehen, wollte sich in der Wohnung eines Menschen umsehen, der nicht ihr Nachbar oder langjähriger Freund war. Und Mick war attraktiv, mit seinem dichten, weichen, braunen Haar und den intelligenten Augen. Sallys Stimme war wieder da, aber jetzt hatte sie eine andere Botschaft: *Los, du bist ein Single, nutze die Gelegenheit.*

Nina hatte die vage Vorstellung, daß Mick in einem Appartementblock wohnte: in einer großen Neubauanlage mit Fitneßstudio und Pool im Kellergeschoß. Sie malte sich aus, daß hauptsächlich Singles, die sich nur vom Sehen kannten, dort wohnten. Entweder das, oder er hauste in einer heruntergekommenen Baracke auf vernachlässigtem Bauland. Sie wäre fast umgefallen, als das Taxi in einer dreispurigen Fulham-Straße mit typischen edwardianischen Einfamilienhäusern stehenblieb – alle hatten ausgebaute Dachgeschosse, schicke helle Vorhänge und lavendelgesäumte Vorgärten mit einem zusätzlichen Abstellplatz für den Zweitwagen.

»Ich rufe lieber schnell zu Hause an, um mich zu vergewissern, ob meine alte Mutter gut daheim angekommen ist«, sagte Nina, als sie Micks Haus betraten. Ein Kinderfahrrad stand im Flur, und zwei siamesische Katzen sprangen die Treppe herunter, um Mick zu begrüßen.

»Gut, das Telefon steht in der Küche. Kommen Sie gleich mit, ich hole uns inzwischen einen Brandy.«

»Oh, für mich nicht, danke«, sagte Nina – sie wollte unter allen Umständen einen klaren Kopf behalten. »Ich habe schon genug Wein getrunken.«

Während sie die Nummer wählte, sah sie sich um. Die

Küche war junggesellensauber, verriet jedoch Familienleben. Es waren nicht so sehr die vielen Kochutensilien, die an jedem verfügbaren Fleckchen an den Wänden hingen, die darauf hinwiesen, sondern die alltäglichen Kleinigkeiten. An einer Wand hing ein Schulstundenplan, eine Pinnwand war voll mit Urlaubsfotos aus den vergangenen Jahren – Nina sah die beiden strahlenden, blonden Kinder in verschiedenen Altern. Ein Paar kleine Turnschuhe standen neben der Tür zum Garten, und in einem Gestell war eine ganze Ansammlung von Gummistiefeln mit aufgemalten Froschgesichtern verstaut. Ein schlammverschmierter Fußball lag unter dem großen Fichtenholztisch und darauf ein vergessenes Heft, in das die Kinder eintrugen, was für Aufgaben sie zu Hause machen mußten.

»Der kleine Racker hat bestimmt keine Ahnung, was er übers Wochenende für die Schule tun muß. Typisch.« Mick blätterte das Heft durch und lächelte, als er die Einträge las. »Mathe, Seite 48, Nummer 1 bis 6, Nummer 5 nicht auslassen. Ich wette, er verschwendet keinen Gedanken daran.« Er lachte. »Sind Ihre auch so? Haben sie auch ein Gedächtnis wie ein Sieb?«

»Manchmal. Lucy ist ganz zuverlässig – ziemlich organisiert, würde ich sagen.« Sie hatte noch immer nicht ganz verdaut, was sich ihr hier offenbarte: Mick hatte augenscheinlich das Sorgerecht für die Kinder. Vermutlich war dies das Wochenende, an dem seine Ex-Frau dran war, sie zu sich zu nehmen.

»Ich habe Ihnen trotzdem einen Brandy eingeschenkt – lassen Sie ihn stehen, wenn Sie ihn nicht mögen.« Mick reichte, als sie den Hörer auflegte, ein Glas. Sie hoffte, daß Emily Micks Nummer, als sie sie ihr durchgegeben hatte, tatsächlich aufgeschrieben und nicht nur so getan hatte, als würde ein funktionierender Stift griffbereit neben dem Telefon liegen. Micks Hand streifte ihre, als er ihr den Brandy gab. »Kommen Sie mit, damit wir es uns ein wenig bequemer machen können«, schlug er vor und ging voran in das karamell- und bananenfarben eingerichtete Wohnzimmer. In Bücherschränken mit Glastüren standen die Bücher. »Setzen Sie sich aufs Sofa neben die Lampe, dann zeige ich Ihnen *Fünf Freunde und das Schmugglernest*«, sagte er mit einem Grinsen. Und dann nahm er neben ihr Platz, sehr nah, nah genug, daß sie seinen sauberen Geruch wahrnahm. Er legte den Arm um ihre Schultern und zog sie fester an sich, damit sie gemeinsam das Buch ansehen konnten. Gerade als sie überlegte, ob es ihr gelingen würde, sich auf einen experimentellen Kuß einzulassen (nur um zu sehen, wie sich jemand, der nicht Joe war, anfühlte), fiel ihr Blick auf die gerahmten Fotos auf dem Schreibtisch neben dem Fenster.

»Oh, Sie haben all Ihre Hochzeitsfotos aufgestellt«, entfuhr es ihr.

»Was? O ja, die stehen immer da, glaube ich.«

»Wollte Ihre Frau sie nicht haben? Oder haben Sie noch mehr davon? Entschuldigung, vielleicht sollte ich das nicht fragen – es gehört bestimmt in die verbotenen Gespräche-über-die-Ex-Kategorie.«

Mick lachte. »Nein – ehrlich gesagt kann man in meinem Fall nicht von einer ›Ex‹ sprechen. Carol ist mit den Kindern in Hampshire im Cottage. Sie nimmt sie oft übers Wochenende mit, weil es ihnen so guttut, sich einmal außerhalb von London auszutoben. Sie können da reiten und im Wald herumtollen.« Nina sah ihn verdutzt an. »Keine Angst«, murmelte er und strich mit dem Daumen fest über ihre Schulter, »wir sind hier sicher. Sie kommt erst Sonntagabend zurück.«

Ninas Gehirn versuche zu verarbeiteten, was er ihr zu verstehen gegeben hatte. »Dann sind Sie also gar nicht geschieden? Oder leben getrennt von Ihrer Frau?«

»Guter Gott, nein! Keins von beidem. Wozu auch? Wir haben das, was man ein Agreement nennen könnte. Sie stellt mir keine Fragen, und ich erzähle ihr keine Lügen. Eine sehr moderne Lebensform.«

»Wohl eher nicht«, stellte Nina fest. »War so was nicht in den Sechzigern üblich?« Sie erhob sich und stellte ihren Brandy auf den Glastisch. »Und was hatten Sie dann bei dem Singletreff der Edlen Ritter zu suchen?« erkundigte sie sich. »Ist das nicht gegen die Regeln?«

Mick lehnte sich behaglich zurück, verschränkte die Arme hinter dem Kopf und streckte die Beine von sich. »Was für Regeln? Es ist eine großartige Gelegenheit, Leute kennenzulernen. Ob Sie's glauben oder nicht, ich habe einige meiner besten Aufträge von Frauen bekommen, mit denen ich bei solchen Gelegenheiten bekannt geworden bin.« Er kicherte. »Es ist sozusagen eine ganz spezielle Art von Netzwerk.« Er streckte einen Arm aus, ergriff ihre Hand und zog sie näher an sich heran. »Und man trifft die nettesten Menschen. Komm, setz dich zu mir, machen wir's uns ganz gemütlich. Du kannst doch jetzt nicht so kühl sein – nicht, nachdem ich dir dieses wundervolle Dinner spendiert habe.«

»Moment«, erwiderte Nina, ging in die Küche, um ihre Handtasche zu holen, und nahm ihre Geldbörse heraus. »Hier – fünfundsechzig Pfund. Das dürfte in etwa meine Zeche abdecken. Jetzt können Sie sich wenigstens nicht darüber beklagen, daß Sie für nichts und wieder nichts Geld ausgegeben haben.«

Sie schleuderte ihm das Bündel Geldscheine entgegen und nahm zufrieden seinen verblüfften Gesichtsausdruck zur Kenntnis. Sie stürmte aus dem Haus und war schon halb auf der Straße, ehe sie ihre Gedanken ordnen konnte. Verdammte Männer, fluchte sie im stillen, als sie im Taxi saß, dann mußte sie lachen. Joe würde begeistert sein – sie konnte es kaum erwarten, ihm diese Geschichte zu erzählen.

Monica war mit einem Minicar nach Hause gefahren und klingelte an der Tür, statt mit ihrem Schlüssel aufzuschließen. Ihre taktvolle Vorgehensweise machte Graham verlegen, und er hätte Jennifer gern so schnell wie möglich nach Hause gebracht. Aber die beiden Frauen führten ein ausgiebiges Gespräch über Pflanzen, die für Blumenampeln geeignet waren und darüber, ob eine farbenfrohe, bunte Mischung einer dezent farblich abgestimmten vorzuziehen sei. Schließlich zog Graham demonstrativ sein Jackett an und überlegte, ob er sich erst ins Auto setzen mußte, bis Jennifer den Wink mit dem Zaunpfahl verstand. Sie reagierte jedoch sofort und machte sich für den Aufbruch bereit.

»Es war ein so schöner Abend. Wir müssen ihn noch nicht jetzt gleich beenden, weißt du«, sagte Jennifer zu ihm, als er den Wagen vor ihrem Appartementhaus abbremste. Sie sah ihn genauso unsicher und verführerisch an wie an dem Abend, als er zum erstenmal mit in ihre Wohnung gegangen war. Ihr Vorschlag war verlockend, aber seine Mutter hockte daheim, zählte die Minuten, die er außer Haus verbrachte, rechnete nach, wie lange er für den Weg hin und zurück brauchte, und malte sich aus, was er sonst noch trieb. Es war ihm nicht wohl bei dem Gedanken, aber andererseits wollte er auch mit Jennifer zusammensein. Seine Mutter hatte sie so für sich vereinnahmt, daß er wieder seine Ansprüche auf sie geltend machen und sie dazu bringen wollte, sich nur um ihn zu kümmern, um ihn und seine Bedürfnisse, die nichts mit seiner Mutter zu tun hatten. »Ich werde ihr erzählen, daß ich Eulen beobachtet habe«, sagte er grinsend.

Später, als er wieder zu Hause war und das Auto in der Einfahrt abstellte, sah er, daß in Monicas Zimmer noch Licht brannte. Er hatte noch keine Lust, hineinzugehen und wieder das Söhnchen zu sein. Er fühlte sich kraftvoll, war berauscht von der sexuellen Befriedigung, und ihm war noch überhaupt nicht nach Schlafen. Er tastete in seiner Jackentasche nach der uralten Strickmütze und machte sich auf den Weg in den Park. In der Ferne, dort, wo das Dickicht war und die alten Buchen standen, hörte er eine Schleiereule kreischen – ein schauerlicher Schrei, der in seinen Ohren klang wie der eines Kindes, das ermordet wurde. Er ging in die Richtung, aus der der Ruf gekommen war, und vernahm ein neuerliches Kreischen über sich, als sich die Eule auf einem Ast über ihm niederließ. Alles, was flog, war beruhigend; es gab einem das Gefühl, daß sich Gott bei den geflügelten Kreaturen mehr Mühe gegeben hatte als bei den Menschen. Er hatte ihnen ein Privileg und eine Anmut geschenkt, die erdgebundenen Wesen fehlte. Grahams Privileg war es, so leise und verstohlen durch das Dickicht schleichen zu können, daß er nahe genug an die Vögel herankam, um sie beobachten zu können.

Sie würden nie bemerken, daß er da war.

Kapitel siebzehn

Im Park, abseits der Straße, wo die Dunkelheit nahezu undurchdringlich war, befanden sich Menschen. Graham spürte ihre Anwesenheit, noch ehe er etwas hören konnte. Die Büsche raschelten und wurden von mehr als etwas anderem als einer Brise bewegt, und heute würden keine umherstreunenden Füchse seinen Weg kreuzen. Er war bei seinen nächtlichen Ausflügen auch schon beinahe über Liebespärchen gestolpert, die riskierten, von spitzen Ästen verletzt zu werden und mit einem Ausschlag von den Brennesseln nach Hause gehen zu müssen. Einmal hatte er zwei Männer in ledernen Hosen und Unterhemden an einem Baum gesehen und war voller Entsetzen weggelaufen, bevor die beiden auf die Idee kamen, daß er ihnen mit voller Absicht zusah.

Die Hand, die sich plötzlich auf seinen Arm legte, erschreckte ihn mehr, als daß sie ihm Angst einjagte.

Graham hatte vor sich hingeträumt, den Vogelstimmen gelauscht und an die Zukunft gedacht. Ihn beschäftigte die Frage, ob er und Jennifer wohl eines Tages mehr füreinander sein konnten als zwei Menschen, die nicht weit voneinander entfernt wohnten und gern zusammen waren. Eine Bridge-Freundin seiner Mutter hatte solche Männerbekanntschaften: Freunde, mit denen sie ins Theater oder zu der jährlichen Feier des Bowlingvereins ging. Er überlegte, wie man die Beziehung zwischen ihm und Jennifer bezeichnen könnte. Sie waren zu alt, um wie Jugendliche »miteinander zu gehen«. Vielleicht könnte man sie als Liebhaber und Geliebte einstufen – das wäre jedenfalls zutreffend, obwohl er sich nicht vorstellen konnte, daß seine Mutter im Bridgeclub so von ihnen sprechen würde. Er probierte es laut aus: »Jennifer, die Geliebte meines Sohnes.« Allein das Wort jagte ihm einen ungewohnten, sinnlichen Schauer über den Rücken. Das Kribbeln hatte gerade seinen Höhepunkt erreicht, als die Hand seinen Arm packte.

»Okay. Bitte kommen Sie mit, Sir.« Der Mann klang, als erwarte er Widerstand, obwohl er seine Aufforderung höflich formulierte.

Mit einemmal wimmelte es überall von bedrohlichen Schatten. Schwere Schritte wurden laut, und Taschenlampen leuchteten Graham ins Gesicht. Knisternde Geräusche ertönten aus Walkie-Talkies, und jemand bellte in eins der Geräte: »Melde, ein männliches Subjekt aufgegriffen« – was immer das auch bedeuten mochte. Graham brach in unsicheres Gelächter aus. Ihm fiel ein riesiger Stein vom Herzen, weil er begriff, daß er nicht kurz davor war, überfallen und zusammengeschlagen zu werden, sondern den Schutz der Polizei genoß. Irgend etwas mußte im Park passiert sein. Offenbar war er versehentlich an den Tatort eines Verbrechens geraten.

»Tut mir leid, wenn ich Ihnen im Weg bin – ich gehe einfach nach Hause, wenn Sie möchten … ich gehe denselben Weg zurück, den ich gekommen bin«, sagte er voller Eifer, den Hütern des Gesetzes behilflich zu sein.

Ein strenges Gesicht schob sich vor seines. Der Mann hatte Jeans an und eine schwere Jacke, wie sie die Männer von der Müllabfuhr trugen, aber es konnte kein Zweifel daran bestehen, daß dies ein getarnter Polizist war. Er war groß und breit wie ein Schrank, sein Haar stand wirr vom Kopf ab, und er grinste bitter. »Das halte ich in diesem Fall für keine gute Idee, *Sir.*« Sein Gesicht war so nahe, daß Graham in seinem Atem den Geruch des zuckerfreien Kaugummis riechen konnte, den er selbst auch bevorzugte. Es war geradezu lächerlich, aber Graham ertappte sich dabei, wie er auf den Bauch des Mannes starrte, um herauszufinden, ob er aus Gewichtsgründen auf Zucker verzichtete oder ob er, wie er selbst, Angst um seine Zähne hatte. Graham schauderte. Allmählich wurde er nervös. Vielleicht waren das gar keine echten Polizisten, sondern verkleidete gefährliche Schurken. Sie konnten eines der großen Häuser am Rand des Parkes ausgeraubt haben, und er hatte sie beim Aufteilen der Beute gestört. Er nahm die Mütze ab und wollte sie in seine Tasche schieben.

»Das nehme ich an mich. Kommen Sie, gehen wir«, sagte der Detective und riß ihm die Mütze aus der Hand.

»Wenn ich nicht nach Hause komme, wird sich meine Mutter Sorgen machen«, hörte sich Graham sagen, als er von uniformierten Männern in Richtung Straße abgeführt wurde. Graham warf einen Blick zurück und entdeckte andere Polizisten, die ihre blitzenden Taschenlampen herumschwenkten wie Kinder ihre Wunderkerzen in der Sonnwendnacht.

»Sie leben also noch bei Ihrer Mum, ja? Na, das paßt ja.« Der mit dem bitteren Grinsen lachte vielsagend.

»Was soll das heißen?« Grahams Verwirrung wuchs, falls das überhaupt noch möglich war, von Minute zu Minute. Er hatte das Gefühl, daß diese Leute Sachen über ihn wußten, von denen er selbst keine Ahnung hatte. Das erinnerte ihn an die Jungs in der Junior Highschool, die laut grölend Witze darüber gemacht hatten, wie Babys gemacht wurden, und es war ihm völlig schleierhaft, worüber sie, um alles in der Welt, überhaupt redeten. Sie hatten sich ausgeschüttet vor Lachen wegen seiner Dummheit und *»Frag Mummy!«* gejohlt. Hier würde niemand lachen, das spürte er genau.

»Klappe, Witzbold.« Der Mann stieß ihn vorwärts, Graham stolperte und fiel in den Farn. Eine der dunklen Gestalten lachte. Jetzt bekam es Graham wirklich mit der Angst zu tun. Etwas Schreckliches mußte passiert sein, und er hatte nicht die geringste Ahnung, was oder weshalb. Ihm war klar, daß sich hier draußen des öfteren schlechte Menschen herumtrieben, das hatte er in der Zeitung gelesen, aber er war nicht so einer. Wenn sie das dachten, waren sie im Irrtum, und er würde sie darauf hinweisen, wenn ihm nur jemand zuhören würde.

Erst spät in der Nacht erhielt Graham die Erlaubnis, seine Schwester anzurufen. Nina schlief und träumte, daß sie kurz vor der Entbindung stand, aber nirgendwo ein sicheres Plätzchen fand, wo sie ihr Kind zur Welt bringen konnte. Es war keine Suche nach einer Herberge wie in der Bibel. Nina war viel eher wie eine Katze, die sich sorgte, keinen abgeschiedenen Ort zu finden, an dem sie niemand sehen konnte. Sie ging bei Nacht eine belebte Straße entlang, dann in ein Lokal, in dem lauter Männer in glänzenden grünen Anzügen saßen, dann war sie in einer Bibliothek, in der es keine Stühle, keinen Teppich, keine Zuneigung oder Anteilnahme gab. Als das Telefon klingelte, tastete sie mit der einen Hand nach dem Hörer und strich sich mit der anderen über den Bauch. Sie war seltsamerweise enttäuscht, daß er sich flach und weich wie immer anfühlte.

»Nina, ich bin's. Man hat mich verhaftet. Kannst du herkommen?«

Graham verschwendete, wie es seine Art war, nicht viele Worte. Nina setzte sich abrupt auf, und mit einemmal drehte sich alles in ihrem Kopf. »Was hast du getan? Hat jemand Anklage gegen dich erhoben, dich angezeigt?«

Graham seufzte matt. »Ich habe gar nichts getan. Es ist ein Irrtum, aber sie lassen mich nicht weg, weil sie denken, ich bin ...« Seine Stimme wurde ganz leise, und er schien Schwierigkeiten zu haben, das Ungeheuerliche auszusprechen. Nina hielt den Atem an. »Sie denken, ich habe etwas Scheußliches im Park gemacht«, platzte er heraus. »Du weißt schon, so was wie dieser Mann, über den was in der Zeitung stand.«

Nina unterdrückte ein Lachen der nervösen Erleichterung. Es war eine Verwechslung. »Oh, offensichtlich haben sie sich gründlich geirrt. Was ist mit Mutter? Weiß sie Bescheid?«

»Deshalb rufe ich dich ja an. Sie wird sich Sorgen machen. Kannst du dir irgendeine plausible Geschichte für sie ausdenken?«

»Die Wahrheit vielleicht?«

»Lieber nicht«, erwiderte er hastig. »Sie könnte glauben ...«

»Nein, das würde sie niemals«, versicherte Nina. Obwohl es natürlich möglich war. Eines war jedenfalls sicher: Monica würde niemals zur Ruhe kommen, solange Graham nicht zu Hause war. Sie behauptete sogar, daß sie kein Auge zumachen könnte, wenn er Nachtdienst in der Klinik hatte. Aber ob das tatsächlich stimmte ... In diesem Augenblick lag sie wahrscheinlich bei Licht in ihrem Bett und döste über einem Buch, während sich die Katze heimlich zu ihr geschlichen und zu ihren Füßen zusammengerollt hatte.

Nina zog sich in aller Eile an und lief in Emilys Zimmer. Zuallererst mußte sie zu Monica und ihr sagen, was passiert war – Emily mußte solange auf das Haus und auf Lucy aufpassen.

»Em? Wach auf.« Emily bewegte sich und grunzte. Halbwüchsige schliefen und rochen ganz anders als Babys. Teenager rochen nach Zigaretten und leicht fettigem Haar, nach nicht gründlich entferntem Make-up und Pickelcreme.

»Emily? Bitte wach auf!« Nina rüttelte sanft an ihrem Arm, und Emily schlug endlich die Augen auf.

»Was ist?« fragte sie.

»Ich muß aufs Polizeirevier fahren und vorher zu Grandma. Graham ist verhaftet worden.«

»Machst du Witze?« Jetzt hatte Nina Emilys volle Aufmerksamkeit. »Was hat er angestellt – ist er in einen geheimen Luftwaffenstützpunkt eingebrochen?«

Nina überlegte einen Moment und entschied, daß es am einfachsten war, die Wahrheit zu sagen. »Die Polizei glaubt, daß er der Mann im Park ist.«

»Das kann doch nur ein Scherz sein. Sie irren sich. Meinen die vielleicht, ich würde meinen eigenen Onkel nicht erkennen?« Emily war mittlerweile hellwach; sie kletterte aus dem Bett und griff nach ihrer Unterwäsche. »Ich komme mit. Er war es nicht. Der echte raucht irgendein starkes, gräßliches Kraut. Und er benutzt ein edles Aftershave. Ich habe ausgesagt, daß ich es gerochen habe, und sie haben alles zu Protokoll genommen.«

Emily zog sich schneller an, als Nina es für möglich gehalten hätte. Sie war gerührt, daß das Kind so aufgebracht war, weil man ihrem Onkel, den es kaum noch zu Gesicht bekam, unrecht tat. Der schüchterne Graham hatte vielleicht ein Dutzend Worte mit Emily gewechselt, seit sie das schwierige Alter erreicht hatte und Dinge tat, die über seinen Horizont gingen. Aber als sie noch klein gewesen war, hatte er ihr geduldig beigebracht, die Flugzeuge, die in Heathrow starteten und den Park überflogen, zu identifizieren, sie zur Farnborough-Flugschau mitgenommen und ihr geholfen, ihr eigenes Airfix-Harrier- Jump-Jet-Modell zu bauen, nachdem sie ihm erzählt hatte, daß ihr das am besten gefiel, weil es aussah wie eine große Fliege.

»Fertig. Gehen wir.« Emily war schon an der Tür.

»Aber was ist mit Lucy? Wir können sie nicht einfach allein lassen, und ich glaube nicht, daß wir sie mitnehmen sollten«, sagte Nina und überlegte fieberhaft. »Ich rufe Joe an. Er muß herkommen. Ich hoffe, er tut's. Oder ich bitte Henry. Ja, ich rufe ihn an.«

»Henry ist bei diesem Dart-Turnier in Southampton und bleibt über Nacht«, erinnerte Emily sie. »Hol Dad her. Graham ist erwachsen, und er hat es nicht getan, er kann noch eine Stunde warten.«

Joe freute sich wie ein Kind, weil Nina ihn um Hilfe gebeten hatte. Er hatte das Gefühl, daß er seit schrecklich langer Zeit niemandem mehr richtig von Nutzen gewesen war. Es war furchtbar, nicht gebraucht zu werden, man fühlte sich einsam, als hätte man seinen Platz in der Welt verloren. Catherine brauchte ihn nicht, höchstens für ihre Familienplanung, für die er sich allerdings auf keinen Fall einspannen lassen würde.

»Wohin willst du? Was ist passiert?« murmelte Catherine verschlafen, als er in dem verhaßten plüschigen Schlafzimmer herumstolperte und seine Schuhe suchte.

»Ich fahre zu Nina. Sie muß weg und braucht mich, um bei Lucy zu bleiben«, erklärte er.

»Und ich brauche dich hier«, jammerte Catherine und streckte die Hand aus, um ihn zurückzuhalten. Ihre polierten, mit Perllack überzogenen Nägel glitzerten im Dunkeln.

»Nein, das tust du nicht«, widersprach er bestimmt und beschloß, ihr gleich am Morgen klipp und klar zu sagen, was Sache war. Es war höchste Zeit.

Nina fuhr mit überhöhter Geschwindigkeit zu Monicas Haus. Es war kurz nach zwei, und außer ihr war kein Mensch mehr unterwegs. Katzen huschten im Lichtstrahl ihres Wagens in die Hecken, und als sie am Park vorbeiraste, spürte sie, daß hinter den Bäumen die Nachttiere aktiv waren, jagten und sich paarten. Menschen hatten in der Dunkelheit da draußen keinen Platz. Die menschlichen Wesen mit ihrer jämmerlichen Sehkraft und ihrem schwerfälligen Gang konnten in dieser nächtlichen Welt nur Eindringlinge sein.

»Vielleicht schläft sie längst und ist kein bißchen beunruhigt«, sagte Emily unvermittelt, als sie in Monicas Straße einbogen.

»Das glaube ich nicht. Du weißt doch, wie sie ist, wenn es um Graham geht«, sagte Nina. »Sie hat wahrscheinlich schon die Polizei angerufen.«

»Dann wird sie außer sich vor Sorge sein«, stellte Emily fest.

»Nein. Sie weiß, daß das alles nur ein Irrtum ist. Sie sollte jetzt zwar nicht allein sein, aber wir müssen gleich weiterfahren, um Graham freizukriegen – wenn sie ihn überhaupt laufenlassen. Gott, sie müssen…«

»Weiß Gran wirklich, daß es nur ein Irrtum sein kann? Solche Typen haben alle Mütter, Frauen oder Freundinnen. Vielleicht denkt sie ja auch, daß sie recht haben. Ich bin die einzige, die hundertprozentig weiß, daß er nicht dieser Kerl ist.«

Als sie vor Monicas Haus stehenblieben, sah Nina sofort, daß sie mit ihrer Prognose richtig gelegen hatte. Alle Fenster waren hellerleuchtet – ein sicheres Zeichen für den Ausnahmezustand, denn Monica war normalerweise sparsam – und die Haustür stand offen, als wäre Graham ein Kätzchen, das schon irgendwann nach Hause zurückfinden würde.

Nina und Emily gingen vorsichtig durch den Vorgarten ins Haus. »Mutter? Bist du da?« rief Nina leise. Plötzlich hatte sie Angst, daß das Licht und die offene Haustür gar nichts mit Graham zu tun haben könnten und daß sie möglicherweise ein paar skrupellose Einbrecher überraschten. Vielleicht war auch die Polizei schon hier und stellte das Haus auf den Kopf, wühlte in Grahams Flugzeugmagazinen, in der Hoffnung, irgendwo auf schmutzige Pornographie oder einen Stapel Mädchenschlüpfer zu stoßen.

»Nina, bist du das?« Monica kam in ihrem pinkfarbenen Seidenmorgenrock aus der Küche. Ihr Gesicht strahlte regelrecht vor Aufregung, Triumph und einer gewissen Ängstlichkeit. »Jennifer ist bei mir«, verkündete sie gewichtig, »ich bin also versorgt.«

Nina spähte an ihr vorbei in die Küche und sah eine kräftige Frau, die energisch mit Tassen, Untertassen und Teekessel herumhantierte. Das also war Grahams neue Freundin. Sie machte einen tüchtigen, mütterlichen, *glücklichen* Eindruck. Sie schien sich in der Küche auszukennen, öffnete und schloß voller Selbstbewußtsein Schränke und Schubladen. Ihre Figur erinnerte an zwei riesige aufeinandergestellte Brötchen. Ihre cremefarbene Strickjacke spannte bedenklich über den großen Brüsten.

»Hallo, Nina«, sagte Jennifer mit einem strahlenden Lächeln und ohne die geringste Spur von Nervosität. »Tut mir leid, daß wir uns unter so gräßlichen Umständen kennenlernen. Möchten Sie vielleicht eine Tasse Tee?« Jennifer hatte augenscheinlich das Zepter übernommen, und Monica wirkte so gelassen, wie es in einer solchen Situation möglich war. Die beiden Frauen bildeten bereits ein Gespann, verbunden durch die Sorge um den wichtigsten Mann in ihrer beider Leben. Nina fühlte sich eigenartig niedergeschlagen. Jennifer stellte für Graham keineswegs die belebende, ermutigende Fluchtmöglichkeit aus der erdrückenden mütterlichen Liebe dar, sie bedeutete viel eher ihre Verstärkung. Er würde weiterhin das Leben führen, das er kannte, und vermutlich machte ihn das glücklich oder zumindest zufrieden.

»Er hat es nicht getan, weißt du«, erklärte Monica fest. »Ich wollte sofort hingehen und ihnen das klarmachen, aber Jennifer meinte, das hätte Zeit, weil sie ihn zu guter Letzt ohnehin freilassen müssen. Also warten wir noch ein wenig ab.« Monica setzte sich an den Küchentisch und nahm ein Plätzchen von dem Teller, der vor ihr stand. Nina fand, daß Jennifer alles so arrangiert hatte, als würde sie eine mitternächtliche Teeparty geben. Den beiden Frauen war ganz offensichtlich nie in den Sinn gekommen, daß Graham tatsächlich eines scheußlichen sexuellen Vergehens angeklagt werden und er Schwierigkeiten haben könnte, die Vorwürfe zu entkräften.

»Woher wußtest du, wo er ist?« fragte Nina.

»Na ja, er hat das Auto in der Einfahrt abgestellt, aber er selbst kam nicht nach Hause«, erzählte Monica. »und als er nach einer Stunde immer noch nicht hier war, fing ich an, mir Sorgen zu machen. Und dann ...«, sie sah schuldbewußt in die Runde. »Ich bin in sein Zimmer gegangen und habe in seinem Adreßbuch Jennifers Nummer herausgesucht. Ich kann mir nicht vorstellen, daß er mir deswegen böse ist, und denke, dieses eine Mal kann er mir verzeihen, was meinst du?«

»Er ist bestimmt nicht böse«, sagte Nina und verkniff sich ein Lächeln. Monica hatte die Nummer bestimmt nicht erst heute herausgesucht, sondern sie schon längst ausgekramt, als sie argwöhnte, daß Graham bei seinen abendlichen Ausflügen nicht die Vögel beobachtete. Sie hatte immer erklärt, daß die Privatsphäre eines einzelnen ein vernichtender Affront gegen das Familienleben sei. »Die Wahrheit wird ohnehin ans Licht kommen«, pflegte sie zu sagen, wenn Nina in ihrer Jugend nicht präzise angegeben hatte, wo sie die Nacht verbracht hatte, und Monica ihr schließlich doch auf die Schliche gekommen war. Graham hatte nur ein einziges Mal Heimwerkertalent bewiesen, als er mit zwölf Jahren einen Riegel an die Toilettentür im Parterre angebracht hatte, um wenigstens dort ungestört zu sein.

»Hast du morgen keine Schule, Liebes? Es ist schon schrecklich spät«, erkundigte sich Jennifer besorgt bei Emily.

Emily sah sie feindselig an. »Und? Wollen Sie, daß ich Graham aus der Patsche helfe oder nicht?« sagte sie herausfordernd.

Nina hielt den Atem an und wartete darauf, daß Emily Jennifer als nächsten klarmachen würde, daß sie sich um ihre eigenen Angelegenheiten kümmern solle.

»O ja, natürlich, Liebes, wenn du denkst, du kannst helfen.«

»Grandma, du weißt nicht, was mir passiert ist, oder?« brach es unvermittelt aus Emily heraus.

Monica schaute sie perplex an.

»Ich sag's dir. Ein verdammter Perverser hat im Park – dort, wo sie immer mit den Pferden sind – vor mir die

Hose aufgemacht, und es war … Jedenfalls weiß ich genau, daß es nicht Graham war.« Emily schauderte und legte die Hände trostsuchend um den warmen Teebecher.

»Wir wollten dich nicht beunruhigen«, erklärte Nina. als sich die Stille in die Länge zog.

»Also mich überrascht das nicht«, mischte sich Jennifer ein.

»Mum hat nicht Sie gemeint«, gab Emily schroff zurück und funkelte Jennifer böse an.

»Das weiß sie doch«, sagte Nina leise. »Bleib ganz ruhig.«

»Machen Sie sich keine Sorgen um Ihre Mutter, Nina«, meinte Jennifer und legte eine besitzergreifende Hand auf Monicas Arm. »Ich bleibe diese Nacht hier und kümmere mich um sie. Und natürlich wird Graham bald zurückkommen und Hunger haben.« Sie stand auf und schaute in den Kühlschrank. »Ja, Speck und Eier. Ich denke, das wird er mögen. Und eine Menge Tee nach dem Schock und dem Aufenthalt auf diesem schrecklichen Revier …«

»Sie ist schlimmer als Gran und verhätschelt Graham noch mehr«, bemerkte Emily, als sie und Nina wieder in den Wagen stiegen. Nina gab keine Antwort. Ihr war entsetzlich übel, seit Jennifer von Speck und Eiern gesprochen hatte – sie mußte dabei an auf einem Teller schwimmendes Fett und den Geruch von Spiegeleiern denken. Sie ließ den Motor an und schluckte schwer, dann kramte sie im Handschuhfach nach Pfefferminzdrops. Sie fand nur ein angestaubtes, bereits ausgepacktes unter der Straßenkarte. Sie steckte es in den Mund und betete, daß es ihre Magenprobleme lindern würde. Es waren entweder die Nerven oder – der verrückte Traum von vorhin kam ihr wieder in den Sinn. Aber darüber nachzudenken würde sie auf später verschieben. Jennifer stand noch in der Haustür und wartete, bis sie losfuhren. »Du hast recht«, sagte Nina zu Emily, als sie sich zutrauen konnte, ohne Gefahr zu sprechen. »Jennifer ist entweder das Beste oder das Schlechteste für Graham. Das weiß ich noch nicht so recht. Ich hoffe, es ist das Beste.«

»Er ist alt genug, seine eigenen Entscheidungen zu treffen.«

»Das sollte man eigentlich meinen«, erwiderte Nina voller Zweifel. Sie glaubte eher nicht, daß Graham je einmal wirklich etwas »entschied«.

Das Bett war noch warm. Joe kuschelte sich auf der Seite, auf der Nina geschlafen hatte, unter die Decke und atmete tief den vertrauten Geruch ein. Sie benutzte immer noch *Eternity* und dasselbe Waschmittel für die weiße Leinenbettwäsche. Joe kam sich vor wie ein kleiner Junge, der von seinem ersten längeren Schulausflug nach Hause kam. Es gab Veränderungen, aber nicht sehr viele – noch nicht sehr viele. Im Badezimmer fehlten seine Sachen – nirgendwo mehr lagen die Anschlußkabel von den vielen Elektrorasierapparaten, die er im Laufe der Zeit verschlissen hatte, und auch sein Lieblingsduschgel mit Vanillegeruch stand nicht mehr im Schrank. Aber der knotige Teppich fühlte sich unter den bloßen Füßen an wie immer, und das Licht der Straßenlaterne fing sich auf vertraute Art in der linken oberen Ecke des Spiegels neben dem Fenster.

Lucy war nicht aufgewacht, als er ins Haus gekommen war, und hatte sich auch nicht gerührt, als er in ihr Zimmer, das er seit beinahe einem Jahr nicht mehr betreten hatte, schlich, um ihr süßes schlafendes Gesicht zu betrachten. Lucy sah noch so aus wie damals, als er die Familie verlassen hatte – es war noch nicht genügend Zeit vergangen, als daß sie hätte anders aussehen können als so, wie er sie sich vorstellte, wenn er in seiner Wohnung im Bett lag und auf den Schlaf wartete. An den Wochenenden bei ihm waren seine Töchter eher Gäste, und das sollte eigentlich niemand von der Familie sein. Jetzt, in seinem alten, behaglichen Bett fragte er sich, ob er sich jemals daran gewöhnen würde, von Heim und Familie getrennt zu sein. Er wünschte sich mehr denn je zuvor, sich überhaupt nicht daran gewöhnen zu müssen.

Sie glaubten ihm nicht. Was immer er auch sagte und wie er es sagte – sie glaubten ihm nicht. Und Graham wußte nicht, wie er sich verständlich machen sollte. Doch auch das war gleichgültig: sie hörten ihm gar nicht zu.

Er sagte die Wahrheit, erst dem einen, der sich kumpelhaft gab und ihm eine Zigarette anbot, dann zu der Frau, die ihr Beine übereinanderschlug, ihre Schenkel zeigte und ihn böse anfunkelte, weil er unwillkürlich hinsah. Sie hatte ihren Rock absichtlich hochrutschen lassen, nicht versehentlich. Und er merkte sofort, daß er keinen Blick riskieren durfte. Er hatte auch die Zigarette abgelehnt, und der Freundliche hatte danach weit weniger als zuvor gelächelt. Er wußte aus dem Fernsehen, daß sie es mochten, wenn man rauchte – das zeigte Nervosität und Schwäche, und man mußte froh sein über das Geschenk und Dankeschön sagen. Aber er rauchte nicht, im Gegensatz zu vielen anderen, die in der Klinik arbeiteten und nichts daraus lernten, wenn sie die Patienten husten und sterben sahen. Und er würde jetzt nicht damit anfangen, nur um ein paar Polizisten glücklich zu machen.

Er saß allein in dem Raum und machte sich Gedanken um seine Mutter. Jennifer schlief bestimmt schon in dem

Bett, das eigentlich nicht groß genug für zwei und dessen Matratze in der Mitte so durchgelegen war, daß sie beide immer wieder in der Kuhle zusammenrollten. Er wünschte, er wäre jetzt dort und würde spüren, wie sich Jennifers Brüste an ihn drückten und ihre kühlen, geschickten Hände Besitz von seinem Körper ergriffen. Sie hatte ihm erzählt, daß sie schon einmal verheiratet gewesen war, aber ihr Mann war gestorben. Er war an einer Krebsart erkrankt – an einer Krankheit mit einem der langen Namen, die die Ärzte im Krankenhaus manchmal ganz beiläufig in Gegenwart der Patienten als mögliche Diagnose aussprachen, in der Gewißheit, daß der Kranke nicht genügend medizinische Fachkenntnis besaß, um diese Diagnose als Todesurteil zu identifizieren. Graham verabscheute sie, wenn sie das machten und sich einbildeten, die Menschen, die nicht ihrem erlauchten Kreis angehörten, seien vollkommen ahnungslos und ignorant. Ihm erging es im Augenblick so wie den armen Patienten – er fühlte sich vollkommen dumm. Jedenfalls wußte er nicht, was in den Köpfen der Polizisten vor sich ging. Bis jetzt hatte sich niemand ihm gegenüber schlecht oder grob benommen, aber das kam sicherlich noch, wenn sie begriffen, daß er nicht vorhatte, seine Aussage zu ändern. Und wenn er das – nur um ihnen eine Freude zu bereiten – tun und ihnen sogar bestätigen würde, daß sie ihn zu Recht beschuldigten, all die schrecklichen Sachen im Park getan zu haben, um wieviel gemeiner würden sie dann zu ihm sein? Er konnte nicht gewinnen. Kein Wunder, daß so viele Menschen Verbrechen gestanden, die sie nie begangen hatten. Jetzt war Graham klar, warum sie klein beigaben.

»Sie können gehen. Aber verlassen Sie verdammt noch mal bloß nicht das Land.« Graham, der den Kopf in die Hände gestützt hatte, sah auf und starrte den Sergeant fassungslos an.

»Los, hauen Sie schon ab.«

»Ich kann gehen?« fragte Graham, ohne sich von der Stelle zu rühren.

»Ja. Sie können gehen. Aber bilden Sie sich nur nicht ein, daß Sie ein für allemal von der Liste gestrichen sind. Verschwinden Sie lieber, bevor wir es uns anders überlegen.«

»Sie mußten die Zeugenaussagen überprüfen. Wir haben sie dazu gedrängt«, erzählte Emily im Auto, als Nina Graham nach Hause fuhr. Graham war immer noch vollkommen durcheinander und benommen. Emily war also von einem Mann im Park angegriffen worden, und ein anderes Mädchen auch, und sie hatten gedacht, er sei dieser Mann, nur weil er gern Eulen beobachtete und deshalb bei Dunkelheit in den Park ging. Emilys Peiniger war bei Tag draußen gewesen. »Du trägst eine Barbour-Jacke – der Kerl hatte aber einen langen Reitmantel mit Gummibeschichtung an. Außerdem hat er geraucht, und du rührst nie eine Zigarette an.«

»Oh. Richtig.« Graham war entsetzlich müde. Sein Kopf fiel gegen das Seitenfenster, und jedesmal wenn Nina um eine Ecke bog, schreckte er auf. Wenn er die Augen aufriß, glaubte er im ersten Moment, statt der Straßenlaternen die grellen Lampen zu sehen, die sie auf der Wache auf ihn gerichtet hatten, und die Frau mit den langen Beinen, die jeden Moment mit der Faust auf den Schreibtisch schlagen oder ihm eine Ohrfeige versetzen würde oder mit dem Diamantring seine Haut aufschlitzen.

Das Haus war hellerleuchtet, als könnte Graham nur heimfinden, wenn ihm ein Licht den Weg wies. Er erinnerte sich, daß Monica auch, nachdem sein Vater für immer verschwunden war, immer eine Lampe hatte brennen lassen. Es war, als hätten Kummer und Sorge das Bedürfnis, sparsam mit elektrischem Strom zu haushalten, ausgelöscht und als wäre so etwas Profanes plötzlich zu etwas Frivolem und Leichtfertigem geworden.

»Kommt ihr noch mit hinein?« fragte Graham und warf einen furchtsamen Blick auf das Haus.

»Nein. Wir müssen heim. Du hast Mutter und Jennifer – sie warten beide sehnsüchtig auf den verlorenen Sohn«, neckte Nina ihn.

»Oh. Richtig«, sagte Graham wieder und stieg schwerfällig aus dem Wagen. »Dann gute Nacht.« Er wartete und trat linkisch von einem Bein aufs andere. »Vielen Dank.«

Nina war keineswegs überrascht, als sie Joe in ihrem Bett vorfand. Wo hätte er sich sonst hinlegen sollen? dachte sie. Sie konnte wohl kaum erwarten, daß der Mann, mit dem sie fast zwanzig Jahre zusammengelebt und mit dem sie erst vor kurzem ein kurzes, aber leidenschaftliches Abenteuer gehabt hatte, sich Bettzeug suchte und mit dem Sofa vorliebnahm. Er schlief nur halb, und als sie neben ihn ins Bett kroch, streckte er den Arm nach ihr aus und zog sie dichter an sich. Er fühlte sich warm und tröstlich an. Zudem war sie zu müde, um sich zimperlich zu geben und sich in Zurückhaltung zu üben. Dazu bestand kein Grund, besonders da sie geradezu lächerlich froh darüber war, ihn so nah bei sich zu haben.

»War es schlimm? Ist alles geregelt?« murmelte er in ihr Ohr. Sein Atem roch schwach nach Whisky. Wahrscheinlich hat er sich in der Küche am Glenfiddich bedient, dachte sie glücklich, das zeigte, daß er sich hier noch zu Hause fühlte. Oder, überlegte sie, er hatte in seiner Wohnung Whisky getrunken. In der Gesellschaft von Catherine, die bestimmt tugendhaft an einem Glas Orangensaft genippt und heimlich eine Folsäuretablette geschluckt hatte, um sich auf das perfekte Baby vorzubereiten…

»Alles in Ordnung. Emily war großartig. Sie hat die Polizisten mit ihrer energischen, mürrischen Art ganz schön auf Trab gebracht. Wahrscheinlich dachten sie, daß sie wolle nur nett sein und ihrem Onkel aus der Klemme helfen.«

Joe gab ein Glucksen von sich. »Schwachköpfe. Können sie sich denn nicht vorstellen, daß sie ihn, wenn er es wirklich gewesen wäre, am liebsten im Gefängnis schmoren sehen würde, gerade weil er ihr Onkel ist?«

»Vermutlich nicht. Das würde logisches Denken voraussetzen.« Nina rutschte ein wenig hin und her, um eine bequemere Lage zu finden. Sie und Joe schmiegten sich wie Löffelchen ineinander – so waren sie früher, am Anfang ihrer Beziehung, immer eingeschlafen. Zwischen ihnen war nur die dünne Seide ihres Nachthemds. Joe hatte sich wie immer nackt schlafen gelegt. Sie spürte, wie er sich immer enger und hart an sie drängte.

»Ich habe Grahams neue Freundin kennengelernt«, flüsterte sie.

»Tatsächlich? Wie ist sie?« Joe stützte sich auf einen Ellbogen, und sie drehte sich zu ihm um, um ihn anzusehen. Er hatte also noch Interesse an Familienangelegenheiten.

»Na ja, sie ist…« Nina zögerte. »Sie ist genau wie Mutter, glaube ich. Ein bißchen älter als Graham, und sie muß einmal ganz hübsch und blond gewesen sein – sie ist es noch, nehme ich an. Und sie hat große braune Augen wie ein eifriges kleines Mädchen. Graham scheint ihr ein und alles zu sein – es kam ihr nicht ein einziges Mal in den Sinn, daß er schuldig sein könnte –, und ihr Körper erinnert mich an Kuchenteig. Ich kenne sie noch nicht besonders gut, und es wäre nicht fair, jetzt schon irgend etwas über sie zu sagen.«

Joe kicherte. »Nein, das wäre nicht fair. Du hast gesagt, sie erinnert dich an ›Kuchenteig‹ – soll das heißen, sie sieht aus wie eine dieser gemütlichen, mütterlichen Farmersfrauen, die Enid Blyton in ihren Büchern immer so beschreibt, daß man an einen köstlich duftenden Brotlaib denken muß?«

Nina schauderte. »Ich will nichts mehr hören von Enid Blyton«, sagte sie kichernd. »Und ich sage dir auch, warum. Ich habe einen Mann kennengelernt…« Und sie berichtete Joe von ihrer schrecklichen Verabredung mit Mick.

»Ich sollte eigentlich nicht darüber lachen«, sagte Joe, als sie zum Ende kam und schilderte, wie sie Mick, der sich auf dem Sofa rekelte, die Geldscheine entgegengeschleudert hatte. Er wieherte wie ein Schuljunge. Plötzlich hörte er auf zu lachen und musterte sie mit einem eigenartig intensiven Blick. »Wenn er nicht verheiratet gewesen wäre… hättest du dann mit ihm geschlafen?« wollte er wissen. »Ich sollte so etwas wohl nicht fragen«, gestand er gleich darauf ein.

»Nein, das solltest du nicht«, stimmte ihm Nina mit einem, wie sie hoffte, geheimnisvollen Lächeln zu. »Ich frage dich ja auch nicht, was du mit Catherine treibst.«

Joe seufzte und liebkoste ihren Nacken. »Nichts. Ich will gar nichts mehr mit Catherine treiben.«

»Bist du sicher? Was, wenn sie sagt, daß sie bei dir bleiben und dir zuliebe nicht mehr schwanger werden will?« Das ist eher unwahrscheinlich, dachte sie im stillen. Keine Frau mit einem starken Kinderwunsch würde so ohne weiteres nachgeben und sagen: »Oh, also schön, wenn du nicht willst…«, als ginge es um einen kleinen Hund oder einen Großbild-Fernseher. Joe hauchte ihr warm und feucht ins Ohr. Sie spürte, daß er nachdachte.

»Nein«, erwiderte er, »es ist vorbei. Catherine hat nichts anderes mehr im Sinn als ein Baby«, sagte er. »Ich muß einen Weg finden, ihr klarzumachen, daß ich das nicht will.«

»Hast du nur etwas dagegen, ein Baby mit ihr oder auch mit anderen zu haben?« fragte Nina.

»Mit ihr, mit anderen – was macht das für einen Unterschied?«

Nina schwieg eine Weile. »Vermutlich keinen«, sagte sie schließlich. »Zumindest nicht für Catherine.«

Kapitel achtzehn

Natürlich wußte ich es nicht. Mir erzählt ja kein Mensch etwas«, beklagte sich Emily am Schultelefon bei Simon. »Wann ist sie ausgezogen?«

»Noch am selben Tag, an dem er ihr eröffnet hat, daß er keine Kinder will. Am Montag. Sie hat keinen Sinn mehr darin gesehen, noch länger mit ihm herumzuhängen.«

Emily seufzte. Simon war nicht gerade mitteilsam. Dad hatte eine Nacht, *diese Nacht*, gemütlich mit Mum in ihrem Bett verbracht, als hätten sie sich niemals getrennt, und jetzt hatten Catherine und Dad Schluß gemacht. Eines hatte vielleicht zum anderen geführt, und niemand verlor ein Sterbenswörtchen darüber. Kein Mensch gab eine Erklärung ab, als wäre es das normalste von der Welt und keine Erwähnung wert, daß Dad morgens in seinem alten Bademantel in der Küche saß und Kaffee trank. Simon wußte alles über die Sache mit Catherine, Emily dagegen hatte nicht die leiseste Ahnung. Sie wollte Einzelheiten hören, die ganzen Details, mit denen ein Mädchen an Simons Stelle ganz bestimmt aufgewartet hätte. Es war ungeheuer wichtig, wer was zu wem gesagt hatte, warum es so weit gekommen und was schiefgelaufen war. Aber in der Leitung herrschte Schweigen, und Simon wartete offenbar darauf, daß sie ihm den Grund ihres Anrufs nannte, als wäre sie eine Fremde, die auf gut Glück seine Nummer gewählt hatte, um ihm etwas zu verkaufen oder aufzuschwatzen. Sie fand, daß sie mittlerweile auf vertrauterem Fuß miteinander stehen müßten und daß er auch ohne viele Worte wissen müßte, warum sie ihn anrief. Aber die Dinge hatten sich anscheinend geändert.

»Wo wohnt Catherine jetzt?« erkundigte sie sich schließlich.

»Hier, bei mir.«

Das änderte tatsächlich alles, entschied sie. »Oh, natürlich.« Sie stellte sich Catherine auf Simons ungemachtem Bett sitzend vor, umgeben von ihren pfirsichfarbenen Schweinslederkoffern, tränenüberströmt, mit einem Spiegel in der einen und einem geblümten Papiertaschentuch in der anderen Hand, um sich die verlaufene Wimperntusche von den Wangen zu wischen.

»Du siehst also, es ist kein günstiger Zeitpunkt ...« begann Simon geschäftsmäßig, als ob sie ihn bei einem aussichtsreichen Verkaufsgespräch gestört hätte und er hoffnungsvolles Vertrauen in Emily setzte, daß sie verständnisvoll und klug genug war, um den Rest des Satzes selbst zu ergänzen. Verdammt, fluchte Emily im stillen, er meint: *Verpiß dich, Kleine.*

Hinter ihr hatte sich eine Schlange von kreischenden Zweitkläßlern gebildet, die alle ihre Mütter anrufen wollten, um Bescheid zu sagen, daß heute eine zusätzliches Training für den Turnwettbewerb angesetzt worden war. Sie drängten sich gegen Emily, der der Geruch nach den fettigen Burgern und Chips, die die Kids zu Mittag gegessen hatten, in die Nase stieg. Sie kehrte ihnen den Rücken, lehnte sich zurück und stemmte ihre Hüfte fest gegen das Kind, das ihr am nächsten stand. Wie Dominosteine fiel eines gegen das andere, und das Geschrei wurde noch lauter.

»Haltet die Klappe!« fauchte sie, dann drückte sie wieder den Hörer ans Ohr. »Warum ist der Zeitpunkt nicht günstig? Wann würde es dir denn besser passen?« Sie blieb beharrlich und hörte selbst, daß ihre Stimme unangenehm schrill wurde vor Verzweiflung.

»Ich weiß nicht«, erwiderte er mit unverhohlener Gleichgültigkeit. Es war nicht auszuschließen, daß er nebenbei eine Zeitschrift durchblätterte. Dieser Bastard, er hätte inzwischen hin und weg vor Bewunderung für sie sein müssen. Wahrscheinlich gab er Emily genausoviel Schuld an Catherines Unglück wie ihrem Dad. Wie kindisch von ihm, Partei zu ergreifen.

»Ach, vergiß es«, sagte sie. »Ruf mich an, wenn du erwachsener bist als ich, falls das jemals der Fall sein wird.« Sie knallte den Hörer auf die Gabel. Die wartenden Kids johlten spöttisch, als Emily zum Aufenthaltsraum der Abschlußklasse davonstürmte. Sie wußte, daß Nick und Chloe dort kichernd auf dem alten Sofa saßen und Nick im Geist die Kondome, die er in der Tasche hatte, zählte.

Es war Freitagnachmittag, und vor Emily lag ein langes Wochenende ohne jede Verabredung. Sie hatte nichts zu tun außer ein paar Stunden Babysitten. Simon hätte sie wie ein Erwachsener zum Essen einladen sollen, um sie zu beeindrucken – Samstagabend ins Pont de la Tour oder in ein anderes Restaurant, das Leute seines Alters und mit seinem Einkommen bevorzugten. Oder er hätte sie mit Tickets für Radiohead in der Brixton Academy überraschen können (mit Zugang zu allen Bereichen natürlich). Sie hatte vorgehabt, jetzt im Gemeinschaftsraum zu erscheinen und mit ihrer tollen Wochendverabredung anzugeben. Nun konnte sie nichts anderes tun, als sich auf das alte Sofa zwischen Nick und Chloe zu quetschen und sich von beiden trösten zu lassen. Und ein letzter Ausweg wäre abzuwarten, bis Chloe im Sozialkundeunterricht war, und Nick gegenüber zu erwähnen, daß sie heute abend im Haus gegenüber auf einen kleinen Jungen aufpassen mußte und ganz allein dort sein würde.

Sie öffnete die Tür. Der Gemeinschaftsraum war leer. Wie schäbig und schmutzig es hier aussah, wenn niemand da war. Die Poster an den Wänden waren zerrissen, überall standen abgenutzte Stühle herum. Der Abfalleimer quoll über und stank nach kalten Zigaretten. Man konnte fast den Schimmel in den Tassen mit den Kaffeeresten wachsen hören. Jemand hatte das Sofa von der Wand abgerückt, und alle Kissen fehlten. Emily huschte durch die Tür und überlegte, wo die anderen sein könnten. Dann hörte sie ein Geräusch und ein leises, kehliges Kichern von der anderen Seite des Raums. Sie kannte dieses Lachen. Nick lag mit jemandem hinter dem Sofa, und was immer sie dort auch trieben (in der Schule – konnten sie denn nicht warten?), sie hatten offenbar den Rest der Klasse davon überzeugt, daß der Nachmittagsunterricht heute früher begann.

»Scheiße«, brummte Emily, rannte hinaus und knallte die Tür hinter sich zu. Im letzten Moment entdeckte sie Chloes große dunkelrote Tasche in der Ecke. »Er ist es nicht wert. Keiner dieser verdammten Kerle ist es wert«, sagte sich Emily, als sie durch den Korridor zum Büro des Berufsberaters stapfte. Sie wußte selbst nicht, was sie hier wollte, sie wußte nur, daß ihr die Lust auf die Französischstunde gründlich vergangen war. Sie ließ sich auf einen Stuhl fallen, schnappte sich die Broschüren und las ohne großes Interesse die Überschriften auf den Titelseiten. Ein Heft fiel ihr in die Hände, das sich mit Schülern befaßte, die den Abschluß hinter sich hatten und sich das

Jahr bis zum Studium mit Reisen vertrieben. Zum erstenmal sah sich Emily frei und ungebunden in fernen Ländern, wie die jungen Leute mit Rucksack auf dem Titelfoto. Sie saßen irgendwo in einer heißen, staubigen Gegend, tranken Bier, genossen die Sonne und hatten Spaß mit anderen Weltbürgern, denen sie auf ihren Fahrten begegneten. Sie würde niemanden kennen, aber rasch Freundschaften schließen. Das, was sie sich eigentlich vorgenommen hatte – Unterwäsche im Kaufhaus verkaufen und widerspenstige Männer becircen –, erschien ihr mit einemmal schrecklich langweilig und öde.

»Ja, Australien, Goa, Afrika – irgendwohin, wenn es nur weit genug weg ist«, entschied sie.

Joe wußte nicht, was er mit sich anfangen sollte. Jetzt, wo Catherine nicht mehr da war, kam ihm die Wohnung vor wie eine anonyme vorübergehende Bleibe, nicht wie ein Heim, das er ständig bewohnte. Er saß hier und wartete ab, was als nächstes passierte. Er wünschte nur, er wüßte, was es sein würde, dieses Nächste, dann könnte er losziehen und die Dinge vorantreiben. Dieses Gefühl, in einem luftleeren Raum zu hängen, beeinträchtigte seine Arbeit – er war unfähig, klare Entscheidungen zu treffen oder sich auf eine Sache zu konzentrieren. Jedesmal wenn er am Klavier saß, drängte es ihn, aufzustehen und statt dessen die Gitarre zu nehmen. Er spielte ein paar Akkorde, dann lief er zum Telefon, um nachzufragen, was die Mädchen gerade machten. Lucy war immer begeistert, wenn er anrief. »Dad! Kommst du uns besuchen? Dürfen wir zu dir?« Aber Emily begegnete ihm mürrisch und zurückhaltend. Er nahm an, daß sie sein neuerwachtes Interesse als Phase zwischen zwei Frauen ansah, und argwöhnte, daß er wieder nur den Wochenendvater spielen würde, sobald eine neue Catherine in seine Wohnung einzog.

Nach einem dieser einseitigen Gespräche mit Emily (»Wie ist Wordsworth?« »Langweilig.«) verließ er die Wohnung, stieg in ein Taxi und fuhr zu Ninas Galerie. Nina mochte keine Überraschungen, das wußte er, und er hatte ihr während ihrer Ehe genügend schlimme Überraschungen bereitet. Vielleicht saß sie gerade jetzt mit diesem Enid-Blyton-Bürschchen beim Mittagessen, oder sie hatte schlichtweg keine Lust, ihn zu sehen, wenn nicht »sein Tag« war. In der Vergangenheit hatte ihn sein unberechenbarer Instinkt zu verbotenen Treffen weit weg von zu Hause und der Familie geführt. Jetzt trieb ihn der Instinkt zurück – und er riskierte alles.

Joe lungerte verlegen in der Galerie herum, nahm Schmuckstücke in die Hand und legte sie zerstreut wieder weg, blätterte die kunstvoll aufgemachten Kochbücher durch, nahm sich ein- und dasselbe zwei-, dreimal vor, ohne es zu merken.

»Du scheinst nervös zu sein. Was ist los?« fragte Nina. Er sieht verloren und traurig aus wie ein Junge, dem man das Fahrrad gestohlen hat, dachte sie.

Joe grinste trübsinnig. »Keine Ahnung. Vermutlich weiß ich nicht, was ich als nächstes tun soll.«

»Was ist mit deiner Arbeit? Hast du im Moment keine Aufträge?« Es waren Kunden in der Galerie, und Nina mußte an sich halten, um Joe nicht in die Arme zu nehmen und ihn zu trösten.

»Oh, Arbeit habe ich zum Glück genug. Die Titelmusik für eine neue Sitcom.« Er lachte. »Du glaubst nicht, was in der Kurzanweisung steht: ›Nicht zu ulkig, eher für ein Stück, in dem die Schlüpfer fallen, als für eine Posse, in der jemand versehentlich die Hosen runterrutschen.‹ So ungefähr haben sie es ausgedrückt. Sie wollen was Modernes, aber nichts Befremdendes, was auch immer das heißen mag.«

»Ich vermute, sie wollen eine Melodie zum Mitsummen, etwas, das die Stimmug hebt, aber nicht … ach, ich weiß auch nicht.«

»Nichts Hymnenartiges. Ich schätze, ich muß irgendeine Mixtur aus *Game on* und *Terry and June* finden«, meinte Joe. Er stieß gegen eine Schale aus Pappmaché, die auf der Ladentheke stand. Sie fiel zu Boden, er bückte sich und murmelte eine Entschuldigung. »Hör mal, hast du Zeit für ein Mittagessen mit mir? Kommt Sally nachher in die Galerie?«

»Kann schon sein. Wer will was von mir?« Sally schob ihre Massen geschäftig durch die Eingangstür und stieß sie mit dem Absatz ihrer goldenen Sandale zu. »Oh, Joe! Hallo, Fremder!« Sie machte einen Satz auf ihn zu und küßte ihn.

»Hi, Sal. Wie geht's dir und … äh … liebe Güte, ich weiß nicht einmal mehr, mit wem du zusammen bist. Ich bin nicht mehr auf dem laufenden.«

»Im Moment bin ich hauptsächlich mit den Weight Watchers zusammen, Süßer. Mit denen habe ich regelmäßige Dates. Unsere Gruppenleiterin ist weitaus zuverlässiger als jeder Mann. Sie ist beständig, treusorgend und aufmerksam, findet an jedem Fehltritt mit Schokoladenkuchen etwas Positives und hat nur mein Bestes im Sinn. Was kann man mehr verlangen?« sagte Sally. »Hast du nicht irgend etwas von einem Mittagessen gesagt? Wenn ihr beide weggehen wollt, bleibe ich gern für ein, zwei Stunden hier.«

Sie gingen in das Restaurant gegenüber auf der anderen Straßenseite. An den meisten Tischen saßen Frauen. In ihrer Phantasie sah Nina sie als Arbeitgeberinnen der gelangweilten Au-pairs, die, während sich die Mütter aus der Schußlinie hielten, *Marie Claire* lasen und die Babys mit Brei fütterten.

»Hier drin haben wir Champagner getrunken, als *Art and Soul* eröffnet wurde, erinnerst du dich?« sinnierte Joe, während er die Speisekarte studierte. Es schien nur Fisch zu geben, und er mochte Fisch nicht besonders.

»Selbstverständlich erinnere ich mich«, versetzte Nina ziemlich scharf. Er war in einer sonderbaren Stimmung. Irgendwie entrückt. Wahrscheinlich vermißt er Catherine und will es nicht zugeben, schlußfolgerte sie. Reue und Bedauern machten ihm womöglich zu schaffen. Typisch Mann – sie trafen eine solche Entscheidung, und hinterher wollten sie, daß alle sie bemitleideten, weil sie ja so alleine waren. Sie fragte sich, ob er auch so gewesen war, als er sie verlassen hatte. Aber dann fiel ihr wieder ein, daß im Grunde sie selbst die Trennung nach dem Motto: ›deine Freiheit oder ich‹ in die Wege geleitet und ihm dann keine große Wahl gelassen hatte – damals nicht. Falls er jetzt den Wunsch verspürte, wieder nach Hause zu kommen, dann vermittelte er zumindest nicht den Eindruck, daß er sie bitten würde, ihn wieder aufzunehmen.

»Eigentlich«, sagte sie und legte die Speisekarte weg, »habe ich keinen großen Hunger, aber ich möchte mich bei dir bedanken.«

»Wofür?« fragte er erstaunt.

»Für deine Unterstützung, als Graham letzte Woche in Schwierigkeiten war. Nicht nur, daß du gekommen bist und für Lucy da warst, sondern hauptsächlich dafür, daß du nicht ein einzigesmal auch nur in Erwägung gezogen hast, daß Graham vielleicht doch der Kerl aus dem Park sein könnte.«

»O ja ... Graham. Er ist freundlich und rücksichtsvoll. Nur weil er ein Eigenbrödler ist, ist er noch lang kein perverser Fiesling. Auf dieser Welt ist Platz für alle möglichen Typen.«

Nina sah ihn intensiv an und überlegte, bevor sie das Wort ergriff. »Er könnte es aber sein, weißt du.«

»Aber Emily sagte ... und sie muß es wissen.«

»Ja, und ich bin überzeugt, daß sie recht hat. Aber wir wissen nicht mit Sicherheit, ob er nicht doch vielleicht für die anderen Angriffe verantwortlich sein könnte. Es könnte mehr als nur einen Perversen geben. Die Beschreibung paßt auf ihn. Er schleicht bei Nacht im Park herum und hat eine Strickmütze auf – das ist doch ziemlich merkwürdig, nicht? Und dann ist da noch die Sache mit dem Täterprofil, von dem man in letzter Zeit soviel hört. Paul von gegenüber hat etwas von Sexualmördern gesagt, die bei ihren Müttern leben.« Sie spielte mit dem Salzfaß und streute eine Reihe Salz parallel zu ihrem Messer. »Lieber Gott, was rede ich da? Mein eigener Bruder! Ich hoffe, daß seine Kollegen in der Klinik nichts von der Verhaftung erfahren haben. Wenn ich schon auf die Idee komme, daß dort, wo Rauch ist, auch Feuer sein muß, dann stell dir nur mal vor, was andere denken. Tut mir leid, ich bin wohl etwas durcheinander.«

Joe nahm ihre Hand. »Ist schon okay. Ich bin froh, daß du das Gefühl hast, mit mir über solche Dinge reden zu können. Trotzdem glaube ich, daß du dich, was Graham betrifft, irrst.«

»Ja. Danke, Joe.« Sie drückte seine Hand und ließ sie nicht wieder los. Ihre Finger verschränkten sich ineinander. »Ganz bestimmt. Ach, ich weiß selbst nicht – mir ist nicht gut, ständig diese Übelkeit, das ist sicher nur die Sorge. Du wirst es nicht glauben, aber Henry hat sogar schon den Verdacht geäußert, daß ich schwanger sein könnte.«

»Ach, Henry, der hat doch von nichts auch nur einen blassen Schimmer. Er bildet sich auch ein, daß Arsenal vor dem Jahr 3000 noch einmal den FA-Cup gewinnen kann.«

Nina musterte ihn abschätzend. Er hielt diese Idee offenbar für gänzlich ausgeschlossen und hatte sie abgetan, ohne auch nur einen weiteren Gedanken daran zu verschwenden. Aber jetzt runzelte er die Stirn und starrte schweigend auf das Muster der grünen Tischdecke. Sally hätte gesagt, man könnte sein Gehirn arbeiten hören wie ein bockiges altes Uhrwerk. »Ich nehme doch nicht an«, begann er, »ich nehme doch nicht an, daß …«

»Daß es möglich wäre?« half sie ihm weiter und strengte sich an, amüsiert zu klingen. »Was soll ich dazu sagen? Ich weiß ja, wie du dazu stehst – wegen Catherine, also …«

»Also was?« fiel er ihr hastig ins Wort und umklammerte ihre Hand fester. »Ich soll meine Hoffnungen nicht zu hoch schrauben?«

»Gäbe es denn Hoffnungen?«

»O ja. Die gäbe es.«

Als Nina in die Galerie zurückkam, fand sie dort ihre Mutter und Jennifer vor. Sie steckten die Köpfe zusammen und inspizierten, ohne Nina zu bemerken, ernst und bedächtig ein Paar mundgeblasene Weingläser, als kämen sie von der Gesundheitsbehörde und müßten die Küche eines dubiosen Cafés genauer unter die Lupe nehmen. Sally verdrehte hinter Monicas Rücken die Augen, und Nina konnte sich nur mit Mühe das Lachen verbeißen.

»Oh, hallo! Sucht ihr nach einem Geschenk?« begrüßte Nina sie. Die beiden Frauen sahen sich eigentümlich ähnlich. Beide hatten eine große, schwarze, längliche Handtasche bei sich – diese steifen Ungetüme, die Nina, als sie noch klein war, an einen Katzensarg erinnert hatten –, und beide trugen marineblaue Strickjacken und ein schweres Seidentuch lose um den Hals. Jennifer hatte seltsam flotte schwarze Schuhe mit Knöchelriemchen an, über die Monica normalerweise die Nase rümpfen würde, weil sie zu »kokett« waren. Nina hatte eine schreckliche Vision von Graham, wie er die Frauen nacheinander in Monicas Wohnzimmer erwürgte und auf dem Boden liegen ließ. Sie wünschte, sie hätte die Artischocke nicht gegessen. Die Zitronenbutter war viel zu schwer für sie gewesen und schwamm jetzt wie wie eine Öllache in ihrem angegriffenen Magen.

»Eigentlich sind wir nur hier, um dich zu besuchen. Ich wollte Jennifer zeigen, wo du arbeitest.«

»Soll ich uns einen Kaffee kochen?« bot Sally lebhaft an und floh in die kleine Küche.

»Ich möchte, daß sie mehr über uns alle erfährt, verstehst du?« erklärte Monica. »Dann weiß sie, wovon ich rede und kann sich besser vorstellen, was wir alle tun.«

Nina war schleierhaft, warum Jennifer darauf überhaupt Wert legte. Oder hatte sie vor, Nina und ihr Mutter bald ins Krankenhaus zu zerren und sie mit einer Spezialführung durch die orthopädische Station zu beglücken, damit sich die andere Seite ein ebenso genaues Bild machen konnte? Vielleicht sollte Nina ihrer Mutter ins Gewissen reden, daß sie Ruhe geben und Jennifer und Graham ihr eigenes Liebesleben führen lassen sollte, wie sie es wollten.

»Ja, ich bin gerne gut informiert«, warf Jennifer fröhlich ein. »Wenn Graham und ich über Sie und das, was Sie tun, plaudern, dann weiß ich jetzt, was er meint.«

Nina fühlte sich unbehaglich. Sie wurde als Futter für Klatsch und Tratsch unter die Lupe genommen. Sie überlegte kurz, ob sie den beiden den Tag noch versüßen und erzählen sollte, daß sich Joe und Catherine getrennt hatten. Monica würde Jennifer wahrscheinlich schnurstracks nach Chelsea verfrachten und ihr wie ein Reiseführer, der eine Tour zu allen Familiengedenkstätten leitet, zeigen, wo Joe seine Wohnung hatte. Sie würden sich in den Hintern treten, wenn sie wüßten, daß sie Joe verpaßt hatten und daß er gerade auf der anderen Straßenseite in ein Taxi eingestiegen war.

»Und, was halten Sie von unserem Bestand hier in der Galerie?« erkundigte sich Nina. »Ist irgendwas dabei, was Ihnen gefällt?«

»O ja«, schwärmte Jennifer. »Hier findet sich eine Menge, was sich wunderbar als Hochzeitsgeschenk eignen könnte.«

Nina blieb der Mund offenstehen. Dies war genau eine der direkten, taktlosen Bemerkungen, die sie Monica zugetraut hätte, aber Jennifer hatte sie geäußert. »Aber ganz schön teuer. Dieser Laden muß eine Goldgrube sein«, murmelte Jennifer und hob eine Vase hoch, um auf das Preisschildchen am Boden zu schauen.

»Wer heiratet?« erkundigte sich Sally unbekümmert, als sie mit einem Tablett, auf dem dampfende Kaffeebecher standen, aus der Küche kam.

Nina, die hinter Jennifer stand, zuckte grinsend mit den Schultern.

»Ich liebe Hochzeiten«, plapperte Sally mit einem Zwinkern zu Nina weiter und bot den Gästen Zucker an.

»Na ja, ich mochte meine – alle beide. Die Ehe danach wird allerdings zum Problem. Nach dem großen Tag muß man nämlich mit den Kerlen zusammenleben. Gräßlich«, vertraute sie Jennifer und Monica gespielt ernst an und schauderte sogar.

Jennifer und Monica kicherten. Später würden sie mit großer Genugtuung über Sally reden, das wußte Nina genau, sie würden sie als Original bezeichnen und nicht einmal im Traum daran denken, daß dies kein Witz gewesen sein könnte.

»Na, dann, für mich wird's Zeit, zur Arbeit zu gehen«, sagte Jennifer zu Nina. »Vielleicht komme ich eines Tages wieder hierher und kaufe tatsächlich etwas«, fügte sie hinzu.

»Oh, Sie sind uns jederzeit willkommen«, rief Sally, während sie die Tür öffnete und die beiden Frauen hinauskomplimentierte. Nina winkte ihnen nach wie ein Kind, das vor der Schule abgesetzt worden war.

»Eigenartig«, meinte sie. »Was denkt sich meine Mutter bei alldem? Gibt sie ihr einen Crashkurs in Familienangelegenheiten?«

»Genau das würde ich auch sagen«, stimmte Sally ihr zu. »Und ich hoffe, daß ihr den Anforderungen gerecht werdet, sonst legt euch Jennifer als großen Fehlgriff ad acta und beschäftigt sich wieder mit dem Hobby aller Krankenschwestern, der Suche nach dem Doktor fürs Leben.«

»Ich glaube, so einen hatte sie schon. Jedenfalls war sie schon mal verheiratet.«

Sally schauderte. »Und sie hält es für eine gute Idee, es noch einmal zu tun? Verrückt.«

»Bis jetzt hat noch niemand von Hochzeit geredet. Graham jedenfalls nicht, denke ich.«

Sally lachte schallend. »Graham? Was hat der damit zu tun? Er ist der letzte, der davon erfährt, glaub mir.«

Emily war deprimiert wie nie.

»Komm mit in den Pub«, versuchte Chloe sie am Telefon zu überreden. »Ehrlich, alle werden da sein, und Nick ist ein jämmerlicher Trauerkloß ohne dich. Er redet ständig von dir, ich kann deinen Namen schon bald nicht mehr hören.«

Und warum hast du dich dann im Gemeinschaftsraum mit ihm auf dem Boden herumgewälzt? dachte Emily. Sie wollte Chloe nicht verraten, daß sie es wußte. Etwas, was man einmal ausgesprochen hatte, konnte man nicht mehr zurücknehmen.

»Ich würde gern mitgehen, aber ich habe versprochen, heute abend bei dem Typen von gegenüber babyzusitten. Ich hab' dir von ihm erzählt – seine durchtriebene Göre hat Lucy den Barbados-Job weggeschnappt. Lucy hat ihr eine Sonnenlotion aus irgendwelchen Cremes und anderem Zeug zusammengepanscht, die, wenn sie sich damit einschmiert, alle am Strand vertreibt, weil sie so stinkt.«

»Gut gemacht, Lucy.« Chloe lachte. »Rache ist süß.«

»Hmm, aber der Gestank wahrscheinlich weniger. Jedenfalls kann ich nicht in den Pub kommen. Der Typ fährt zum Flughafen, um die Göre und seine Frau abzuholen – da kann man nicht gut absagen.«

»Sollen wir zu dir kommen?«

»Hängt davon ab wer ›wir‹ ist...«

»Na ja, Nick, Alex, Mel, Miranda und wer sonst noch so da ist. Wir könnten was zu trinken mitbringen.«

Emily überlegte. Nick würde da sein und ihr zeigen, daß er jetzt fest mit Chloe ging, oder daß er eben nicht fest mit ihr ging. Sie fühlte sich im Moment emotional ein wenig zu instabil, um sich das Nick-geht-mit-Chloe-Szenario zuzumuten.

»Nee, lieber nicht. Zum Schluß muß ich noch das ganze Haus saubermachen. Wenn alle kommen, schütten sie Bier übers Sofa und so. Das ist immer so. Ich gehe morgen mit dir aus, dann betrinken wir uns.«

Trotzdem saß Emily später länger vor dem Spiegel, als es für einen normalen, einsamen Babysitter-Job nötig gewesen wäre – man wußte ja nie, wer oder was einem begegnete. Sie zog ihr neues, enges schwarzes T-Shirt und ihre cremefarbene weite Lieblingshose an. Nick könnte sie im Pub vermissen, sich Chloe lange und eingehend ansehen, begreifen, daß er mit der Falschen unterwegs war, und sich davonstehlen, um zu ihr zu fahren. Sie würde bereit sein, wenn auch nur, um ihm klarzumachen, daß er sich verdünnisieren sollte. Oder Simon hatte noch einmal nachgedacht. Vielleicht brauchte er jemanden, mit dem er ein bißchen Spaß haben konnte, und wenn er sich in seiner Wohnung umschaute oder vom Fenster aus die vielen Pärchen auf der Straße sah, wurde ihm klar, daß er an diesem Abend (möglicherweise die nächsten Jahre) seine langweilige Schwester und ihr Elend am Hals hatte.

»Gehst du später noch woanders hin?« erkundigte sich Lucy voller Wehmut. »Ich wünschte, ich wäre endlich alt genug, um auch ausgehen zu können. Ich gehe nie weg, und niemand läßt mich einen Model-Job machen. Wie soll ich berühmt werden, wenn mich niemand sieht?«

Emily legte gerade eine zweite Schicht Wimperntusche auf und mußte sich dabei so konzentrieren, daß sie keine Antwort geben konnte.

»Und warum machst du immer den Mund auf, wenn du dir die Augen schminkst?« fuhr Lucy fort. »Laß mich mal sehen, ob das bei mir auch so ist.« Sie grabschte nach dem Döschen mit dem Lidschatten und fegte dabei Emilys Schminktasche auf den Boden. Bunter Puder senkte sich auf Emilys Hose. »Es tut mir leid!« rief Lucy hastig und schlug mit der Hand auf die Flecken.

»Hau ab! Du machst es nur noch schlimmer!« Emily schubste Lucy weg und schob sie energisch aus dem Bad. »Du bist echt eine Landplage, Lucy, die Hose kommt gerade aus der Reinigung.«

»Ich hab' gesagt, daß es mir leid tut!« jammerte Lucy auf dem Flur.

»Und was nützt mir das jetzt? Ich kann die Hose nicht anbehalten!« kreischte Emily zurück.

»Was ist hier los? Ihr hört euch an wie zwei Dreijährige!« Nina stürmte die Treppe herauf, um nach dem Rechten zu sehen.

»Sieh dir an, was sie gemacht hat!« Emily kam aus dem Bad und zeigte ihr die Bescherung.

»Ist das alles? Bürste es einfach ab, das geht schon wieder raus.«

»Ich hab' gesagt, daß es mir leid tut«, wiederholte Lucy und bedachte Emily mit einem finsteren Blick. »Und sie ist *immer* noch sauer.«

»Nein, das ist sie nicht«, beschwichtigte Nina. »Oder, Emily? Und um dir das zu beweisen, nimmt sie dich heute abend mit zum Babysitten. Dort seid ihr richtig nett zueinander und *streitet nicht!*«

»Warum? Wieso muß ich sie mitnehmen?« erboste sich Emily.

»Weil ich ein wenig ausgehe. Ich bin mit Henry im Pub – ich will in Ruhe etwas trinken und ihn beim Dart schlagen. Ich bleibe nicht lange und hole Lucy auf dem Rückweg ab.«

»Bekomme ich das bezahlt? Immerhin muß ich auf zwei Bälger gleichzeitig aufpassen.«

»Das tue ich schon seit vielen Jahren, und kein Mensch bezahlt mich doppelt«, versetzte Nina.

Nina schlenderte gemächlich zu Henrys Haus und spähte dabei in die Fenster anderer Leute. Sie fragte sich, ob ihre Leben so ordentlich waren wie die Zimmer, die sie sehen konnte. Nicht ein einziges Kissen lag nicht an seinem Platz, kein Bild hing schief, nichts stand so da, als würde es nicht genau an diese Stelle gehören. Wahrscheinlich drehten diese Leute nie durch, weil sie nicht wußten, was sie zum Mittagessen mit dem Ex anziehen sollten – wahrscheinlich war es ihnen egal, ob er sie noch attraktiv fand. Hin und wieder machte sie einen Hinterkopf und flimmernde Fernsehbildschirme aus. Sie erschrak, als sich plötzlich ein älterer Mann, der in einem Blumenbeet Unkraut gejätet hatte, neben ihr aufrichtete und ihr vorsichtig einen »guten Abend« wünschte, als könnten diese schlichten Worte schon zu einer unpassenden persönlichen Beziehung, zu einer Diskussion über Jehova oder einem Raubüberfall führen. Sie ging rasch weiter durch die schmale Straße, die in den Park führte. Dabei spukte ihr durch den Kopf, welche unaussprechlichen Dinge sich dort gerade in diesem Moment abspielen könnten.

»Du bist früh dran«, begrüßte Henry sie, als sie an seiner Tür klingelte.

»Ich kann ja wieder gehen, wenn du willst«, sagte sie, drehte sich auf dem Absatz um und marschierte zurück. Sie schaute grinsend über die Schulter. Er schloß bereits die Haustür ab und kam ihr nachgelaufen.

»Je früher, um so besser, finde ich«, sagte er. »Dann haben wir noch Zeit für einen extra Drink.«

»Ich glaube, ich bringe nur eine Cola hinunter. Alkohol ist zu deprimierend.«

»O Gott, und ich hatte mich auf einen fröhlichen Abend gefreut.« Henry legte den Arm um ihre Schultern. »Jetzt sag bloß nicht, daß du vorhast, dich bei mir auszuheulen.«

»Möglicherweise genau das. Mir sind gerade zwei Dinge klargeworden. Das erste und wichtigste ist, daß ich mir wirklich wünsche, Joe würde wieder bei uns einziehen.«

Henry lachte. »Es hat lange gedauert, bis du das herausgefunden hast, oder? Ich schätze, die andere Erkenntnis ist die, daß du niemals Dartspielen lernen willst.«

»Das brauche ich nicht. Du unterschätzt mich. Ich war im College Captain des Dartteams. Wir waren in drei Countys unbesiegt.«

»Sam will noch nicht ins Bett, stimmt's, Sam? Er ist ganz aufgeregt, weil seine Mum nach Hause kommt.« Sam und Emily funkelten sich eisig an, aber für Lucy hatte er ein breites Lächeln übrig. »Ich habe ihm erlaubt, noch ein bißchen mit euch zu spielen.« Paul tätschelte freundschaftlich Emilys Schulter und streckte den Arm über ihren Kopf, um sein Jackett vom Garderobenhaken zu nehmen.

Emily beäugte Sam mit unbarmherzigem Argwohn. Sie hatte gehört, daß er die Schnecken in ihrem Garten massakriert hatte, und mitbekommen, wie Megan sich über all seine Untaten amüsierte und gerufen hatte: »Ach, er ist halt ein richtiger Junge«, als er Sophies Legoburg mit einem Holzhammer zertrümmert hatte. Dieses Kind könnte Spaß daran haben, sich hinter das Sofa zu schleichen und ihr Strähne für Strähne die Haare auszureißen.

Oder er könnte, während er tat, als würde er friedlich spielen, Spülmittel über den Treppenläufer verteilen.

»Um wieviel Uhr soll er ins Bett?« fragte Emily und hoffte auf die Antort: »Bald.«

»Wenn er müde ist.« Paul zuckte mit den Schultern. »Du gehst doch auch erst ins Bett, wenn du müde bist, oder?« Er legte die Hand auf die Türklinke.

»Ja, aber ich bin nicht mehr fünf Jahre alt«, fauchte Emily leise.

»Es wird nicht lange dauern, bis wir wieder hier sind, es sei denn, das Flugzeug hat Verspätung. Macht's euch gemütlich. Im Kühlschrank steht Cola, und Kekse findet ihr in der Dose auf dem Regal.«

»Vielen Dank, Mr. Brocklehurst. Wir passen gut auf Sam auf.« Lucy schenkte ihm ein strahlendes Lächeln.

»Schleimerin«, brummte Emily, als er gegangen war. »Du hoffst nur, daß du auch etwas abstaubst.«

»Ich bin hier, oder nicht? Wir sollen babysitten. Man sitzt, es sind Babys da – Ende der Geschichte.«

Sam stand niedergeschlagen neben der Haustür und schien zu überlegen, ob er mit Weinen und Schreien seinen Vater dazu bringen könnte, zu ihm zurückzukommen.

»Ich spiele eine Weile mit ihm, dann bist du dran«, erbot sich Lucy. Sam tat ihr leid, und gleichzeitig fühlte sie sich irgendwie unwohl in ihrer Haut. In höchstens zwei Stunden würde sie Sophie und ihrer Mum gegenüberstehen, die zwei Wochen Zeit gehabt hatten zu registrieren, wie scheußlich Lucy sich benommen hatte, als sie ihrer Freundin diese ekelhaft stinkende Sonnenlotion geschenkt hatte. Wenn sie sich jetzt mit Sam beschäftigte, hätte sie vielleicht bei der ersten Begegnung wenigstens Emily auf ihrer Seite.

»Danke.« Emily gab endlich ihre schroffe Haltung auf

und grinste sie an. »Und ich teile das Geld mit dir – nur dieses eine Mal. Dafür läßt du mich jetzt eine halbe Stunde in Frieden fernsehen.«

Sie ging ins Wohnzimmer, ließ sich aufs Sofa fallen und nahm die Fernbedienung in die Hand. Lucy ging mit Sam hinauf, und knappe zehn Minuten herrschte himmlische Ruhe, die nur gelegentlich von Lucys wieherndem Eselsgelächter unterbrochen wurde.

»Das ist nicht fair!« kreischte Sam mit einemmal. Er hatte für einen so kleinen Jungen eine erstaunlich weittragende Stimme. Emily hatte das Gefühl, daß die schrillen Töne das Sofa zum Vibrieren brachten. Sie seufzte und gab endgültig jede Hoffnung auf einen erfolgreichen (was Nick oder Simon betraf) oder zumindest beschaulichen Abend auf. Sam war dafür viel zu verzogen und verhätschelt.

»Was ist los?« fragte Emily. Sam hockte schmollend auf der Treppe. Er trug eine grüne Felduniformmütze und einen khakifarbenen Pullover mit Flicken an den Ellbogen an, und sein Gesicht war mit grünem und braunem Lidschatten bemalt. Glitzernde Flecken zierten seine Wangen wie Christbaumschmuck. Er hielt eine Handgranate aus Plastik in der Hand.

»Sie will nicht mit mir Krieg spielen. Sophie spielt immer mit mir Krieg. Sie mag das.«

»Ich nicht«, beharrte Lucy. »Jedenfalls nicht besonders. Das ist Sophies Ding, nicht meins. Ich spiele so einen Quatsch nur mit Sophie, weil ich nett zu ihr sein will.«

»Kannst du nicht auch nett zu Sam sein?« wollte Emily wissen.

»Nein. Ich spiele meinetwegen mit Autos oder sonst was, aber ich ziehe auf keinen Fall Sophies miefige alte

Armeeklamotten an. Und ganz bestimmt schmiere ich mir nicht dieses Zeug ins Gesicht. Ich könnte eine Allergie bekommen. Sophie kann morgen diesen Blödsinn mit ihm spielen. *Falls* sie nicht zu sehr unter dem Jetlag leidet.«

Sie stapfte ins Wohnzimmer und ließ sich aufs Sofa plumpsen. Im Nu war sie ganz gefangen von der Fernsehwerbung für ein neues Shampoo. Emily beobachtete, wie sie sich mit den Fingern durch ihr langes Haar fuhr und die Schauspielerin nachahmte.

Sam sah zu Emily auf – seine braunen Augen waren so groß und treuherzig wie die von Genghis, wenn er etwas Eßbares witterte. Dieser Blick stimmte Emily milder. Die Mutter des armen Jungen war lange weg gewesen – es mußte ihm wie eine halbe Ewigkeit vorgekommen sein. Es war nicht seine Schuld, daß er so verwöhnt war. Sein Daddy hätte ihn wenigstens mit zum Flughafen nehmen können. Sie selbst war in seinem Alter sehr gern mit Graham zu Flugplätzen gefahren.

»Also schön, Sam, was soll ich tun?« Sam sprang auf und rannte hinauf. Emily folgte ihm. In Sophies Zimmer (SAS-Poster an der Wand, ein Tarnnetz vom Militär über dem Bett) riß Sam den Schrank auf und zerrte Kleider heraus.

»Darfst du das?«

Sam warf ihr einen Blick über die Schulter zu. Er schien den Sinn dieser Frage gar nicht zu begreifen. »Zieh etwas von dem hier an«, wies er sie an. Emily nahm sich eine Hose und steckte ihre Beine hinein. Gott allein wußte, wie Sophie so etwas tragen konnte – die Hose war groß genug für einen ausgewachsenen Mann. »Und das«, sagte Sam, und beförderte einen Spielzeug-Pistolengürtel zusammen mit einem silbernen Revolver zutage. »Und dann killen wir uns gegenseitig.« Er grinste.

»Okay«, ächzte Emily und versuchte, den kleinen Gürtel um ihre Taille zu schnallen.

»Und das hier kannst du auch nehmen.« Sam reichte ihr etwas aus schwarzer Wolle. »Das mußt du auf den Kopf setzen. Es gehört zur Spezialausrüstung«, erklärte er.

Emily zog sich die schwarze Schimütze über den Kopf und betete, daß Nick (oder gar Simon) sich nicht gerade diesen Moment aussuchten, um ihr einen Besuch abzustatten. Es war heiß unter der Mütze, und dann war da dieser Geruch. Mit einemmal wurde ihr übel, und sie mußte sich auf Sophies Bett setzen. Sie atmete vorsichtig und ganz bewußt ein und überließ es ihren Sinnesorganen, diesen Geruch einzuordnen und die Erinnerung wachzurufen.

»*Komm schon,* laß uns endlich spielen.« Sam zerrte an ihrem Arm.

Emily war wie betäubt. Es war der Geruch. Die Mütze roch nach Zigarettenrauch und diesem Aftershave. Sie fühlte beinahe, wie sich der Mann gegen sie preßte und sie an den Baumstamm drängte. Sie spürte wieder die rauhe Rinde, die sich in ihren Rücken drückte. Sie hatte recht gehabt – es hätte jeder Mann sein können, aus jeder Familic.

Kapitel neunzehn

»Wo ist Joe heute abend, und was treibt er jetzt so ganz allein?« fragte Henry.

Nina warf ihren zweiten Pfeil, der auf den Ring der Fünf auftraf und auf den Boden fiel. Die Worte »so ganz allein« fielen in letzter Zeit ziemlich oft, seit die Leute wußten, daß Catherine aus Joes Wohnung ausgezogen war. Es war fast so wie vor Monaten, als sie und Joe sich getrennt hatten und alle Welt annahm, er, der aus dem Nest der Familie vertrieben worden war, sei eine einsame und verlorene Seele. Dabei war sie und nicht er im vergangenen Jahr allein gewesen, falls sich irgend jemand überhaupt dafür interessierte. Abgesehen von Henry, der schon als Joe noch dagewesen war, viel Zeit in ihrer Küche verbracht hatte, hatten Freunde und Bekannte nicht gerade Schlange gestanden, um sie zu trösten.

»Werfen nur die selbstsüchtigen Frauen ihre Männer aus dem Haus?« fragte sie Henry.

Henry zuckte mit den Achseln. »Und nur die mißverstandenen Männer ihre Frauen? Ich weiß nicht. Ich denke, es ist die übliche Mischung. Mißhandelte Frauen jagen ihre Männer nicht zum Teufel, jedenfalls nicht genügend mißhandelte Frauen, und Männer, die schlecht behandelt werden ...« Er lachte. »Sie zahlen Unterhalt.«

Nina grinste ihn an und warf ihren dritten Pfeil. »Eine

doppelte Zehn – nicht schlecht dafür, daß ich aus der Übung bin.« Sie trank einen Schluck von ihrem Bitterlemon und dachte einen Moment nach. »Ich weiß nicht, wo Joe heute abend ist. Und du hast auch nicht erwartet, daß ich es weiß, du wolltest nur Konversation treiben. Möglicherweise sitzt er mit einem neuen jungen Ding in irgendeinem Restaurant.« Sie kicherte. »Entweder das, oder er reißt die Blümchentapete von seinen Schlafzimmerwänden. Wirklich, Henry, das hättest du sehen sollen. Plüsch und Spitze überall. Der Rest der Wohnung ist wie Joe, spärlich, zwanglos und wahrscheinlich teurer eingerichtet, als man denkt.«

»Dann hast du also das Gelände sondiert?«

»Hmm. Ich war kurz dort. Ich hoffe, sie hat die gräßlichen Art-déco-Lampen mitgenommen. Wir haben ein paar hübsche spiralenförmige aus Stahl in der Galerie. Vielleicht bringe ich ihm eine als Geschenk zu Catherines Auszug mit.« Sie zog die Pfeile aus der Dartscheibe, drückte sie Henry in die Hand und lächelte. »Du bist dran. Du brauchst sechsundfünfzig. Zehn, sechs und eine doppelte Zwanzig?«

»Wenn ich jetzt unergründlich lächle und sage ›möglicherweise‹, wirst du nie erfahren, ob ich absichtlich schlecht geworfen habe oder nicht.«

»Ich glaube nicht, daß du mich absichtlich gewinnen läßt, Henry, es sei denn, du verspürst den Drang, unsere Beziehung auf eine vollkommen andere Ebene zu verlagern.«

Henry zog einen Schmollmund. »Selbst wenn ich das wollte, gäbe es keine Möglichkeit, dich davon zu überzeugen, daß ich deine lebenslange Hingabe und Zuneigung weit mehr verdiene als Joe.«

»Sei nicht albern, Henry«, tadelte sie ihn und schubste

ihn vor die Dartscheibe. »Es wäre schade, es zu verderben.«

Henry warf die Pfeile mit lässiger Gleichgültigkeit. »Mein Spiel, deine Runde. Sieh nur, wie talentiert ich sein kann, wenn du mich ärgerst. Ein Kuß für den Gewinner? Nur einen keuschen, damit wir Freunde bleiben?« Henry beugte sich zu ihr und hauchte einen sanften Kuß auf ihre Wange. Es kitzelte, mehr empfand sie nicht.

»Tut mir leid, wenn ich störe. Emily schickt mich her, damit ich dich hole.« Kalte Luft fegte durch die offene Tür, und Joe stand vor Nina. Seine Haare waren wirr, und der Kragen seines Jacketts verdreht. Seine Miene war düster, und er schien so beunruhigt zu sein, daß er jede Höflichkeit vergaß und Henry ignorierte.

»Was ist passiert? Wo sind die Mädchen?« Ihr drehten sich die Eingeweide um. Wie alle Mütter auf der Welt malte sie sich im Bruchteil einer Sekunde ein Horrorsznario aus – sie sah, wie sie in Megans und Pauls Haus bei lebendigem Leibe verbrannten, mit dem kleinen Sam tot unter einem geschlossenen Fenster kauerten und wie tränenüberströmte Feuerwehrmänner ihre Leichen aus dem Haus trugen.

»Es geht ihnen gut. Aber …« begann Joe, dann packte er Ninas Arm und zog sie hinaus vor die Tür des Pubs. Nina versuchte, Joes Gesichtsausdruck zu deuten, aber sie sah nur Henry, der ihnen hinterhertrottete und sich fragte, was geschehen sein könnte. Was konnte so schlimm sein, daß man nur im Freien darüber sprechen konnte?

»Emily sagt, sie weiß jetzt, wer der Mann ist, der sie im Park angegriffen hat. Sie babysittet heute bei ihm. Sie hat mich angerufen. Ich habe ihr gesagt, daß ich dich abhole und dann zu ihr komme. Wir müssen die Polizei einschalten. Emily meint, sie kann das Kind und Lucy nicht allein lassen, deshalb hat sie sich an mich gewandt.«

»Aber sie ist bei den Nachbarn, bei … bei Paul von gegenüber. Sie kann doch nicht glauben … daß er …« Nina war vollkommen durcheinander und wartete auf einen Hinweis, an dem sie sich festhalten konnte. »Ich mag ihn nicht besonders, aber er ist sicher …« Sie brach ab. Sicher was? Ein netter Familienvater mit einer umwerfenden Frau und dem ganzen beneidenswerten Drum und Dran eines Mittelklasse-Familienlebens? Daran war gar nichts »sicher«. Immerhin hatte er sogar ihren eigenen Bruder verdächtigt und ihren instinktiven, beschützenden Protest ignoriert.

»Wie ist sie darauf gekommen?« fragte Henry, als sie zu Joes Wagen gingen. Nina – zwischen den beiden Männern – fühlte sich wie ein verletzter Fußballer, der von seinen besorgten Mannschaftskameraden vom Feld begleitet wurde.

»Es muß etwas mit dem Geruch von Sophies Mütze zu tun haben«, sagte Joe. »Zumindest hat sie so was am Telefon gesagt. Ich habe nicht viel verstanden, aber ich glaube ihr.«

»Wenn sie sagt, daß er es ist, dann ist er es auch«, sagte Nina, als sie in den Audi stieg. Ihr war wieder schlecht, und diesmal machte sie das Bitterlemon dafür verantwortlich – und den Schock darüber, daß sich ihr Instinkt als richtig erwiesen, sie ihn aber dennoch nicht beachtet hatte: Ihre Küchenmesser lagen noch immer in der Schublade hinter den Geschirrtüchern, wo sie sie nach Pauls Besuch versteckt hatte, und trotzdem hatte sie die Kinder in sein Haus geschickt.

»Ganz genau«, pflichtete Joe ihr bei und startete den Motor.

Eine eigenartige Ruhe überkam Emily, sobald sie den Telefonhörer aufgelegt hatte. Dad würde alles regeln wie immer, als sie noch klein gewesen war. Sie sagte Lucy nichts. Ihre Schwester könnte in Panik geraten, theatralisch werden und Sam in hellste Aufregung versetzen. Dann würde Sam anfangen, vor Angst zu heulen, und im Nu würde das reinste Chaos im Haus herrschen. Die beiden waren oben, lagen müde und daumenlutschend auf Paul und Megans großem Messingbett und schauten sich einen scheußlich brutalen Film an.

Emily setzte sich aufs Sofa und wartete. Die Mütze hatte sie in eine verschließbare Tiefkühltüte gesteckt und in ihrer Handtasche verstaut. Die Polizei würde sich über ihre Umsicht freuen. Der gummibeschichtete Reitmantel hing noch wie vorhin im Flur, als wäre er ein ganz normaler alter Mantel. Sie brachte es nicht über sich, ihn anzufassen.

Sie atmete ganz ruhig und vermied den Blick auf die Uhr, aber sie rechnete nach, wie lange Paul mit Megan und Sophie vom Flughafen nach Hause brauchen würde, wenn das Flugzeug pünktlich landete und beim Zoll und mit dem Gepäck alles glatt lief. Als die Nervosität ihre Ruhe zu verdrängen drohte, stellte sie sich vor, wie sie durch die Tür brachen und schrien »Wir sind da! Wir haben's in einer Rekordzeit geschafft!« Sie würden alle strahlen und die glücklich vereinte Familie spielen, weil Paul nicht die ganze Zeit ein gewalttätiger Perverser sein konnte. Als die Türglocke anschlug und sie sicher sein konnte, daß ihre Eltern vor den Brocklehursts hier sein würden, flog sie förmlich durch den Flur. Aber die Gestalten, die sie durch das Fenster ausmachte, waren nicht ihre Eltern.

»Hi. Wir dachten, du könntest ein bißchen Gesellschaft gebrauchen!« Chloe und Nick standen auf der Schwelle.

Emily stieß ein schrilles, beinahe hysterisches Lachen aus – es war wie ein Schock, daß *sie* es waren.

»Wenn es dir lieber ist, daß wir wieder gehen, auch gut … aber …«

»Nein! Nein, kommt rein. Je mehr da sind, um so besser!« Das klang selbst in Emilys eigenen Ohren sarkastisch, aber sie ersparte sich die Mühe, sich deswegen zu entschuldigen. Sie wollte nicht abweisend sein, aber die beiden mußten das verstehen. Und sie würden es verstehen, wenn sie echte Freunde waren.

»Wir haben was zu trinken mitgebracht. Schon fertig gemixt – Archer's und Limonade.« Chloe hielt eine Perrier-Flasche mit einer klaren Flüssigkeit hoch. »Sieht ganz harmlos aus, oder?« sagte sie und machte es sich auf dem Sofa bequem. »Man würde nie darauf kommen, was in dieser kleinen, unschuldigen Flasche drin ist.«

»Du hast ja so recht«, murmelte Emily vage.

Nick stand mit den Händen in den Hosentaschen da und beäugte verstohlen Emilys Busen. Sie zupfte an ihrem T-Shirt, um es ein bißchen zu dehnen und Luft an ihre Haut zu lassen. Nick wurde rot und senkte den Blick.

»Meine Eltern sind auf dem Weg hierher«, erklärte Emily schnell. »Und die Polizei wird auch aufkreuzen, weil der Mann, der hier wohnt, der Typ ist, der mich im Park angegrabscht hat.« Sie sprach ruhig, schaute aber ständig zum Fenster, als könnte sie durch reine Willenskraft erreichen, daß Joes Audi vor dem Haus vorfuhr. »Wenn ihr also irgend etwas dabeihabt, was besser niemand sehen sollte, wie diesen komischen Stoff …« sie sah Nick an, zuckte mit den Achseln und steckte die Hände in die Taschen, als spielte das, was sie gerade geäußert hatte, im Grunde nicht die geringste Rolle – es war nur eines der Dinge, die geregelt werden mußten.

»Scheiße! Bist du sicher? Ich meine, bist du wirklich ganz sicher?«

»Natürlich bin ich sicher. Bleibt, wenn ihr wollt, dann könnt ihr es selbst sehen. Ich habe die Polizei schon angerufen und mit dieser netten Frau gesprochen, die mich damals vernommen hat. Opfer von Sexualverbrechen bekommen eine Polizistin zugewiesen, an die sie sich immer wenden können. Sie hat mich gebeten, mich zu melden, wenn er wieder auftaucht. In der Zwischenzeit will sie ein paar Sachen überprüfen und vorbereiten. Ich glaube, sie erwarten von mir, daß ich mir das Geld fürs Babysitten geben lasse, so tue, als wäre alles ganz normal, und nach Hause gehe. Aber ich hab' Dad Bescheid gesagt.«

»Du gehst ganz schön geschäftsmäßig mit der Sache um«, bemerkte Chloe, wie Emily fand, keineswegs anerkennend.

»Was soll ich deiner Meinung nach tun – kreischen und heulen? Dafür ist es ein bißchen zu spät. Jetzt kann mir nichts mehr passieren.« Sie nahm ein gerahmtes Hochzeitsfoto von Paul und Megan in die Hand – alles Friede, Freude, Eierkuchen. »Jetzt geht's *ihm* an den Kragen.«

»Hoffentlich bist du dir da ganz, ganz sicher. Niet- und nagelfest sicher«, sagte Nick bedächtig und sehr nachdenklich. Seine Stimme war dissonant und leise, als wollte sie sich gerade in diesem Moment nicht unbedingt Gehör verschaffen. Ehe Emily antworten konnte, klingelte es an der Tür.

»Em! Bist du in Ordnung? Sind sie schon zurück?« Nina umarmte Emily und schaute ihr über die Schulter.

»Was ist los? Warum bist du hier, Mum? Und du, Dad?« Lucy erschien auf der Treppe.

Sie sollte das nicht miterleben, dachte Nina, und Sam auch nicht, aber wer sollte die Kinder wegbringen? Sie wollte, daß Joe bei Emily blieb.

»Ich nehme sie mit zu mir, ja?« schlug Henry vor.

»O Henry, danke. Das wäre großartig.«

Lucy wich ein paar Stufen zurück – sie ahnte, daß sie etwas Aufregendes verpassen würde.« »Warum? Wieso kann ich nicht hierbleiben? Megan wird böse sein, wenn Sam nicht daheim ist.«

»Ihr geht trotzdem mit zu Henry«, bestimmte Joe. »Lucy, Liebes, wir erklären dir das alles später.«

»Wie wär's mit Fisch und Chips?« fragte Henry, als er die Tür aufmachte und Lucy und den ziemlich fügsamen Sam hinausführte.

»Es wäre besser, wenn ihr beide auch gehen würdet«, sagte Joe zu Chloe und Nick.

Die beiden schauten sich an, dann wandten sie sich an Emily. Es war offensichtlich, daß sie lieber geblieben wären, gleichzeitig war ihnen aber auch klar, daß sie unerwünscht waren.

»Erzähl uns in der Schule alles«, sagte Chloe und umarmte Emily. »Oder ruf mich morgen an.« Nick sagte gar nichts. Emily beobachtete durchs Fenster, wie er durch den Vorgarten ging und wartete, bis das Gartentor fast zugefallen war, ehe er den Arm um Chloe legte. Australien, dachte Emily sehnsüchtig. Neue Leute.

Nichts trieb die Menschen schneller dazu, sich zusammenzurotten, als das Heulen von Polizeisirenen. Die Haustüren gingen auf, als die Streifenwagen abbremsten und mit blitzenden Lichtern vor Nummer 26 stehen blieben. Schaulustige versammelten sich in kleinen Gruppen so nah am Ort des Geschehens, wie Anstand und Diskretion es gerade noch erlaubten. Sogar die vornehme Penelope gab ihrer Neugierde schamlos nach und hastete, ihre Jacke erst halb angezogen, geschäftig durch die Siedlung, um zu sehen, was vor sich ging.

»Schau dir das an«, sagte Joe zu Nina. »Sie hat noch nicht mal ihren Hund dabei, so daß sie so tun könnte, als käme sie gerade vom Park.«

Die Anwohner, die sich vielleicht gerade noch vorstellen konnten, Opfer eines Einbruchs zu werden, aber bestimmt nicht mit etwas Kriminellerem rechneten als einer gemeinen Steuerforderung, drängten sich voller Entrüstung zusammen, als die Wahrheit ans Licht kam.

»Aber er ist so … Paul ist doch …« stammelte Penelope, die bei einem Polizisten stand.

»Was ist er? Ein Mensch wie alle anderen? Wie Sie und ich? Das sind sie alle.«

Megan herrschte Nina an. »Wieso konnten Sie die Dinge nicht einfach ruhen lassen?« fauchte sie sie über die Koffer hinweg an, die im Flur standen. »Er hat das nur deswegen gemacht. Alles wäre in Ordnung gekommen, sobald meine Schwangerschaft beendet ist – so war es das letztemal auch.« Sie legte die Hände auf ihren Bauch, der in der karibischen Sonne sichtlich gewachsen war.

Nina war nahe dran, Mitleid mit ihr zu empfinden: Sie stellte sich die Zwillinge vor, wie sie sich unter der angespannten Bauchdecke aneinander schmiegten und sich zu schönen Babys entwickelten. Megans Gesicht war verzerrt vor Wut und Entsetzen, und sie blickte verzweifelt von Sam zu Sophie und wieder zu Nina.

»Und was soll aus den Kindern werden? Daran haben Sie nicht gedacht, wie? Ihr Leben ist zerstört, ist Ihnen das denn nicht klar?«

»Und was ist mit dem Leben der Opfer?« fragte Nina

ruhig. »Wenn Sie wußten, daß er so etwas macht, warum haben Sie *ihn* dann nicht gebeten, an *sie* zu denken?«

»Bei Männern kann man sich nie sicher sein «, bemerkte Monica unheilvoll, als Nina ihr von Pauls Verhaftung berichtete. »Alles in allem betrachtet ist es wahrscheinlich das beste, daß du Joe erlaubt hast, wieder in euer Haus zu ziehen.« Dieses Eingeständnis kam widerwillig, wie Nina belustigt feststellte, und ihr Tonfall machte deutlich, daß Joe niemals eine zweite Chance bekommen hätte, wenn Genghis ein besserer Wachhund wäre.

»Was macht er mit seiner Wohnung?« fuhr Monica fort. »Behält er sie?«

»Um eine Geliebte für Nachmittagsvergnügungen dort unterzubringen?« fragte Nina lachend. »Nein, sie war nur gemietet. Er hat seine Studioeinrichtung mitsamt dem alten Sofa wieder zu uns geschafft. Alle anderen Möbel sind vorerst eingelagert, bis wir entschieden haben, was damit geschehen soll.«

»Graham könnte ein neues Bett gebrauchen«, stellte Monica mit einem bedeutungsvollen Blick fest. »Ich werde mir einen Hut kaufen müssen, der zu dem blauen Kostüm von Harrods paßt. Er und Jennifer setzen bald den Hochzeitstermin fest.«

Viele Monate später dachte Nina immer noch an Megan und fragte sich, wie sie mit der Situation zurechtkam. Sie stellte sich vor, wie sie allein mit Sam, Sophie und ihren schnell größer werdenden Zwillingen lebte und hin und her überlegte, wie, um alles in der Welt, sie ihnen später einmal erklären sollte, daß ihr Vater bei ihrer Geburt nicht dabeisein konnte, weil er in Untersuchungshaft gesessen hatte. Manche Leute machten Witze über das Gefängnis und nannten die Häftlinge »Gäste Ihrer Majestät«, aber nach allem, was Paul getan hatte, würde er ganz bestimmt nicht wie ein Gast behandelt werden.

Als Paul das erste Mal vor Jahren während Megans Schwangerschaft mit Sam erwischt worden war, war er mit einer Geldstrafe, einer Erwähnung in der Lokalzeitung und einem überstürzten Umzug in eine andere Gegend davongekommen. Es war wohl eher unwahrscheinlich, daß Megan diesmal wieder die verständnisvolle Ehefrau spielen würde – bestimmt nicht mehr, wenn er eine Gefängnisstrafe absitzen mußte und sie endlich begriff, daß Paul ein echtes Sexualverbrechen begangen und sich nicht nur danebenbenommen und dabei ein wenig über die Stränge geschlagen hatte. Nummer 26 stand zum Verkauf – genau wie Nummer 23.

Nina und Joe machten ihren letzten Sonntagsspaziergang im Park. Keiner von ihnen würde diese Gegend vermissen. Mit Henry wollten sie in Verbindung bleiben. Henry und die vornehme Penelope, die sich nach den Aufregungen bei der Verhaftung zusammengetan und gemeinsame Vorlieben für die Postimpressionisten und einen guten Burgunder entdeckt hatten, hatten ihnen versprochen, sie oft zu besuchen und mit anständigen Weinen und Delikatessen zu versorgen, die nach Ansicht der Londoner jenseits der M25 nicht aufzutreiben waren. In Dorset gab es einen langen, leeren Strand, an dem man mit Genghis spazierengehen und ihn endlich frei laufen lassen konnte. Emily hatte ihnen auf einer Postkarte vom Ayers Rock mitgeteilt, daß es ihr egal war, wohin sie übersiedelten, solange – abgesehen von dem Buch *Man-Date* – nichts von ihren Habseligkeiten weggeworfen wurde.

Lucy hielt Genghis an der Leine und hüpfte vor Nina und Joe her. Wieder ein Sonntagnachmittag, und wieder zerrte Genghis an Lucys Arm, obwohl sie sich einbildete, die Kontrolle über den Hund zu haben. Ihr Atem bildete Wölkchen unter den Bäumen, als sie rannte und keuchte und den Hund lachend aufforderte, langsamer zu laufen.

»Sieh dir das an, sie denkt, sie ist vollkommen frei. Sie spürt keine Gefahr. Das muß ein Segen sein«, sagte Nina zu Joe. »Emily wird sich vielleicht nie mehr so fühlen. Keine Frau tut das. Wohin wir auch gehen, immer spukt der Gedanke in unseren Hinterköpfen, daß es Männer gibt wie Paul, die sich anschleichen und uns beobachten.«

»Männer haben auch Ängste, weißt du«, erwiderte er. »Wir gehen auch nicht mit dem Gefühl, Superman zu sein, durchs Leben. Wenn wir nicht um uns selbst bangen, dann gibt es immer jemand anderen, um den wir uns sorgen.«

Nina schaute in den Kinderwagen, den Joe vor sich herschob. Ihr neues Baby, satt und zufrieden, schlief tief und fest. »Der Schlaf der Unschuldigen«, hatte Monica gesagt, als sie den kleinen Jungen zum erstenmal im Krankenhaus gesehen hatte. Nina hatte, in ihrer postnatalen Benommenheit nicht richtig hingehört und *Schlacht der Unschuldigen* verstanden. Ihr waren die Tränen in die Augen geschossen, und sie hatte ihren Sohn beschützend an sich gedrückt. Später dachte sie genauer darüber nach und analysierte ihre Reaktion. Sie hatte bei den Mädchen genau dasselbe empfunde, als sie noch so winzig gewesen waren, dessen war sie ganz sicher. Es machte wirklich keinen Unterschied, daß dieses Kind ein Junge war. Sie hatte die Mädchen ebenso geliebt und bewundert, und sie hatten sich prächtig entwickelt. Man hatte die Kinder nur nicht sehr lange, das war ihr ganzer Kummer. Sie würde diesen Jungen auf dieselbe Weise großziehen wie die Mädchen, da war sie sich sicher. Wirklich, sie war felsenfest überzeugt davon.

Kapitel zwanzig

Graham war wieder im Park, die Wintersonne war längst untergegangen. Es war kalt und finster, die gefrorenen Äste der Bäume regten sich nicht. Man hatte das Gefühl, daß die leiseste Bewegung sie zerbrechen und ihnen Schmerzen verursachen würde wie ein Knochenbruch. Bald war es Zeit, nach Hause zu gehen. Die Frauen würden sich möglicherweise schon Sorgen machen. Im Augenblick bereiteten sie sicher das Abendessen zu und hantierten in einträchtigem Einvernehmen in der Küche herum. Monica wies Jennifer nach all den Monaten noch immer darauf hin, wieviel Chili Graham vertragen konnte, und kontrollierte, ob die verschiedenen Töpfe so auf den Herd gestellt worden waren, daß alles gleichzeitig fertig wurde. Es machte ihnen nichts aus, wenn er sich aus dem Staub machte, solange er ihnen nur mehr oder weniger präzise sagte, wohin er wollte und wann er wieder zurück sein würde.

»So sind Männer«, hatte Jennifer eingeräumt, als sie von ihren Flitterwochen in San Francisco zurückgekommen waren (die Edwards Air Base hatte Tag der offenen Tür, und anschließend Miramar – Graham hatte am Ende des Rollfeldes gesessen, die F-18 beobachtet und so getan, als wäre er Tom Cruise). »Ich weiß, daß sie gerne ins Pub gehen.« Manchmal trank er eine Dose Lager, die er von zu Hause mitgenommen hatte, damit sie dachte, er hätte wirklich im Pub gesessen. Gelegentlich zündete er sogar eine Zigarette an, ließ sie abbrennen und wedelte den Rauch an seine Kleider, um nach einem Besuch im Pub zu riechen. Wenn er die Frauen damit glücklich machte …

Ein Rascheln auf dem gefrorenen Boden riß ihn aus seinen Träumereien. Was sich da bewegte, war zu klein für ein Säugetier, und um diese Jahreszeit konnte noch kein junger Vogel aus dem Nest gefallen sein. Graham setzte vorsichtig einen Fuß auf die knackenden Zweige auf dem Boden, um nachzusehen, was es war. Eine Drossel mit gebrochenem Flügel lag verängstigt unter einem Baum. Graham hob sie mit seinen weichen Handschuhen behutsam hoch. Er könnte den Vogel töten, sollte ihn töten, um seinem Leid ein Ende zu setzen. Der Gedanke verursachte ihm Übelkeit und verlockte ihn gleichzeitig. Töten würde Macht bedeuten, es würde heißen, daß er etwas ganz bewußt *tat*. Er bekam nicht oft Gelegenheit für ganz eigenständige positive Handlungen. Der kleine Vogel piepste in seiner Hand, und in seinen Augen war die reinste Panik zu erkennen.

Vorsichtig setzte Graham das verletzte Tier wieder auf den Boden. Später würde ein hungriger Fuchs kommen oder eine Eule. Es war nicht seine Aufgabe. Die Natur war grausam genug – sie brauchte seine Hilfe nicht.

Stella lebt mit ihrem Mann Adrian und zwei Kindern auf Pansy-Island, einer kleinen Insel inmitten der Themse. Die Nachbarn sind nett und freundlich – nichts kann die behagliche Idylle stören.
Bis eines Tages Stellas Studienfreundin Abigail unerwartet auftaucht und Trost und Zuflucht bei ihr sucht, nachdem sie von ihrem Ehemann wegen einer Jüngeren verlassen wurde. Aus den Tagen werden Wochen, und Abigail hat sich inzwischen gut eingelebt. Doch mit Stellas Langmut ist es augenblicklich vorbei, als ihr klar wird, welches Ziel Abigail wirklich verfolgt...

»Ein köstlich unterhaltsamer Roman – beschwingt und voller Humor.«

DAILY EXPRESS

ISBN 3-404-12959-8

BASTEI LÜBBE

Die Geschichte der Zwillingsschwestern Meg und Miranda – zwei Frauen auf der Suche nach Glück

England 1944. Im vom Krieg heimgesuchten Plymouth werden Zwillinge geboren: zwei kleine Mädchen, deren Eltern sie gar nicht wollten und deren ungewöhnliche Kindheit sie unzertrennlich macht. Sie brauchen niemand anderen, sie haben einander. Miranda, die lebhafte, strahlende, die sich niemals anpassen will und Meg, die stille zurückhaltende, die jedes ihrer Schwester drohende Unheil vorausahnt.
Als Meg sich verliebt, treiben die Ereignisse einen Keil zwischen beide. Ihre Lebenswege trennen sich, Miranda wird zur Gefangenen ihrer häuslichen und familiären Pflichten, während die sich hintergangen fühlende Meg den Weg zum Erfolg findet.
Aber die engen Bande zwischen den Schwestern zerreißen nicht und helfen ihnen, das Glück zu finden, als sie es schon nicht mehr erhoffen.

ISBN 3-404-12979-2

BASTEI LÜBBE

ISBN 3-404-12966-0

BASTEI LÜBBE